Fantasy-Welt-Zone-Edition
Gay Mystic Fantasyroman

Die Anderen II
Das Erbe erwacht

Eintauchen in die Welt von Finn und Dämon Dave

Die Romanserie der besonderen Art

von Chris P. Rolls

„Die Dämonen, weiß ich, wird man schwerlich los."
Goethe

Mein besonderer Dank geht an Nici, Laura, Tina und Mel, ohne die dieses Buch nie so geworden wäre. Ihr seid wunderbar! Dank auch an Birger und Elke für eure ganze Arbeit!
Rih

D1683712

FantasyWeltZone Verlag

Fantasy Welt Zone Edition

Gay Mystic Fantasyroman

Eintauchen in die Welt von Finn und Dämon Dave

Die Anderen II
Das Erbe erwacht
von Chris P. Rolls

Fantasy Welt Zone-Verlag, Inhaberin: Michaela Nelamischkies, Mechtersen, Originalausgabe 2011

www.fwz.edition.de

©Chris P. Rolls 2011
Ihr Autorenblog:
http://chrisrolls.blogspot.com

Alle Rechte vorbehalten. Ein Nachdruck oder eine andere Verwertung ist nur mit schriftlicher Genehmigung des Verlags gestattet.

Illustrator vom Cover und den Grafiken: Mylania Finjon

Covergestaltung: N. Scheurle
Kontaktmöglichkeit: nicola.scheurle@web.de

Druck: Books on Demand GmbH Norderstedt Printed in Germany

ISBN: *978-3-942539-19-7*

Bitte beachten Sie: Dies sind Fantasy-Geschichten - im wahren Leben gilt verantwortungsbewusster Umgang miteinander und Safer-Sex! Sämtliche Personen dieser Ausgabe sind frei erfunden. Ähnlichkeiten mit lebenden oder verstorbenen Personen sind rein zufällig.

Inhaltsangabe

24. Vollmond	Seite 5
25. Das Tor muss sich schließen	Seite 13
26. Du musst ihn töten	Seite 22
27. Was ist passiert?	Seite 30
28. Der Mann von Torchwood	Seite 36
29. Russell bekommt Hunger	Seite 43
30. Den Hunger stillen	Seite 52
31. Die Jagd beginnt	Seite 60
32. Sie lassen nichts übrig	Seite 65
33. Du darfst mich nicht lieben	Seite 72
34. Schmerzrausch	Seite 82
35. Erinnere dich	Seite 90
36. Mittelalterliches Treyben	Seite 98
37. Die Rolle Faramirs	Seite 106
38. Innere und äußere Kämpfe	Seite 118
39. Matrix meets Mittelalter	Seite 124
40. Die Schwarzen Jäger	Seite 135
41. Das Freundschaftssiegel	Seite 144
42. Dämonensinn	Seite 155

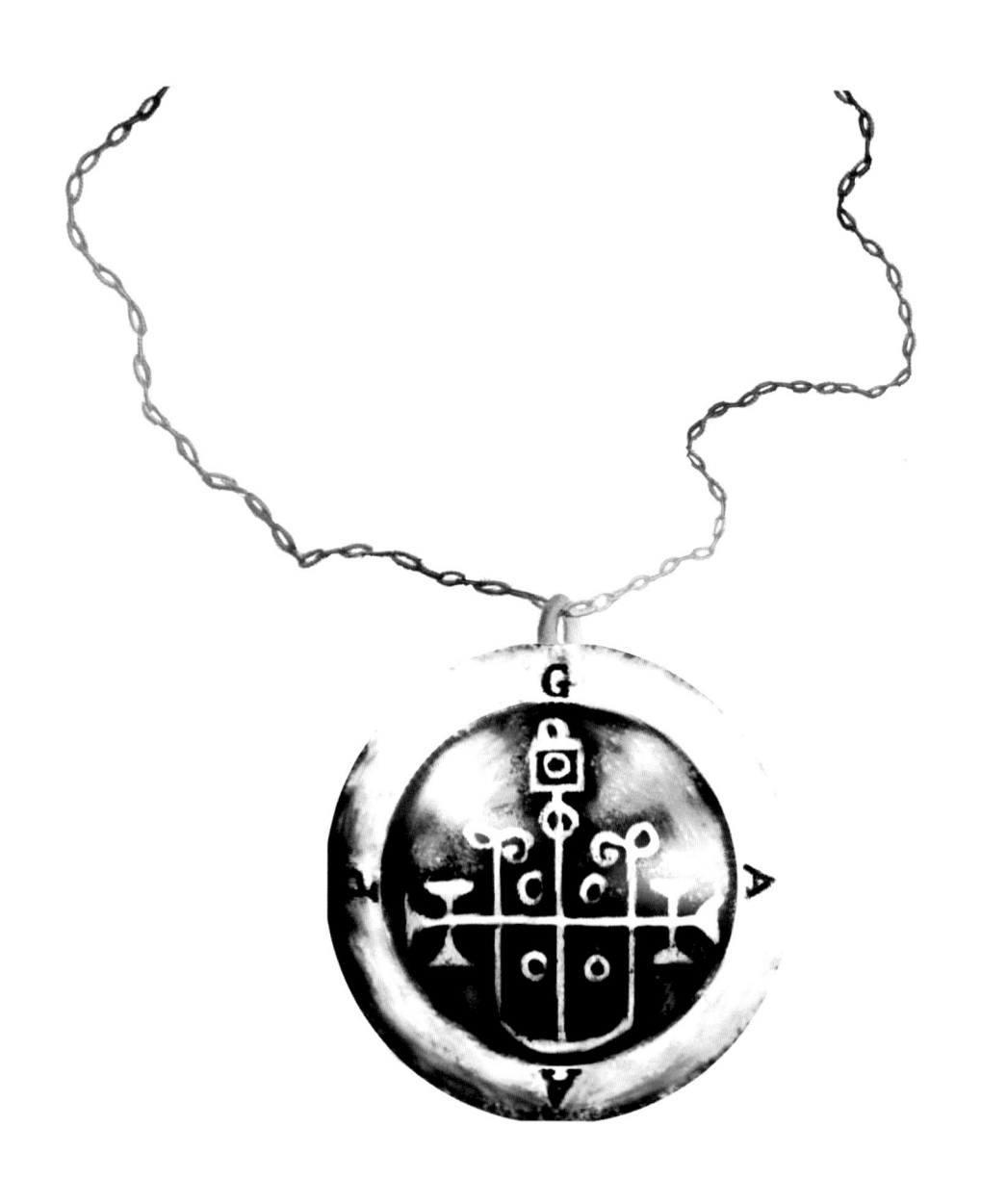

24. Vollmond

Die Schatten der Nacht lagen über der Hansestadt Lüneburg.
Am Fenster eines hohen, schmalen Gebäudes stand eine hagere, dunkel gekleidete Gestalt und starrte auf die bunten Lichter der Stadt. Vereinzelt leuchteten auf der Straße die Scheinwerfer eines vorbeifahrenden Autos auf. Um diese späte Uhrzeit war jedoch nicht mehr viel los in der kleinen Stadt, die sich trotz ihres beständigen Wachstums immer ein wenig von dem kleinstädtischen Charme einer alten Hansestadt bewahrt hatte.

Mit unbewegtem Gesicht starrte der Mann aus schwarzen Augen in die Nacht hinaus, nahm seine Umgebung allerdings mit viel mehr Sinnen als seinen Augen wahr. Sein ausgeprägter Geruchssinn übermittelte ihm überdeutlich die Gerüche der Nacht, mischte aus dem Gestank der Mülltonnen unten am Hauseingang, dem Duft des gemähten Rasens ein paar Häuser weiter, anbrennenden Grillfleisches auf dem Balkon in der nächsten Straße ein ganz eigenes, buntes Bild. Süßlicher und teilweise von mehr oder weniger Parfüm überlagert, war da vor allem der Geruch der Menschen, die rings um ihn herum ihr ahnungsloses Leben lebten. Seine scharfen Ohren vernahmen das Rascheln der Blätter, das leise Reiben der Gräser im Wind, ein unechtes, lustvolles Stöhnen der Frau in der Wohnung unter ihm, deren Ehemann seiner nächtlichen Pflicht mehr als schlecht nachkam und selbst das kratzende Geräusch der Mäusefüße gegenüber in der alten Garage. Der hagere Mann konzentrierte sich und konnte ihren winzigen, hektischen Herzschlag spüren, ihr dünnes Blut riechen und ihre Ängste fühlen. Winzige Lebewesen in dieser gewaltigen Welt, unbedeutend und klein, viel zu leicht zu töten. Kaum anders als Menschen.
Thomas seufzte und wandte sich ab, trat zurück vom Fenster und betrachtete nachdenklich den spärlich beleuchteten Stapel an Zeitungen auf seinem Tisch. Er war müde. Unendlich müde.
Unendlich müde. So viele Jahre jagte er sie nun schon und es wurde immer schwieriger, sie zu finden. Zu gut verbargen sie sich, hatten sich dieser Welt zu gut angepasst. Jeder winzigen Spur ging er nach, wovon sich die meisten zudem als unergiebig erwiesen. Thomas war sich bewusst, dass er an die Ältesten nicht herankam. Raffiniert hielten sie sich verborgen, wussten genau, dass er ihnen gnadenlos auf den Fersen war.
Wenn er sie nur so einfach fühlen könnte wie die Menschen ringsum! Ein grimmiges Lächeln verzog seine Mundwinkel und ließ sein Gesicht bösartig, fratzenhaft erscheinen. Die Tätowierung am Hals wirkte im unzureichenden Schein der Schreibtischlampe

eigentümlich lebendig. Unwillkürlich fuhr Thomas sich darüber und strich sich eine schwarze Haarsträhne aus dem Gesicht. Seine harten Züge veränderten sich nicht, als er an seine heutige Begegnung zurückdachte.

Ein neues Rätsel. Dieser junge Mann, Finn. Groß, schlaksig, ein wenig unbeholfen, unauffällig, eher schüchtern und extrem unsicher. Thomas erinnerte sich an sein Gesicht mit den lockigen, hellbraunen Haaren und den großen, wachen, hellbraunen Augen. Verborgene Stärke lag darin, wie etwas, das nur erweckt werden musste, etwas, das nur schlief, bereit sich zu entfalten. Es waren vor allem die Augen, die Thomas an ihm aufgefallen waren. Etwas in ihnen war ihm seltsam vertraut vorgekommen, wie eine ferne Erinnerung, viel zu lange zurück. Hellbraune Augen, der gleiche Ausdruck wie …

Thomas schloss die Lider, spürte die brodelnde Wut, eine heiße Welle verzehrenden Hasses, vertraut, wie einen guten Freund in sich aufsteigen. Stark, ungebrochen, selbst nach so vielen Jahren. Nie vermochte er daran zu denken, ohne vor glühendem Hass zu vergehen. Längst waren seine Erinnerungen zu unwirklichen Schemen verblasst, kaum noch zu unterscheiden von seinen sehnsüchtigen Träumen, verschlossen, verborgen tief in ihm. Ob sie real oder seinen Wünschen entstammten, vermochte er selbst nicht mehr zu sagen. Dennoch war die kaum greifbare Erinnerung an diese Szene seine nie erlahmende Antriebsfeder.

Sein Schwur. Mit seinem eigenen Blut auf den steinigen Boden geschrieben. Vergeltung! Sie würden bezahlen, alle würden sie dafür bezahlen, jeder Einzelne von ihnen. Sein Hass ließ ihn sich lebendig fühlen, verdrängte die immer häufiger kommende Müdigkeit. Er konnte nicht ruhen, durfte es nicht, bis der letzte von ihnen vernichtet war. Er würde sie alle finden und vernichten. Jeden einzelnen von ihnen mit seinem Tod bezahlen lassen. Vorher gab es keine Ruhe, keine Vergebung für ihn.

Seine Gedanken wanderten zu Finn zurück. Thomas runzelte nachdenklich die Stirn. Finn hatte wie andere Menschen gerochen, doch da war noch ein anderer Geruch an ihm gewesen. Thomas war es so gewesen, als ob er einen Dämon hätte riechen können, der Geruch allerdings nicht richtig fassbar, nur ein Hauch des üblichen Gestanks. Was jedoch viel verwunderlicher war: Finn hatte keine normale Aura, keine übliche menschliche Präsenz gehabt. Bis Thomas sich ihm auf wenige Meter genähert hatte, war alles um ihn diffus gewesen, wie ein bunter Nebel, als ob etwas ihn verbarg, seine Aura Thomas' Sinnen entzog. So etwas war ihm bisher noch nicht passiert.

Unliebsam drängten sich Erinnerungsfetzen in seinen Kopf. Damals … auch er hatte keine übliche Aura gehabt. Der letzte von ihnen. Keine Nachkommen. Thomas schüttelte unwillig den Kopf, wollte keine weitere schmerzhafte Erinnerung hochkommen lassen. Völlig unmöglich, dass Finn damit etwas zu tun hatte. Gänzlich unmöglich!

Wieso hatte er nur von dem Bannspruch gewusst? Nur jemand, der über die machtvollen Worte Bescheid wusste, hätte es erkannt und Finn verfügte über keine Magie, die hätte Thomas sofort gespürt. Selbst Angelika, die über ein beträchtliches Potential verfügte, wusste nicht genug, um die machtvollen Worte der alten Bannsprüche zu lesen. Sie waren immer nur innerhalb der alten Familien der Jäger von Generation zu Generation weitergereicht worden. Daher hätten vermutlich nur die alten Jäger und Dämonen den Fehler überhaupt erkannt.

Finn war bestimmt kein Jäger. Zu viel Angst, und ihm fehlte jene gnadenlose Entschlossenheit, die Thomas an einem echten Jäger so schätzte. Ein Dämon schien Finn allerdings auch nicht zu sein, nicht einmal ein halber, denn auch das hätte Thomas in jedem Fall bemerkt. Was auch immer er war, er würde ihn auf jeden Fall im Auge behalten müssen.

In Lüneburg ging etwas vor sich; Thomas wusste es, spürte es mit Sinnen, die den normalen Menschen nicht zur Verfügung standen. Schon seit Jahren agierte er aus gutem Grund von hier aus. Lüneburg. Dieser Ort hatte eine besondere Bedeutung für die Dämonen. Thomas konnte den Grund nicht benennen, spürte es mit Instinkten, die den Menschen nicht zur Verfügung standen.

Da war dieses Dämonenbrüllen in der Nacht gewesen. Die Stimme eines sehr alten Dämonen, der seinen Hunger und seine Wut hinausschrie ... Thomas war davon aus dem Schlaf gerissen worden, hastig in die Nacht hinaus gestürzt, hatte versucht, den Dämonen zu finden, erfüllt von seinem brennenden Hass. Er hatte ihn gerochen, für einen Moment sogar seine gewaltige, glühende Aura spüren können, dann war er verschwunden und Thomas war wutentbrannt durch die Gassen gerannt, hatte verzweifelt versucht, ihn wieder zu finden. Einer der Uralten. Hier, in Lüneburg.

Thomas vertraute seinen Instinkten, konnte sich voll auf sie verlassen. Sie hatten ihn heute Abend in das Büro gezogen, welches den Schwarzen Jägern als Basis diente. Da war eine Erinnerung, etwas, was ihm eingefallen war. Die schwarzen Haare fielen Thomas ins Gesicht, als er sich vorbeugte und gezielt aus dem Stapel alter Zeitungen eine hervorzog. Sie war auf einer Seite aufgeschlagen, ein Artikel rot markiert worden.

Thomas überflog die Überschrift: „Vampir saugt Student aus - Todesgefahr auf dem Campus".

Hartmut hatte den Artikel vor vielen Wochen markiert wie viele andere zuvor, die sich täglich in dieser Art von Zeitungen fanden. Thomas erinnerte sich grimmig, dass er selbst ihn als unwichtig eingestuft hatte. Bei der derzeitigen Euphorie für Vampire war er bloß ein weiterer Beweis dafür, dass die Menschen dumm waren. Thomas wusste genug von den echten Vampiren. Tödliche Jäger waren sie gewesen, bestialische, gnadenlose Mörder. Keine glorifizierten Verführer voll Sexappeal. Und sie glitzerten nicht, keiner von ihnen! Zudem waren sie längst ausgerottet, woran die Schwarzen Jäger den größten Anteil hatten, wenngleich sie sich redlich bemüht hatten, sich selbst gegenseitig zu dezimieren.

Thomas überflog noch einmal den Artikel. Wenn er ihm glauben durfte, dann war zwar kein Vampir in Hamburg tätig geworden, jedoch wohl ein anderer Dämon, der leichtsinnig genug gewesen war, sein Opfer laufen zu lassen. Welcher Dämon war so dumm? Hamburg war viel zu nahe an Lüneburg und die Uralten jagten alleine in ihrem Revier. Es war also gut möglich, dass dieses Brüllen von eben jenem Dämonen stammte, dem der Student entkommen war. Ein Student, wie ... Finn.

Thomas lächelte zufrieden. Gleich Morgen würde er zu Roger hinaus fahren, die Messer abholen und eventuell noch ein paar Antworten auf die eine oder andere Frage bekommen.

***

In etwa zur gleichen Zeit rollte ein später Zug im Bahnhof in Lüneburg ein. Lange bevor er anhielt, waren einige der Menschen bereits aufgestanden und holten ihr Gepäck hervor. Unübersehbare Hektik breitete sich aus, jeder schien bemüht, den Zug schnellstmöglich zu verlassen. Unbeeindruckt davon saß an einem der Fensterplätze ein drahtiger Mann mit einem blassen, scharf geschnittenem Gesicht, aus dem extrem dunkle Augen die Menschen ringsum abfällig musterten. Er saß völlig alleine. Selbst die Sitze vor und hinter ihm waren leer geblieben. Niemand hatte sich hierher setzen wollen, in seine Nähe, zu bedrohlich und fremdartig war seine Ausstrahlung gewesen.

Der ansonsten eher unscheinbare Mann trug einen dunkelblauen, offensichtlich maßgeschneiderten Anzug mit dunkleren Mustern und hatte keinerlei Gepäck dabei.

Gelassen wartete er ab, bis sich das Abteil zunehmend leerte. Mit einer eleganten Bewegung erhob er sich, schritt als letzter durch den Gang und trat auf den Bahnsteig der alten Stadt. Kurz blickte er sich forschend um, schnupperte und nahm seine Umgebung mit all seinen Dämonensinnen wahr.

Diese Stadt war alt und etwas ganz Besonderes. Russell vermochte nicht zu sagen, warum, doch aus unerfindlichen Gründen wusste er es. Nicht umsonst hatte es die Anderen immer wieder hierher gezogen, Dave wie andere zuvor.

Russell verzog den Mund und rümpfte die Nase. Menschen, viele unterschiedliche Menschen. Manche heiß und süß duftend, andere mit weitaus unangenehmeren Gerüchen oder voller künstlicher Duftstoffe, die ihn eher abschreckten als anzogen. Sein Blick glitt ein wenig nachsichtig über die hin und her eilenden Menschen.

Direkt neben ihm wurde gerade ein Vater von seiner Familie stürmisch begrüßt. Seine Frau fiel ihm um den Hals und küsste ihn leidenschaftlich, beteuerte, wie sehr sie ihn vermisst hatte. Sein kleiner Sohn schaute eher gelangweilt zu ihnen auf, als sein Blick plötzlich von dem Mann mit den stechenden Augen aufgefangen wurde.

Russell lächelte ihn an und ließ dabei seine spitzen Zähne ein wenig aufblitzen. Ungläubig starrte ihn der Junge an und Russell gönnte sich den Spaß. Seine Augen glühten für einen kurzen Moment rot auf, woraufhin der Junge sich erschrocken zu seiner Mutter umwandte und heftig an ihrem Ärmel zu zerren begann.

Zufrieden grinste Russell und schritt gelassen davon, während hinter ihm die Mutter ihren Sohn ausschimpfte, dass er nicht immer solche Gruselgeschichten verbreiten sollte und sie ihm tausendmal gesagt hatte, er solle Papas Horrorvideos nicht anrühren.

Die kleine Episode versöhnte Russell damit, dass er dieses Mal auf so wenig stilechte Weise nach Lüneburg gekommen war. Leider verfügte er als Halbdämon über keine ledernen Schwingen und ihm blieb nur die menschliche Art der Fortbewegung. Er verfluchte sich dafür, dass er nicht mit dem Auto gekommen war, erinnerte sich jedoch zu gut daran, was letztes Mal passiert war. Dumme, neugierige Polizisten hatten ihn mit dem gestohlenen Cabrio angehalten und ihn tatsächlich nach seinem Führerschein gefragt. Einen köstlichen Moment lang hatten sie sehr überrascht reagiert, als er ihnen sein bestes dämonisches Lächeln geschenkt hatte. Vermutlich hatte man ihnen nie beigebracht, wie man sich gegen einen Angreifer mit einem Gebiss voller scharfer Zähne und den Reflexen eines Dämons verteidigte.

Russell lächelte versonnen. Voller ungläubiger Angst hatten sie ihm zugegebenermaßen besonders gut geschmeckt. Ihr Verschwinden hatte allerdings leider recht viel Aufsehen erregt. Mit ein Grund, warum man auf solche Opfer verzichten sollte, dachte er seufzend. Dave hatte es ihm oft genug gesagt. Besser unauffällig bleiben, Opfer, die keiner so schnell vermisste und vor allem keine Spuren hinterlassen.

Eingedenk dessen hatte er sich diesmal eben in einen Zug gesetzt. Nur welcher echte Dämon fuhr schon mit dem Zug? Russell, der sich selbst mehr als Dämon sehen wollte, war das wirklich peinlich. Zu seinem Glück würde es wohl kein Anderer mitbekommen.

Russell schaute auf den Zettel, den ihm Daves Sekretärin mitgegeben hatte. Er hatte mit der Sekretärin ein wenig geflirtet und erfahren, dass Dave vor einigen Wochen geschäftlich nach Lüneburg gegangen war, jedoch nicht gesagt hatte, wann er wiederkommen würde. Dieser Gauner hatte sich tatsächlich hier eine Wohnung gekauft. Bereitwillig hatte die Sekretärin ihm die Adresse gegeben, unter der Dave erreichbar sein sollte. Nur, was er hier wollte, das hatte Russell nicht herausfinden können. Er vermutete, dass es mit diesem merkwürdigen Menschen zusammenhing, den Dave sich letztlich genehmigt hatte und den er doch wahrhaftig danach laufen gelassen hatte. Ein seltsames Verhalten. Es passte so gar nicht zu dem alten Dämon.

Russell war wirklich neugierig geworden. Viele lange Jahre kannte er Dave schon, aber ein solches Verhalten widersprach allem, was ihn der alte Dämon selbst gelehrt hatte.

Was hatte Dave nur vor? Russell war erpicht darauf, es herauszufinden. Zudem langweilte er sich alleine in Hamburg.

Russell fand ein Taxi und nannte dem Fahrer die Adresse. Der Fahrer, ein türkischer junger Mann nickte eifrig und fuhr los. Während der Fahrt genoss Russell den leichten Geruch von Angstschweiß, der dem Taxifahrer unerklärlicherweise über den Rücken lief. Immer wieder blickte der sich nach seinem Fahrgast um und war noch nie in seiner bisherigen Karriere so froh gewesen, einen Gast loszuwerden.

Russell stand nun vor dem modernen Haus und betrachtete stirnrunzelnd das Gebäude. Daves Wohnung befand sich im obersten Stock, dort schien alles dunkel zu sein. Seufzend zuckte er mit den Schultern und schritt zur Haustür. Dave schien tatsächlich nicht da zu sein, denn niemand öffnete auf sein Klingeln hin. Mehrere Minuten überlegte Russell, ob er noch einmal versuchen sollte, Dave anzurufen, aber da der auch auf die letzten Anrufe nicht reagiert hatte, erschien das ziemlich sinnlos. Er würde wohl warten müssen, bis der Dämon von seinem Nachtmahl zurückkehrte.

Erneut seufzte Russell genervt und verschmolz langsam mit den Schatten des

Hauseingangs. Er hasste es zu warten, er war kein geduldiger Mensch. Kein geduldiger Dämon, korrigierte er sich hastig selbst. Dabei war das eine besonders gute dämonische Eigenschaft, zu lauern, zu warten, bis das Opfer sich näherte. Heute war er ein Dämon, der auf einen anderen Dämon wartete. Russell kicherte vor sich hin. Was für eine verrückte Sache.

***

Fahles Vollmondlicht beleuchtete skurrile Skulpturen in einem kleinen Vorort Lüneburgs und verlieh dem rostigen Metall einen einheitlich silbrigen Schimmer. Gelegentlich huschte der Hauch von Kupfer über die Oberflächen, wenn der Feuerschein aus der Schmiede herüber schien. Funken schlugen aus dem heißen Metall, wenn der Schmied Roger den Hammer wuchtig niederfahren ließ, bis das viereckige Werksstück langsam flacher wurde und die gewünschte Form annahm. Zwischendrin schob er es in die Esse und zog das nächste Stück heraus, um es ebenso mit dem Hammer zu bearbeiten. Roger liebte das besondere Zusammenspiel des heißen Eisens und Feuers mit seiner Muskelkraft, die ihm Form und Gestalt gab. Es war, als ob er aus dem Feuer die Magie ziehen, sie im Metall in Form bringen konnte. Während sein Körper den unsichtbaren Regeln dieser Magie folgte, wanderten seine Gedanken frei herum, beschäftigten sich mit der Vorbereitung des Treybens und wanden sich um das vergangene Wochenende. Ärger auf den Dämonenjäger kam hoch, wegen dem er jetzt noch in der Schmiede stand und so spät abends die gewünschten Messer schmiedete.
Thomas war und blieb ein unangenehmer Mensch voller Geheimnisse, obwohl ihn Roger nun schon seit fast zwei Jahren kannte. Wieso hatte er wohl so merkwürdig auf Finn reagiert? Gut, der war neu bei ihnen gewesen und Thomas war nie gut auf Fremde zu sprechen, sah in allem und jedem eine Bedrohung. Dieses regelrecht feindselige Verhalten Finn gegenüber passte dennoch nicht ganz zu ihm.
Roger fachte das Feuer stärker an und zog das dritte Messer heraus, bearbeite es sorgfältig und ließ es in den Eimer mit kaltem Wasser gleiten, wo es zischend und dampfend abkühlte.
„Wie weit bist du?", erkundigte sich eine Stimme hinter ihm und er drehte sich lächelnd um. Angelika stand im Eingang der Schmiede, hielt eine Tasse Tee in der Hand. „Ich dachte, du könntest etwas Stärkung gebrauchen", meinte sie und runzelte die Stirn, als ihr Blick auf die geschmiedeten Messer fiel. Verärgert verzog sie den Mund. „Hätte das nicht auch bis morgen Zeit gehabt?" Ihre Stimme klang genervt und besorgt. Roger schüttelte stumm lächelnd den Kopf und wischte sich mit dem Unterarm den Schweiß von der Stirn. „Thomas wollte morgen schon kommen, um sie abzuholen und ich habe keine Lust, mir seine Vorwürfe anzuhören, wenn sie nicht fertig sind", meinte Roger, legte den Hammer aus der Hand und trat zu der Kräuterhexe. Er kannte Angelika schon aus der Schulzeit, sie waren wie Geschwister miteinander vertraut. Gleiches Karma, hatte sie mal gemeint, als Roger sie fragte, warum sie und er sich so extrem gut verstanden, ohne dass es je eine

Liebesbeziehung geworden wäre. Angelika hatte wissend gelächelt und vermutet, dass sie in einem vorigen Leben schon einmal aufeinandergetroffen waren und sie seither ein besonderes Schicksal verband. Ob es stimmte oder nicht, in ihrem derzeitigen Leben passten sie auf jeden Fall gut zusammen.

„Melissentee mit Minze", erklärte Angelika und reichte ihm die Tasse. Sie trug komplett dunkle Kleidung, hatte einen Großteil ihres Schmucks abgelegt und sah damit ungewöhnlich gewöhnlich aus.

„Du gehst noch raus?", fragte Roger verblüfft nach, nahm die Tasse dankbar an und trank in gierigen Schlucken. „Es ist Vollmond. Da kann ich am besten wirkungsvolle Kräuter sammeln", bestätigte Angelika und betrachtete Roger nachdenklich. „Dir geht Thomas' Verhalten noch durch den Kopf, oder?" Der junge Schmied nickte bedächtig, sich sicher, dass auch sie das aggressive Verhalten des Jägers beschäftigt. Mitunter war es beinahe so, als ob sie telepathisch kommunizieren könnten. Vielleicht war es auch etwas in der Art, wer wusste das schon so genau.

„Er hat Finn merkwürdig angesehen. So als ob er ..." Roger brach ab, dachte laut nach: „Ich weiß auch nicht. Als ob er ihm vielleicht nicht ganz unbekannt wäre; also bevor er ihn so komisch behandelt hat. Da war fast etwas Zärtliches in seinem Blick."

Angelika nickte zustimmend. Ihr rotes Haar hatte sie mit einem schwarzen Kopftuch gebändigt, nur hier und da lugte eine vorwitzige Locke hervor.

„Ich weiß, was du meinst", bestätigte Angelika nachdenklich. „Der harte Thomas. Für einen Moment sah er beinahe erschrocken aus. Seine Augen hatten einen ganz anderen Ausdruck als sonst. Weicher." Roger brummte zustimmend, strich sich dabei den Schweiß von der Stirn. „Auf jeden Fall ist er echt mal wieder ein Ausbund an Freundlichkeit gewesen, nicht wahr?", fragte Angelika nach und Roger nickte zustimmend. „Ich glaube, er kann nicht mehr anders. Michael ist ihm ja regelrecht hörig und dein Hartmut ebenso, aber Thomas behandelt Menschen teilweise wirklich wie lästiges Ungeziefer."

„Er ist nicht *mein* Hartmut, okay?", schnappte Angelika sofort, fügte jedoch versöhnlicher hinzu: „Hartmut ist okay und nett!" Sie biss sich in die Unterlippe. „Wenn er nicht mit Thomas zusammen ist", fügte sie zerknirschter hinzu. „Michael hingegen bewundert jeden, der so cool auftritt wie Thomas. Jeden, der wirklich kämpfen kann."

Angelika grinste verschmitzt. „So wie Max jeden anschmachtet, der nur halbwegs appetitlich aussieht. Wenn Thomas es nicht bemerkt, wirft er sogar dem solche Blicke zu." Roger runzelte misstrauisch die Stirn. „Doch, echt!", bestätigte Angelika lachend. „Ich glaube, insgeheim würde sich Max von Thomas gerne mal flachlegen lassen."

Sie zwinkerte ihm frech zu. „Wo er schon bei dir keine Chance hat!" Roger machte eine müde, abwehrende Geste, grinste jedoch. „Thomas also auch? Ich fürchte, Max wird bei dem noch mehr auf Granit beißen als bei jedem anderen, den er sehnsüchtig anhimmelt. Armer Max."

Sie schwiegen einen Moment, hingen jeder ihren eigenen Gedanken nach.

„Hat es dich eigentlich überrascht, dass Finn schwul ist?", fragte Angelika leise nach. „Nein, nicht wirklich", antwortete Roger und zog nebenbei das abgekühlte Messer aus dem Eimer.

Sein Gesicht blieb ausdruckslos, als er das Metall hochhielt und kritisch von allen Seiten betrachtete. „Irgendwie hatte ich das schon vermutet." Er lächelte kaum merklich versonnen, erntete dafür ein wissendes Lächeln von Angelika. „Gaydar", gab sie augenzwinkernd zurück. Roger betrachtete eingehend sein Messer, erwiderte erst nach einer längeren Pause: „Er scheint ganz schön schüchtern und verklemmt zu sein, aber ziemlich nett." „Ich mag ihn", bestätigte Angelika augenblicklich enthusiastisch. „Er wirkt noch ein bisschen wie ein unsicherer Junge mit einem großen Herzen. Nur seine Aura ist merkwürdig."

Roger legte das Messer zu den anderen und sah sie fragend an. Angelika hatte den Kopf schief gelegt, schien nachzudenken. „Eigentlich eine extrem starke Aura. Allerdings ist es, als ob man sie durch einen Nebel betrachten würde. Man kann sie nicht ganz fassen. Dahinter ist etwas verborgen, das sich mir entzieht. Mir scheint, dass etwas Entscheidendes fehlt. Keine Ahnung, so etwas habe ich noch nicht erlebt."

Roger hob einen der anderen Rohlinge hoch und drehte ihn im Licht hin und her.

„Ich hoffe, er kommt am Wochenende. Irgendwie passt er gut in die Gruppe", meinte er betont neutral. Angelika betrachtete ihn sekundenlang, nickte und hob den Korb auf, den sie abgestellt hatte, als sie Roger die Tasse reichte. „Ja, er passt zu uns", bestätigte sie, wandte sich um und zupfte an ihren Röcken herum. Langsam wandte sie sich um, maß Roger mit einem langen Blick. „Mach dir nicht zu viel Hoffnungen", fügte sie leise hinzu. Roger fuhr sofort zu ihr herum, funkelte sie betroffen und zornig an. „Was soll das heißen?", zischte er aufgebracht, seine Hände zitterten kaum merklich. Die Hexe lächelte ihn nachsichtig und ein wenig mitleidig an. „Wenn du das nicht weißt, Roger, kann ich dir auch nicht helfen", erklärte sie mit sanfter Stimme. „Ich kann dir nur sagen, dass sein Herz bereits vergeben ist." Roger starrte sie wortlos an, seine Finger umklammerten den Rohling fest. „Ich habe es sehr deutlich gespürt, als ich seine Hand hielt", fuhr Angelika ebenso leise fort und riet ihm: „Hänge dich nicht wieder an jemand Unerreichbaren."

Roger grunzte unwillig und holte ein weiteres glühendes Metallstück aus der Esse, begann es hektisch und unnötig hart zu bearbeiten. Angelika betrachtete seinen kräftigen, blanken Rücken, seufzte und trat vor. Behutsam legte sie ihm die Hand auf den Arm. Augenblicklich verhielt der junge Schmied, ließ den Hammer sinken.

„Ich will nur nicht, dass dich jemand verletzt", flüsterte Angelika eindringlich. „Du musst selbst herausfinden, wo dein Platz im Leben ist." Rogers Rücken blieb angespannt, die Muskeln bebten unter ihrem Griff. Ohne einen Ton zu sagen, nahm er den Hammer auf und schlug erneut hart und kraftvoll auf das glühende Eisen ein. Wild stoben die Funken durch die Schmiede, tauchten alles in ein zittriges Licht.

Angelika betrachtete noch einige Minuten lang Rogers Gestalt. Wartete darauf, dass er sich ihr zuwandte, doch sie erhaschte nur einen kurzen Blick auf sein starres Gesicht, welches durch das flackernde Feuer und die Funken ungleichmäßig beleuchtet wurde, dabei viel älter und trauriger aussah, als es eigentlich war.

Seufzend wandte sie sich um und wanderte in die Nacht hinaus. Manchmal hasste sie ihr zweites Gesicht.

25 Das Tor muss sich schließen!

Der Tag begann feucht und trostlos. Der Regen trommelte gleichmäßig auf das Dach der kleinen Schmiede, fiel in dichten Tropfen aus dem grauen Himmel und machte unmissverständlich jedem klar, dass der Sommer zu Ende war. Roger hörte einen Wagen über den unbefestigten Weg holpern, noch bevor er ihn sah und trat an die offene Tür, um zu sehen, wer da kam. Der schwarze Geländewagen mit den getönten Scheiben hielt direkt vor dem Haus. Roger verschränkte die Arme vor dem Körper und runzelte missmutig die Stirn, als er beim Aussteigen Thomas' Gestalt erkannte. Wie immer war der hagere Mann in Schwarz gekleidet, trug heute zu seiner engen schwarzen Lederhose einen langen schwarzen Ledermantel, mit dem er direkt aus der Matrix-Trilogie entsprungen sein konnte. Er nickte dem Schmied kurz zu, der ihm widerwillig Platz machte, trat an ihm vorbei in die Schmiede und sah sich routiniert sichernd um. Roger musterte ihn wortlos. Wassertropfen perlten von dem schwarzen Leder ab und Thomas' Haare waren in einem strengen Zopf nach hinten gebunden. Seine harten Züge verliehen ihm ein gefährliches Aussehen.
„Hast du die Messer fertigbekommen?" Wie immer vergeudete er keine unnötige Zeit mit netten Worten. Seine Stimme klang recht neutral, nur entfernt schwang der gewohnt befehlende Ton darin mit, den Roger von ihm kannte. Der nickte und konnte sich ein geknurrtes: „Dir auch einen schönen guten Morgen!" nicht verkneifen. Thomas hingegen blickte nicht einmal auf, sondern trat an den Tisch heran, wo die drei Messer lagen, hob eins auf und untersuchte es gründlich.
Roger beobachtete ihn weiterhin von der Tür aus. Im Grunde sah Thomas nicht mal schlecht aus. Er war groß und breitschultrig gebaut, hatte lange Arme und Beine. Sein Gesicht war durchaus attraktiv, mit hohen Wangenknochen und einer schmalen Nase. Wären die Züge nicht so hart gewesen, würde er durchaus anziehend wirken. Seine dunkelgrauen Augen allerdings hatten stets einen lauernden, sogar grausamen Ausdruck, der wohl jeden verschrecken würde.
Außer Max vielleicht, der auf andere Dinge achtete, dachte Roger belustigt.
Die kräftigen, vernarbten Hände des Schwarzen Jägers glitten prüfend über das Metall, schienen jede Unebenheit zu erfühlen. Er bewegte das Messer durch die Luft, wirbelte es in einer blitzschnellen Bewegung hoch und fing es am Griff wieder auf. Roger sog verblüfft die Luft ein und stieß sich von der Tür ab. Thomas nickte zufrieden und nahm das nächste auf, um es ebenso zu prüfen. Als er das dritte Messer aufhob, keuchte er überrascht auf und ließ es aus der Hand gleiten. Ein seltsam verzerrter Ausdruck erschien auf seinem

Gesicht, doch er beherrschte sich sofort wieder.
„Dies ist ein überaus starkes Bannmesser geworden", erklärte er an Roger gewandt und es klang beinahe ehrfürchtig, wie dieser erstaunt feststellte. „Angelika hat heute Morgen noch die Bannsprüche und Beschwörungen dafür gemacht", erklärte der Schmied ein wenig versöhnter. Thomas warf ihm einen prüfenden Blick zu und nickte anerkennend. „Solch starkes Bannmesser kann nicht jeder Schmied fertigen, Roger. Ich habe schon viele in der Hand gehabt, doch noch kein so gutes", gab er völlig unerwartet zu. „Ihr beide habt gute Arbeit geleistet."
Sein Blick war tatsächlich respektvoll geworden und er lächelte sogar. Roger stutzte und blickte ihn misstrauisch an. „Du hast viel Talent", setzte Thomas noch einen drauf. Ungewollt fühlte sich Roger geschmeichelt, verließ endgültig seinen Platz an der Tür und trat zu dem anderen Mann heran.
„Das Metall ist mehrfach gefaltet und jede Lage wurde mit Eisenkraut gehärtet", erklärte er zögernd und Thomas hörte interessiert zu. „Die sind so ausbalanciert, dass sie sich gut werfen lassen." Der Jäger nickte und strich beinahe ehrfürchtig über die Griffe. „Was bekommst du dafür?", fragte er. Roger lächelte, das war wiederum die angenehme Seite an Thomas. Er feilschte nie um Preise, er zahlte immer sofort jede Summe. Roger nannte ihm den Preis, während er die Messer in Tücher einschlug und Thomas legte ihm ohne Zögern das Geld hin, welches Roger in seiner Jeans verschwinden ließ. Thomas nahm die Messer an sich, blieb jedoch stehen, fixierte Roger mit seinen stechenden, dunkelgrauen Augen nachdenklich.
„Du wärst auch ein guter Jäger", bemerkte er plötzlich und betrachtete Roger abschätzend. Verblüfft schaute ihn dieser an, zuckte jedoch nur unbestimmt mit den Schultern. „Ich bin vor allem ein guter Schmied und das reicht mir eigentlich vollkommen", meinte er vorsichtig, wunderte sich über Thomas' unerwartetes Verhalten. Der Jäger wirkte anders als sonst, menschlicher, nachdenklicher und seine Züge hatten tatsächlich einen weicheren Ausdruck bekommen.
„Wir können immer gute Jäger gebrauchen", meinte Thomas mit Nachdruck und sein Blick ließ Roger nicht los. „Das glaube ich gerne", antwortete Roger vorsichtig. „Aber ich schmiede lieber nur Waffen. Ich gedenke nicht, sie zum Töten einzusetzen."
Kurz verdunkelte sich Thomas' Gesicht, doch er hatte sich sofort wieder im Griff. „Dämonen sind überall, Roger. Sie sind nicht nur Wesen aus Büchern oder Legenden. Es gibt sie wirklich. Sie sind das personifizierte Böse", meinte er nachdrücklich. Sein Hass sprühte förmlich aus seinen Augen, ließ Roger unwillkürlich etwas vor ihm zurückweichen. „Sie töten Menschen, sie lauern ihnen auf, betrügen sie, leiten sie in die Irre. Sie ziehen sie unter Wasser, in die Erde, zerreißen ihre Opfer bei lebendigem Leib, zerfetzen Knochen und Muskeln, betrinken sich an ihrem Blut, berauschen sich an ihrem Fleisch und ihrer Furcht!" Thomas' Augen fixierten Rogers, dessen Herz plötzlich viel schneller schlug. Der Eindruck von Gefahr verstärkte sich, sandte Roger einen kalten Schauer über den Rücken. „Sie lassen nichts übrig. Nur Blutlachen und Schmerz. Wir müssen sie vernichten, ausrotten, von der Erde tilgen. Sie sind unsere Feinde seit dem Anbeginn der Zeit", zischte

Thomas voller Hass und trat einen winzigen Schritt näher, wirkte dadurch noch bedrohlicher. Roger war beileibe kein ängstlicher Mann, dennoch spannte er sich an. Thomas wirkte kaum weniger bedrohlich als seine Worte.
„Sie leben unter uns, unerkannt und warten nur darauf, ihr nächstes Opfer zu erlegen. Und wir sind viel zu wenige, um sie aufzuhalten!"
Roger schluckte hart, aber da wich Thomas auch schon wieder zurück, wandte sich halb ab. Sein Blick glitt durch die Schmiede und für einen winzigen Augenblick bemerkte Roger einen überaus schmerzvollen Ausdruck auf seinen harten Zügen.
„Vielleicht denkst du anders darüber, wenn jemand getötet wird, der dir sehr nahe steht", zischte der Dämonenjäger überaus leidenschaftlich und Roger hörte eine Bitterkeit in seiner Stimme, die er von Thomas nicht gewohnt war.
Dessen Gesicht wirkte abwesend, schien Gedanken zu verfolgen, die sich Roger entzogen. Der Schmied stutzte, vermeinte etwas wie ein winziges Glühen in Thomas' dunklen Augen erkennen zu können. Unsinn, das Licht der Esse erzeugte mitunter merkwürdige Reflexe, ließ Augen rot glühend wirken.
„Das mag alles sein, aber das ist dennoch nicht meine Bestimmung, Thomas", antwortete Roger betont. Er zögerte, während ihn Thomas zornig musterte. „Hast du nicht genügend Jäger? Michael macht bestimmt einen guten Job? Und du hast doch noch Hartmut und die anderen, oder?", fragte Roger nach, doch Thomas antwortete nicht, schien aus dem Fenster in die dunkle Nacht zu starren, womöglich Geräuschen zu lauschen, die nur er wahrnahm.
„Es gibt genug, die dir folgen und bereit sind, mit dir gegen die Dämonen zu kämpfen", ergänzte Roger vorsorglich, nicht ganz sicher, ob Thomas noch zuhörte. Der drehte sich plötzlich wortlos um und schien einfach gehen zu wollen, doch dann wandte er sich noch einmal zu Roger um. Sein Ausdruck war kühl und starr, wie immer, eine perfekte, undurchschaubare Maske.
„Dieser Finn ...", begann er nachdenklich und Roger sah von seiner Werkbank auf, an die er getreten war. „Woher kennst du ihn eigentlich?" Roger runzelte die Stirn und ein leichter Anflug von Ärger breitete sich in ihm aus. Thomas schien Finn zu misstrauen, ohne ihn zu kennen. „Ich habe ihn in dem Buchladen kennengelernt, wo er arbeitet. Er studiert Literaturwissenschaften, soweit ich weiß. Was interessiert er dich so?", hakte Roger gleich nach.
Thomas sah ihn weiter forschend an, ohne auf seine Frage einzugehen. „Was weißt du sonst über ihn?" Roger musterte Thomas misstrauisch. „Warum fragst du? Was soll das? Er ist eben Student. Sehr nett und er hat Angelika ein paar Bücher vorbei gebracht und nichts weiter. Warum ist das wichtig? Er ist okay", antwortete Roger verblüfft über Thomas' übermäßiges Interesse an Finn.
„Wozu brauchte er ein Schutzsiegel?" Thomas' Blick war eindringlich und er wirkte bedrohlicher als zuvor. „Ob er es braucht oder nicht, weiß ich nicht", erklärte Roger etwas schnippisch. „Er war in der Werkstatt und ich habe es ihm gezeigt. Es schien ihm zu gefallen, also habe ich es ihm geschenkt."
Thomas blinzelte kein einziges Mal, starrte Roger noch immer unverwandt, ohne jede

Regung in seinem harten Gesicht, an. Roger vermochte nicht zu sagen, was er dachte.
„Du hättest mir ruhig sagen können, dass das Siegel wirkungslos ist", warf Roger dem Jäger vor, bemüht, seine Verärgerung aus der Stimme zu halten.
„Finn hat nichts von sich erzählt, oder?", bohrte Thomas weiter nach, ohne auf Rogers Vorwurf einzugehen. So war Thomas eben. Seufzend lehnte sich Roger an die Werkbank. Ob der Jäger jemals auf andere Menschen und deren Gefühle Rücksicht nahm? Vermutlich nicht.
„Nein, warum sollte er auch, ich kenne ihn kaum. Du kannst ihn ja selbst fragen, wenn er zum Treyben kommt", schlug Roger schließlich vor und versuchte erneut erfolglos in Thomas' starrer Maske eine Regung zu erkennen.
„Gut", antwortete der jedoch nur. „Das werde ich tun. Und danke für die Messer, Roger."
Damit wandte er sich um und ging wirklich. Roger sah ihm nach, als er zu seinem Auto ging. Ein einsamer, harter Mann, dachte er. Ob er überhaupt Freunde hat oder haben will? Thomas nickte Angelika zu, die auf die Veranda getreten war, bevor er einstieg und davonfuhr. Roger sah ihm nach, bis das Auto auf die Straße einbog. Kopfschüttelnd machte er sich wieder an seine Arbeit. Thomas hatte sich bedankt. Das kam wirklich selten vor. Vielleicht steckte doch ein wenig mehr Menschlichkeit in ihm, als es den Anschein hatte.

***

Das Tor schließen! Ich muss das Tor schließen!
Seine Gedanken rasten. Verzweifelt schüttelte Dave den Körper des jungen Menschen. Finns Arme schlackerten haltlos in seinem festen Griff und sein Kopf rollte von einer Seite zur anderen, aber er schlug die Augen nicht auf.
Die Energie aufhalten! Ich musste die Energie aufhalten, verhindern, dass sie ganz aus ihm fließt, dachte Dave panisch. Nur wie? Wie? Das hatte er noch nie getan. Es war nie nötig gewesen. Er nahm Energie, er gab sie nicht zurück. Aber wenn es ihm nicht bald gelang, würde Finn sterben und völlig hinüber gleiten in die Schwarze Leere. Ein entsetzlicher Gedanke. Der Schmerz in Daves Brust bei dieser Vorstellung war entsetzlich und extrem erschreckend. Das menschliche Herz in Daves Körper schlug hart und heftig, zog sich krampfhaft zusammen, wann immer er in das leblose Gesicht des jungen Menschen sah. Diese großen, hellbraunen Augen blieben geschlossen, würden sich womöglich nicht mehr öffnen, ihn nie mehr scheu und doch verlangend ansehen. Der Mund war leicht geöffnet; nie wieder würde er lächeln, ihn küssen, ihn berühren.
Was? Was sollte er nur tun?
„Finn!", flüsterte Dave verzweifelt. „Finn, ich weiß nicht, was ich tun soll? Geh nicht, geh nicht. Komm zu mir zurück!" Daves Blickfeld war merkwürdig verzerrt, es verschwamm, verschob sich und er fühlte Flüssigkeit aus seinen Augen hinab rinnen, heiß den Weg über die Wangen zu seinem Kinn finden. Dave zwinkerte, um wieder klar zu sehen, doch immer wieder verschwamm sein Blick merkwürdig. Erschrocken fuhr er sich mit der Hand durchs Gesicht und starrte fassungslos auf die durchsichtige Flüssigkeit, die an seinen Fingern

hängen blieb. Wasser? Vorsichtig kostete er sie und runzelte bei dem salzigen Geschmack irritiert die Stirn. Was war das denn? Was geschah hier nur?

Verwirrung drohte ihn zu überwältigen. Zum ersten Mal in all den Jahrtausenden seiner Existenz fühlte er sich hilflos. Der Dämon in ihm kämpfte gegen den eigentümlichen Schmerz auf die einzige Art und Weise an, die er kannte, wollte brüllen, schreien, seine Krallen in etwas schlagen, töten, zerreißen, verschlingen, verzehren, nur um dieser Qual in ihm, diesen merkwürdigen, erschreckenden Gefühlen und Reaktionen seines Körpers zu entgehen. Daves Blick fiel auf den schlaffen Körper in seinen Armen.

Finn hatte zuvor nach ihm gegriffen, als er in der Leere zu versinken drohte. Finn hatte es getan, eine Verbindung zu ihm hergestellt. Dave hatte ihn in seinem Bewusstsein gespürt und ihm verwirrt Halt gegeben und Finn zurückkehren, das Tor schließen lassen. Wenn Dave ihn jetzt womöglich ebenso berühren konnte ...

Hastig richtete er sich auf, zog Finn dichter an sich heran. Er musste ihn in der Schwarzen Leere suchen, Finns Bewusstsein finden, berühren und ihn zurückholen.

Finn!, rief er in Gedanken, suchte an jenem nur zu vertrautem Ort. *Finn!*

Dave tastete, erinnerte sich zwanghaft an das Gefühl der Berührung durch das fremde Bewusstsein, an alles, was Finn ausmachte und horchte angestrengt in die Dunkelheit hinein.

Wo war Finn? Dunkel, undurchdringbar, breitete sich die Schwärze um ihn aus. Gelegentlich vermeinte er Schatten wahrzunehmen, dunkleres Schwarz in der Finsternis, doch kein Finn. Er musste ihn finden. Irgendwo musste jenes winzige, kaum sichtbare Licht in der Düsternis sein, das Finn war. Die Schwärze war nahezu undurchdringlich und in Dave zog sich alles furchtsam zusammen. Diese unendliche Leere war entsetzlich vertraut. Es gab kaum etwas, vor dem sich der Dämon in ihm instinktiv mehr fürchtete, als tiefer in die Schwärze zu gehen. Nur wenn er es nicht tat, würde Finn sich endgültig darin verlieren. Dies war kein Ort für Menschen, kein menschlicher Verstand konnte hier überleben.

Erneut wallte der Schmerz in Daves Brust hoch, durchbohrte ihn mit unsichtbaren Krallen, riss und zerrte an seinen Eingeweiden. Der Schmerz war präsent wie ein waidwundes Tier, hinterließ eine blutige Spur in der Finsternis und schien ihn tiefer hineinzuleiten.

Finn? Wo bist du?, rief Dave erneut lautlos in die Schwärze hinein. Um ihn wisperten leise Stimmen, ein Raunen hob an, sehnsuchtsvoll und einsam. Oh, er wusste genau, wie sie sich fühlten, körperlos, schwebend in der unendlichen Leere.

Zart streifte etwas Daves Bewusstsein wie die flüchtige Berührung eines Blattes, das sanfte Kitzeln einer Feder. *Finn?*, rief er erneut, konzentrierte sich auf den Schmerz, auf denjenigen, dem dieser galt. *Ich bin hier. Komm zu mir.*

Abermals berührte ihn etwas, unglaublich schwach und haltlos, doch Dave griff entschlossen zu, verwob das kaum vorhandene Gefühl von Finns Präsenz mit seinem Bewusstsein. Irgendwo vernahm er ein bekanntes Echo auf seine Rufe und lauschte genauer. Eine menschliche Stimme, Worte mit Bedeutung, einem menschlichen Bewusstsein entsprungen.

Hilf mir!

Eine sehr leise Stimme, weit entfernt, unglaublich verzweifelt. Dave streckte seine Arme danach aus, lehnte sich weiter hinaus in den schwarzen Abgrund, ignorierte seine eigene Furcht, die ihn laut genug vor dem Sturz warnte. Die Berührung verstärkte sich, als ob Finger nach ihm greifen würden, seine ausgestreckten Hände packten. Im selben Augenblick wurde Dave klar, wie er die geraubte Energie zurückfließen lassen konnte. Sein Herz pochte, hämmerte die fremde Angst, den eigenartigen Schmerz mit harten Schlägen durch seinen Körper. Dieses merkwürdige, schmerzhafte Gefühl in ihm war der Schlüssel! Er musste es umformen, anstatt dagegen zu kämpfen, sich davon leiten lassen, hin zu Finns Bewusstsein in der Schwärze, den Schmerz zu dem zurückverfolgen, der diese Gefühle in ihm erweckt hatte.

Der Schmerz breitete sich aus, schien zu einem schwach grau schimmernden Weg zu werden. Ein Hinweis, ein Weg aus der Dunkelheit, dem Finn folgen konnte, der ihn zurückführte. *Zurück, zurück zu mir,* raunte Dave verlangend. Vorsichtig sandte er die Energie über den entstandenen Pfad, vernahm das aufgeregte Raunen und Zischen um sich herum, spürte ihre Gier, die Wut, die Verzweiflung. Nahrung so nahe, so viel und dennoch unerreichbar ohne Körper, ohne Präsenz.

Finns Bewusstsein reagierte zaghaft. *Dave?,* flüsterte es leise, ungläubig. *Bist du das?*

Ich bin hier, Finn, rief er ihm zu. *Komm zu mir. Folge dem Pfad zurück. Komm zu mir.* Die Energie floss träge, zögernd wie waberndes Wasser, ein Schimmer in der Schwarzen Leere, verfolgt von tausend hungrigen Augen und gierig sabbernden Mäulern. Körperlos griffen sie nach der Energie, wollten sie kosten, nur einen Hauch davon schmecken, schrien ton- und wortlos ihre Qual und ihren Zorn hinaus. Dave verstand ihre Gefühle, wusste um den endlos bohrenden Hunger, das Wüten in den Eingeweiden, dem Herz, der Seele. Nichts von dieser köstlichen Energie war für sie erreichbar, nur für Finn.

Dave blinzelte, beugte sich über Finns schlaffen Körper und betrachtete dessen blasses, starres Gesicht. Alles klar und einfach, der Weg, den er selbst gehen musste, lag offen vor ihm. Langsam senkte er den Kopf und berührte Finns Lippen mit den seinen. Seine Zunge benetzte sie, strich zärtlich über die kühle Haut, dann öffnete er seinen Mund und ließ die Energie zurück in den leblosen Körper fließen, gab ihm Kraft, ließ das Leben zurückkehren. Lebensenergie, die Essenz jeder Energie.

Finns Herz begann kräftiger zu schlagen, nahm rasch an Kraft zu, begann zu pulsieren, ließ das Blut wieder schneller zu fließen und die Energie erfüllte den menschlichen Körper mit der Form Leben, die er kannte.

Langsam und schwerfällig schloss sich das Tor, ließ das wütende Zischen und traurige Kreischen auch in Daves Kopf verstummen. Gleichzeitig fühlte Dave genau, wie Finns Bewusstsein den Weg zurückfand. Zu ihm. Der Schmerz verwandelte sich in heiße Glut, die fast ebenso schmerzte, sein Herz zwischen harten Fäusten zusammenpresste und wild losrasen ließ. Zögerlich löste er den Kuss.

Noch immer rann ihm diese merkwürdige, salzige Flüssigkeit aus den Augen, tropfte von seinem Kinn auf Finns Gesicht. Irritiert strich er sie von der bleichen Wange.

„Finn?", hauchte Dave leise. Dessen Nervenbahnen reagierten, sandten ein feines

Schaudern über die Haut. Finns Brust begann sich wieder stärker zu heben und zu senken, ein Zittern schüttelte seinen Körper.

Der junge Mensch schlug die Augen auf, blinzelte verwirrt. „Dave?", flüsterte er fast unhörbar, der Blick noch verschleiert, sein Geist schien weit weg zu sein. Daves Brust drohte zu zerspringen. Das überwältigende Gefühl der Erleichterung war fast ebenso schmerzhaft wie zuvor die Furcht vor Verlust.

„Ich bin hier, Finn", raunte Dave und seine Stimme klang merkwürdig erstickt, drang kaum an einem schmerzhaft harten Kloß in seiner Kehle vorbei, der sich dort gebildet hatte. Betroffen schluckte er, bemüht, das befremdliche Gefühl loszuwerden, welches ihm den Atem nahm.

„Was ...?", flüsterte Finn und versuchte eine Hand zu heben, aber er fühlte sich völlig schlaff, vermochte keinen Muskel anzuspannen. „Was ist denn passiert?"

Dave lächelte beruhigend und seine Hand streifte zart die Spuren des Wassers von Finns Gesicht.

„Du warst weg", erklärte Dave viel zu leise und fügte nach kurzem Zögern hinzu: „Du warst ... ohnmächtig." Finns braune Augen blickten ihn irritiert an, sein Blick huschte unsicher über Daves Gesicht. „Ohnmächtig?", fragte er ungläubig nach. Mühsam versuchte Finn, sich zu erinnern. War da nicht dieser Dämon gewesen ...

„Es war ... ich ... es war wie in einem Traum", stammelte Finn benommen. „Du ... du bist zurückgekommen. Und dann ..." Er stockte und suchte nach den entsprechenden Erinnerungen. Es war so unwirklich. Was war passiert? Dave war zurückgekommen, oder doch nicht? Irgendwie auch der Dämon. War das real gewesen? Der Dämon, der ihn berührt, der über ihm gehockt hatte, der ... Finn versuchte, seine wirren Erinnerungen zu sortieren. War das nur ein Traum gewesen? Dave war zumindest jetzt hier. Hier bei ihm. Dave und kein Dämon. Hatte er denn nur wirr geträumt?

„Da war alles dunkel. Alles leer und schwarz. Und ich war alleine. Ganz alleine", kamen die Worte zögernd über Finns Lippen. Sein Verstand war noch weit weg, hing irgendwo zwischen den Realitäten, seine innere Stimme stammelte Unsinniges, beharrte darauf, dass ein Teil des Traumes real gewesen war.

„So schwarz und ich hatte solche Angst", flüsterte Finn und hob seine Hand mühsam, legte sie an Daves Arm. Dave war echt, aus Fleisch und Blut und hatte keine Reißzähne oder Flügel. Definitiv nicht.

„Ich weiß", flüsterte Dave, einen sonderbar gequälten Unterton in der Stimme und fügte für Finn hörbar hinzu: „Ich weiß, wie es sich anfühlt." Irritiert blickte ihn Finn an, denn Daves Gesicht wirkte abwesend. Für einen Menschen musste die Schwarze Leere ungleich schlimmer sein. Ein Wunder, dass Finn noch bei Verstand war. Mehr oder weniger. Dave zog den erschöpften Körper fest an sich. Beinahe hätte er ihn verloren. Er fühlte die Wärme an seinem Körper, Finns pulsierendes Herz unter der Haut, welches sanft gegen seine Brust schlug. So zerbrechlich, so menschlich.

„Du bist in Sicherheit", beschwor Dave ihn und presste abrupt Finns Kopf an seine Brust. „Es wird nicht noch einmal passieren. Nie wieder, Finn. Dafür werde ich sorgen."

Finn wand sich irritiert aus dem Griff, öffnete den Mund, um zu fragen, was Dave damit meinte, doch der beugte sich genau in dem Moment zu ihm hinab, küsste ihn sanft und zärtlich. Der kleine Mensch würde Zeit brauchen, sich zu erholen. Sein Körper musste sich regenerieren, die Energiereserven wieder ganz auffüllen. Finn musste jetzt schlafen und würde es tun, so lange, wie Dave es wünschte.

„Schlaf jetzt, Finn. Schlaf und erhole dich." Daves Stimme war raunend, nahm einen hypnotischen Klang an und Finn blinzelte überrascht gegen die ihn plötzlich heimsuchende, überwältigende Müdigkeit an. „Schlaf und träume. Vergiss, was geschehen ist. Ich bin da und wache über dich. Ich bin immer da", murmelte Dave und drang nur soweit in Finns Bewusstsein ein, um ihn in einen sanften Schlaf zu versetzen. Finns Augen fielen zu und Dave ließ ihn langsam aufs Bett gleiten, schob den schlaffen Körper hoch. Seine Hand erstarrte, als er die Decke über Finns Schulter gezogen hatte, verharrte über dem blassen Gesicht. Zögernd berührten seine Finger Finns Stirn, strichen sanft durch seine Haare und über Lippen und Kinn. Befremdliche, überaus starke Gefühle drohten ihn zu überwältigen, viel mächtiger als alles, was er je zuvor gefühlt hatte. Kein Hunger, keine Gier, etwas völlig Unbekanntes.

Der Dämon in ihm heulte erschreckt, kämpfte gegen diese Gefühle wie gegen eiserne Fesseln an. Fremde Empfindungen, die völlig gegen seine Natur waren und ihn verletzlich, ja hilflos machten, ihn gefangen nahmen und ihn mit unsichtbaren, dennoch stählernen Ketten an den Menschen hier banden.

Daves Finger zuckten, verwandelten sich in Krallen und er zog sie von dessen Gesicht zurück. Hatte Finn womöglich einen Bann über ihn gelegt, waren es magische Fesseln, die er ihm auferlegt hatte? Doch Dave konnte keine machtvollen Worte in seinem Geist entdecken, nichts, was darauf hinwies, dass Magie beteiligt war. Dennoch schien es ein so mächtiger Bann zu sein, dass der Dämon sich nicht mehr daraus befreien konnte.

Dave wich knurrend zurück und selbst das kostete ihn ungeheure Anstrengung. Sein Gesicht zerfloss, verwandelte sich in eine dämonische Fratze. Rot glühende Augen starrten zornig auf den Menschen hinab. Die Hände verwandelten sich vollständig in Klauen, das Maul voll spitzer Zähne. Knurrend entfaltete er seine Flügel und sah sich überrascht um. Sie waren wieder da, er war er selbst. Also hatte ihn Finns Energie wirklich verändert, ihm seine dämonischen Eigenschaften genommen. Aber wieso bei ihm und sonst nicht? Was für eine eigenartige Magie konnte dieser Mensch wirken?

Wütend fletschte der Dämon die Zähne. Kein Mensch durfte so viel Macht über ihn haben, das war gefährlich! Er sollte ihn töten, die Gefahr vernichten. Dann wäre es vorbei und er wäre wieder ganz frei. Sein Fleisch so süß, er hatte es bereits gekostet, sein Blut so heiß, sein Duft berauschend, die Haut so weich, sein Stöhnen so lustvoll, seine Lippen so weich, sein Kuss so liebevoll …

Der Dämon schüttelte irritiert den Kopf. Welch seltsamen Gedanken! Nur ein Schritt vor und er konnte seine Krallen in den menschlichen Körper schlagen, sein Fleisch zerreißen, die Knochen splittern lassen, sein Herz erreichen und alles wäre wieder wie zuvor. Es würde gut sein, seine Augen, dieses helle Braun, verlöschen zu sehen, zu beobachten, wie er

starb … Hellbraun mit einem dunkleren Rand, groß aufgerissen, wenn Finn ihn unsicher ansah, die langen Wimpern, die sie beschatteten, die Art, wie er seinen Blick senkte …
Der Dämon knurrte verwirrt. Er sollte ihn töten. Dieser Mensch hatte entschieden zu viel Macht über ihn. Entschlossen trat er vor, seine Krallen ausgestreckt und berührte Finns Schulter, zuckte jedoch im selben Moment zurück, als ob er sich verbrannt hätte.
Nein! Er konnte es nicht! Der Gedanke, wie seine Krallen sich in dieses weiche Fleisch graben würden, das Blut hellrot hervorquellen würde, verursachte unbekannte Schmerzen in seinem Herzen. Er konnte ihn nicht töten! Es würde ihn zerreißen!
Der Dämon heulte auf und verwandelte sich zurück, wurde wieder zu Dave und die ausgestreckte Hand strich sanft eine hellbraune Locke aus Finns Gesicht. So schön, dieses Gesicht zu sehen, es zu berühren, dieses innere Feuer glühen zu sehen. Niemals sollten diese Augen verlöschen dürfen!
Abrupt wandte Dave sich ab und stürzte aus dem Raum, aus dem Haus, hinaus auf die Straße. Draußen blieb er schwer atmend stehen und sah sich um. Es war recht hell, denn der Mond schien aus einem nur leicht bewölkten Himmel. Die Nacht war bereits weit fortgeschritten, in wenigen Stunden würde es zu dämmern beginnen. Sichernd blickte sich Dave um. Finn würde noch lange schlafen, so lange, bis er zurückkehrte und ihn aus dem befohlenen Schlaf aufwecken würde.
Dave sah zum Himmel hoch und atmete heftig ein und aus. Er musste nachdenken, was er tun sollte. Das war alles verwirrend neu und anders. Ein Teil von ihm wollte diesen Menschen töten, ein Teil ihn beschützen und obwohl er weit weg von Finn war, spürte er noch immer diesen eigenartigen Sog in seinem Herzen. Ihm war keine Magie bekannt, die auf diese Weise wirkte. Vielleicht sollte er sich ein Opfer suchen und die ihm entgangene Energie ersetzen. Es würde ihm vermutlich nicht so gut munden, wie Finns köstliche sexuelle Energie, allerdings würde es ihn vielleicht wieder zu dem machen, was er eigentlich war.
Dave verwandelte sich, breitete die Flügel ganz aus und verspürte unendliche Erleichterung, dass er sie wieder hatte. Er war ein Dämon, gefährlich, hungrig - kein Sklave eines Menschen! Kraftvoll schwang er die ledernen Schwingen und sprang in den Himmel. Er musste versuchen, mit sich ins Reine zu kommen. Kein Dämon war je von einem Menschen dauerhaft gebunden worden. Vielleicht wäre es besser, wenn er von hier verschwand, irgendwo weit weg von Finn …

Immer höher stieg er in den Nachthimmel über Lüneburg, bis die Hansestadt nur noch aus winzigen, aneinandergereihten Lichtern in der Dunkelheit bestand. Dave kannte den Anblick nur zu gut, hatte die Stadt am Kalkberg über viele Jahrhunderte wachsen sehen. Es gab vieles, was ihn mit ihr verband und ihn offenbar immer wieder hierher zog.
Hungrig witterte er, suchte nach den kleinen Feuern der menschlichen Herzen. Irgendwo würde sein nächstes Opfer sein, alleine, schutzlos, mit ein wenig zu viel Alkohol im Blut. Er stutzte, als er unter sich unerwartet eine dämonische Präsenz wahrnahm, und lächelte grimmig.

Dieser Idiot! Was trieb ihn hierher? Noch ein Problem, um das er sich kümmern musste. Aber zunächst würde er seinen Hunger stillen. Mit einem weiteren Schlag seiner Flügel änderte der Dämon die Richtung und jagte durch den Nachthimmel hinunter in Richtung Innenstadt.

26
Du musst ihn töten!

Eng an die Wand des Hauseingangs gedrängt, versteckt in den Schatten, hatte Russell die ganze Nacht gewartet. Außer ein paar angetrunkenen Männern, die sich gegenseitig stützend durch die Straße torkelten, war allerdings niemand aufgetaucht. Als es zu dämmern anfing, wurde er unruhig. Leise verfluchte er Dave. Russell mochte kein Tageslicht. Wesen seiner Art gehörten in die Dunkelheit, fand er, das war ihr Lebensbereich. Die Nacht war sein Element, wenn alle Menschen sich vor den Schatten fürchteten und er ihre Furcht nur genügend anheizen musste, um köstlich zu speisen.

Der Tag begann regnerisch und der graue Himmel ließ kaum Licht durch, sodass Russell missmutig weitere Stunden ausharrte, schließlich genervt den Hauseingang verließ und sich ein Café suchte, um zu frühstücken. Zu seinem Glück lag Daves Wohnung in der Innenstadt, sodass er nicht lange suchen musste, um etwas Passendes zu finden.

Es waren nur wenige Menschen im Café und Russells bedrohliche Ausstrahlung sicherte ihm einen Platz mit viel Freiraum. Er bestellte sich ein Frühstück und eine Zeitung, beobachte die Menschen ringsum und fühlte nach ihren Herzen und ihrem pulsierenden Blut. Er verspürte Hunger; es war Zeit, wieder jagen zu gehen. Seine letzte Mahlzeit lag mehrere Nächte zurück und er verspürte einen Hunger, den das menschliche Essen nicht zu stillen vermochte.

Dave war nicht aufgetaucht und langsam machte Russell sich durchaus Sorgen. Üblicherweise wäre der Dämon gegen Morgen von seinem Nachtmahl zurückgekehrt. Sie beide waren am Anfang ihrer „Freundschaft", wenn man es denn so nennen konnte, öfter gemeinsam jagen gewesen, und auch wenn ihnen das Tageslicht nichts ausmachte, bevorzugten sie es doch, im Dämmerlicht heimzukehren, um unnötige Aufmerksamkeit bezüglich der Blutspuren zu vermeiden.

Wo Dave sich wohl noch herumtrieb? Der alte Dämon stellte Russell mehr und mehr vor ein Rätsel. Seufzend beschloss Russell, dass er später am Tag versuchen würde, noch einmal bei ihm zu klingeln.

Missmutig trank er seinen Milchkaffee und aß sein belegtes Brötchen. Der Tag schritt voran

und Russell amüsierte sich damit, den Kellner bei seinen Gängen durch das Café zu verunsichern, indem er ihm in den Schatten Bewegungen vorgaukelte, las nebenbei die Zeitung, mit den Gedanken war er jedoch bei Dave. Später füllte sich das Café zusehends, nur die Plätze in seiner Nähe wurden gemieden. Die Sonne hatte sich endlich durch die Wolken gekämpft und es war ein bewölkter, milder Herbsttag geworden.
Russell lehnte sich zurück, versank in die Schatten seiner Umgebung und lauschte auf die Herzschläge der Menschen ringsum. Genießerisch stellte er sich vor, wie er eins von ihnen vor Panik schneller schlagen lassen und vor Furcht fast zum Stillstand bringen konnte, bevor er seine Fänge in das süße Fleisch schlagen würde. Hungrig leckte er sich über die Lippen und beobachtete ein dickes, etwa siebzehnjähriges Mädchen, die in ihrem geblümten Kleid und den seitlichen Zöpfen wohl zwanghaft mädchenhaft erscheinen wollte. Sie blickte irritiert um sich, als Russell sich auf sie konzentrierte und eine Gänsehaut ihre Arme überzog. Hastig verbarg Russell sein geblecktes Gebiss hinter der Zeitung. Oh Mann, er war wirklich viel zu hungrig. Vermutlich entging ihm deshalb auch die elegant gekleidete Männergestalt, die das Café betreten hatte. Erst kurz bevor er zu ihm trat, fühlte er die gewaltige Präsenz, die seinen eigenen Herzschlag rasant beschleunigte.

„Hallo, Dave", sagte Russell betont gelassen und senkte langsam die Zeitung, während sein Blick an dem Mann aufwärts glitt. „Du hast mich also gefunden."
Dave setzte sich neben ihn, in einen dunkelgrauen Anzug mit einer ebensolchen Weste und einer silbernen Krawatte gekleidet. Er sah wie immer beeindruckend aus, nur in seinen dunklen Augen war ein unstetes Flackern zu erkennen, welches Russell irritierte. Der sonst so kühle, beherrschte Blick war eigentümlich unruhig. Aus irgendeinem Grund wirkte Dave sogar ein wenig mitgenommen. Russells Herz begann noch schneller zu schlagen, was Dave kaum entgehen konnte.
„Hallo, Russell. Wie nett, dass du mich besuchst", begrüßte ihn dieser mit dem gewohnten, leicht gefährlichen Lächeln. Russell bemerkte allerdings sehr wohl, dass es dem menschlichen Teil in ihm dieses Mal viel zu wenig Unbehagen verursachte. Etwas war passiert, Dave war anders als sonst. Weniger … dämonisch, weniger gefährlich.
„Du hast wohl gerade an dein Abendbrot gedacht", bemerkte der alte Dämon mit einem Grinsen. „Stehst du noch immer auf diese ängstlichen Kinder und ihre Albträume?" Dave musterte Russell, der nun ebenfalls lächelte und Dave skeptisch betrachtete. „Kinder haben verdammt viel Fantasie", meinte Russell achselzuckend und fügte erklärend hinzu: „Ihre Ängste sind vielschichtig und sie sind leichter in Furcht zu versetzen." Kritisch betrachtete er den alten Anderen. „Wann hast du zuletzt gegessen?" Dave verzog den Mund zu einem Grinsen, doch seinem Lächeln fehlte der gefährliche Touch, den es sonst hatte. Genießerisch leckte er sich über die Lippen.
„Oh, ich habe köstlich gespeist", erklärte er, bemüht überzeugend. „Da war ein wenig zu viel Alkohol im Blut, dafür war die Angst stark genug, um mich zu sättigen." Was nicht ganz zutraf, denn Daves Hunger war nicht wirklich gestillt worden. Das furchtdurchtränkte Fleisch hatte seltsam schal geschmeckt, die Lebensenergie war kaum mehr als ein

verdampfender Wassertropfen gewesen.

Russell quittierte Daves Aussage denn auch mit einem Hochziehen der Augenbrauen, sagte jedoch nichts dazu.

„Wie bist du hergekommen?", erkundigte sich Dave scheinbar interessiert. „Deinem Hunger nach zu urteilen, diesmal ohne Auto und Polizeibegleitung." „Mit dem Zug", gab Russell unbehaglich zu und lehnte sich ein wenig zurück. Dave lachte leise auf. „Mit dem Zug? Na, das nenne ich mal originell. Hast du mich etwa so vermisst in Hamburg?" „Du bist seit Wochen verschwunden! Ich wollte mich nur vergewissern, dass du nicht den Jägern in die Arme gelaufen bist", erklärte Russell ungeduldig und betrachtete Dave ärgerlich, der einem Kellner winkte und sich selbst Essen bestellte.

„Nein, keine Jäger", meinte Dave, seine Stimme klang allerdings nicht so kühl und distanziert wie sonst.

„Was ist dann los?", brach es genervt aus Russell hervor, der zunehmend unsicherer wurde. Dave wirkte befremdlich verändert, so hatte er ihn noch nie erlebt. „Ist es noch immer dieser Bursche? Der Mirjahn?" Dave schwieg, legte in einer sehr vertrauten Geste seine schmalen Finger aneinander und musterte Russell lange, ehe er antwortete.

„Ja. Er ist hier in Lüneburg." Daves Blick huschte kurz über das Gesicht des Halbdämons, als ob er eine bestimmte Reaktion erwarten würde, und wurde wieder selbstsicher. „Ich bin ihm hierher gefolgt. Ich habe ihn aufgespürt."

„Na, prima! Bist du ihm denn so nahe gekommen, wie du wolltest?", hakte Russell nach und konnte einen spöttischen Unterton nicht heraushalten. Dave sah ihn forschend an und seufzte ergeben. „Nahe gekommen ..., ja, kann man wohl sagen. Ich habe mit ihm geschlafen."

Russell sog scharf die Luft ein, wobei er sich selbst schalt. Er sollte nicht so überrascht sein, denn darauf war es doch die ganze Zeit hinausgelaufen. Daves Interesse an dem jungen Mann war von Anfang an eindeutig gewesen. Warum nur hatte Russell das Gefühl, dass da noch mehr war?

„Wunderbar! Dann ist er jetzt tot? Hast du ihn endlich getötet?", fragte er lauernd nach, sich nicht ganz sicher, aber Daves Verhalten schien das Gegenteil anzudeuten. Undenkbar! Ein Mirjahn! Natürlich musste er ihn töten.

Dave lächelte wehmütig und blickte Russell belustigt an. „Das hätte ich wohl tun sollen", begann er und sein Lächeln wurde breiter, als Russell erschreckt Luft holte. „Aber das habe ich nicht." Dave zuckte die Achseln, seine dunklen Augen bohrten sich in Russells. „Ich habe es viel zu sehr genossen", erklärte er leiser und seine Stimme wurde leidenschaftlich. „Es war mehr, als ich jemals erlebt habe und ich habe mich an seiner Energie völlig berauschen können. Er hat das Tor von Mal zu Mal mehr aufgestoßen und ich habe mich beinahe völlig satt trinken können." Dave seufzte tief auf.

„Beinahe?", griff Russell den Satz irritiert auf, lauschte atemlos. „Was ist passiert?"

„Ich hätte ihn um ein Haar getötet", gab Dave zu und für einen Moment vermeinte Russell so etwas wie Bedauern oder Schreck in dessen Miene zu lesen und zuckte verblüfft zusammen. Eine solche menschliche Reaktion passte nicht zu Dave. Nie im Leben!

„Wieso nur fast? Was hat dich daran gehindert?", fragte Russell überaus verwundert nach.
„Ich selbst. Ich habe ihn zurückgeholt", antwortete Dave leise und musterte Russell intensiv lauernd, vielleicht auch ein wenig nach Verständnis heischend.
„Du hast was?", rutschte es Russell viel zu laut heraus und sie ernteten ein paar irritierte Blicke von den anderen Tischen. Russell senkte augenblicklich seine Stimme. „Dave, warum, bei allen Toren zur Hölle, hast du das getan?"
„Wenn ich das wüsste ...", erwiderte Dave beinahe zerknirscht und Russell verspürte einen Anflug von echter Panik. Was war passiert? Dieser Mann hier war nicht der Dämon, den er seit vielen Jahren kannte. Er war viel zu ... menschlich, zeigte sogar so etwas wie Gefühle. Völlig unmöglich!
„Er verlor sich in der Schwarzen Leere", erzählte Dave, den Blick irgendwo in die Ferne gerichtet. „Dann hat er nach mir gerufen. Ich habe seine Stimme gehört, so flehend, so alleine ... es war ... seltsam vertraut." Er machte eine Pause, schien mit den Gedanken weit weg zu sein und senkte den Blick auf Russell. „Ich konnte ihn nicht gehen lassen." Erneut seufzte Dave, schwieg, als der Kellner ihm sein Essen und seinen Kaffee brachte und mit einem etwas unbehaglichen Blick auf die beiden elegant gekleideten Männer rasch wieder verschwand.
„Ich habe ihn wahrhaftig zurückgeholt!", erklärte Dave. „Ich weiß nicht, welche Macht dieser junge Mensch verwendet, aber er hat mich verändert. Als ich seine Energie nahm, hat es meine Dämonengestalt verändert. Er nahm mir meine Fähigkeit zu fliegen", erklärte Dave bedeutungsvoll und seine Stimme hallte eigentümlich in Russells Ohren nach, der mit weit aufgerissenen Augen lauschte.
„Was?", brachte der Halbdämon entsetzt hervor. „Das ist völlig unmöglich! Absolut unmöglich! Kein Mensch hat soviel Macht! Kein Mensch kann einen Dämon formen oder beherrschen!"
„Finn hat es getan. Ich weiß nicht wie, vermutlich weiß er es selbst nicht einmal, doch je mehr ich von seiner Energie kostete, je weiter ich das Tor aufstieß, desto mehr habe ich mich verändert."
Dave schien in Gedanken versunken und Russell starrte ihn noch immer entsetzt an.
„Er hat sich mir widersetzt", fuhr Dave in seiner Erzählung fort. „Ich verführte ihn in meiner menschlichen Gestalt und am Anfang ist es ihm sogar gelungen, das Tor selbst wieder zu schließen. Erst als ich ihn in meiner Dämonengestalt genommen habe, hat er sich völlig fallen lassen, hat das Tor ganz weit geöffnet und mich all seine Energie erleben lassen." Ein feines, genießerisches Lächeln umspielte Daves Züge.
„Es war köstlich. So berauschend! Doch er ... er ..." Dave brach ab, starrte Russell intensiv an, sodass diesem ein Schauer über den Rücken lief. „Ich konnte ihn nicht gehen lassen. Ich habe ihn zurückgeholt, Russell!" Daves Stimme war voll Leidenschaft und Russell fuhr bei seinen Worten abermals zusammen. Ein furchtbarer, völlig abwegiger Verdacht keimte in Russell auf, den er nicht auszusprechen wagte. Sie schwiegen. Wie eisiges Wasser wirkten Daves Worte auf Russell, hinterließen ein schmerzhaftes Prickeln auf der Haut, schnürten sein Herz zu einem wild pochenden Bündel aus Furcht zusammen. Das war so

ungeheuerlich, dass er sich schwer tat, es überhaupt zu begreifen. Wenn es stimmte, was Dave da sagte, war er in höchster Gefahr. Sie alle waren in Gefahr, jeder Andere. Welcher Mensch hatte jemals soviel Macht über einen Dämon gehabt?
Kein Mirjahn hatte es je vermocht, einen Dämon zu verändern! Zu töten sicherlich, zu verstümmeln, aber so etwas?
„Du musst ihn töten", flüsterte Russell bestimmt und fuhr beschwörend fort: „Er ist eine Gefahr für uns. Niemals hat ein Mensch einen Dämon verändert. Er ist gefährlich, Dave!" Russells Stimme war lauter und schriller geworden und erneut zogen sie die Aufmerksamkeit einiger anderer Gäste auf sich. Leiser fügte er daher hinzu: „Er muss sterben. Wenn er soviel Macht hat, darf er nicht weiter leben, Dave. Du musst ihn töten."
„Das kann ich nicht", gab Dave zu und sah wahrhaftig zu Boden. Russell liefen weitere Schauer über den Rücken und diesmal nicht in seiner menschlichen Hälfte, sondern der Dämon kauerte sich wimmernd zusammen.
„Hast du es denn ernsthaft versucht?", fragte Russell zögernd nach, während seine Gedanken sich überschlugen. Ein Mensch mit so viel Macht. Undenkbar!
„Nein", erwiderte Dave und sein Blick bohrte sich in Russells Augen und er zuckte die Schultern. „Nicht wirklich." „Dann tue es", sagte der Halbdämon bestimmt. „Beende es!"
„Ich meinte nicht, dass ich es nicht kann", erwiderte Dave und seine Stimme wurde bestimmter, ein wenig drohender. „Ich will es nicht, Russell. Selbst wenn ich es könnte, würde ich es nicht tun. Da ist etwas, was mich daran hindert und das ist nicht sein Blut." Dave seufzte und wirkte plötzlich befremdlich verletzlich. Viel zu menschlich.
„Es ist, als ob er einen Bann über mich gesprochen hätte, aber da ist nichts, da sind keine machtvollen Worte, nichts davon. Ich verspüre merkwürdige ... Gefühle in mir. Hitze, Wärme, ein komisches Kribbeln, wenn ich ihn ansehe. Mein Herz krampft sich zusammen, als ob es von eisernen Bändern eingeengt werden würde, doch es gibt keinen Bannspruch, den ich erkennen könnte!" Dave betrachtete Russell sichtlich verwirrt. „Als er mir in die Schwarze Leere glitt, da habe ich etwas Eigenartiges gespürt, Russell, das war ... Angst ... denke ich. Ich habe mich gefürchtet, dass er geht! Es erschien mir wie ein menschlicher Albtraum." Russell schnappte bestürzt nach Luft, blinzelte mehrfach, wollte nicht wirklich glauben, was Dave ihm da erzählte.
„Was für ein Bann ist das? Was kann so mächtig sein?", fragte Dave verunsichert nach.
Russell lehnte sich langsam ausatmend zurück und überlegte fieberhaft, wie er es formulieren sollte. Dave starrte ihn weiterhin fragend an, ein verwirrter Dämon, für den solche Gefühle schier nicht existent waren. Russells Herz schlug schnell und hart, sein menschliches Erbe verstand viel schneller, was da vor sich ging als sein dämonischer Teil. Konnte es wirklich sein? Aber dies war Dave, einer der ältesten Dämonen überhaupt, wenn nicht sogar der Älteste. Konnte einer der Anderen überhaupt einem solchen Bann unterliegen? Ein Wesen, das keine Gefühle kannte? Alles, was Dave da gerade berichtete, war im Grunde ungeheuerlich! Russell holte tief Luft, beugte sich langsam vor und fing Daves erwartungsvollen Blick ein.
„Ich habe noch niemals davon gehört, dass diesem mächtigen Bann auch Dämonen

unterliegen können", begann Russell vorsichtig und traute seinen eigenen Worten kaum über den Weg. „Aber für mich klingt es so, als ob du dich verliebt hättest." Die Worte klangen absurd, selbst als er sie aussprach.

Daves Kopf ruckte abrupt hoch und für einen winzigen Augenblick blitzte sein dämonisches Gesicht auf. Lange genug, dass eine junge Frau, die gerade vorbei ging, erschreckt ihre Einkaufstasche fallen ließ. Russells und Daves Köpfe wandten sich ihr zu und sie sammelte hastig ein paar Bücher und eine Tüte Milch ein, warf Dave zwei oder drei ungläubige Blicke zu, bevor sie sich aufrichtete und davon eilte.

„Was bedeutet das?", fragte Dave lauernd nach und Russell fühlte sich augenblicklich sehr unbehaglich. Wie sollte er einem Dämon ein Gefühl erklären, welches es bei ihnen schlichtweg nicht gab?

„Verliebt sein? Tja ... Liebe eben. Einen Menschen zu lieben, sich nach ihm zu verzehren, ihn eben zu lieben", holperte der Halbdämon den Versuch einer Erklärung heraus. Dave sah nicht so aus, als ob er damit etwas anfangen könnte.

„Liebe? Was ist das?", fragte er auch prompt misstrauisch zurück und Russell stieß noch einmal geräuschvoll die Luft aus, als er nach weiteren Erklärungen suchte.

„Bei mir liegt es auch lange zurück. Als ich noch nicht wusste, was ich bin, noch mehr Mensch war, habe ich auch einmal geliebt", begann er langsam, kramte in seinen Erinnerungen. „Es schmerzte! Es lässt dein Herz zerspringen, es fesselt dich, lässt dich wünschen, nur noch mit dem Menschen zusammen zu sein. Man verspürt eine tiefe Sehnsucht in seinem Herzen." Russell schüttelte sich, holte tief Luft und fuhr fort: „Man will immer zusammen zu sein!" Für einen winzigen Moment spürte er selbst dieses menschliche Gefühl in sich, tief vergraben, beinahe vergessen. „Es ist Verlangen nach ihr, nach ihrem Körper, ihren Berührungen, ihrem Lachen, ihren leuchtenden Augen, den langen, braunen Haaren, der perfekten Rundung ihres Mundes", erklärte Russell gedankenverloren. So lange her. Er hatte sie fast vergessen. So schön, so begehrenswert war sie gewesen. „Leidenschaft ... der Wunsch, eins zu sein mit ihr, ihre Haut zu spüren, zu riechen, sie zu kosten. Schmerzhaft, sehnsüchtig auf jede Begegnung mit ihr wartend", wisperte Russell, blinzelte und bemühte sich, seine Erinnerung abzuschütteln. Er sprach hier mir einem Dämon, mit Dave. Der wusste nichts von dem Mädchen, welches er einst geliebt hatte, sie hatten sich lange danach kennengelernt.

„Der merkwürdigste und vielleicht mächtigste Zauber der Welt", schloss Russell überzeugend, warf Dave einen nachdenklichen Blick zu. „Allerdings ist er eigentlich nur Menschen vorbehalten und du bist kein Mensch!" „Ein Zauber also?", hakte Dave nach und kaute gedankenvoll an seiner Unterlippe. „Na ja, so etwas in der Art. Vielleicht ein Zauber. Allerdings aus dir selbst entstanden. Kein Magier oder Hexe spricht ihn über dich aus. Er entwickelt sich in deinem Herzen, in einem menschlichen Herzen normalerweise", erklärte Russell.

„Wie kann ich ihn lösen? Oder wer kann ihn wieder lösen?" Dave blickte Russell erwartungsvoll an, der nur schluckte und den Kopf verneinend schüttelte. „Gar nicht! Es gibt keinen fremden Zauber oder Bann, der das aufheben kann, weil du ihn selbst wirkst.

Nur du selbst kannst ihn lösen, wenn es echte Liebe ist."
Russell musterte den perplexen Anderen eindringlich und fügte bedauernd hinzu: „Nur du kannst ihn lösen, Dave!"
Der ergriff seine Tasse und nippte an dem Getränk. Er schien völlig in Gedanken zu sein, trank seinen Kaffee in großen Schlucken. Russells Kehle war eng, dennoch brachte er die Worte hervor, die gesagt werden mussten: „Du wirst ihn töten müssen!
Er hat zu viel Macht über dich." Der alte Dämon rührte sich nicht, starrte in die leere Tasse. „Denk daran, dass er ein Mirjahn ist!", fuhr Russell eindringlich fort. „Wenn er selbst dich verändern kann, kann er womöglich auch andere verändern und uns womöglich sogar vernichten. Er muss so schnell wie möglich sterben!" Seine Stimme war leiser geworden, als er merkte, wie sich Dave bei seinen Worten sichtlich mehr anspannte.
„Nein!" Das Wort kam leise, extrem drohend und Daves schwarze Augen mit der roten Pupille richteten sich auf Russell, dessen menschlicher Teil sich augenblicklich panisch zusammen krümmte.
„Wenn du es nicht kannst, wird es einer der Anderen tun müssen, Dave", versuchte es Russell, verbarg das Zittern seiner Hände. „Dieser Mensch muss sterben!"
„Nein!", wiederholte Dave schlicht. „Das werde ich nicht zulassen." „Aber Dave …"
Russells Stimme war lauter geworden und er beherrschte sich nur mühsam, senkte sie hastig wieder. „Du gefährdest uns alle, wenn er am Leben bleibt. Ist dir das klar? Er ist nur ein kümmerlicher Mensch, verdammt!" Russell war versucht, nach Dave zu greifen, ihn zu schütteln, unterließ es jedoch wohlweislich. „Er ist vor allem ein Mirjahn! Wenn sein Erbe erwacht, wird er ein furchtbarer Gegner werden. Genügend Gründe, warum er sterben muss." Russell legte eine Pause ein, leckt sich nervös über die Lippen. Kalte Schauer schlichen sich auf Spinnenbeinen seinen Rücken hinab. „Wenn du es nicht kannst, werde ich es tun. Heute Nacht. Ich werde dich von ihm befreien!", erklärte er entschlossen.

Die Menschen in dem Café schrien überrascht auf, als der große Mann in dem grauen Anzug urplötzlich den anderen angriff, ihn hochhob und mit einem Krachen an die Wand drückte, sodass ihr Tisch umfiel und das Geschirr klirrend zu Boden ging. Dave war so schnell gewesen, dass Russell kaum einatmen konnte. Beängstigend deutlich spürte er die scharfen Krallen an seinem Hals.
„Du wirst ihm nichts tun! Wenn du dich ihm näher solltest, werde ich dich töten, Russell", zischte Dave und Russells menschliche Seite wimmerte vor Angst. Nie zuvor hatte er den alten Dämonen so erlebt. Er schluckte hart und konnte vor Anspannung kaum nicken, spürte, wie die langen Nägel seine Haut am Hals ritzten, die ersten Blutstropfen austraten. „Hast du das verstanden?", fragte Dave leise und sehr drohend nach. Sie standen noch immer im Mittelpunkt der Aufmerksamkeit, wie Russell mit hektischem Blick erkannte, dennoch hatte er keinen Zweifel daran, dass Dave ihn ungeachtet dessen genau hier töten würde.
„Ja!", würgte er hervor. Sofort lockerte Dave den Griff und ließ ihn hinab gleiten. Mühsam rang Russell nach Luft, spürte die erschrockenen Blicke der Menschen auf sich ruhen.

Rasch zog er seinen Kragen höher und verdeckte die feinen Verletzungen, die ihm Daves Krallen zugefügt hatten. Der wandte sich ab, trat an den Tresen heran und legte dem verblüfften Kellner fünfzig Euro hin. Ohne ein weiteres Wort ging er hinaus, während ihm betroffene, ängstliche Blicke folgten. Russell zupfte verlegen seinen Anzug zurecht und bemühte sich, ebenso sicher wie Dave das Café zu verlassen, seine Beine fühlten sich jedoch überaus zitterig an.
Draußen empfing ihn der übliche Lärm der Stadt, doch Dave war bereits verschwunden, seine Präsenz nicht mehr wahrzunehmen. Russell holte tief Luft und schloss kurz die Augen.
Dave hatte ihn angegriffen, ihn bedroht. Das war nicht der Dämon, den er kannte. Er musste etwas unternehmen. Wenn Dave den Mirjahn nicht töten konnte oder wollte, würden die Anderen es tun müssen, die Gefahr war zu groß. Das Blut der Mirjahns machte ihn zu einer tickenden Zeitbombe, einer Gefahr für sie alle. Fast jeder aus dem Geschlecht war ein Jäger gewesen. Es lag ihnen im Blut. Manchmal übersprang es Generationen, nur um dann mächtiger wieder hervorzutreten. Wenn das Erbe einmal erwacht war, waren sie gnadenlose Jäger, die jeden Dämon aufspüren und töten konnten. Es war ihre Bestimmung und auch dieser junge Mensch würde nun schon bald zu einem Jäger werden.
Russell verfluchte sich, dass er nicht bereits vorher gehandelt hatte, als sich Dave zum ersten Mal so merkwürdig benommen hatte. Er hätte da schon etwas unternehmen müssen. Es war jetzt nur umso schwerer, den Mirjahn zu töten. Er würde Dave genau beobachten müssen, herausfinden, wo der Mensch wohnte, seinen vollständigen Namen in Erfahrung bringen müssen. Dann würde er sehen müssen, wie man an ihn herankam. Dave durfte nichts davon merken. Es war schließlich zu seinem Besten und zum Besten ihrer Art. Dieser junge Mann durfte nicht weiterleben. Russell wusste, dass er überaus vorsichtig sein musste, denn er hatte keinen Zweifel daran, dass Dave seine Drohung wahr machen würde, wenn er ihnen zu nahe kam.
Wütend hieb Russell gegen eine Straßenlaterne. Das konnte er nicht alleine schaffen, das war zu viel für einen Halbdämon. Russell konnte ein Schaudern nicht unterdrücken, als ihm klar wurde, was er tun musste, sobald er alle Informationen hatte.
Die Anderen aufzusuchen, versetzte ihn in Furcht. Sie waren ihm durchaus nicht freundlich gesonnen, immerhin war er zur Hälfte ein Mensch. Die Gefahr betraf sie jedoch alle. Sie würden ihn einfach anhören müssen, nur sie konnten den Wahnsinn aufhalten, dem Dave anheimgefallen war. Er würde sie suchen und zu Thubal gehen müssen. Nur er war mächtig genug. Hoffentlich ließ der ihn zu Wort kommen und zerfetzte ihn nicht schon vorher. Egal, er musste es riskieren.
Zunächst würde er jedoch die Nacht abwarten, denn heute musste er jagen, seinen immer stärker werdenden Hunger stillen. Gänsehaut überzog Russells Arme und seinen Rücken und er verfluchte Dave leise, während er sich auf den Weg machte.
Verfluchter Dave!

27 Was ist nur passiert?

Es war später Nachmittag, als Finn endlich die Augen aufschlug und etwas verwundert um sich blickte. Er war desorientiert, fühlte sich völlig erschöpft, jeder Muskel seines Körpers schien aus Gummi zu bestehen, war weich und nicht in der Lage, sich anzuspannen. Er hatte den Eindruck, ewig geschlafen zu haben, fand daher nur mühsam in die Realität zurück. Seine Erinnerungen waren irgendwie in einem Nebel verschwunden. Das Einzige, an was er sich noch erinnerte, war … Dave. War der nicht bei ihm gewesen? Hatte er nicht dessen Stimme gehört?

Mühsam hob er den Kopf, vermochte ihn allerdings nicht so hoch anzuheben, dass er etwas im Raum sehen konnte. Plötzliche Angst durchflutete ihn. Er war kaum in der Lage, einen Finger zu heben, so matt war sein ganzer Körper.

Was soll ich jetzt nur machen?, fragte er sich verzweifelt. *Ich kann mich überhaupt nicht bewegen, nicht einmal zum Telefon komme ich.* Sein unnützer Verstand erinnerte ihn gerne daran, dass manchmal Menschen einfach in ihren Wohnungen starben und erst Tage, Wochen oder gar Monate später gefunden wurde. *Hey, ich lebe aber noch,* protestierte Finn schwach und versuchte erneut, eine Hand zu heben. Immerhin ein Finger ging schon.

Ein eigentümliches Prickeln reizte seine Haut, beschleunigte seinen Herzschlag. Mit einem Mal wusste Finn untrüglich, dass er nicht mehr alleine war. Etwas, das weder sein Verstand noch seine innere Stimme war, flüsterte mit leiser, ungeübter Stimme: *Gefahr!*

Irgendwo in der Wohnung erklang ein scharrendes Geräusch und Finns Herz schlug sofort schneller. Verzweifelt gab Finn Befehle an seinen schlaffen Körper, die seine innere Stimme nur müde mit: *Geht gerade nicht!*, quittierte. *Na klasse!* Er lag hier, konnte sich nicht rühren und da war definitiv jemand in seiner Wohnung!

Mit angehaltenem Atem lauschte Finn, verschluckte sich beinahe vor Schreck, als sich die Tür zu seinem Schlafzimmer öffnete. Jemand kam herein, er hörte die Schritte sich seinem Bett nähern, doch er vermochte nicht, den Kopf anzuheben, sodass er denjenigen nicht erkennen konnte. Das Gefühl einer gewaltigen, uralten Präsenz versetzte ihn für einen Moment in Panik.

„Wer ist da?", flüsterte er ängstlich, verfluchte seinen unbeweglichen Körper. Kalter Schweiß brach ihm aus und sein Herz raste wild pochend. Jemand trat an sein Bett und Finn schaffte es immerhin, den Kopf ein wenig seitwärts zu drehen. Es war eine große, elegant gekleidete Gestalt, definitiv ein Mensch, und als Finns Blick das Gesicht erfasste, atmete er erleichtert aus. Dave!

„Hallo Finn", meinte der lächelnd auf ihn hinab sehend. „Hast du endlich ausgeschlafen?" Die Erleichterung durchflutete Finn wie heiße Lava, sein Herz machte wilde Freudenhüpfer, Hand in Hand mit seiner inneren Stimme. „Dave", brachte er verblüfft heraus. „Was tust du hier? Was ist denn passiert?" Finn runzelte die Stirn, er konnte sich an nichts erinnern. Etwas blockierte scheinbar noch immer Bilder seiner Erinnerung.
Dave ist hier, alles wird gut!, jubelte seine innere Stimme voll Zuversicht. *Wie ist er denn in deine Wohnung gekommen?*, wagte sein Verstand misstrauisch nachzufragen, fing sich einen gezielten Tritt der inneren Stimme ein und schwieg beleidigt. Irgendein neues Raunen in Finn konnte sich kein Gehör verschaffen.
„Ich kam heute Morgen her und du lagst tief schlafend im Bett", erklärte Dave. „Du bist seither nicht aufgewacht. Ich habe mir schon Sorgen gemacht und dich daher nicht aus den Augen gelassen." Seine Stimme klang tatsächlich besorgt. Finn lächelte zurück, während ihn wohlige Wärme durchfloss. Dave war hier bei ihm!
„Ich fühle mich ganz seltsam", gab er zu. „So als ob alle Kraft aus mir gewichen wäre. Ich kann mich nicht mal richtig bewegen. Keine Ahnung, was mit mir los ist. So etwas ist mir noch nie passiert."
Ich bin gerade hilflos wie ein Baby, dachte er. *Wie gut, dass Dave zurückgekommen ist.*
„Vielleicht hast du dir irgendeine Krankheit eingefangen?", meinte der, mied den direkten Augenkontakt und wunderte sich selbst, wie leicht er lügen konnte. Menschen fiel es nicht schwer, für ihn war es jedoch ungewohnt. Natürlich sollte er Finn nicht gerade jetzt die Wahrheit erzählen, da würde er irgendwann ganz von alleine drauf kommen. Bis dahin würde er seine Erinnerungen blockieren, so gut es eben ging. Das war im Prinzip nicht schwer, nur würde er es nicht ewig zurückhalten können. Nicht mehr. Finn veränderte sich, Dave konnte es spüren.
„Soll ich dir irgendetwas bringen?", erkundigte er sich lächelnd. Finns Lächeln wurde augenblicklich breiter, ließ abermals diese befremdliche, wohlige Wärme in Daves Körper aufsteigen.
Wieso reagierte er so merkwürdig auf ein menschliches Lächeln? War das dieser Liebesbann, von dem Russell gesprochen hatte? Eigenartig. Nun, seine Fragen würden Antworten finden, denn Dave war entschlossen diesem neuen Gefühl nachzugehen, zu sehen, wohin es ihn führen würde. Schließlich fühlte es sich gut an.
„Das ist lieb von dir. Ich könnte wirklich etwas zu trinken gebrauchen."
Finn versuchte seine Arme zu bewegen, sich wenigstens in eine aufrechte Position zu ziehen, seine Muskeln gehorchten ihm jedoch nicht. Immerhin konnte er jetzt schon mehrere Finger bewegen. *Tolle Fortschritte*, bemerkte sein Verstand trocken. *In dem Tempo kannst du vielleicht in einer Woche wieder alleine laufen.*

Dave bemerkte Finns Bemühungen und trat sofort zu ihm heran. „Warte!"
Er beugte sich über Finn, zog ihn an den Oberarmen wie ein Kind in eine sitzende Position. Sein Gesichtsausdruck war voll Sorge und Zärtlichkeit, sodass Finn ein warmer Schauer den Rücken hinab lief und er nur ein leises, betretenes: „Danke" hauchen konnte.

Wahnsinn! Dave warf ihm offensichtlich liebevolle Blicke zu! Finns Herz schien schier zu zerspringen, wenn er selbst Dave ansah. *Es hat dich echt voll erwischt*, bemerkte sogar sein Verstand anerkennend. *Hast du diesen irren Blick bemerkt? Und wie er dich gerade berührt und nun schaut er schon wieder so! Wahnsinn!*, eiferte sich seine innere Stimme wiederholend, bis Finn genervt: *Ja, habe ich bemerkt!*, antwortete.
Mit dem Rücken an sein Bettgestell gelehnt, schaute er Dave hinterher.
„Wieso bist du eigentlich hier?", fragte er nach, als Dave mit einem Glas Saft aus der Küche zurückkam und ihm das Glas sogar an die Lippen hielt, damit er trinken konnte.
Weich legte Dave ihm die Hand in den Nacken, die Wärme schien beruhigend durch Finns Körper zu fließen und sein Rückgrat hinabzugleiten. Die feinen Härchen im Nacken richteten sich schlagartig auf und Finns Körper erzitterte, als ob seine Nervenbahnen alle gleichzeitig reagieren würden. Etwas versetzte seinen Körper in Alarmbereitschaft. Oder war es Erregung? Finn war sich nicht sicher.

Dave bemerkte sehr wohl, wie Finns Körper auf ihn reagierte. Es war, als ob abermals Energie von ihm zu Finn fließen würde, was eventuell auch geschah, denn er fühlte sofort, wie Finn an Kraft gewann, sich die Muskeln kurz zusammenzogen und ein winziges Zittern durch seinen ganzen Körper schickten. Sanft bewegte Dave seine Finger in Finns Nacken, woraufhin der sich beinahe verschluckte und kurz hustete.
„Nicht so hastig", ermahnte ihn Dave, hörte verblüfft dem überaus sanften Tonfall seiner Stimme zu.

Finn hatte sich schnell wieder im Griff, sah ungläubig zu Dave auf, der ihn so zärtlich wie ein kleines Kind behandelte. „Geht schon wieder!", brachte er hustend hervor. Er kam sich unglaublich hilflos vor, konnte sich seinen Zustand vor allem nicht wirklich erklären. Welche Krankheit zog einem alle Kraft aus den Knochen?
Dave stellte das Glas ab, strich Finn die Haare aus der Stirn und beugte sich vor. Ohne weitere Vorwarnung küsste er ihn. Völlig überrumpelt konnte Finn kaum Atem holen, erwiderte automatisch den Kuss. Dave löste den Kontakt ebenso schnell und wich beinahe hastig zurück. „Ich bleibe, bis du wieder ganz fit bist", raunte er ein wenig heiser. Erneut musste Finn husten.
Diese weichen Lippen, schwärmte seine innere Stimme, *mehr, mehr davon.* Nur Finns Körper sagte bedauernd: *Mehr geht gerade nicht, sorry!* Warum war er nur so schlapp? Was war nur geschehen? Finn versuchte krampfhaft, sich zu erinnern.
„Ich habe nicht die geringste Ahnung, was passiert ist", gab er schließlich zu und sah Dave fragend an. „Du bist doch gegangen und dann ..." Hoffnungslos stieß er an eine schwarze Mauer, die ihm den Zugang zu seinen Erinnerungen vehement verwehrte.
Dave nickte bestätigend. „Ich bin gegangen, und als ich wieder kam, war die Tür nur angelehnt", log er erstaunlich gut. „Ich muss sie wohl nicht ganz geschlossen haben. Du hast tief und fest geschlafen und überhaupt nicht reagiert, als ich dich angesprochen habe." Erneut traf Finn ein liebevoller, besorgter Blick, der ihm durch Mark und Bein ging.

Verfluchte Erinnerungen, aber hatte Dave ihn zuvor auch schon auf diese Weise angesehen? So voll Liebe? Oder erst jetzt?
Dave nahm Finns Gesicht spontan zwischen die Hände, strich ihm zart über Wangen und Mund. Seine Fingerspitzen prickelten eigenartig. Hatte Finns Aura sich etwa verändert? Sie erschien ihm plötzlich viel stärker als zuvor. Gefährlicher. In Finns Augen stand ein merkwürdiger Ausdruck, zärtlich, ungläubig, der Dave urplötzlich Hitzewellen durch den Körper schickte. Erregung breitete sich in ihm aus, ließ seine Lenden vibrieren.
„Du hast mir solche Angst gemacht", erklärte er ehrlich und ein winziger Kloß bildete sich in seinem Hals, als er daran dachte, dass er um ein Haar nie wieder in diese Augen hätte blicken können, dass dieses Lächeln für immer hätte verlöschen können. Unvorstellbar!

Finn konzentrierte sich. Vage erinnerte er sich an etwas. „Es war alles ... schwarz! Einfach nur schwarz. Ich weiß nicht, was mit mir los ist." Fragend blickte er Dave an, biss sich verlegen in die Unterlippe. Konnte er so etwas fragen?
„Dave? Ist es ... ist es normal, dass man danach ... also ich meine ... nach dem ... Sex ...", druckste Finn unbehaglich herum. Nur stockend brachte er die Worte über die Lippen. „Also dass man sich danach so ... naja ... schlapp und kraftlos fühlt?" Hilflos zuckte Finn die Schultern und sein Verstand wies ihn begeistert darauf hin, dass er sie bewegen konnte. Dave grinste spitzbübisch, brachte sein Gesicht dicht an Finns, sah ihm tief in die Augen. Der junge Mensch war herrlich naiv und unerfahren! *Nur wenn man aller Energie beraubt wird*, dachte er reumütig, sein Gesicht offenbarte dabei nichts von seinen Gedanken.
„Nur wenn man dabei so abgeht wie du", flüsterte er stattdessen mit seiner dunklen Stimme und Finns Unterleib zeigte sofort eine deutliche Reaktion, die Dave natürlich nicht entging.
Ah! Gott sei Dank, da funktionierte alles wie gewohnt, stellte Finns Verstand sachlich und erleichtert fest. *Rot wirst du auch wie gewohnt*, spöttelte die innere Stimme. *Also, alles im wesentlichen wie immer.* Finn musste unwillkürlich grinsen, schaffte es langsam, eine Hand zu heben und sie um Daves Hand an seinem Gesicht zu legen. „Ist mir auch nur bei dir passiert", erklärte er lächelnd. *Du warst schließlich der Erste, und wenn es nach mir geht, muss da auch nie ein anderer kommen. Du bist alles, was ich mir sehnlichst erträumt habe*, dachte Finn verliebt.
„Ich freue mich auch schon auf die Wiederholung", raunte Daves dunkle Stimme, verursachte ein vages Misstrauen irgendwo tief in Finn, kaum spürbar, doch seine gut reagierende untere Körperhälfte ließ ihn jeden Gedanken daran sofort wieder vergessen, weil sie herrisch alles Blut forderte.
„Erstmal musst du wieder kräftiger werden. Ich mag dich zwar weich, anschmiegsam und hilflos ... ", erklärte Dave mit einer bedeutungsvollen Pause und zog Finns Körper in eine innige Umarmung. Finn, dessen Arme ihm langsam wieder gehorchten, konnte sie nur mühevoll und langsam erwidern. „In einigen Bereichen hätte ich es doch gerne lieber eng, fest und ... hart", ergänzte Dave, zwinkerte bezeichnend und strich mit seiner Hand über Finns Brust. Der keuchte auf, die Worte fuhren ihm direkt in die Lenden. Wenn Dave auf diese Weise weitermachte, war das sicherlich gar kein Problem. Verdammt, warum fühlte

sich nur der Rest von ihm an, als ob er gerade aus fiebrigen Träumen erwacht wäre?
„Das …", brachte Finn stockend hervor, mühsam seine schnelle Atmung kontrollierend; seine innere Stimme wies ihn völlig unnötig darauf hin, dass er dabei war, sehr rot zu werden, „ist anscheinend kein Problem. Deine Worten machen mich schon hart."
Dave grinste zufrieden, fuhr mit der Hand in Kreisen tiefer. Finn stöhnte auf, als Dave schmunzelnd über seinen Schritt strich. Oh ja, dieser Teil seines Körpers funktionierte einwandfrei! „Wenn der Rest von dir sich ebenso schnell erholt, bin ich voll zufrieden", meinte Dave amüsiert.
Finn schien sich wirklich schnell zu erholen. Gut, denn er musste an sich halten, den attraktiven Körper vor sich nicht wieder zu nehmen. Sein Verlangen nach Finn war nicht weniger geworden, eher gestiegen, auch wenn er wusste, dass er vorsichtiger sein musste, als vorher, um ihn nicht wieder zu verlieren.
„Soll ich uns etwas zu essen besorgen?", fragte Dave plötzlich nach, löste sich abrupt, wenngleich widerwillig aus Finns Armen. Es war angenehm, diesen warmen, weichen Körper an seinem zu spüren. Er wollte mehr davon, wollte von ihm kosten, von dieser berauschenden Energie, Finns heißen Körper erkunden. Zunächst würde er jedoch erst einmal zusehen müssen, dass der wieder zu Kräften kam, bevor … Dave lächelte versonnen. Mal schauen, was dieser merkwürdige Zauber noch alles für Überraschungen parat hielt.

Mit Bedauern ließ Finn Dave gehen. Es tat beinahe körperlich weh, aus dieser Umarmung entlassen zu werden. *Vor allem mit diesem Ständer*, bemerkte sein Verstand seufzend. *Aber mehr ist wohl gerade leider nicht drin.* Zustimmend seufzte auch Finn. Daves Nähe tat ihm einfach gut.
„Ich habe auch Nudeln da, wenn du was kochen willst?", schlug Finn vorsichtig vor, hoffte inständig, Dave würde ja sagen, denn er wollte ungern, dass der sich zu weit von ihm entfernte. Zum Glück klang seine Erregung auch wieder ab.
„Kochen?" Dave lachte auf, grinste Finn bei diesem absurden Vorschlag breit an. Es war eine lustige Vorstellung, etwas so Menschliches zu tun, wie Essen zu kochen.
„Bei mir kocht nur was anderes. Ich stille meinen Hunger eigentlich immer auswärts", gab Dave schmunzelnd mit belustigt zuckenden Mundwinkeln zu, dachte dabei natürlich weniger an Nudeln. Dieser Hunger war zumindest letzte Nacht vorerst gestillt worden.
„Wie wäre es mit etwas Italienischem?", fragte Dave daher lächelnd nach, erfreute sich an Finns erfreutem Gesichtsausdruck.
„Sehr gerne! Du brauchst dir aber wirklich nicht solche Umstände wegen mir machen", antwortete Finn, während sein Verstand wohlwollend zur Kenntnis nahm, dass er mit Dave wirklich einen guten Fang gemacht hatte, sogar was seinen Essensgeschmack anging. Naja, und in einigen anderen Dingen auch.
Dave wandte sich zum Gehen, als Finn noch etwas Wichtiges einfiel.
„Oh, Dave? Kannst du mir bitte einen Gefallen tun?", bat er. „Ich werde heute wohl kaum zur Arbeit gehen können. Ich arbeite in dem kleinen Buchladen am Rathausmarkt, „Wortwahl" heißt er und der Besitzer ist Peter Richter. Er hat kein Telefon, daher kann ich

ihn nicht anrufen, um ihm zu sagen, dass ich nicht kommen kann. Wärst du so lieb, mich bei ihm zu entschuldigen?"

Dave runzelte die Stirn, nickte jedoch. Menschen eben, ihr Leben war verwirrend und voll Verpflichtungen. Zum Glück kümmerten sich in seiner Firma Menschen um menschliche Belange und er wurde damit nur selten behelligt. Vermutlich war es ganz interessant, mehr über Finns Leben herauszufinden, mehr über den Menschen. Vielleicht kam er dann drauf, wie Finn so viel Macht über ihn gewinnen konnte. „Selbstverständlich. Bis glcich, Finn", antwortete er daher und verließ das Zimmer.

Finn bewegte versuchsweise seine Füße und Beine, die tatsächlich langsam ein wenig mehr Kraft bekamen. Was auch immer ihn lahmgelegt hatte, er schien sich davon zu erholen. Hoffentlich hatte er sich nicht wirklich eine Grippe oder etwas Ähnliches eingehandelt. So etwas konnte er nun gar nicht gebrauchen. Zum Glück würde ihn in der Uni kaum jemand vermissen und er konnte den Stoff bestimmt rasch nachholen. Er winkelte ein Bein etwas an und freute sich, als es ging. Dabei fiel ihm eine lange, dünne, rote Linie an seinem Innenschenkel auf. Mühsam streckte er seinen Arm aus, zog das schlaffe Bein näher zu sich heran. Tatsächlich, da war eine dünne, Linie aus getrocknetem Blut. Sie zog sich vom Knie bis in seinen Schritt hoch. Es tat nicht weh, doch er hatte ohnehin das Gefühl, dass sein Körper derzeit nicht alle Empfindungen naturgetreu weitergab. Wo hatte er sich diese Verletzung nur zugezogen? Sie war nicht tief, es war nur ein Kratzer auf der Haut. Nur, wo hatte er sich auf diese Weise gekratzt?

In Gedanken rieb Finn darüber; nach wie vor konnte er sich nicht wirklich erinnern, was passiert war, nachdem Dave gegangen war. Belustigt schmunzelte er über sich selbst, anscheinend machte ihn der Sex jedes Mal so fertig. Lag das womöglich daran, dass er darin ungeübt war? Dabei hatte er es sich schon lange sehnlichst gewünscht und in seinen Träumen auch ziemlich detailliert vorgestellt. Die Realität hatte seine Träume dennoch übertroffen. Vor allem dieser Mann hatte alles in den Schatten gestellt, was Finn sich ausgemalt hatte.

Da hast du endlich mal einen wirklichen Glücksgriff gemacht, bemerkte seine innere Stimme wohlwollend. In Daves Gegenwart fühlte Finn sich sicher, verflog sogar seine extreme Schüchternheit. Es war eine gewisse Vertrautheit im Umgang mit ihm, die ihm Stärke gab. Beinahe so, als ob er Dave schon sehr viel länger kennen würde. Finn lächelte. *Beinahe so, als ob ich nur auf jemanden wie ihn irgendwie gewartet hätte,* dachte er versonnen.

Verbundenheit, das war das passende Wort dafür, wie ihm seine innere Stimme gerne aushalf. *Er scheint dich auch sehr zu mögen. Und wie er sich jetzt um dich kümmert ..., das bedeutet doch wohl, dass ihm wirklich was an dir liegt, oder?*

Wohlig schloss Finn die Augen, überließ sich den schönen Erinnerungen an den Abend mit Dave. Zumindest daran konnte er sich in allen Einzelheiten erinnern.

Dabei wirst du nicht einmal mehr rot, bemerkte seine innere Stimme höchst zufrieden. Sein Verstand brummte nur: *Hast ja auch voll und ganz bekommen, was du dir erträumt hast. Und davon jede Menge!* Finn stimmte ihnen dieses Mal uneingeschränkt zu.

28 Der Mann von Torchwood

Die Türglocke bimmelte leise, zeigte an, dass ein neuer Kunde den Laden betrat. Peter blickte von seinem neuesten Ufo-Buch auf und senkte fast gleich darauf den Blick wieder. Die meisten seiner Kunden interessierten ihn erst, wenn sie vor ihm standen und ein Buch kaufen wollten. Überrascht stutzte er und sah erneut hoch. Dieser Kunde war anders. Ein großer, schlanker Mann hatte den Laden betreten und Peter erkannte sofort, dass er nicht zu seinem gewöhnlichem Kundenkreis gehörte. Er trug einen eleganten Anzug aus grauem Stoff mit einer passenden Weste und einer silbernen Krawatte. Seine dunklen Haare waren sorgfältig frisiert und er strahlte eine Aura von Eleganz, sogar einer gewissen Arroganz aus. In Peter schrillte eine ganz andere Glocke und die schlug laut Alarm beim Anblick des fremden Mannes. Aufmerksam musterte er ihn und sein Körper spannte sich fluchtbereit an, als er sich wenige Schritte in den Laden bewegte und seine Umgebung gründlich zu analysieren schien.

Als ob er sich alles einprägen würde, dachte Peter misstrauisch. *Fluchtwege, Deckung, Gefahren.*
„Kann ich was für Sie tun?", fragte er vorsichtig und unverbindlich nach. Der Typ erinnerte ihn fatal an einen Agenten aus einem der Science-Fiction-Filme. Hätte er eine Sonnenbrille getragen, hätte er jederzeit als MIB durchgehen können. Vielleicht kam er ja auch vom FBI oder ... - Peter war tatsächlich bei diesem Gedanken bereit, sein Buch aus der Hand zu legen - von Torchwood. Er schluckte und starrte seinen merkwürdigen Kunden weiterhin atemlos an, der jedoch nicht auf seine Worte reagiert hatte. Der Mann schloss zunächst seine Musterung des kleinen Buchladens ab, bevor er sich zu dem Ladenbesitzer umwandte und ihn mit dunklen Augen ansah, in denen ein winziger Funken rot zu leuchten schien.
Peter schloss rasch einmal die Augen und öffnete sie sofort wieder, nur um zu erkennen, dass er sich nicht getäuscht hatte. Das rote Glühen war noch da. *Unheimlich!*
Der Fremde trat auf ihn zu und unwillkürlich wich Peter zurück. Von diesem Mann ging eine unmittelbare Bedrohung aus. Wenn er sich ihm als Agent von Torchwood vorstellen würde oder als ein gut getarnter Außerirdischer, wäre Peter kaum überrascht.
„Guten Tag, Herr Richter", begrüßte ihn der Mann mit einer dunklen Stimme, in der sich ein winziger, bedrohlicher Unterton befand, bei dem sich Peters Nackenhaare instinktiv aufstellten und seine Hände anfingen, zu schwitzen. Dieser Typ machte ihn nervös. Der Mann trat noch einen weiteren Schritt auf Peter zu, der sein Buch erschreckt fallen ließ. Verlegen tastete er mit einer Hand danach, ohne jedoch den fremden Mann dabei aus den Augen zu lassen, aber er fand es nicht. Rasch tauchte er hinten den Tresen, fand das Buch

und nuschelte: „Entschuldigung!" unter dem Tresen hervor. Eilig hob er das Buch auf und richtete sich auf, legte es geschlossen neben sich. Unsicher blickte er den Mann erneut an, der ihn unverwandt anstarrte.

Daves Mundwinkel zuckten spöttisch, als er die Nervosität des anderen Mannes bemerkte. Die meisten Menschen reagierten auf diese Weise auf ihn. Jedes Mal war es ein wundervolles Gefühl, wenn sich ihr Herzschlag erhöhte, er den leichten Geruch von Angstschweiß wahrnahm und die warme Energie pulsieren fühlte. Dieses Mal löste es in ihm allerdings kein Verlangen aus. Kurz zögerte Dave, denn normalerweise regte sich bei einem solchen Anblick sofort der Hunger in ihm, heute schien er jedoch von seinem nächtlichen Mahl noch gesättigt zu sein.

„Finn Gordon", sagte der fremde Mann und seine merkwürdigen Augen blickten, ohne zu blinzeln, in Peters ängstliches Gesicht. Peter blinzelte hingegen mehrfach, starrte ihn verständnislos an. „Er arbeitet hier", stellte der Fremde fest. Peter nickte automatisch, nicht sicher, ob das eine Feststellung oder eine Frage sein sollte.
„Äh, ja?", antwortete er daher und seine Gedanken rasten wild durcheinander. Instinktiv stellte sich Peter auf die Eröffnung ein, dass der große, schüchterne junge Mann, der ein paar Tage die Woche bei ihm arbeitete, entweder in Wahrheit von diesem Agenten hier gesucht wurde, ein Außerirdischer war, der vielleicht insgeheim die Weltherrschaft übernehmen wollte, Beziehungen zu außerirdischen Schmugglern hatte, den nächsten Anschlag auf Amerika plante oder aus seinem Laden eine neue Basis für Terroranschläge machen wollte. In Peters verquerer Gedankenwelt war alles davon möglich. Rasch erwog er seine eigenen Chancen. Was durfte er gefahrlos sagen? Konnte er glaubhaft versichern, dass er von Finnegan Gordon viel zu wenig wusste, um hilfreich zu sein? Feiner Schweiß perlte auf Peters Stirn. Ja! Er kannte ihn ja wirklich kaum. Finn war ein Student, zumindest hatte er das immer behauptet. Im Grunde eine gute Tarnung, sehr raffiniert, das musste Peter schon zugeben. Er war schließlich voll drauf reingefallen.

Dave lächelte, doch das Lächeln erreichte nicht die Augen, während er den dicklichen Mann gründlich beobachtete, der gerade ein wenig panisch zu werden schien und dessen Gesicht all seine Emotionen offen widerspiegelte.

„Finn ist erkrankt und wird diese Woche nicht kommen können", bemerkte Dave nebenbei und Peter rutschte prompt ein überrashtes: „Was?", heraus; natürlich hatte er mit einer viel dramatischeren Erklärung gerechnet. Um ein Haar hätte er sein Buch erneut vom Tresen gewischt, griff hastig danach und richtete sich auf. „Was?", wiederholte er verblüfft, „Wie? Krank?" *Kein Außerirdischer? Kein Attentat?* Verwirrt betrachtete er den Fremden.
„Ja", antwortete Dave nachsichtig und lächelte sein gefährliches Lächeln. *Er ist auf jeden Fall einer von Torchwood*, dachte Peter. *Oder wie die hier in Deutschland heißen mögen. Finnegan ist bestimmt nicht krank, also nicht einfach nur krank. Die haben ihn entführt oder er ist selbst ein*

Außerirdischer oder … Mühsam riss er sich zusammen, als seine Gedanken wieder verrückt zu spielen drohten. Es fiel ihm immer schwerer, im Hier und Jetzt zu sein.

„Ah, krank. Na, ja … also … okay", begann er unsicher, was er in dieser Situation mit der Information anfangen sollte und stellte nebenbei irritiert fest, dass der fremde Mann bisher nicht ein einziges Mal geblinzelt hatte. Vielleicht war er …

Peter betrachtete ihn sorgfältiger und wurde zusehends nervös. Eventuell war dieser Mann selbst ein Alien. Menschen blinzelten doch regelmäßig, dieser jedoch nicht. War er womöglich ein Außerirdischer? Aufgeregt schluckte Peter ein paar Mal und versuchte seine feuchten Hände am Zittern zu hindern.

„Ja", meinte der Fremde und wandte sich in einer fließenden Bewegung zum Gehen. Peter war zu perplex und reagierte erst, als der Mann bereits die Tür öffnen wollte.

„Hey, Moment mal! Woher wissen Sie das denn von Finn? Wer sind Sie denn überhaupt?", rief er ihm hinterher, stand erregt auf.

Dave drehte sich langsam um, maß ihn mit einem langen Blick aus seinen eigenartigen Augen und Peter setzte sich automatisch wieder auf seinen Stuhl. Abermals schluckte der Ladeninhaber hart durch seine viel zu enge Kehle und fühlte sich plötzlich mächtig unwohl in seiner Haut. Konnten diese merkwürdigen Augen ihn eventuell telepathisch durchleuchten? Oder gar Blitze schleudern? In jedem Fall war der Blick des Fremden gefährlich und es hätte Peter nicht im Mindesten überrascht, wenn er plötzlich die Zähne gebleckt hätte.

„Also … ich meine ja nur … ich kenne Sie ja gar nicht", druckste er rasch verlegen herum und verfluchte sich dafür, so viel unnötige Aufmerksamkeit auf sich gezogen zu haben, das war bestimmt nicht gut. Hätte er nur seine Klappe gehalten. Wenn der Fremde jetzt eine Waffe zog?

„Ich vergesse Sie bestimmt auch sofort wieder, also … ich meine, eigentlich … habe ich Sie ja gar nicht wirklich gesehen, also … nicht so wirklich. Ich meine, ich habe ein sehr schlechtes Gedächtnis und so …", stammelte Peter hastig unsicher und immer angstvoller werdend. „Ich bin bestimmt keine Gefahr und ich weiß Bescheid … also wegen der heimlichen Landungen hier … und so …" Hilflos brach er ab. Setzte gleich darauf zu weiteren Erklärungen an, doch Dave unterbrach ihn.

„Ich bin ein Freund von Finn", erklärte er ruhig und unter seinem Blick verbarg sich soviel unterschwellige Drohung, dass Peter unruhig hin und her zu rutschen begann. Jederzeit rechnete er nun damit, dass der unheimliche Fremde seine Waffe zog. Konnte er sich rasch genug unter dem Tresen in Sicherheit bringen? Wie schnell war der Fremde? Was hatte der für eine Waffe?

„Ja, okay. Also … dann, alles Okay. Ich bin ja nicht neugierig, also nicht wirklich. Also … Ich … Gute Besserung dann", brabbelte Peter hastig vor sich hin, als sich der Fremde bereits wieder umdrehte und die Tür öffnete. Erleichterung breitete sich augenblicklich in Peter aus. Die Glocke bimmelte leise und um ein Haar stieß der Fremde beim Hinausgehen mit einem jungen Mann zusammen, der gerade den Laden betreten wollte.

„Entschuldigen Sie", sagte Roger, als er gegen den fremden Mann stieß, der aus dem

Buchladen auf die Straße trat. Der Mann im eleganten grauen Anzug musterte ihn kurz und kühl, doch Roger war schon an ihm vorbei in den Laden gegangen. Erst im Laden drehte der junge Schmied sich nochmals um, um auf den Rücken des Mannes zu starren. Dieser entfernte sich in langen, selbstbewusst wirkenden Schritten. Irgendetwas erschien Roger an dem Fremden sehr merkwürdig. Achselzuckend tat er das Gefühl ab und wandte sich an den Ladenbesitzer.

„Hallo!", begrüßte er Peter, der mit einem fast entrückten Ausdruck noch immer auf die sich schließende Tür starrte. Irritiert blickte sich Roger nochmals um, wem Peters Aufmerksamkeit galt. Aber da war kein anderer hinter ihm. Anscheinend blickte Peter dem Mann hinterher, der gerade gegangen war. Der Ladeninhaber schien nicht ganz anwesend zu sein und so trat Roger einen Schritt auf ihn zu und räusperte sich. Noch immer nahm Peter scheinbar keine Notiz von ihm.

„Alles Okay?", fragte Roger daher vorsichtig nach. Er stand nun direkt vor ihm, doch Peter schien ihn noch immer überhaupt nicht zu bemerken. Roger fühlte sich versucht, seine Hand zu heben und vor Peters Augen zu wedeln, als der sich endlich doch rührte und verwirrt blinzelte. Peter schüttelte sich, als ob er gerade aus einem Tagtraum erwacht wäre, und blickte erstaunt auf den jungen Mann vor sich.

Diesen Mann kannte er, der kam regelmäßig hierher. Fantasy. Bevorzugte Serien. Peter erinnerte sich immer eher an die Bücher, die die Leute kauften, als an die Menschen selbst und ordnete sie danach in seinen gedanklichen Karteikasten ein.

„Äh, was hast du gesagt?", fragte er verwirrt nach, ganz erleichtert und zugleich irritiert, dass der fremde Agent einfach gegangen war, ohne ihn zu töten, zu bedrohen oder einfach wegzubrutzeln.

„Ist alles Okay?", erkundigte sich Roger besorgt, da Peter noch immer einen verwirrten Eindruck machte und immer wieder zur Tür hin starrte. „Ja, ja", antwortete dieser abwesend und riss sich endlich zusammen. Sein Blick wanderte über Rogers Gestalt hoch zu dessen Gesicht. „Kann ich was für dich tun?", fragte er verbindlich, nur mäßig interessiert, immerhin war dies nur ein normaler Kunde.

„Ich wollte eigentlich nur zu Finn", antwortete Roger zögernd, grübelte darüber nach, was den kleinen, runden Mann hinter dem Tresen nur so aus dem Konzept gebracht haben könnte. Normalerweise war der immer in sein Buch versunken und es gab höchstens mal einen zahlungswilligen Kunden, dem er Aufmerksamkeit schenkte.

„Finnegan?" Peter blinzelte ein paar Mal. Wieso fragte dieser junge Mann nun ausgerechnet nach dem? „Der ist gar nicht da", brummte Peter, musterte Roger nun doch ein wenig interessierter. „Er ist wohl ... krank." Im selben Moment, als er es aussprach, kamen Peter schon Zweifel. Da steckte bestimmt mehr dahinter. Wenn hier ein mysteriöser Agent hereinschneite und erklärte, dass Finn krank sei, dann hatten sie ihn bestimmt gerade irgendwo eingekerkert, verhörten ihn oder er war auf einer Mission irgendwo in den Weiten des Universums unterwegs. *Ja, genau!* Die Krankheit war also nur ein Alibi!

„Er ist krank?", fragte Roger überrascht nach. War Finn deshalb seit gestern nicht ans

Handy gegangen? Aus diesem Grund war er schließlich hergekommen, weil er ihn nicht hatte erreichen können und sich Sorgen um ihn machte.

„Wie geht es ihm denn? Was hat er denn?", wollte Roger bestürzt wissen.

Peter griff nach seinem Buch und beruhigte sich langsam wieder, kaum hatte er das vertraute Gefühl des Papiers in den Händen. Bücher waren wichtig, sie gaben ihm Halt. Geschriebene Worte waren unverrückbar, nicht so schwierig und launisch wie Menschen. „Keine Ahnung. Musst du wohl seinen ... Freund fragen", brummte er und nickte mit dem Kopf zur Tür. „Der war gerade da und hat ihn entschuldigt. Komischer Bursche." Peter verschwand zwischen den Seiten seines Buches und hatte Roger beinahe im selben Moment auch schon ausgeblendet.

„Sein Freund?", brachte Roger irritiert hervor, schluckte kurz hart und seine Stimme klang leicht belegt, was Peter natürlich nicht auffiel. Auch nicht Rogers betroffener Ausdruck.

Peter blinzelte und schaute hoch. „Na, der Mann eben. Der in dem grauen Anzug. Das ist Finnegans Freund. Hat er zumindest behauptet", antwortete er, deutete nun mit der Hand zur Tür und zu Rogers Erstaunen hob er tatsächlich noch einmal den Blick von dem Buch und fixierte ihn nachdenklich. „Wenn du mich fragst, ist der von irgendeiner Behörde. Ein Agent oder so. Außerirdische Angelegenheiten, du weißt schon", erklärte Peter mit verschwörerischer Stimme und registrierte Rogers Anheben der Augenbrauen nicht einmal mehr, weil er gleich darauf wieder in seinem Buch verschwand.

Roger jedoch stutzte bei Peters Worten. Freund? Dieser elegante Mann? Hatte Finn nicht gesagt, er habe hier keine Freunde? Und dann so ein Typ? Roger hatte ihn zwar nur flüchtig gesehen, seine Erscheinung war allerdings auch dabei beeindruckend genug gewesen. Solchen Männern begegnete man normalerweise nur im Film und überaus selten spielten sie die Rolle des Guten. Mörder, Mafiaboss, Psychopath oder Vampir vielleicht, aber die Rolle des Freundes eines etwas verklemmten, schüchternen und zudem schwulen Studenten passte definitiv nicht zu dem Mann. Zumindest nicht die eines einfachen „Freundes". Entschlossen, mehr herauszufinden, öffnete Roger die Tür, warf Peter nur ein rasches: „Bis dann" zu, welches dieser schon nicht mehr registrierte und eilte hinaus.

Suchend glitt Rogers Blick durch die Fußgängerzone. Wo war der Mann hingegangen? Weit konnte er noch nicht sein. Rasch sah er sich zu beiden Seiten um, hatte schnell die Gestalt des Mannes ausgemacht und beschleunigte seine Schritte, um ihn einzuholen. Der Mann in dem grauen Anzug bewegte sich elegant durch die Menschen. Fast schien es, als ob er sich durch Wasser bewegen würde und die Menschen um ihn herum wichen zur Seite wie um den Bug eines Schiffes. Überall machten sie ihm überaus respektvoll Platz, ohne ihn dabei jedoch einmal anzusehen. Roger eilte hinterher, drängelte sich an den Menschen vorbei und sprach ihn schließlich direkt von hinten an: „Hallo? Äh, Entschuldigung?"

Der Mann in dem grauen Anzug drehte sich erstaunlich langsam um. Roger fühlte einen kurzen, sinnlosen Anflug von Furcht, als sich der Blick des Mannes auf ihn richtete, und bereute schon fast, ihm einfach hinterher gerannt zu sein. Etwas überaus Bedrohliches ging von diesem Mann aus. Roger bemerkte augenblicklich seinen kräftigen, überaus attraktiven

Körperbau, mit breiten Schultern, und das edel geschnittene Gesicht mit den hohen Wangenknochen. Schmale Augenbrauen wölbten sich über den dunkelsten Augen, die Roger je gesehen hatte und der elegante Mund hatte einen minimal spöttischen Zug. Rogers Atem beschleunigte sich und auch sein Herz schlug abrupt schneller. Überrascht und pikiert registrierte er, wie es seltsam vertraut und doch völlig unpassend in seinen Lenden zu ziehen begann. Der Mann hatte eine unglaublich erotische und zugleich bedrohliche Ausstrahlung, wirkte wie ein lauerndes Raubtier oder einer dieser Filmvampire. Roger musste einmal schlucken, um seine nächsten Worte ohne ein verräterisches Zittern hervor zu bringen.
„Verzeihung? Peter, der Inhaber des Buchladens da drüben, sagte mir gerade, dass Sie Finns Freund sind und er ... krank ist?", begann er zögernd und fühlte sich unter dem durchdringenden Blick merkwürdig wehrlos und unsicher.

Dave lächelte, als er roch, wie der junge Mann auf ihn reagierte. Wohlbekannte Angst, Adrenalin und ein wenig … Testosteron. Sein Lächeln wurde zu einem Schmunzeln. Der junge Mann starrte ihn entgeistert an, offensichtlich war er von seiner Erscheinung sehr angetan. Für einen Moment verspürte Dave den bekannten Hunger in sich und war versucht, die Mundwinkel hochzuheben, seine Zähne zu entblößen, beherrschte sich jedoch sofort wieder. Eindeutig macht ihm dieser junge Mann mehr Appetit als der Ladenbesitzer.
„Ja", antwortete er und genoss seine Wirkung auf den unbekannten Mann. Prüfend glitt Daves Blick über dessen Erscheinung. Jung, kräftig, mit festen, starken Muskeln an den Armen und am Oberkörper. Dave schnupperte leicht und vernahm den unverkennbaren Geruch von Feuer und Asche, den typischen Duft einer Esse. Ein Schmied also. Interessant.

„Also ... ich wollte nur wissen ... geht es ihm denn gut?", fragte Roger unsicher nach. Er wunderte sich immer mehr, was diesen Mann wohl mit Finn verband, sie schienen so gar nicht zueinanderzupassen. „Ich meine, wenn er krank ist, geht es ihm natürlich nicht gut, aber ...", korrigierte sich Roger hastig und brach hilflos ab. Die beinahe schwarzen Augen starrten ihn immer noch unverwandt an. Der Mann machte ihn zunehmend nervös. Seine Aura war unglaublich faszinierend und Angelika hätte dazu bestimmt viel zu sagen gehabt. Roger wünschte sich unwillkürlich, dass sie hier wäre, so fühlte er sich eigenartig wehrlos diesem Mann gegenüber, wobei er ihm körperlich höchstwahrscheinlich sogar überlegen war.
„Es geht ihm soweit gut. Ich kümmere mich um ihn", versicherte ihm der Fremde und lächelte nun freundlich. „Ich sorge schon dafür, dass er sich rasch wieder erholt."
Rogers Herz setzte zwei Schläge aus. Was hatte das zu bedeuten? Seine Knie waren plötzlich viel zu weich geworden und sein Herz fühlte sich zu klein an.
„Ah, okay. Na, dann ist ja alles gut", brachte er stockend hervor. *Ich kümmere mich gut um ihn ... Die Worte jagten durch Rogers Kopf. Er kümmert sich um ihn. Was ist er für Finn? Nur ein Freund? Oder doch eher ein „Freund"?* Mühsam riss sich der Schmied zusammen. Er konnte

den fremden Mann kaum so etwas fragen, noch zugeben, dass es ihn interessierte.

„Dann … grüßen Sie ihn von mir. Äh, Roger. Mein Name ist Roger. Grüßen Sie ihn doch bitte von Roger", erklärte er und hoffte, dass die Unsicherheit in seiner Stimme nicht zu deutlich herauszuhören war. Der andere Mann musterte ihn, hob jedoch ruckartig den Kopf und sein Blick glitt forschend über die anderen Menschen. Er schien regelrecht in die Luft zu schnuppern, ein Verhalten, was Roger irgendwie an ein Tier oder an … Thomas erinnerte.

Ein überaus gefährliches Lächeln hob seine Mundwinkel und Roger wich eine Spur von ihm zurück, als sich der Blick abermals auf ihn richtete.

„Das werde ich tun", antwortete der Fremde schlicht und erst jetzt bemerkte Roger das merkwürdige, rote Funkeln in den Augen des Mannes. Ein gruseliger Effekt des Sonnenlichtes.

„Gut, also … dann." Roger wandte sich zögernd ab. Zu gerne hätte er mehr gewusst. Wer war der Mann? Was hatte er mit Finn zu tun? „Äh, er soll sich doch bitte bei mir melden, ob er am Wochenende zum Treyben kommen kann, ja?", brachte Roger noch hervor, als der andere Mann sich seinerseits abwandte. Er war nicht ganz sicher, ob er ihn noch hörte. „Guten Tag dann noch", fügte er hinzu, aber der Fremde war bereits außer Hörweite. Langsam wandte sich Roger ab und ging wie in Trance weiter. Er drehte sich nochmals kurz um, aber der fremde Mann schien plötzlich spurlos verschwunden zu sein.

Ich werde mich gut um ihn kümmern. Der Gedanke ging Roger einfach nicht mehr aus dem Kopf, als er durch die Fußgängerzone zurück zu seinem Auto ging.

Dave schaute ihm hinterher. Er stand unsichtbar im Schatten einer Markise und beobachtete den Schmied, wie er sich suchend umdrehte und ihn natürlich nicht mehr wahrnahm. Dämonen konnten mit den Schatten verschmelzen. Der junge Mann schien von ihrer Begegnung reichlich irritiert zu sein. Eine starke, heiße Aura umgab ihn, den Mann des Feuers. Dave runzelte nachdenklich die Stirn. Die Aura kam ihm entfernt bekannt vor. Dieser Roger stand also in einer Art Beziehung zu Finn und anhand seiner Reaktion konnte Dave sich auch gut denken, in welcher. Seine Mundwinkel zuckten belustigt. Anscheinend war er nicht der einzige, der den schüchternen Finn attraktiv fand.

Prüfend sog er die Luft ein. Er lächelte belustigt. Russell hielt sich gut verborgen, aber er roch und spürte seine Präsenz natürlich sehr deutlich. Sollte er doch. Der Halbdämon war harmlos und wohl nur neugierig. Er würde ihn einfach ignorieren, solange er ihm nicht in die Quere kam.

29
Russel bekommt Hunger

Glühende Augen verfolgten Roger auf dem Weg durch die Fußgängerzone zu seinem Auto und als ob er seinen Verfolger bemerken würde, drehte er sich einige Male um und blickte irritiert zurück. Russell war jedoch erfahren genug in der Verfolgung seiner Opfer, sodass er jedes Mal unauffällig mit der Umgebung verschmolz. Wenn er eins gelernt hatte in all der Zeit, die er schon lebte, dann war es, unsichtbar zu sein.
Neugierde trieb ihn voran. Wer war der junge Mann, mit dem sich Dave unterhalten hatte? Es konnte sich nicht um denjenigen handeln, den Dave in Hamburg angegriffen hatte, denn dazu war Daves Verhalten zu kühl und distanziert gewesen. Zudem hatte dieser Mensch hier eine sehr deutliche Aura. Sie leuchtete inmitten all der anderen Menschen heraus und Russell hätte sie auch aus weitaus größerer Entfernung sofort ausgemacht und erkannt. Ein innerlich sehr starker Mensch. Er roch nach Rauch, und obwohl seine eher schmale Gestalt nicht recht dazu zu passen schien, erkannte Russell ihn als Schmied. Nicht jeder Mensch konnte die Magie des Feuers bändigen. Dieser hier schon und war damit ein Gegner, den man ernst nehmen musste.
Russell knurrte leise. Nach dem letzten Gespräch mit Dave hatte er dessen Wohnung nicht aus den Augen gelassen und ihn dabei beobachtet, wie er sie gegen Mittag verließ. Da er ihn nicht hatte kommen sehen, vermutete Russell, dass Dave den unauffälligen Weg durch die Luft gewählt hatte, um sie zu betreten. Dave hatte sich in die Innenstadt begeben und dort ohne Umwege den kleinen Buchladen aufgesucht.
Russell wollte sich Dave nicht zu sehr nähern, aus Angst, dieser würde ihn sofort bemerken, daher blieb ihm nichts anderes übrig, als zu warten, dass er den Laden wieder verließ, was er zu Russells Glück auch recht schnell getan hatte. Dieser Mann ihm eilig gefolgt und hatte ihn angesprochen. Auch wenn Russells Gehör wesentlich schärfer war als das der normalen Menschen, war er zu weit entfernt gewesen, um etwas von ihrem Gespräch zu hören. Die Körpersprache des Menschen hatte ihm leider auch kaum einen Aufschluss über den Inhalt ihres Gesprächs gegeben. Er hatte nur erkennen können, dass er offensichtlich - wie die meisten Menschen - von Daves Präsenz beeindruckt war und eher unsicher auf die Gegenwart des Dämons reagierte.
In welcher Beziehung stand er zu Dave? Was hatte der in einem Buchladen der Menschen zu suchen?
Als Dave in die Luft schnupperte, hatte Russell kurz den Eindruck, er hätte ihn bemerkt und würde direkt in seine Richtung sehen. Doch Dave hatte sich nur umgedreht und war

gegangen. Selbst wenn er ihn bemerkt hatte, was durchaus möglich war, ignorierte er ihn anscheinend. Das gab Russell einen winzigen Stich in sein menschliches Herz. Immerhin war er so etwas wie Daves Freund oder hielt sich dafür. Dass der alte Dämon ihn in dem Café auf diese Weise angegangen war, hatte ihn auf mehr als der physischen Ebene getroffen, auch wenn er es nicht gerne zugeben würde. Das ganze Verhalten des Dämons war mehr als merkwürdig. Russell beglückwünschte sich zu seiner Idee, ihn zunächst nur zu beobachten, um womöglich herauszufinden, wo der Mirjahn sich versteckt hielt.
Der junge Mann mit dem Schmiedegeruch schloss sein Auto auf, einen alten, verbeulten Land Rover in einem undefinierbaren Farbton, der alles von Grün über Blau zu Braun sein konnte, und stieg ein. Russell verfluchte, dass er kein Auto dabei hatte und ihm vielleicht nicht folgen konnte, wenn er zu schnell fuhr. Seine Befürchtungen waren jedoch unbegründet, denn in dem dichten Stadtverkehr Lüneburgs hatte er nur wenig Mühe, dem alten Geländewagen zu Fuß zu folgen. Immerhin war er Dämon genug, um sich wesentlich schneller als ein Mensch zu bewegen.
Der Wagen fuhr nicht weit und hielt vor einem der schiefen Fachwerkhäuser. Der Fahrer hupte kurz. Oben in dem Haus flog ein Fenster auf und ein anderer Mann mit rundem, gemütlichen Gesicht schaute hinaus. Russell schlich sich näher heran.
Auch dieser Mann hatte eine deutliche Aura, konnte also nicht der Mirjahn sein, eine sehr interessante Mischung, aus der Russell nicht recht schlau wurde. Stärke und Schwäche, Schärfe und Weichheit. Es war verwirrend.

Roger hupte erneut und kurbelte das Seitenfenster herunter, um zu Max hoch zu sehen. Ungeduldig winkte er.
„Mach keinen Stress da unten", rief dieser von oben hinunter. „Beeile dich!", forderte ihn Roger auf. Er stand im Halteverbot und hoffte einfach, dass es keinem auffallen würde. Andererseits hatte er keine Lust, die ganzen Sachen ewig weit zu schleppen.
„Komm lieber hoch und hilf mir mit den ganzen Kisten, du Idiot!", rief Max hinunter und verschwand vom Fenster. Fluchend stieg Roger aus und warf einen Blick hinter sich. Ihm war so, als ob er eine Bewegung gesehen hätte, doch da war nichts in den Schatten des Hauseingangs. Rasch eilte er zu Max in die Wohnung, immer zwei Stufen auf einmal nehmend.
„Da drüben, die ganzen Kisten müssen mit", begrüßte ihn Max. „Sind alles Adams Sachen. Nächstes Mal soll er die gefälligst selbst holen!" Roger seufzte und hob den ersten Karton hoch. „Lass nichts fallen, du Grobian!", neckte Max seinen Freund.
„Beeil dich lieber", brummte Roger. „Mein Auto steht im Halteverbot und ich habe nicht abgeschlossen." Max zog die Augenbrauen hoch und blickte spöttisch drein.
„Du glaubst doch nicht im Ernst, dass irgendjemand auf die Idee käme, diesen fahrenden Schrotthaufen zu klauen, oder? Allerhöchstens, um ihn in einem Museum für absonderliche Kuriositäten auszustellen."
Roger schnaubte erwartungsgemäß böse, auf sein geliebtes Auto ließ er nichts kommen. Vorsichtig balancierte er den sperrigen Karton die Treppe hinab. „Das Ding wirkt eher wie

eins deiner „Kunstwerke", bohrte Max grinsend weiter, hatte mit dem Wäschekorb, den er trug, weitaus weniger Probleme.
„Für meine Skulpturen bezahlen die Leute schließlich viel Geld. Und immerhin fährt das Teil noch", gab Roger mürrisch zurück. „Beeil dich endlich, damit wir ins Krähennest kommen. Wir haben noch viel Arbeit vor uns und Angelika schimpft bestimmt, wenn wir nicht rechtzeitig zum Essen kommen. Da ist sie eigen! Kennst sie ja." Max lächelte gespielt verträumt.
„Oh, die holde Maid! Wenn ich kein so schwuler Kerl wäre, könnte ich bei ihr schwach werden! Nein, die will ich lieber nicht verärgern", meinte er schmunzelnd, drängelte sich plötzlich an Roger vorbei und erreichte vor diesem dessen Auto. Sie luden weitere Kisten in das Auto, aber keiner von beiden kam auf die Idee, etwas auf die Rückbank zu legen. Unbemerkt von ihnen hatte dort eine schattenhafte Gestalt Platz genommen.

Russell beobachtete die beiden Männer, die, sich gegenseitig kabbelnd, ihre Sachen einluden und nun selbst einstiegen. Es war nicht weiter schwer, beide glauben zu machen, dass die Rückbank leer war, auch wenn besonders der Schmied sich während der gesamten Fahrt immer wieder umdrehte, als ob er doch etwas von seiner Präsenz spüren würde.
Die beiden Männer unterhielten sich über ein Ereignis am kommenden Wochenende, Russell lauschte allerdings nur mit halbem Ohr. Er überlegte ernsthaft, ob er sie sich später genehmigen sollte. Tagsüber konnte der Halbdämon nur unvollständig in seine Dämonengestalt wechseln. Vielleicht blieb er einfach erstmal an ihnen dran und fand mehr darüber heraus, was der Schmied mit Dave zu tun hatte oder gar mit dem merkwürdigen jungen Mann, dem dieser verfallen war.

„Ich habe extra noch drei neue Musikstücke ins Repertoire genommen", berichtete Max seinem Freund stolz. „Und ob du es glaubst oder nicht, mein Dudelsack kann auch andere Töne hervorbringen, als das „Mäusequietschen", wie du es immer nennst. Okay, meisterhaft ist es noch nicht, aber ich wäre in jeder Schlacht unverzichtbar." Roger blickte skeptisch zu Max hinüber, der breit grinste. „Weißt du nicht, dass Dudelsackpfeifer in erster Linie Furcht und Schrecken in den Herzen ihrer Feinde hervorrufen sollten?", erklärte ihm dieser gespielt entrüstet. „Wenn es darum geht, kann ich jeden erfolgreich in die Flucht schlagen!"
„Auch unsere armen, unschuldigen Zuhörer? Ja, Max, darin bist du meisterhaft", gab Roger lachend zurück und steckte einen milden Stoß von Max' Ellenbogen weg. „Au! Mann, ich fahre, da werden keine tätlichen Übergriffe geduldet", beschwerte er sich und rieb sich seine Rippen. „Ach, mehr Beulen als schon drin sind, kannst du doch in das Ding hier nicht fahren!", konterte Max. „Wenn wir einen Unfall haben, zerfällt der einfach in einen Haufen rostigen Staub." Max grinste breit, wich seinerseits einem Hieb von Roger aus. „Idiot", schimpfte dieser und strich zärtlich beruhigend über das Lenkrad. „Aber weißt du was?", ergänzte Max mit schelmischem Augenaufschlag. „Das Auto kann sogar mit zum Treyben. Immerhin dürfte es auch ungefähr aus der Zeit des Mittelalters stammen!" Laut lachte er

auf, dabei fiel sein Blick zufällig in den Rückspiegel und er brach abrupt ab.
„Was ist?", fragte Roger irritiert, dem der Stimmungswechsel seines Freundes nicht entgangen war. Max sagte nichts, drehte sich nur verblüfft um. Hinter ihnen war die Rückbank leer.
„Nichts", meinte zögerlich. „Ich dachte eben ... ach, Quatsch!" *Ich dachte, ich hätte ein boshaft grinsendes Gesicht gesehen*, dachte Max irritiert, schüttelte verwirrt den Kopf. *Rotglühende Augen und gefletschte Zähne. Dabei habe ich nichts getrunken! Halluzinationen am helllichten Tag!*
„Hast du Angst, dass wir was vergessen haben?", hakte Roger nach und warf ebenfalls einen Blick in den Rückspiegel. „Nein", antwortete Max und seine Stimme hatte abermals den unbekümmerten Tonfall an sich, der für ihn typisch war. „Da Adams Wohnung praktisch bis aufs Telefon leer geräumt ist, können wir gar nichts vergessen haben." Roger grinste zufrieden. „Wenn der nicht schon wieder in Berlin wäre, hätte er die Sachen ja auch selbst bringen können. Er muss eben damit leben, dass wir seine Wohnung in seiner Abwesenheit gerne als Zwischenlager missbrauchen!" Zustimmend brummte Max und warf noch einen Blick in den Rückspiegel. Da war nichts.
„Hey!", wechselte er das Thema. „Du wirst hin und weg sein, wenn du mein neues Outfit siehst. Damit kann ich jedes Herz dahin schmelzen lassen."
„Soso? Du meinst bestimmt jedes Frauenherz? Die sollen da nicht so anspruchsvoll sein, Max", bemerkte Roger schmunzelnd. „Singe ihnen ein bisschen vor und sie schmelzen in deinen Armen dahin." Max zog eine Schnute und kreuzte die Arme vor der Brust. „Sie werden dich mit Küssen eindecken!", ergänzte Roger süffisant grinsend. „Pfui, bäh! Roger! Willst du mir etwa Angst machen?", protestierte Max, machte ein Zeichen, als ob er sich bekreuzigen wollte, und schüttelte sich. Grinsend warf er einen anzüglichen Blick auf Roger.
„Ich wünsche mir eigentlich nur, dass ein anderer Mann mal dahin schmilzt. Zum Beispiel dein neuer, gut aussehender, großer Freund von neulich", meinte Max und sein Gesicht nahm einen gespielt sehnsüchtigen Ausdruck an. „Das kannst du voll vergessen", antwortete Roger ein wenig zu hastig und etwas zu ernst, als dass es Max nicht auffallen würde. „Ah, komme ich dir da etwa in die Quere?", fragte Max auch prompt amüsiert nach und fügte anerkennend zu: „Guter Geschmack, mein Freund! Aber ob er auf die harten Muskeln und schwieligen Hände eines Schmieds steht oder lieber in meinen sanften Armen zärtlich ruht, wird sich wohl noch zeigen."
Max lächelte herausfordernd und Roger starrte ihn böse an, bis Max die Augenbrauen ein paar Mal gespielt hochzog und wieder ernster wurde.
„Lass ihn einfach in Ruhe!", knurrte Roger und klang verbissen. „Finn ist ganz bestimmt keiner von der Sorte, die mit jedem ins Bett hüpft!" Marx lupfte noch ein paar Mal fragend die Augenbrauen, bekam jedoch keine Antwort mehr.
„Ich habe keine Ahnung, ob er überhaupt am Wochenende kommt", ergänzte Roger seufzend. „Wie? Meinst du, er versetzt dich gleich beim ersten Date?", hakte Max neckend nach. „Wir haben kein Date!", konterte Roger sofort entschieden. „Ich habe ihn nur unverbindlich eingeladen, zum Treyben zu kommen, okay? Nichts weiter."

„Der hat es dir echt angetan, was?", machte Max ungerührt weiter und seufzte. „Kann ich verstehen. Der hat was. Wirkt hilflos und unsicher, aber dahinter verbirgt sich ganz bestimmt heiße Leidenschaft, die nur erst geweckt werden muss! Der Lulatsch hat nicht nur einen tollen Körper, sondern vor allem ein nettes Gesicht."
Roger blickte stur geradeaus und schien nicht auf Max' Worte eingehen zu wollen.
„Und wenn alles andere an ihm auch so groß ist ...", ließ Max den Satz bewusst unvollendet. Rogers Finger krampften sich fester um das Lenkrad und Max brach prompt in schallendes Gelächter aus. „Schon gut! Meine Fantasie geht mit mir durch!"
Kichernd schlug sich Max auf den Oberschenkel.
„Warum sollte er nicht kommen?", erkundigte er sich, als er sich beruhigt hatte. „Ich weiß nicht", nuschelte Roger undeutlich. „Er ist wohl seit ein paar Tagen krank. Keine Ahnung, ob er kommen kann." Max sah ihn prüfend an.
„Hast du ihn etwa besucht?", erkundigte er sich. „Nein! Ich weiß ja nicht einmal, wo er wohnt. Ich habe lediglich seine Handynummer und da geht er seit zwei Tagen nicht ran. Aber heute ..."
Roger machte eine Pause und fragte sich, ob er Max davon erzählen sollte, zuckte die Achseln und fuhr fort: „Heute war ich in dem Laden, wo er arbeitet. Diesem Buchladen am Markt, wo ich immer meine Bücher kaufe. Da habe ich ihn auch kennengelernt. Naja, auf jeden Fall war er nicht da und sein Chef sagte mir, dass er krank ist. Sein ... "
Roger tat sich schwer, es auszusprechen. „Sein Freund war gerade vor mir da gewesen und hat ihm Bescheid gesagt." Max wandte ihm überrascht den Kopf zu.
„Wie? Er hat also schon einen Freund? Oh, wie ungerecht ist die Welt!", stöhnte er deutlich übertrieben. „Nun ja ...", erklärte Roger, „ich bin ihm auf jeden Fall nach, diesem „Freund". Der war ..." Abermals pausierte er und suchte nach den richtigen Worten. „Mann, Max! Der war umwerfend", brach es aus ihm hervor. „Der sah aus wie ein Model oder einer vom Film. Und er war irgendwie unheimlich, beinahe bedrohlich. Nur irgendwie kann ich mir nicht recht vorstellen, dass das Finns ... Freund ist." *Verdammt, ich tue mich mit dem Wort wirklich schwer,* dachte Roger.
„Freund oder Freund?", fragte Max denn auch neugierig nach, betonte das letzte Wort überdeutlich. „Wenn das so ein toller Typ ist, glaubst du wirklich an eine platonische Freundschaft?"
„Keine Ahnung", brummte Roger missmutig. „Ich habe ihn ja nicht direkt gefragt: Hey, sind Sie Finns fester Freund? Aber der war mit Sicherheit kein Student!" Nachdenklich strich er sich eine Haarsträhne zurück. „Der sah aus, als ob er viel zu viel Geld hätte, trug einen total eleganten Anzug und wirkte wie ein Supermodel." Roger seufzte, was Max ein weiteres Schmunzeln entlockte, welches der sofort vor Roger verbarg. „So ein richtig gut aussehender Mann, wie aus der Unterhosenwerbung und ich wette mit dir, dessen Sixpack würde jeden von uns neidisch machen." Max konnte sein Grinsen kaum noch verbergen, doch Roger schaute stur auf die Straße und fuhr seufzend fort: „Leider war der definitiv nicht alt genug, um Finns Vater zu sein!" Hinter Roger erklang ein seltsamer Laut und er wandte irritiert den Kopf, doch die Rückbank war leer.

Russell unterdrückte mühsam sein Lachen. Er amüsierte sich köstlich über die Beschreibung, aus der er unschwer Dave erkennen konnte. Der alte Dämon war weitaus älter als der Ur-, Ur-, Urgroßvater des jungen Menschen, wie alt genau, wusste er selbst nicht einmal. Russell erahnte zudem, dass sich das Gespräch um den jungen Mann drehte, von dem Dave so angetan war. Finn hieß er also. Zumindest hatte er schon einen Vornamen.

„Und du meinst, er und Finn sind …" Max machte eine entsprechende Geste mit den Händen, brach jedoch ab, weil er sehr wohl bemerkte, wie Roger sich ob der Vermutung anspannte. „Keine Ahnung. Wie soll ich das wissen, ich weiß gerade mal seinen Namen: Finn Gordon", brummte Roger zurück und schaute sich abermals um, weil er aus den Augenwinkeln eine Bewegung zu sehen meinte. Aber da war nichts hinter ihm.
„Aber", er seufzte recht laut auf. „wenn der mit Finn zusammen ist, haben weder ich noch du eine Chance, Max! Mann, wenn ich mit so einem Typen zusammen wäre, wäre ich im siebten Himmel. So jemand läuft in der Regel nicht frei herum. Oder er weiß leider nur zu gut, wie er wirkt, ist ein absolutes Arschloch und hetero." Roger verzog sein Gesicht zu einem schiefen Grinsen. „Wohl wahr!", erklärte Max solidarisch. „So wie Thomas zum Beispiel. Auf den treffen mindestens zwei dieser Attribute voll zu." Er seufzte seinerseits und Roger warf ihm einen erstaunten Blick zu. Ja, der Schwarze Jäger sah wirklich nicht schlecht aus, eine gewisse Attraktivität konnte man ihm nicht absprechen. Wenn man mal von der Abwesenheit sämtlicher Manieren, seiner arroganten Art und dem martialischen Auftreten absah. Allerdings wunderte es Roger doch, dass Max Thomas erwähnte. Grinsend erinnerte er sich an Angelikas Worte. Ja, Max himmelte praktisch alles an, was männlich, größer als er war und überwiegend auf zwei Beinen lief. Wirklich wählerisch war er nicht.
Max bemerkte Rogers Grinsen und verschränkte die Arme vor dem Körper. „Wenn man aussieht wie du, besteht ja noch eine realistische Chance, einen Kerl oder wenigstens eine Tussi abzubekommen", meinte er verstimmt. „Auf dezente Muskeln stehen die meisten und vermutlich auch auf deinen männlichen Schmiedegeruch. Mich hingegen liebt keiner nur wegen meiner Stimme."
„Ach, Max", antwortete Roger scheinbar voll Mitgefühl und er zwinkerte ihm schelmisch zu. „Nicht nur wegen deiner Stimme. Auch wegen deines goldigen Charakters und deines großen Herzens." Max' Gesicht wurde prompt von einem geschmeichelten Lächeln erhellt. „Also", fügte Roger lächelnd hinzu, „ich liebe dich genau deshalb!" „Na toll", seufzte Max nur halbwegs versöhnt, „das reicht aber offensichtlich nicht, um deinen Adoniskörper mal in mein Bett zu locken." Roger grinste nur zurück und schüttelte verneinend den Kopf. „Siehst du Max! Das ist eben echte Liebe zwischen uns, mein Freund. Die benötigt nichts Körperliches."
„Liebe ist schließlich die Nahrung des Barden", seufzte Max zustimmend. „Im Prinzip schon. Allerdings braucht mein Freund da unten auch ab und an etwas mehr zu tun. Nun ja, meine Hoffnung beruht auf dem Treyben. Vielleicht kann ich es da ja mal wieder mit

einem treiben." Laut lachte Max über seinen eigenen anzüglichen Witz und Roger fiel prompt ein.

Sie neckten sich noch eine Weile, unterhielten sich über die Vorbereitungen für das Treyben und wer alles dort sein würde. Schließlich bog Roger in den schmalen Weg zu seiner Schmiede ein. Angelika schaute von oben aus dem Fenster, als Rogers klappriger Rover den Weg hinunter kam und vor dem Haus anhielt.

„Hey!", winkte sie den beiden Männern zu, als sie ausstiegen und begannen, das Auto zu entladen. „Ich komme gleich runter!" Sie wandte sich schon ab, um nach unten zu gehen, nahm aus dem Augenwinkel jedoch eine Bewegung wahr und schaute nochmal nach. Verwirrt schüttelt sie den Kopf, denn da waren nur die beiden Männer, die, miteinander scherzend, Kartons schleppten. Dabei hatte sie den Eindruck gehabt, eine dunkle Gestalt hätte das Auto verlassen und sich davongeschlichen. Seltsam.

Angelika runzelte die Stirn und beobachtete noch einen Moment die beiden Männer, die lachend zum Haus kamen. Sie schüttelte den Kopf und begab sich nach unten. Vermutlich hatte sie sich getäuscht, ein eigentümlich ungutes Gefühl blieb trotzdem. Als ob jemand präsent wäre, der unsichtbar irgendwo in den Schatten lauerte.

Russell verbarg sich in der Tat im Schatten der Veranda und erspürte die Aura der Menschen ringsum. Im Haus war eine Frau, die ihn verunsicherte, denn sie hatte eine sehr starke Aura, in der sogar Magie mitschwang. So etwas war selten heutzutage. Grimmig bleckte er die Zähne. Eine echte Hexe! Das hieß, er würde überaus vorsichtig sein müssen, damit sie ihn nicht zufällig bemerkte. Je nachdem, wie gut sie ihre Magie beherrschte, konnte sie ihm sogar gefährlich werden. Russell lächelte zufrieden. Bisher hatte es sich bereits gelohnt, jetzt war er gespannt, welche Informationen er noch bekommen konnte.

„Hallo, oh Licht meines Herzens!", begrüßte Max Angelika, als sie ihnen die Tür öffnete. „Hallo Max", antwortete sie lächelnd und zog ihn in eine kurze Umarmung. Der Barde entrang sich ihr augenblicklich gespielt schwerfällig. „Ihr erdrückt mich, meine holde Herrin! Meine zarte Gestalt ist derart ungestüme Umarmungen starker Frauenarme nicht gewöhnt. Habt Gnade!", gab er winselnd von sich und handelte sich einen derben Rippenstoß von Angelika ein. „Spinner!", titulierte sie ihn grinsend. „Du bist weit stärkere Arme gewohnt!" Max trat einen Schritt zurück, tat, als ob er ihre Erscheinung nun erst bemerken würde. Für Angelikas Verhältnisse war sie heute relativ harmlos mit einem braunen Rock und einer schwarzen Bluse gekleidet. Nur die lange Strickweste, die sie darüber trug und die zwar farbenfroh war, jedoch schlichtweg eine gestrickte Scheußlichkeit darstellte, passte zum gewohnten Bild.

„Uff", machte Max und log sehr offensichtlich: „Du siehst ehrlich umwerfend aus!"
„Ja, die meisten fallen bei ihrem Anblick vor Schreck um", bemerkte Roger zynisch und beeilte sich, an Angelika vorbei in die große Wohnküche zu kommen, bevor sie ihn mit ihrer Faust erreichen konnte. Max grinste breit, machte jedoch sofort wieder ein ernstes Gesicht, als ihn Angelikas Blick traf, und eilte Roger hinterher. Angelika schnaufte ärgerlich,

folgte ihnen in die Küche. Schmollend deckte sie den Tisch, während die beiden Männer Platz nahmen.

„Was gibt es denn heute Leckeres?", erkundigte sich Roger vorsichtig und schenkte ihr ein gewinnendes Lächeln. „Giftpilze und Molchaugen", fauchte sie zurück. Max konnte sich ein Grinsen kaum verkneifen und kommentierte grinsend: „Ah, also mein Lieblingsessen!" Lachend schlug er sich auf den runden Oberschenkel. „Bei euch beiden fühle ich mich wie Daheim. Meine Eltern haben sich auch ständig auf diese Weise angezickt und die hatten jeden Grund dazu, denn sie waren wenigstens regulär miteinander verheiratet. Vielleicht solltet ihr doch heiraten? Ist echt gemütlich hier."

Sowohl Angelika als auch Roger mussten bei seinen Worten nun doch grinsen und Angelika verpasste dem Barden einen Klaps an den Kopf, während sie eine Schüssel mit Getreidebrei auf den Tisch stellte, was der empört quietschend quittierte.

„Lasst es euch schmecken", forderte sie die Männer auf, als sie Platz genommen hatte und die ließen sich das nicht zweimal sagen. „Köstlich ", nuschelte Max undeutlich zwischen zwei Löffeln hervor und schenkte der Köchin einen huldvollen Augenaufschlag.

„Danke. Wenigstens einer, der es zu würdigen weiß", gab sie zurück und wandte den Blick zu Roger. „Hast du Finn getroffen?" Roger nickte mit vollem Mund. „Ich war in dem Laden, wo er arbeitet, aber er ist krank", brachte er hervor.

„Und er hat einen umwerfend gut aussehenden Freund, der unmöglich und ich zitiere hier aus bekannter Quelle: definitiv nicht alt genug ist, um sein Vater zu sein!", ergänzte Max spöttisch und erntete einen bösen Blick von Roger. Angelika lächelte nur kurz, blickte eher besorgt und mit einer Spur von Mitleid zu dem Schmied hinüber, der jedoch tat, als ob er ganz in sein Essen vertieft wäre.

„Er ist also krank?", hakte sie daher nach. „Oh Mann, ich hätte doch etwas für ihn tun können! Hätte er sich mal gemeldet!"

Roger antwortete nicht, war zu sehr mit dem Essen beschäftigt. „Hast du ihn nicht telefonisch erreichen können?", fragte Angelika daher besorgt nach. „Er geht seit zwei Tagen nicht an sein Handy. Das ist aus. Was hätte ich also tun sollen? Ich weiß nicht mal, wo er wohnt", entschuldigte sich Roger mit vollem Mund. „Na, du hättest doch den Besitzer des Ladens fragen können, oder? Der weiß doch bestimmt, wo er wohnt! Mann, Roger, manchmal bist du echt etwas langsam im Denken", warf Angelika ihm vor und Roger starrte sie zerknirscht an. Der elegante fremde Mann hatte ihn viel zu sehr beschäftigt, als dass er auf das Nächstliegendste gekommen wäre.

„Mist!", brachte er daher hervor. „Daran habe ich gar nicht gedacht."

„Männer!", stöhnte Angelika gekünstelt. „Mehr als eine Sache könnt ihr euch nicht auf einmal merken! Wie gut, dass ich morgen ohnehin in die Stadt muss. Dann werde ich im Laden vorbeischauen und nachfragen, wenn sich Finn bis dahin nicht meldet. Wenn er so krank ist, dass er nicht ans Handy geht, braucht er bestimmt meine Hilfe."

Roger brummte etwas Unverständliches, brach jedoch überrascht ab, als plötzlich die Tür zur Veranda zufiel, als ob jemand das Haus verlassen hätte. „Was war das?", fragte Max erstaunt nach. „Ist da jemand rausgegangen? Habt ihr Katzen hier?"

„Ja", gab Angelika zu, hatte augenblicklich ein ungutes Gefühl. Es schien ihr so, als ob gerade eine unheimliche Bedrohung verschwunden wäre, die sie erst jetzt, mit ihrem Verschwinden, bemerkte. „Wir haben zwar Katzen, aber die benutzen die Klappe. Das klang eher nach der Tür, oder?" „Der Wind?", vermutete Roger nicht ganz überzeugt und erhob sich auch schon. „Ich sehe mal nach."
Die Tür war angelehnt, quietschte leicht in den Angeln. Roger öffnete sie und sah sich auf dem Vorhof um und den Weg hinunter. Am Ende des Weges vermeinte er für einen winzigen Moment noch eine dunkle Gestalt um die Ecke verschwinden zu sehen, das konnte er sich aber auch eingebildet haben. Gleichgültig zuckte er mit den Schultern und schloss die Tür sorgfältig.
„Die Tür ist wohl nicht ganz zu gewesen", meinte er nur, als er zurückkam, Platz nahm und sich wieder seinem Essen widmete. „Unheimlich", kommentierte Max und meinte schmunzelnd: „Vielleicht habt ihr Geister im Haus?" „Nicht, dass ich wüsste", gab Angelika ernst zurück und Max zog überrascht die Augenbrauen hoch, zog es allerdings vor, nicht weiter nachzufragen. Es gab einiges, was er nicht genau wissen wollte. Alle drei beendeten ihre Mahlzeit recht schweigsam, hatten mit einem Mal das Gefühl, etwas Bedrohliches wäre in Gang gekommen, etwas, was bald schon jeden von ihnen betreffen würde.

Russell war sehr zufrieden. Er hatte nun einen Anhaltspunkt und würde jetzt dem Ladenbesitzer einen Besuch abstatten. Wenn dieser die Adresse des jungen Mannes hatte, konnte er vielleicht endlich die Anderen informieren. Mit leeren Händen vor sie zu treten käme seinem Todesurteil gleich, also besser, alle Informationen sammeln, die er bekommen konnte. Thubal würde wissen, was zu tun war. Russell lächelte in sich hinein. Dave würde bestimmt wieder normal werden, sobald der Mensch aus dem Weg geräumt war und das Geschlecht der Mirjahns wäre damit endgültig von der Erde getilgt. Die Anderen würden ihm dankbar sein, dass ihre größte Gefahr vernichtet werden würde, und würden ihm endlich Respekt erweisen, ihn vielleicht sogar als einen der ihren anerkennen.
Zunächst musste er jedoch zurück in die Stadt kommen. Leider fuhr in dieser Einöde der Bus erst in zwei Stunden, wie er nach einem Blick auf den Fahrplan heraus fand. Zwei Stunden! Missmutig starrte Russell auf das kleine Bushäuschen. Er steckte zwei Stunden in diesem elendigen Dorf fest und langsam bekam er wirklich Hunger.

30
Den Hunger stillen

Der Herbst kam schneller heran als gedacht, mit auffrischendem Wind, der die Blätter von den Bäumen trieb. Zu allem Überfluss hatte es auch noch zu regnen begonnen, ein leichter Nieselregen, der in einen echten Landregen überging. Die Luft war voller feiner Tropfen, die sich wie ein Nebel über alles legten.

Eine halbe Stunde ohne Mantel im spärlichen Schutz des viel zu zugigen Bushäuschens hatte ausgereicht, um Russells teuren Anzug völlig zu durchnässen. Seine Laune hatte sich im gleichen Maße dramatisch verschlechtert. Nicht nur, dass er zwei Stunden in der fragwürdigen Idylle dieses Dorfes mit seinen überaus zweifelhaften Gerüchen aushalten musste, bis endlich der Bus kam. Dieser war zudem so voll gewesen, dass die Menschen aus Platzmangel sogar ihm auf die Pelle gerückt waren. Seine gesamte dämonische Ausstrahlung hatte nichts genutzt, er war dennoch um ein Haar von einem übergewichtigen, stark nach Schweiß und Kuhstall stinkenden Mann erdrückt worden. Darunter hatte Russells empfindlicher Geruchssinn gelitten, wie unter der Tatsache, dass er seit nunmehr fünf Tagen nichts gerissen hatte. Sein Hunger wuchs stündlich, wie seine Wut auf diese dummen, stinkenden Menschen ringsum. Mühsam hatte er sich zurückhalten müssen, sich nicht durch ein Aufblitzen seiner scharfen Zähen zu verraten.

Es war Abend, als er endlich in Lüneburg am Rathausmarkt stand und zu dem Buchladen hinüber blickte, in dem noch das Licht brannte. Der Laden würde erst um 18 Uhr schließen und Russell verfluchte die restliche Zeit, die er in seiner nassen Kleidung hier stehen musste. Es waren allerdings noch Kunden im Laden und er wollte den Ladenbesitzer alleine befragen, dafür konnte er keine Zeugen gebrauchen.

Verflucht, er hatte sich schon lange nicht mehr so schlecht gefühlt, viel zu menschlich! Wütend rieb er sich über die Arme. Er fror und zudem war das Wasser mittlerweile in seine teuren Schuhe gelaufen. Das Leder hatte sich verzogen und das war mehr als ärgerlich, denn er hatte sehr große Füße und die Schuhe waren eine Maßanfertigung gewesen. Nach diesem Ausflug konnte er sie im Müll entsorgen. Russell verzog wütend den Mund. Wie lächerlich, dass er sich über so menschliche Dinge wie ein Paar Schuhe aufregte. Auch darüber ärgerte er sich. Er war viel zu menschlich!

Und alles nur wegen Dave. So viel konnte er sich dem Dämon gar nicht verpflichtet fühlen, dass er sich hier nass, frierend und hungrig in dieser dämlichen Provinzstadt die Füße in den Bauch stand. Was auch immer dieser Mirjahn mit Dave angestellt hatte, Russell würde ihn dafür bezahlen lassen, schwor er sich zornig.

Eine Stunde später war er noch wütender, noch nasser und extrem hungriger. Russell trat entschlossen aus den Schatten hervor und huschte zum Laden hinüber. Es gelang ihm, unbemerkt hineinzugelangen, als der letzte Kunde gegen 18.20 Uhr den Laden verließ. Er verbarg sich zwischen den Bücherregalen und beobachtete den kleinen, etwas untersetzten Ladeninhaber dabei, wie der zur Tür ging, das Schild auf „Closed" wendete und die Tür abschloss.

Der Mann ging nach hinten und schloss auch die hintere Tür ab. Er kam zurück und löschte das Licht im Lagerraum, nahm sich ein aufgeschlagenes Buch vom Tresen und ging auf eine Tür hinter dem Tresen zu, die offenbar nach oben in seine Wohnung führte. Mit einem prüfenden Blick zurück in den Laden löschte er das Licht und stieg schwerfällig keuchend die Treppe hinauf. Den Schatten, der ihm folgte, bemerkte er natürlich nicht.

Peter verwünschte seinen schwerfälligen Körper und dachte seufzend daran, dass er eigentlich in einer ziemlich rückständigen Welt lebte. Weder war das Beamen technisch ausgereift, noch hatte er Fähigkeiten wie der Typ in „Jumper" und konnte einfach so von einem Ort zum anderen wechseln. Stattdessen musste er, wie vor hundert Jahren, diese schmale Treppe jeden Tag zu Fuß bewältigen. Kein Wunder, dass es mit der Menschheit zu Ende gehen würde.

Peter warf sein Buch achtlos auf das Sofa und betrat die kleine Küche, um sich ein Essen aus dem Tiefkühlschrank zu holen und es in der Mikrowelle zuzubereiten. Das war das Einfachste, zum Kochen hatte er keine Lust. Tür auf, Tür zu, fünf Minuten warten und das Essen war fertig. Peter war ein durch und durch praktisch denkender Mann und wenn ein paar Außerirdische schon so nett waren, ihnen die Technik der Mikrowelle zu überlassen, war er der Letzte, der sie nicht zu nutzen wusste.

Während er auf sein Essen wartete, fuhr er seinen Computer hoch, um später seiner zweitliebsten Beschäftigung neben dem Lesen von Science-Fiction nachzugehen, dem Chatten und Diskutieren mit seinen Kumpels vom Ufo-Club.

Russell sah sich derweil unbemerkt in Peters Wohnung um. Es waren im Grunde nur zwei Räume: eine winzige Küche, die in die Dachschräge eingebaut war und unmittelbar in den Wohnbereich überging, der ganz offensichtlich auch gleichzeitig Arbeitsbereich und mit diversen technischen Geräten vollgestopft war. Die Wände waren nahezu vollständig mit Plakaten und Fotos zugeklebt. Russell starrte verständnislos auf die Bilder, die alle Ufos, skurrile Außerirdische oder eigenartige Lichterscheinungen zeigten. Einige waren Filmplakate, trugen Titel wie: MIB, Jumper, Krieg der Welten und andere Filmen, die Russell alle nichts sagten. Von der Decke hingen, wie Dutzende von Spinnen an langen Fäden, Modelle von Raumschiffen herab. Eine ganze Flotte von grauen, schwarzen und silbernen Miniaturraumschiffen kreiste träge an ihren durchsichtigen Fäden und von unten, gegen die schwarz gestrichene Decke mit den aufgeklebten phosphoreszierenden Sternen betrachtet, bekam das ganze Ensemble durchaus etwas Realität. Die Fenster waren zudem mit dunklen Vorhängen zugezogen und auch die übrige Einrichtung war relativ dunkel gestaltet.

Die spärliche Beleuchtung kam Russell zugute und er beobachtete den dicklichen Mann gründlich, um ihn richtig einzuschätzen. Das hatte ihm Dave beigebracht, sein Opfer immer genau zu beobachten, bevor man zuschlug. Mitunter überraschte ein scheinbar wehrloser Mensch, wenn er sich mit erlernten Kampftechniken wehrte. Genutzt hatte es bisher noch nie einem, aber Russell hatte schon blaue Flecke und sogar einen gebrochenen Arm davongetragen. Seine Kraft war wesentlich größer als die der meisten Menschen, allerdings war er eben zur Hälfte Mensch und verfügte lange nicht über die Kraft und Schnelligkeit der alten Dämonen. Dieser Mensch hier schien eher behäbig zu sein und würde keine Probleme bereiten. Russells Hunger meldete sich immer stärker.

Peter öffnete inzwischen sein E-Mail Postfach, überflog seine Mails und schaute erst hoch, als die Mikrowelle mit einem leisen „Pling" zum Essen rief. Er erhob sich ächzend, schlurfte in die Küche, öffnete die Tür der Mikrowelle und balancierte die Schale zum kleinen Tisch hinüber.
„Oh verdammt, ist das heiß", fluchte er leise. Vorsichtig begann er die Folie zu lösen und unterbrach immer wieder, um sich die Finger kurz in den Mund zu stecken. Der angenehme Geruch des Essens stieg auf und sein Magen knurrte vernehmlich.
Hinter ihm knurrte plötzlich ein anderer Magen und Peter drehte sich überrascht herum. Aus den Schatten trat ein dünner Mann mit einem vom Regen völlig durchnässten, ehemals dunkelblauen Anzug. Das Wasser hatte seine Haare eng an seinen Kopf geklebt und sein Gesicht war missmutig verzogen. Er schien überaus übellaunig zu sein. Sofort überflog Peter die Gestalt auf der Suche nach einer Waffe, aber der Fremde hatte zumindest keine offensichtlich zu erkennende dabei. Was ja nichts heißen musste!
„Wer zur Hölle sind Sie und was machen Sie in meiner Wohnung?", brachte Peter empört hervor und wich unwillkürlich zurück. Er schluckte hart seine aufkeimende Angst hinab und fühlte sich beim Anblick des Fremden augenblicklich an den anderen, den Agenten, der ihn heute besucht hatte, erinnert.

Russell lächelte gefährlich und ließ seine Zähne bewusst aufblitzen. Er war so hungrig, dass er ohnehin kurz vor der Verwandlung stand. Natürlich ärgerte er sich darüber, dass er sich so wenig im Griff hatte, diese letzten Stunden hatten ihn allerdings wirklich extrem wütend gemacht und einer musste eben dafür bezahlen.
„Für wen halten Sie mich denn?", fragte er leise nach und versuchte seiner Stimme diesen dezenten Ton von Bedrohlichkeit zu geben, der in der Regel sofort die Adrenalinauschüttung im menschlichen Körper ankurbelte. Das machte ihr Fleisch schließlich süß.
Peter blinzelte verwirrt und redete sich erfolgreich ein, dass er nicht gerade eine Reihe von scharfen Zähnen durch die Lippen des Mannes hatte blitzen sehen. Er entspannte sich sogar ein wenig. Aus irgendeinem Grund schien er in eine Sache hineingeraten zu sein, wenn hier zum zweiten Mal so ein geschniegelter Typ auftauchte. Bisher hatte er nie etwas mit den Torchwoodtypen zu tun gehabt und nun kamen gleich zwei hierher.

Dieser hier schien definitiv auch dazuzugehören.

„Sie sind … bestimmt einer von denen …?", begann Peter noch leicht unsicher. Verflucht, er wusste nicht einmal, wie die hier in Deutschland hießen. „Sie sind doch einer von diesen Torchwood-Leuten?", hakte er daher vorsichtshalber nach.

Russell legte überrascht den Kopf schief und durchforschte sein Gedächtnis nach dem Begriff. Da er jedoch nicht zu der fernsehsüchtigen Gemeinschaft der Menschen gehörte, sagte ihm der Begriff natürlich nichts.

„Wer?", fragte er daher irritiert nach. „Na, Torchwood! Diese Typen, die die Außerirdischen jagen. Sie sehen genauso aus wie der Typ, der heute da war. Es geht um Finnegan, nicht wahr? Ihr seid hinter ihm her, oder?", erkundigte sich Peter aufgeregt.

Also doch. Dieser Finnegan war ihm doch gleich suspekt erschienen. Tat schüchtern und zurückhaltend und im Grunde war er ein außerirdischer Agent und diese Männer jagten ihn! Peter nickte bedächtig.

Russell schaute hingegen etwas verblüfft drein und sah prüfend an sich hinunter. Das Wasser tropfte aus seiner Hose auf den Holzfußboden und bildete bereits kleine Lachen. Er hatte keinerlei Ahnung, von was dieser Mann redete, immerhin wusste er offenbar, worum es ihm ging.

„Richtig", erklärte er zufrieden. „Es geht um Finn. Finn Gordon. Sie können mir bestimmt sagen, wo ich ihn finden kann." Er trat einen kleinen Schritt näher. Nahe genug, um seine Präsenz stärker wirken zu lassen und auch wenn sie schwächer als die von Dave war, so reichte ihre Wirkung dennoch aus, um eine Gänsehaut über Peters Rücken zu schicken.

„Ja!", antwortete dieser daher eilig. Im selben Moment fiel Peter allerdings ein, dass er nicht sicher sein konnte, ob Finnegan hier wirklich der Außerirdische war, oder er vielmehr von diesen Männern gejagt wurde. Warum war wohl dieser andere Typ heute in seinem Laden erschienen? Und nun stand dieser nasse Mann hier in seiner Wohnung. Was hatte das zu bedeuten?

„Warum wollen Sie das wissen? Was wollen Sie denn von ihm?", fragte Peter daher misstrauisch nach. „Oh, nichts Besonderes", antwortete Russell mit einem spöttischen Zucken um den Mund und genoss, wie die Angst des anderen Mannes zunahm. Russell lächelte breit und schob sich noch etwas näher. „Ich will ihn eigentlich nur töten."

Peter holte erschreckt Luft und griff erschrocken nach der Tischplatte, warf dabei beinahe sein Essen hinunter. „Tttt … töten?", stammelte er hervor und plötzlich jagte sein Herz in wilden Sprüngen los, kalter Schweiß brach ihm aus, machte seine Hände feucht und perlte auf der Stirn. Urplötzlich tauchte das Bild des großen, jungen Mannes vor seinen Augen auf, der immer so scheu lächelte, stets freundlich war und immer einen guten Job gemacht hatte.

„Was? Wieso?", stammelte er hervor und wich weiter zurück, als der fremde Mann dichter herankam und seine Lippen nun wirklich eine Reihe von scharfen Zähnen entblößten. *Das ist definitiv kein Mensch!* Allerdings auch keine außerirdische Rasse, die Peter erkannte, dabei hatte er zahlreiche Bücher über nahezu jede Spezies, die sich da draußen herumtrieb.

Russell roch befriedigt die Ausdünstungen der Angst und machte einen großen Schritt auf

ihn zu, krallte seine Hand um dessen Kehle und hob ihn mühelos vom Boden hoch. Langsam verwandelte er sich, sein Gesicht wurde zu einer dämonischen Fratze, die Zähne länger und seine Finger zu scharfen Krallen.
„Das geht dich kaum etwas an, Mensch", erwiderte er mit tiefer Dämonenstimme. Überaus erfreut bemerkte er, wie Peters Augen nun beim Anblick eines leibhaftigen Dämonen beinahe aus den Höhlen quollen.

Oh Himmel! Ein Gestaltwandler, durchfuhr es Peter panisch. Eindeutig ein Außerirdischer, und wie es schien, kein freundlich gesonnener. Verzweifelt überlegte er, wie er aus dieser Situation entkommen könnte, verfügte er doch über keine Waffe, mit der er sich verteidigen konnte und die Kralle um seinen Hals schnitt bereits schmerzhaft in seine Haut ein.
„Nein!", keuchte Peter entsetzt auf. „Bitte! Bitte tötet mich nicht." Russell schien ernsthaft darüber nachzudenken und legte den Kopf etwas schief. „Warum sollte ich dich nicht töten, Mensch?", erkundigte er sich höhnisch und fühlte sich zum ersten Mal an diesem Tag wieder ganz wohl. „Vielleicht lasse ich dich wirklich am Leben. Zunächst wirst du mir jedoch verraten, wo ich Finn Gordon finden kann." Seine Stimme war kalt, sehr bedrohlich und Peter begann, in dem harten Griff hilflos zu zittern. Seine Gedanken überschlugen sich. Dieser Alien meinte es ernst, er würde ihn töten, wenn er ihm nicht die gewünschten Informationen gab. Aber dann würde er womöglich Finnegan töten!
Peters Kehle zog sich zusammen und sein Herz machte einen harten Satz. Nein! Das wollte er nicht! Finn war ein netter junger Mann, der ihm immer Kaffee kochte und sehr zuvorkommend war.
„Ich weiß es nicht", würgte Peter mühsam hervor. „Ich weiß nicht, wo er wohnt." Der Griff um seinen Hals verstärkte sich, als sich die hässliche Dämonenfratze näher heranbeugte. „Du lügst, Mensch", flüsterte Russell und genoss seine Macht. „Ich kann es genau riechen. Du lügst mich an. Das ist nicht gut! Gar nicht gut!" Der Mann in seinem Griff zitterte und Russell lächelte. Er liebte sein dämonisches Erbe. „Willst du mich wütend machen? Weißt du, wie ich reagiere, wenn ich ärgerlich werde?", fragte er leise nach und seine andere Kralle strich täuschend sanft über Peters runden Bauch und zerschnitt das Hemd. Entsetzt keuchte Peter auf und seine Angst wurde so groß, dass er nicht mehr an sich halten konnte. Peinlich berührt spürte er, wie es ihm warm die Beine hinunter lief.
Russell zuckte kurz zurück und grinste zufrieden. Er roch genau, was dem Mann passiert war und verstärkte seinen Druck auf das weiche Fleisch am Bauch. Sein Nagel ritzte die Haut. Peter versuchte zu schreien, die Hand an seiner Kehle erstickte jedoch jeden Schrei. Verzweifelt griff er nach der Kralle und versuchte hektisch, den Griff zu lösen, der ihm zunehmend die Luft abschnürte.
„Du machst mich gerade sehr, sehr ärgerlich", zischte Russell dem sich heftig wehrenden Peter zu und lockerte den Griff eine winzige Kleinigkeit, um diesem etwas Luft zu geben. „Ich wäre froh, wenn du es mir leichter machen würdest und mir sagst, wo ich Finn Gordon finden kann. Dann muss ich dir nicht unnötige Schmerzen bereiten", versprach er und beobachtete befriedigt, wie sich in Peters Gesicht die Gefühle widerspiegelten. Der

Selbsterhaltungstrieb kämpfte eindeutig mit dem Ehrgefühl, nichts zu verraten und Russell konnte jetzt schon sagen, wer gewinnen würde, wer immer gewann.

Er verstärkte zunehmend den Druck seines Nagels und schnitt tiefer in die Haut, um den inneren Kampf schneller zu beenden. Sofort keuchte Peter auf und erwartungsgemäß siegte der Selbsterhaltungstrieb. „Fliederstraße! Er wohnt in der Fliederstraße Nummer 15b", stieß Peter panisch hervor. „Bitte! Bitte lassen Sie mich am Leben! Ich werde nichts verraten. Ich schwöre es. Bitte tun Sie mir nichts!"

Russell lächelte nachsichtig. Menschen waren einfach zu benutzen. „Gut so. Ich danke dir", meinte er zufrieden, setzte Peter auf den Boden ab und legte seine Kralle freundschaftlich auf dessen Schulter.

Peter stieß erleichtert die Luft aus. Anscheinend war er wirklich dem Schlimmsten entkommen und der Außerirdische war zufrieden mit den Informationen. Da hatte er nochmal Glück gehabt. Väterlich tätschelte Russell ihm die Schulter und näherte sich seinem Gesicht. „So war das brav. Deshalb werde ich auch ganz schnell zum Ende kommen. Es wird Zeit fürs Abendbrot, nicht wahr?", meinte er zynisch lächelnd. Peter blickte ihn erstaunt an. Sein Essen hatte er ganz vergessen. Gerade wollte er sich umdrehen, sich seinem Essen zuwenden, da sanken die scharfen Zähne auch schon in seinen Hals und sein restliches Denken ging in aufflammenden Schmerzen unter, als der Dämon ihn zerriss.

Russell leckte sich nur wenig später genießerisch über die Lippen, betrachtete nachdenklich seine blutigen Krallen und leckte sie ebenfalls genüsslich ab. Endlich war er wieder satt. Zufrieden sah er sich um. Diese Wohnung kam ihm im Grunde gerade recht, denn er benötigte ohnehin eine Unterkunft fern des draußen noch immer fallenden Regens. Hier war er erstmal ungestört.

Lang streckte er sich auf dem Sofa aus und streifte die nassen Schuhe ab. Während er sich zurückverwandelte, schwelgte er in den Erinnerungen an den ekstatischen Blutrausch. Dieser Tag endete besser als erwartet. Er hatte erreicht, was er wollte, hatte einen Namen und eine Adresse, war satt und hatte ein Dach über dem Kopf. Was wollte er noch mehr? Morgen würde er diesen Finn Gordon ausfindig machen, ihn beobachten und wenn er alles über ihn wusste, würde er zu Thubal gehen.

Alles in allem war es doch ein sehr guter Tag.

***

Zur gleichen Zeit schlief in der Fliederstraße 15b eben jener Finn Gordon tief und fest mit einem glückseligen Lächeln auf den Lippen neben einem sehr wachen Dave, der seinen Blick die ganze Zeit nicht von ihm lassen konnte. Dave betrachtete Finns Gesicht, prägte sich jede Kontur ein, sog den vertrauten Geruch ein, strich ihm sanft durch das Haar. Finn gewann rasch wieder an Kraft und er würde sich bald schon selbstständig bewegen können. Das erwachende Erbe half ihm, sich schneller zu erholen.

Dave lächelte zufrieden. Auch wenn er und Finn sich vorhin nur geküsst und gestreichelt hatten, so war es dennoch erfüllend gewesen. Gleichzeitig spürte Dave allerdings, wie der ewig hungrige Dämon mehr verlangte. Die Gier nach dieser vollkommenen, köstlichen Energiequelle brodelte in ihm, wollte den Geschmack seines süßen, furchtdurchtränkten Fleisches kosten, das liebliche Blut trinken. Dave wusste sehr wohl, dass er dieser Gier nicht nachgeben durfte, wenn er nicht erneut Finns Leben riskieren wollte.

In ihm tobten mittlerweile sehr widersprüchliche Gefühle. Da war dieses neue, warme Gefühl, dem er sich tagsüber voll und ganz hingegeben hatte. Es war erregend gewesen, nahezu den ganzen Tag in Finns Gesellschaft zu verbringen, ihn lächeln zu sehen, ihm zuzuhören, ihn zu berühren, ihn an sich zu ziehen und seine Wärme, seinen Atem zu spüren. Das waren Gefühle, die Sehnsucht und Leidenschaft in ihm weckten und den Wunsch, diese Beziehung nie zu verändern. Jede Minute, die er von Finn getrennt war, schmerzte, und wenn er bei ihm war, schien seine ewige Rastlosigkeit, die ewige Suche zu Ende zu sein.

Dieses neue, befremdliche Gefühl in ihm hatte einen Namen. Die Menschen nannten es Furcht. Dave hatte Angst davor, dass er sich schon bald nicht mehr genügend kontrollieren konnte, erneut Finns Leben riskieren könnte. Sein Verlangen nach der perfekten Vereinigung mit diesem schlanken Körper nahm nicht ab. Im Gegenteil, es wuchs mit jeder Stunde, gierte nach Erfüllung. Es war seine Bestimmung, das war es, was er war, wovon er lebte. Ein Dämon. Einer der Anderen

Sanft berührte Dave Finns Lippen, die dieser im Schlaf leicht geöffnet hatte, und spürte ihre weiche, samtige Oberfläche unter seinen Fingern. So köstlich … er konnte ihnen nicht widerstehen. Der Dämon beugte sich vor, küsste diese Lippen verlangend, sog an der zarten Haut. Nur ein wenig stärkeren Druck, ein wenig das Maul weiter geöffnet und er würde sie ritzen, von dem berauschenden Blut trinken können. Mehr! Er wollte so viel mehr. Vorsichtig öffnete er das Maul, bereit, seine Zunge in den Mund des Menschen gleiten zu lassen, ihn zu kosten, ihn einzunehmen, ihn zu schmecken, ihn sich zu nehmen. Zähne schoben sich aus seinem Oberkiefer und erschrocken riss sich Dave von Finn los, verwandelte sich augenblicklich zurück. Hastig wich er von Finn ab und erhob sich geräuschlos vom Bett. Sein Blick glitt grübelnd über die schlanke Gestalt unter der Bettdecke. Die Decke bedeckte nicht den ganzen Körper. Im Schlaf hatte Finn seine Füße unter der Decke hervor geschoben und auch von der Schulter war sie ihm gerutscht. Sehnsuchtsvoll betrachtete Dave die helle, weiße Haut, war versucht, sie zu berühren, sie zu streicheln, seine Krallen darüber gleiten zu lassen, sie zu ritzen, bis das süße Blut hervor quoll und dann …

Aufkeuchend wich er weiter zurück und blieb erneut stehen. Mühsam kämpfte er gegen den Drang an, sich erneut zu verwandeln und seine Fänge doch noch in die entblößte Schulter des jungen Menschen zu schlagen.

Rasch verließ er den Raum und lehnte sich im Flur an die Wand, um seine Gedanken zu sortieren. Es war Nacht und es war völlig normal, dass er diese Gier stärker verspürte, auch wenn er letzte Nacht gejagt hatte. Das Fleisch des alkoholisierten Mannes, den er in einer dunklen Straße auf seinem Weg nach Hause erwischt hatte, hatte ihm nicht wirklich geschmeckt, hatte seine Gier nicht so stillen können wie Finns Energie, wenn er mit ihm Sex hatte.

Wütend schlug Dave mit der Faust gegen die Wand, hinterließ eine deutliche Delle in der Gipskartonwand. Warum war das alles so verwirrend? Er konnte ihn sich doch einfach nehmen. Es war im Grunde nur ein gewöhnlicher Mensch. Sein Blut war etwas besonderes, doch Dave hatte schon zuvor Mirjahnblut gekostet. Es schmeckte besser, edler und der Reiz der Gefahr machte es begehrenswert. Finns Erbe regte sich gerade eben, würde sich noch nicht wirklich bemerkbar machen. Noch war er leicht zu besiegen. Was machte also Finn so anders?

Dave hasste diesen verwirrenden Zustand. Zudem war er sich der Gefahr durch den jungen Mann durchaus bewusst. Wenn er noch länger wartete, würde Finn bald schon ein gefährlicher Gegner werden können. Er sollte es jetzt beenden, seinen Hunger stillen und die Gefahr bannen, bevor sie zu groß wurde. Es war an der Zeit, diesen merkwürdigen und erschreckenden Gefühlen ein Ende zu bereiten, endlich wieder zu dem zu werden, was er vorher gewesen war. Jahrtausendelang. Diese eigenartige Sehnsucht hatte ihn schon lange begleitet, war vertraut, er würde auch ohne deren Erfüllung weiter leben können.

Dave wandelte sich und entschlossener kehrte der Dämon ins Schlafzimmer zurück. Gierig leckte er sich die Lippen, freute sich auf den Geschmack des Fleisches, welches wunderbar mit Finns Geruch verbunden war. Geifer tropfte ihm aus dem Maul, als er sich schnuppernd Finns Hals näherte. Dort war sein Mal, eine halbrunde Narbe. Er hatte ihn gezeichnet, für jeden sichtbar, als sein Eigentum markiert und nun würde er ihn sich endlich völlig nehmen. So, wie es sein sollte.

Der Dämon öffnete das Maul mit den blitzenden Reißzähnen, stoppte jedoch wenige Zentimeter über dem Hals abrupt ab, als sich Finn plötzlich bewegte. Dessen Lippen murmelten etwas; er drehte sichauf die andere Seite und lächelte im Schlaf. Der Dämon riss bestürzt die Augen auf. Vorhin hatte Finn ihn angesehen mit diesen hellbraunen Augen und diesem besonderen Lächeln auf den Lippen, kurz bevor er ihn geküsst hatte. Ruckartig sprang Dave zurück und verwandelte sich zurück. Verdammt! Was tat er nur? Beinahe hätte er Finn doch verletzt! Hatte er sich denn gar nicht mehr unter Kontrolle?

Dave trat ans Fenster, öffnete es und starrte minutenlang in die Nacht hinaus. Wenn er in diesem Zustand hier blieb, würde der Dämon sich an Finn vergehen. Er musste hier raus. Rasch kletterte er auf das Fensterbrett und ließ sich fallen. Auf dem Weg nach unten verwandelte er sich und schwang sich mit wenigen Schlägen seiner ledernen Schwingen in den Himmel hoch. Er musste dringend den Hunger in sich stillen, sich ein Opfer zum Töten suchen und das tat er besser weit weg von diesem einen Menschen, den er eben nicht töten wollte.

31 Die Jagd beginnt

„Die hintere Tür ist auch abgeschlossen", bemerkte Angelika und die Unsicherheit in ihrer Stimme war nur zu offensichtlich. Roger trat hinzu und legte den Kopf in den Nacken, um zu Peters Wohnung hoch zu schauen.
Sie waren heute Morgen gemeinsam nach Lüneburg gefahren, um Peter Richter, Finns Chef im Buchladen, nach dessen Adresse zu fragen. Eine Stunde hatten sie vor dem Laden gewartet, jetzt war es nach 11 Uhr, der Laden noch immer verschlossen und niemand reagierte auf Klopfzeichen oder die Klingel.
„Das ist wirklich seltsam", wunderte sich Roger. „Sonst macht er schon um 9 Uhr auf." Er versuchte in den oberen Fenstern etwas zu erkennen, aber dunkle Vorhänge versperrten ihm die Sicht. „Das gefällt mir nicht", äußerte Angelika und ihre Stirn legte sich in Falten. Es regnete ganz fein und sie zog ihren gelben Regenmantel, einen klassischen „Friesennerz", enger um sich. „Irgendetwas beunruhigt mich hier, Roger. Es ist, als ob gerade etwas Böses passiert wäre, aber ich kann nicht ganz fassen, was."
„Leider hat der Laden auch kein Telefon. Der Inhaber ist ein komischer Kauz. Er meint, dass die Telefone alle von Aliens abgehört werden und hat daher keins", erklärte Roger nachdenklich. Auch er verspürte eine gewisse Unruhe. Seit einem Jahr kam er regelmäßig hierher, um gebrauchte Fantasybücher zu kaufen. Noch nie war der Laden geschlossen gewesen. Er wusste, dass Peter über dem Laden lebte, doch da war heute alles dunkel.
„Kannst du nicht irgendwo hoch klettern und durch die Fenster reinschauen?", schlug Angelika vor. Bei dem schlechten Wetter trug sie ausnahmsweise gelbe Gummistiefel an den Füßen, die in einem krassen Kontrast zu dem lilafarbenen Rock standen, den sie heute mit einer rosaroten Bluse kombiniert hatte. Ihre roten Haare wurden zudem von einem grün karierten Kopftuch zurückgehalten.
Roger brummte etwas Unverständliches und starrte unentschlossen auf das Schloss der Hintertür. Schließlich gab er sich einen Ruck und griff in seine Tasche.
„Wenn ich nicht sicher wäre, dass etwas nicht stimmt, würde ich das hier bestimmt nicht machen", entschuldigte er sich mit gesenkter Stimme und blickte sich verstohlen um. „Kannst du dich mal vor mich stellen, falls jemand vorbei kommt?" Angelika sah ihn überrascht an und ihr Blick glitt zu dem, was er in der Hand hielt.
„Ist es das, was ich vermute?", murmelte sie leise argwöhnisch. Roger verzog verlegen den Mund und zuckte mit den Schultern. „Ja. Das ist eine Art Dietrich. Schmiede sind vielfältig. Hey, als Schmied lernt man einiges, ja?", gestand er hastig, als sich Angelikas

Gesicht empört verzerrte.

„Auch einzubrechen?" Sie schaute ihn ernst an. „Dir ist doch klar, was wir hier gerade tun, Roger? Das ist Einbruch. Wenn uns jemand dabei erwischt ..."

„Natürlich ist mir das klar", zischte Roger leise und klang genervt, während er bereits mit dem Dietrich am Schloss arbeitete. „Ich würde auch gerne glauben, dass hier alles in Ordnung ist, aber ich habe da ein verdammt komisches Gefühl."

„Okay, so kann dich keiner sehen. Beeile dich, um der Götter willen", flüsterte ihm Angelika zu und stellte sich vor ihn, um ihn zu verdecken. „Das dauert etwas. Ist schon eine ganze Weile her, dass ich das gemacht habe", flüsterte Roger zurück und konzentrierte sich ganz auf das Schloss. Wenn sie sich irrten ... nein, er schob den Gedanken weit weg.

Plötzlich machte es leise „Klick" und Roger schluckte kurz vor Erleichterung. Das ging schnell. „Offen", informierte er Angelika und drückte die Tür vorsichtig auf. „Schnell", drängte sie, „worauf wartest du denn? Lass uns rasch hineingehen, bevor jemand Verdacht schöpft."

„Ist ja okay, will ja nur sicher gehen, dass da niemand ..." Roger schob sich in den Lagerraum dahinter. Der Raum hatte nur ein einziges Fenster und das Licht war daher nur spärlich. Angelika drängelte sich resolut hinter ihm herein, sodass er ebenfalls vollends hineintrat. Nahezu geräuschlos verschloss er die Tür hinter sich.

„Kannst du was erkennen?", erkundigte sie sich flüsternd. „Nein. Hier ist alles dunkel. Pass auf, hier stehen jede Menge Kartons herum", warnte Roger und trat zögernd einige weitere Schritte in den Raum hinein.

Ungeöffnete Kartons stapelten sich an einer Wand. In der Mitte war ein großer Tisch zu erkennen, der voller Bücherstapel war. Leere Kaffeetassen und ein halb aufgegessenes Brötchen lagen dazwischen. Um den Tisch herum stapelten sich Bücher und die beiden bewegten sich im Storchenschritt über die Stapel hinweg, bemüht, sie nicht umzustoßen und vor allem keinen Lärm zu machen.

„Da vorne beginnt der Verkaufsraum", flüsterte Roger und Angelika hielt ihn kurz am Ärmel zurück. „Was, wenn ihm was passiert ist? Wir sollten vielleicht besser die Polizei rufen?" Ängstlich sah sie sich um.

„Wir schauen erstmal nach, okay? Vielleicht ist er ja wirklich einfach nur nicht da. Dann erklären die uns für verrückt, weil wir so einen Wirbel machen. Und wenn ...", Roger traute sich nicht, den Verdacht laut auszusprechen, „wenn hier wirklich etwas ... passiert ist, dann können wir ja immer noch die Polizei rufen!" Angelika nickte, ließ Rogers Arm allerdings nicht mehr los.

Behutsam schob sich Roger an die Ecke und linste in den Verkaufsraum. Sein Herz schlug hart und seine Hände fühlten sich feucht an. Mehrfach schluckte er durch seine enge Kehle, um die Aufregung zu mindern, die von ihm Besitz ergriffen hatte.

Alles war ruhig und still. Der Verkaufsraum lag dunkel vor ihnen, nur von dem trüben grauen Licht des Oktobertages beleuchtet, welches durch den Glaseinsatz in der Tür hereinfiel. Niemand war im Laden.

Angelika keuchte hinter ihm mit einem Mal auf und versetzte Roger damit sofort in Panik.

Er wirbelte herum und ergriff sie an den Oberarmen.

„Was? Was ist los?", hauchte er leise und angstvoll. „Roger", würgte sie gequält hervor. „Hier ist etwas Fruchtbares passiert. Ich spüre es. Da ist der Geruch von ... Blut. Ein gewaltsamer Tod. Furcht." Ihr Gesicht war in dem Licht kaum zu erkennen, Roger kannte sie jedoch lange genug, um zu wissen, wann ihr zweites Gesicht zu ihm sprach. Die Stimme veränderte sich, wurde langsamer, schleppender und sie sprach nur noch in kurzen Sätzen und Wortfetzen.

„Oben. Tod. Soviel Angst." Angelika zitterte und Roger zog sie rasch in seine Arme, versuchte krampfhaft, seine eigene Angst zu kontrollieren.

„Wir müssen nach oben in die Wohnung", brachte Angelika mit ihrer eigenen Stimme hervor, der ihre Furcht deutlich anzuhören war. Roger nickte und da sie es nicht sehen konnte, fügte er hinzu: „Okay, aber ich gehe vor. Bleib dicht hinter mir!" Er ergriff ihre zitternde Hand, drückte ihre Finger beruhigend und ging voran.

Hinter dem Tresen, an dem Peter immer saß und sein Buch las, führte eine Tür ins Obergeschoss. Sie war offen und die Treppe dahinter wurde leidlich von einer Lampe von oben beleuchtet. Roger schlich die Stufen hinauf, ohne Angelikas Hand dabei loszulassen. Die Treppe öffnete sich in einen Wohn- und Arbeitsbereich. Eine Glühbirne in der Küche spendete Licht. Die winzige Küchenzeile lag rechts von ihnen. Die Wände waren mit UFO-Postern bedeckt und von der dunklen Decke hing an Fäden eine riesige Anzahl Modellraumschiffe herab. Durch die dunklen Vorhänge drang kein Licht, nur von dem eingeschalteten Monitor eines Computers leuchtete es matt bläulich in den Raum, verwandelte die Möbel in skurrile Licht- und Schattengebilde.

„Es ist niemand hier", flüsterte Roger beruhigend, auch wenn sein Herz nicht wirklich ruhiger schlug. Der Raum wirkte nicht verlassen, eher so, als ob sein Bewohner nur eben weggegangen wäre. Angelika ließ seine Hand los und ging nach rechts in die Küche, während sich Roger ins Wohnzimmer vorwagte.

Der Computerbildschirm zeigte eine Liste von Mails an, als ob jemand sich gerade daran gesetzt hätte, um sie abzurufen. Roger schaute sich suchend um. Anscheinend diente das Sofa zum Schlafen. Eine hellere Decke war darüber gebreitet, die merkwürdige, dunkle Flecken aufwies. Roger streckte seine Hand aus, berührte die dunkleren Schattierungen und spürte Feuchtigkeit unter seinen Fingern. Er runzelte die Stirn und strich grübelnd darüber. Etwas Nasses hatte darauf gelegen.

Plötzlich erklang aus der Küche ein erstickter Laut und Roger war mit wenigen Schritten neben Angelika. „Roger!", hauchte sie entsetzt. Sie stand wie erstarrt da, hatte die Hände vor den Mund geschlagen und deutete nur auf einen dunklen, schwach schimmernden Fleck auf dem Holzfußboden.

Der Schmied zögerte, näherte sich langsam dem unregelmäßig runden Fleck und ging in die Hocke, um ihn genauer zu betrachten. Die schwache Glühbirne reichte aus, um ihm eine Ahnung von der Farbe des Fleckes vor ihm zu geben und er fühlte im selben Moment eine starke Übelkeit in sich aufsteigen.

„Ist das ... ist das ... wirklich ... ", stotterte Angelika erstickt hinter ihrer Hand. Roger konnte

nicht sprechen, kämpfte darum, auf die Beine zu kommen. Er nickte nur stumm, weil er Angst hatte, den Mund zu öffnen und sich sofort zu erbrechen.
„Das ist Blut, nicht wahr?" Angelikas Stimme klang merkwürdig schrill. „Oh, bei den Göttern! Roger, sag mir, dass ich mich irre. Das ist kein Blut, oder?"
Roger drängte sie sanft zurück, kämpfte seinen rebellischen Magen hinab und umklammerte Angelikas Arme fest, fixierte ihren Blick mit seinem. Erneut schluckte er schwer die bittere Galle hinunter, die sich in seinem Gaumen sammelte.
„Doch, das ist Blut. Hier ist etwas Furchtbares geschehen, Angelika", gab er flüsternd mit sehr fremd klingender Stimme zu. Sie keuchte auf und sah ihn mit weit aufgerissenen Augen an.
„Oh! Was machen wir denn jetzt?"
„Wir sollten die Polizei rufen." Roger versuchte rational zu denken, doch Angelika schüttelte unerwartet entschlossen den Kopf.
„Nein! Das hier ist etwas besonderes. Ich fühle es und du auch", erklärte sie entschlossen, der schrille Unterton war fast ganz verschwunden. Sie schaute Roger direkt ins Gesicht und fuhr sich flüchtig mit der Zunge über ihre trockenen Lippen. Die Worte kamen nicht leicht darüber. „Ruf besser Thomas an."

***

Wenige Kilometer entfernt erwachte Finn aus einem tiefen, aber traumlosen Schlaf. Vorsichtig versuchte er sich zu bewegen und bemerkte erfreut, dass er langsam wieder Kontrolle über seinen Körper bekam. Er wandte probeweise den Kopf und erkannte auf der digitalen Anzeige seines Radioweckers, dass es 10:40 Uhr war.
Langschläfer, schimpfte er sich aus. Normalerweise wäre er jetzt schon eine Runde gelaufen und in der Uni, wenn da nicht …
Suchend sah er sich im Zimmer um, doch Dave war nicht da.
Natürlich nicht, du Dummkopf, schalt ihn sein Verstand. *Der Mann ist Geschäftsmann. Der kann doch nicht ewig bei dir rumhängen, der hat auch mal was Besseres zu tun.* Finn seufzte wehmütig und erinnerte sich an den wundervollen Tag, den er mit Dave verbringen durfte. Da er sich praktisch nicht bewegen konnte, hatte ihn Dave regelrecht umsorgt, ihm Essen und Trinken gebracht und auch ansonsten für sein körperliches Wohlbefinden besorgt. Sie hatten sich geküsst. Immer und immer wieder. Ihre Hände hatten nicht voneinander lassen können, waren über das Gesicht des anderen geglitten, hatten Wangen, Lippen, Hälse, Haut und Haare berührt und ja, auch mehr.
Eine überaus kitschige Szene, hätte sie Finn im Fernsehen gesehen. In der Realität und mit ihm als Hauptdarsteller war es einfach nur wundervoll romantisch und zärtlich gewesen. Selbst die ungefähr zwanzig Wiederholungen davon.
Einfach wunderschön, seufzte er unisono mit seiner inneren Stimme. Nun war Dave leider fort, wann genau er gegangen war, daran konnte sich Finn leider nicht recht erinnern.
Vielleicht hatte er ihm ja einen Zettel da gelassen? Finn stemmte sich auf seine wackeligen

Arme und zog sich zu seinem kleinen Nachttisch hinüber. Nein, da lag nichts. Bedauernd schloss Finn die Augen und ließ sich seufzend auf den Rücken fallen.

„Au!", entrang sich ihm ein überraschter Schmerzlaut. Ein unbekannter Schmerz brannte auf seinem Rücken. Finn versuchte sich umzudrehen, zu erkennen, was dieses Brennen auslöste, aber er konnte den Hals nicht weit genug drehen. Mühsam zog er sich an die Bettkante und spürte nun am ganzen Rücken ein eigenartiges, jedoch bekanntes Ziehen und Brennen.

Es fühlt sich ein bisschen wie verheilende Wunden an, bemerkte seine innere Stimme misstrauisch. *Quatsch, wie sollte denn da eine Verletzung hingekommen sein?,* fragte der Verstand nach.

Finn tastete vorsichtig nach hinten und berührte probeweise die Stellen. Es schmerzte ein wenig und er fühlte getrocknetes Blut, hier und da auch ein wenig Wundflüssigkeit. Demnach musste er wirklich einige gerade verheilende Striemen auf dem Rücken haben. Verblüfft zog er die Hand zurück und betrachtete das getrocknete Blut. Woher zur Hölle hatte er diese Kratzer auf dem Rücken?

Mithilfe seiner derzeit stärkeren Arme zog er seine schlaffen Beine heran und hievte sie über die Bettkante. Die Füße berührten kaum den Boden, da entdeckte er an der Innenseite seines linken Oberschenkels drei dünne, feine, lange Linien verkrusteten Blutes, die zu seinem Gesäß hin verschwanden. Betroffen starrte er darauf und rätselte, wo er sich wohl diese langen Kratzer zugezogen haben könnte, aber ihm wollte partout nichts einfallen.

Minutenlang starrte Finn grübelnd auf seine Füße, traute ihnen allerdings nicht ganz über den Weg. Abschätzend sah er zur Tür hinüber. Im Badezimmer hing ein Spiegel, darin könnte er genauer sehen, was da mit seinem Rücken passiert war.

Und wenn du es nicht bis dahin schaffst?, kommentierte sein Verstand besorgt, *dann stürzt du hier sehr theatralisch zu Boden und wirst erst gefunden, wenn dich jemand in der Uni vermisst. Falls dich überhaupt jemand vermisst.*

Oder Dave findet dich, wenn er wiederkommt, säuselte seine innere Stimme und derzeit war das für Finn Argument genug.

Vorsichtig verlagerte er das Gewicht auf die Füße und schob sich an die Bettkante heran. Er holte tief Luft und stützte sich mit den Händen und Armen ab und versuchte sich auf die Füße zu stemmen und scheiterte kläglich. Seine Arme knickten sofort unter seinem Gewicht ein und er plumpste zurück aufs Bett. Sein Rücken quittierte das mit einem erneuten, schmerzhaften Brennen, Finn mit einem schmerzhaften Stöhnen.

Das war wohl ein Satz mit X; das war nix, bemerkte sein zynischer Verstand nüchtern und Finn verfluchte ihn mit einem nicht druckreifen Spruch. Verbissen stemmte er sich hoch und versuchte es erneut, abermals knickten ihm die Arme weg. *Die Kraft kommt zurück, nur leider verdammt langsam. Warte einfach noch,* riet ihm seine innere Stimme und klang dabei erstaunlicherweise eher nach Finns Verstand.

„Oh, Mann!" Fluchend fiel Finn aufs Bett zurück und rollte sich seitwärts, um dem merkwürdigen Brennen auf seinem Rücken zu entgehen. *Das darf doch echt nicht wahr sein. Wieso bin ich so schlaff?*

Er hasste das. Als Läufer hatte er Kontrolle über seinen Körper, konnte ihn an die Grenzen der Belastbarkeit und sogar darüber hinaus treiben. Jetzt war er so schwach, dass er es nicht einmal schaffte, sich auf die eigenen Füße zu stellen.

Just in dem Moment fiel ihm ein, dass er es nicht einmal zum Telefon schaffen würde. Wo war bloß das Handy? Das steckte vermutlich noch in der Jacke vom Sonntag und die hing natürlich in der Garderobe vorne im Flur.

Na klasse, Finn. Du hängst hier fest und kannst einfach nur warten, bis dein Körper wieder mitspielt. Wütend über sich seine Schwäche, ballte Finn die Fäuste. *Ah, immerhin, das geht!,* frohlockte er.

Toll, du kannst die Fäuste ballen, aber du kannst sie nicht benutzen, selbst wenn dich jemand angreifen würde, denn du kannst damit nicht zuschlagen! Und, nebenbei bemerkt, nicht einmal auf deinen eigenen Füßen stehen. Klasse Finn. Wirklich klasse. Finn hasst seinen nüchtern analysierenden Verstand mitunter.

Stöhnend zog er sich höher aufs Bett und breitete die Decke über sich.

Womit habe ich ein solches Schicksal nur verdient? Verdammtes Drehbuch! Hoffentlich kommt Dave wieder vorbei, dachte er sehnsuchtsvoll und erntete ein begeistertes Nicken seiner inneren Stimme und ein missmutiges Kopfschütteln seines Verstandes. Finn war es egal. Er schloss ergeben die Augen und fiel bald in einen tiefen Schlaf.

32
Sie lassen nichts übrig

Gut eine Stunde später traf Thomas mit zwei anderen Jägern bei Peters Buchladen in der Lüneburger Innenstadt ein und wurde im Innenhof von Roger und Angelika empfangen. Der Regen hatte endlich aufgehört, dafür wehte es heftiger.

Thomas stieg, sich sichernd umblickend, aus dem schwarzen Geländewagen, einem Nissan Pathfinder, wie Roger mit einem winzigen Anflug von Neid und Bewunderung registrierte. Der Schwarze Jäger trug seinen langen Ledermantel, die schwarzen Haare lagen ihm eng am Kopf. Sein Gesicht war sehr ernst, als er zu ihnen trat.

„Wo?", fragte er nur knapp und Roger deutete mit dem Kopf zur Eingangstür hin.

„Oben. In der Wohnung. Wir sind hochgegangen und haben dort das Blut gesehen. Angelika hat etwas ... gespürt. Etwas Böses", erläuterte Roger und schluckte seine Benommenheit hinunter.

„Dämonen?" Thomas wandte sich an Angelika. Sie zuckte unbestimmt die Schultern, nickte jedoch zustimmend. „Deshalb habe ich dich angerufen. Da oben ist ...", versuchte Roger und erneut drohte ihn die Übelkeit zu übermannen. „Da ist eine Blutlache", brachte er hervor und beherrschte tapfer den Würgereiz.

„Kommt mit", ordnete Thomas knapp an und nickte zu den anderen Jägern hinüber. Roger kannte sie beide vom Sehen: Hartmut und Keith. Hartmut war ein etwas gedrungen wirkender Mann mit einem geringen Ansatz zum Bauch. Sein Gesicht war von einem gepflegten, dunklen Bart bestimmt. Er war kräftig und muskulös gebaut. Auch er trug schwarze Kleidung, die ihm aber bei Weitem nicht so gut stand wie Thomas.

Keith hingegen war groß und schlank, mit langen, braunen Haaren, die er in einem Zopf nach hinten gebunden hatte. Ein gepflegter Spitzbart und ein schmaler Schnurrbart gaben seinem Gesicht etwas Ähnlichkeit mit Errol Flynn. Er trug eine einfache Jeans, kombiniert mit einer braunen Lederjacke.

Roger zuckte zusammen, als sein Blick auf eine Schusswaffe fiel, die Keith unter der Jacke im Hosenbund trug. Schlagartig wurde Roger klar, dass diese drei Männer wirklich Jäger waren. Sie würden töten, wenn es nötig war. Er schluckte hart.

Keith lächelte ihn freundlich an, war seinem Blick gefolgt.

„Damit kann man sie nicht erledigen", meinte er achselzuckend. „Aber es hält sie ein wenig auf. Das einzige, was Dämon wirkungsvoll tötet, sind Bannmesser ins Herz. Oder man trennt ihnen den Kopf ab." Er machte eine entsprechende Geste, grinste zufrieden und Roger musste erneut trocken schlucken. Das war nicht seine Welt!

„Keith kommt mit hoch. Hartmut, du bleibst hier", wies Thomas kurz an. Er trat gleich darauf zur Tür und Roger beobachtete, wie er neben Hartmut anhielt und seine Hand fest auf dessen Schulter legte.

„Kümmere dich um sie." Er sprach leise und nickte zu Angelika hinüber. Roger schaute ihm verblüfft hinterher, ein solches Verhalten hatte er Thomas nicht zugetraut. Hastig eilte er ihm nach.

Thomas betrat ohne zu zögern den Lagerraum, verharrte kurz und schien zu schnuppern, dann setzte er den Weg fort. Die beiden anderen Männer folgten ihm mit Abstand. Im Verkaufsraum angelangt, stoppte Thomas abermals und hielt die anderen Jäger mit Handzeichen zurück. Roger blieb hinter Keith, beobachtete Thomas über dessen Schulter hinweg. Dieser schnupperte erneut und sein Blick schweifte prüfend durch den Laden, richtete sich auf die Treppe nach oben.

„Los", befahl er leise. „Keith, du bleibst direkt hinter mir. Roger, bleib nahe der Wand. Wenn ich „runter" sage, wirfst du dich sofort zu Boden und bleibst in Deckung. Ist das klar?" Seine dunklen Augen bohrten sich in Rogers, der nur nicken konnte. Aufregung ergriff ihn und seine Hände wurden feucht, während sein Herz immer schneller schlug. Dies war kein Spiel. Diese Männer wussten, was sie taten.

Thomas nickte Keith zu und ging voran, zog dabei geräuschlos ein Messer aus seinem Gürtel. Zu dritt schlichen sie sich hintereinander die Treppe hinauf. Auch wenn sie zuvor schon oben gewesen waren und er wusste, dass diese Vorsicht unnötig war, zollte er Thomas Respekt, der genau zu wissen, schien, worauf es ankam.

Oben angelangt, betrat er als erster die Wohnung und bedeutete ihnen zu warten. Thomas ging zunächst in die Küche und besah sich die Blutlache. Dann durchquerte er einmal die ganze Wohnung und kam zur Treppe zurück.

„Alles okay." Sie folgten ihm in die Küche, wo er sich vor das Blut kniete und einen Finger hinein stippte. Roger drehte sich beinahe der Magen um, als Thomas das Blut ohne zu zögern kostete. Es war zum Glück nicht mehr viel drin, da er sich bereits vorhin auf dem Innenhof erbrochen hatte.

„Menschenblut." Thomas schien zu überlegen, legte den Kopf leicht schief und schnupperte erneut. „Das war ein Dämon", stellte er fest. „Es riecht noch immer nach ihm. Der Menge Blut nach zu urteilen, die daneben gegangen ist, war es kein sehr alter. Er hat nicht genügend Kraft gehabt, die Kehle direkt zu zerfetzen und alles Blut zu trinken. Hier und da hat er sogar Fleisch und Knochen übrig gelassen."

Keith nickte wissend, nur Roger fühlte bittere Galle hochsteigen. Dies war kein Film, es war Realität, machte er sich klar und er steckte mittendrin.

„Keith, schau, was du noch findest. Wenn ich richtig vermute, müssten hier noch größere Knochensplitter sein. Sein Gebiss ist vermutlich nicht so kräftig, dass die Knochen sofort brechen. Such mal ein bisschen herum."

Roger hielt sich am Türrahmen fest und würgte. Ihm war schon wieder übel. Alleine die Vorstellung …

Thomas' Blick traf ihn und Roger riss sich augenblicklich zusammen. Vor dem Jäger wollte er sich keine Blöße geben. Die schwarz schimmernden Augen blieben noch eine ganze Weile auf Roger gerichtet, ließen ihn nicht los. *Als ob er direkt in mich hineinsehen könnte*, dachte dieser schaudernd.

„Komm mit mir", forderte er schließlich und Roger folgte ihm zum Sofa. „Siehst du diese Flecken?" Thomas deutete darauf und Roger nickte bestätigend. „Sie sind feucht", brachte er hervor. „Als ob etwas Nasses darauf gelegen hätte." Der Schwarze Jäger nickte grimmig. „Scheint so, als ob unser dämonischer Freund nach seiner Mahlzeit hier noch in aller Seelenruhe gepennt hätte."

Rogers Gesicht wurde noch eine Spur bleicher. Thomas beugte sich über das Sofa, strich mit der Hand darüber und schnupperte erneut.

„Ganz offensichtlich muss er sehr nass gewesen sein. Vielleicht hat er länger im Regen gestanden? Ungewöhnlich", meinte er mehr zu sich selbst. „Warum nur? Warum hat er diesem Menschen hier draußen aufgelauert?" Gedankenverloren strich Thomas über die nasse Decke. Roger begriff, dass er mit sich selbst sprach, und lauschte gebannt.

„Warum stehst du im Regen? Stundenlang. Hast du gewartet, bis hier alles ruhig war?" Thomas runzelte die Stirn, wanderte um das Sofa herum, während seine Hand die Umrisse der feuchten Flecken nachfuhr. „Du hast wohl den Ladenschluss abgewartet? Warum dieser hier? Du hättest da draußen doch viel einfacher jemanden erbeuten können. Ohne Risiko, verborgen in den Schatten lauernd. Wieso dieser hier?"

Thomas schloss die Augen und schien in sich hinein zu lauschen. Roger zuckte zusammen, als er sie öffnete und ihn direkt fixierte.

„Was wolltet ihr hier, Roger? Warum war der Mann wichtig?" Thomas' Stimme war leise und klang drohend und gefährlich und der lauernde Ausdruck seiner Augen ließ Roger unwillkürlich einen Schritt zurückweichen.

„Wir ...", begann er zögernd. „Wir wollten Peter eigentlich nur nach Finns Adresse fragen." Thomas' Augen weiteten sich für einen winzigen Augenblick bei der Erwähnung des Namens und Roger erklärte sofort: „Finn arbeitet hier. Seit Sonntag geht er nicht mehr ans Handy und wir haben uns Sorgen um ihn gemacht." Täuschte er sich oder war in Thomas' Augen ein unstetes Flackern zu sehen?

„Gestern war ich hier, um nach ihm zu sehen. Dabei bin ich einem Freund von Finn in die Arme gelaufen", erzählte Roger weiter, beobachtete nun seinerseits Thomas genauer. „Peter, dem Besitzer hier ... ", Roger unterbrach sich, weil ihm beim Gedanken an den harmlosen, Ufo-verrückten Peter ein neuer Kloß im Hals steckte. „Also, Finns Freund hat Peter gesagt, Finn wäre krank. Ich bin ihm nachgegangen und habe ihn gefragt und er hat gemeint, er kümmere sich um ihn. Wir waren hier, weil wir ... naja, weil wir eben seine Adresse haben wollten, um nach ihm zu sehen, weißt du?" Roger brach ab, ein wenig ärgerlich über den raschen Wortschwall, der irgendwie wie eine Rechtfertigung geklungen hatte.

Thomas starrte ihn unverwandt an. In seinen Augen zeigte sich keine Regung, dennoch war es Roger überaus unangenehm, so eindringlich gemustert zu werden.

„Finn, also wieder", erklärte Thomas betont und nachdenklich. Roger runzelte erstaunt die Stirn und blickte Thomas misstrauisch an. Was sollte das denn bedeuten?

„Du ... du denkst, er hat hiermit etwas zu tun?" Roger schüttelte sofort heftig den Kopf. „Nein, das glaube ich nicht. Er ist doch bloß ... ein Student und arbeitet hier. Mit dieser Sache hat er nichts zu tun!"

„Etwas an ihm ist verdammt komisch, ich hatte gleich so ein Gefühl. Das ist alles kein Zufall mehr", widersprach Thomas bestimmt, ohne den lauernden Blick von Roger abzuwenden, der sich überaus unwohl fühlte. Ein Schauer wanderte über sein Rückgrat, hinterließ unangenehme Feuchtigkeit. Kalter Schweiß, wie Roger betroffen erkannte. Mitunter machte ihm Thomas' Art instinktiv Angst; dagegen konnte er rein gar nichts tun. „Aber Finn ist doch auf gar keinen Fall ein Dämon!", empörte er sich und unterstrich seine Aussage mit einer Handbewegung.

„Nein", stimmte ihm Thomas zu. „Ist er nicht. Das hätte ich gerochen. Dämonen können allerdings in fast jeder Gestalt auftreten und sich raffiniert tarnen." Endlich veränderte sich Thomas' Ausdruck und seine Mundwinkel hoben sich ein wenig an, kein echtes Lächeln, nur die Andeutung dessen. Verbittert und zynisch.

„Sie lassen nicht viel mehr als Blut und Knochensplitter von ihren Opfern zurück. Sieh hin, Roger, das ist alles, was sie von diesem hier übrig gelassen haben. Und das ist der Grund, warum ich diese Bestien gnadenlos jage!" Thomas wies auf Keith, der zu ihnen getreten war. Roger drehte sich langsam zu ihm um. Das Herz schlug ihm bis zum Hals und er fürchtete, was er sehen würde. Keith grinste zufrieden und hielt eine durchsichtige Plastiktüte hoch.

„Nicht wirklich viel. Ich habe Teile der Schädelplatte und des Oberschenkelknochens gefunden, zwei Finger und ein paar von denen hier." Keith deutete auf die Tüte, in der

weiß, blutige Knochensplitter zu sehen waren.
Der Anblick war zu viel für Rogers Magen. Würgend schlug er sich die Hand vor den Mund, wirbelte herum und stürzte die Treppe hinab. Keuchend rannte er in den Hof, fiel auf die Knie und erbrach augenblicklich bittere Galle. Er würgte mehrfach trocken und schmerzhaft, die Augen tränten, aber mehr vermochte sein gequälter Magen nicht hervorzubringen.
„Alles okay?" Angelika trat besorgt hinter ihn. „Geht gleich wieder", keuchte Roger und kämpfte verzweifelt darum, seinen Magen in den Griff zu bekommen und sich zu erheben. Oh Gott, war ihm schlecht!
Diese Knochensplitter! Zu wissen, dass es menschliche Knochen waren ... Sein Herz schlug viel zu hart und seine Atmung beruhigte sich nur langsam. Es war ihm peinlich, dass sowohl Angelika, als auch Hartmut ihn so sahen, doch seine Knie waren viel zu weich, um ihn zu tragen. Hartmut trat zu ihm heran, warf ihm einen mitleidigen Blick zu und reichte ihm ein Taschentuch.
„Ging mir am Anfang auch so. Kein schöner Anblick. Da gewöhnt man sich dran", meinte er und Angelika fuhr zornig zu ihm herum. „Musst du das jetzt sagen?" Wütend fauchte sie ihn an. „Ist aber doch so", brummte Hartmut entschuldigend „Irgendwann ist es immer das Gleiche."
Angelika gab ein verächtlich schnaubendes Geräusch von sich und legte Roger ihren Arm um die Schultern, was der dankbar akzeptierte. Er brauchte gerade jetzt etwas menschliche Nähe und Angelika war da genau richtig.
Kurze Zeit später kamen Thomas und Keith in den Innenhof. Sofort ging Hartmut zu ihnen und sie berieten sich. Danach trat Thomas zu Roger und Angelika. Sein kühler Blick glitt über Roger, der sich augenblicklich hochzog und blass, aber aufrecht vor ihm stand. Thomas nickte anerkennend und sein Blick wanderte zu Angelika.
„Du hast es gespürt", stellte er fest und sie nickte abgehackt. „Dein zweites Gesicht?", vermutete er. Die Hexe nickte stumm. „Aber es zeigt mir nicht, was passiert ist", fügte sie gepresst hinzu, als Thomas sich abwenden wollte. „Ich weiß nur, dass etwas Schreckliches geschehen ist. Etwas Gewaltsames! Ein Mord."
Thomas nickte wissend und schien irgendwo in die Ferne zu starren.
„Besser, ihr lasst die Polizei raus aus der Sache hier", schlug er beiläufig vor. „Was?", empörte sich Angelika. „Hier ist ein Mord geschehen, da muss doch die Polizei ..." Thomas unterbrach sie rigoros mit einer wegwerfenden Geste. „Das war kein Mensch, der den Mann getötet hat, Angelika. Das war ein Dämon!"
„Ein ... ein Dämon in Lüneburg?" Fassungslos sah sie ihn an, den Mund leicht geöffnet, die Augen schreckgeweitet. Thomas betrachtete sie mit seinem gewohnt arroganten Gesichtsausdruck. „Ein Halbdämon. Halb Mensch, halb Dämon. Der Sprössling eines Dämonen und eines Menschen, der ihrer Faszination erlegen ist." Verächtlich spuckte er aus. „Kommt zum Glück nicht oft vor. Meistens tötet der Dämon den Menschen dabei in seinem Rausch." Ein flüchtiges Lächeln überflog seine harten Züge. „Halbdämonen sind nicht so stark wie echte Dämonen, leben nicht so lange und sind vor allem leichter zu töten.

Ein Jäger alleine kann sie erledigen", fuhr er fort, ohne den intensiven Blick von Angelika zu nehmen. „Dieser hier war hungrig und sehr schlampig." Auf Thomas' Gesicht breitete sich ein grausames Lächeln aus. „Ich habe seinen Geruch. Ich werde ihn finden", triumphierte er und ein erschreckend intensiver Hass funkelte für wenige Momente aus seinen Augen, verzerrte sein ansonsten so beherrschtes Gesicht.
„Hier bei uns? Ein Dämon?" Angelika wich vor Thomas zurück und warf Roger einen erschreckten Blick zu. „Halbdämon", korrigierte Thomas sie. „Dämonen verstecken sich überall. Auch in Lüneburg." Er wandte sich zum Gehen und murmelte zu sich selbst: „Gerade in Lüneburg."
Bestürzt ergriff Angelika Rogers Arm. Ihr Blick huschte über dessen bleiches Gesicht, als ob sie erwarten würde, dass er widersprach.
„Wenn ihr etwas von Finn hört, gebt mir sofort Bescheid. Wenn ich ihn nicht vorher finde. Dann hat es sich erledigt!," warf ihnen Thomas über die Schulter zu und ging entschlossenen Schrittes zu seinem Auto. Hartmut und Keith nickten den beiden zu. Hartmut presste noch ein schnelles: „Tschüss, ihr zwei!" heraus und lächelte Angelika entschuldigend an. Rasch stieg er in den schwarzen Geländewagen. Thomas wartete nicht einmal, bis die Türen sich geschlossen hatten, fuhr rasant an und bog knapp vor einem anderen, protestierend hupendem Auto auf die Straße ein.
Betroffen sahen die beiden den Schwarzen Jägern nach. Roger erschienen Thomas' Worte wie eine Drohung. Was hatte er mit Finn vor? Angelika griff nach seinem Arm. „Was hat er damit gemeint? Was hat das hier mit Finn zu tun?" „Thomas glaubt, dass Finn damit zu tun hat", erklärte er wie betäubt, konnte noch immer nicht ganz fassen, was sie gerade erlebt hatten. Mit starrem Blick starrte er auf die Stelle, wo der Wagen gestanden hatte. Dämonen! Dämonen in Lüneburg!
„Wie bitte?" Angelika klang empört und verunsichert, zerrte an seinem Arm, bis er sich ihr zuwandte. Ihre verschiedenfarbigen Augen waren weit aufgerissen. Tiefe Besorgnis spiegelte sich darin wieder. „Wieso sollte Finn etwas damit zu tun haben? Nur, weil er hier arbeitet?", fragte sie mit ungewöhnlich heller Stimme.
„Du hast Thomas doch bei uns erlebt, wie er sich Finn gegenüber aufgeführt hat. Etwas sei an ihm absonderlich, hat er gerade gemeint. Und jetzt das hier?" Roger kamen auch gerade ein paar Zweifel. Immerhin war Finn seit Sonntag verschwunden und nun geschah hier ausgerechnet an seinem Arbeitsplatz ein Mord? Das war schon ein ominöser Zufall.
„Finn ist absolut okay!", protestierte Angelika. „Vergiss nicht, ich habe seine Hand gelesen! Er ist doch kein Mörder!" Roger zuckte die Schultern und schüttelte gleich darauf den Kopf.
„Nein, glaube ich auch nicht. Aber Thomas vielleicht?" Nachdenklich betrachtete ihn Angelika. „Etwas Mysteriöses war an Finns Aura schon, aber er ist kein Dämon! Eher ein Verborgener, jemand, der sich noch nicht selbst entdeckt hat!", erklärte sie entschieden. „Zu so etwas wie dem hier wäre er nicht fähig!" Sie brach ab, schluckte schwer und holte tief Luft. „Niemals!!
„Das glaube ich auch kaum. Aber ist das wirklich alles noch Zufall?" Roger zuckte hilflos

die Schultern. Es gab keine befriedigenden Antworten. Nicht, solange sie Finn nicht gefunden hatten. „Lass uns heimfahren", schlug er resignierend vor. „Hier können wir nichts mehr erreichen."

Zustimmend, in ihre eigenen Gedanken versunken, nickte Angelika und folgte ihm zu dem alten Geländewagen. Schweigend fuhren sie heim. Beide hingen ihren Gedanken nach und Roger ertappte sich bei dem Gedanken an sein Gespräch in der Schmiede als Thomas mit sprühendem Hass gesagt hatte: „Sie sind das personifizierte Böse!"

Für Roger hatten seine Worte heute eine unmittelbare Bedeutung bekommen.

Weiße Knochensplitter und Blut. Das war alles, was von Peter übrig geblieben war. Im Grunde nichts.

Der Gedanke erschreckte Roger bis tief in seine Seele. So direkt war er noch nie mit dem Tod konfrontiert worden. Ein gewaltsamer, grausamer Tod an einem Menschen, den er nur flüchtig gekannt hatte. Warum tat ein Dämon so etwas? Was für ein Wesen war er?

Als sie zu Hause ausstiegen, hielt Roger Angelika plötzlich am Arm zurück. „Glaubst du, dass es ihm gelingen kann?", fragte er nach und erntete einen fragenden Blick. „Dass Thomas sie aufhalten kann? Die Dämonen? Wenn es stimmt, was er sagt, dann müssen sie wirklich vernichtet werden! Wenn sie Menschen so etwas antun können, meine ich, dann müssen wir sie töten, ehe sie uns vernichten können!" Seine Stimme klang verzweifelt. Er war aufgewühlt, wie noch nie in seinem Leben. Angelika legte ihm sanft eine Hand an die Wange und sah ihn mitleidig verstehend an.

„Es gab und gibt immer Böses auf der Welt", erklärte sie beschwichtigend. „Willst du entscheiden, was richtig und was falsch ist, wer leben darf und sterben muss?" Ihre andere Hand legte sich fest auf seine Schulter. „Du bist keiner der Jäger, Roger. Das ist nicht deine Bestimmung", flüsterte sie beschwörend. „Lass dich nicht von Wut und Angst leiten. Peters Tod ist tragisch, aber du bist nicht sein Rächer." Damit ließ sie ihn stehen. Roger schaute ihr nach, bis sie im Haus verschwunden war.

Das Entsetzen wollte nicht weichen, doch die Wut, die er spüren sollte, war nicht da, der Hass, den er bei Thomas gesehen hatte, erschien ihm fremd. Nein, er war definitiv kein Jäger. Er fertigte Waffen, er verwendete sie nicht. *Das wird auch so bleiben,* schwor er sich und ging in seine Schmiede hinüber. Er musste seine Hände beschäftigen, dann würde er die Bilder in seinem Kopf verdrängen können.

33
Du darfst mich nicht lieben!

Sanfte Lippen berührten seine. Der Geschmack war salzig und ... metallisch, schmeckte ein wenig nach Kupfer oder Eisen. Der Kuss begann zart und wurde langsam intensiver.
Vorsichtig bewegte Finn seine Zunge in den anderen Mund und wurde von ihrem Gegenspieler sofort begrüßt. Noch bevor er die Augen öffnete, breitete sich ein wohliges Lächeln aus.
Dave! Der Traum wurde zur Realität, als dessen Gesicht vor ihm auftauchte. Konnte man schöner aufwachen?
„Dave", hauchte er, als sich ihre Lippen einen Moment voneinander lösten, und schlang seine Arme um dessen Nacken. *Er ist wieder da*, jubelte seine innere Stimme begeistert. *Dein Traummann im Traum und in der Realität. Passend zum Frühstück, hoffentlich hat er was zu essen mitgebracht*, sabotierte sein Verstand, in Kooperation mit Finns knurrendem Magen, die romantische Stimmung und bekam prompt einen kräftigen Tritt.
„Hallo, Finn." Daves dunkle Stimme fühlte sich wie ein weiteres Streicheln seiner Haut, seiner Seele an. Daves Hand glitt in Finns Nacken und hob seinen Kopf an. Fest pressten sich seine Lippen auf Finns, vertieften den Kuss abermals. Dunkle, wundervoll ausdrucksstarke Augen bohrten sich intensiv in seine. Ein winziges Glühen funkelte darin, gleich einer rötlichen Flamme. Begeistert entdeckte Finn, dass seine Arme ihm wieder gehorchten und er zog Dave energischer zu sich herab. Oh Gott, war das schön!
Seine Hände fuhren über Daves kräftigen Rücken. Er roch dessen herben Duft, sog ihn ein wie ein berauschendes Mittel, ertastete ihn, während ihre Münder und Zungen sich liebkosten. Wohlige Wärme breitete sich in Finns Körper aus, raste durch seine Nerven- und Blutbahnen, erfüllte seinen ganzen Leib mit sprudelndem Leben. Wie eine Droge wirkte Daves Gegenwart auf ihn, berauschte ihn, raubte ihm Sinn und Verstand.
Bitte lasse es nie anders werden, flehte Finn zu wem auch immer. Daves Küsse, seine Gegenwart schienen ihn mit ungeheurer Energie zu erfüllen. *Ich liebe ihn. Ich will nur ihn. Er ist der absolute Traum!*, seufzte er unisono mit seiner inneren Stimme auf.
Daves Finger wanderten in weichen Kreisen über Finns Hals, umrundeten die Konturen seiner Brustmuskeln. Jede Berührung prickelte, sandte winzige Impulse durch Finns Körper, wie das belebende Gefühl warmer Sonnenstrahlen auf der Haut. Gieriger schnappte er nach Daves Lippen, sog sie ein, gleich einem lebensspendenden Elixier. Ein Finger umrundete seine linke Brustwarze, zwirbelte sie und Finn stöhnte in den Kuss hinein. Seine Hände fuhren fahrig über Daves Hemd, unkoordiniert, die Kraft strömte

jedoch zunehmend in seine Finger und er krallte sie in den Stoff.
Lächelnd unterbrach Dave ihren leidenschaftlichen Kuss und betrachtete Finn liebevoll.
„Du scheinst dich ja inzwischen gut erholt zu haben." Seine braunen Augen blitzten schelmisch. Kaum verhohlene Gier stand in ihnen, die Finn erschreckte und nahezu magisch anzog. Sein Herz klopfte wie wild.
„Bei deiner guten Pflege, kein Wunder", hauchte Finn, atemlos von der wilden Küsserei. „An deine gute Fürsorge könnte ich mich gewöhnen."
„Auch daran, mir im Bett hilflos ausgeliefert zu sein?" Dave grinste und seine Hand glitt tiefer, streichelte sanft über Finns Bauch. „Daran auch", brachte dieser grinsend hervor, wölbte sich der Berührung entgegen und legte eine Hand an Daves Arm. „Aber vor allem daran, dich um mich zu haben", ergänzte er mit ernster Miene. Dave stutzte, die dunklen Augen funkelten eigenartig, dann fuhr er in den streichelnden Bewegungen fort, ehe Finn reagieren konnte.
„Tiefer", verlangte dieser, spürte, wie sich das Blut in seinem Unterleib sammelte. Sein Körper wollte mehr dieser wundervollen Gefühle erleben, war süchtig danach, als ob Dave eine verschlossene Tür in ihm aufgestoßen hätte, die ihm neue Möglichkeiten eröffnete, seine Sehnsüchte zu stillen, seine Träume wahr werden zu lassen. Finn fühlte sich seltsam, ein wenig schwebend, deutlich kräftiger, wenngleich er noch nicht volle Körperkontrolle hatte.
Brauchst du ja auch gerade nicht, bemerkte seine innere Stimme. *Lass Dave doch einfach machen. Kein schlechter Vorschlag,* stimmte sogar sein Verstand mit ein. *Der weiß ohnehin eher, was er tut, als du.*
„Hast du solchen Hunger bekommen?", flüsterte Dave mit verführerischer Stimme und begann heiße Küsse auf Finns Bauch zu hauchen, arbeitete sich dabei um den Bauchnabel herum. „Ja!", zischte Finn erregt, griff nach Dave, wühlte seine Hand in dessen Haare. Jeder Kuss ließ ihn aufkeuchen, schien seine Haut zu verbrennen und zu verwandeln. Jede Berührung schien ihn zu stärken und zu verändern; er fühlte sich stärker, mutiger, forscher. „Tiefer. Mehr!", verlangte er und drückte Dave in die Richtung seines erwachenden Glieds. Dave tat ihm den Gefallen, ließ die Hand tiefer gleiten, unter den Stoff von Finns Unterhose. Obwohl dieser mit der Berührung gerechnet hatte, sie sehnsüchtig herbeigesehnt hatte, war es doch wie ein kleiner Schock, als Daves Finger nun sanft seinen Penis umfassten. Aufkeuchend klammerte Finn sich an Daves Rücken fest.
„Ich habe uns Frühstück mitgebracht", erwähnte Dave lächelnd, leckte mit seiner langen Zunge um den Bauchnabel und arbeitete sich wieder zu den Brustwarzen hoch, während seine Hand Finns härter werdendes Glied knetete. „Fragt sich, welchen Hunger wir zuerst stillen sollen."
„Diesen!", beschloss Finn. Seine Hände glitten an Daves Rücken hinab und drückten dessen Hüfte fest gegen seinen Körper. Damit brachte er Dave aus dem Gleichgewicht und dessen Unterleib in festeren Kontakt zu Finns. Dieser lachte glucksend auf und löste sich energisch aus Finns Umklammerung. „Moment, Moment", tadelte er Finns Ungestüm. „Lass mich doch erstmal meine Kleidung loswerden." Finn knurrte unwillig, begann sofort

an Daves Gürtelschnalle zu nesteln.
Schneller, drängelte Finns innere Stimme ungeduldig. *Mach schneller! Warum dauert das so lange?* Finn richtete seinen Oberkörper auf und sein Verstand bemerkte erfreut, dass er das völlig problemlos hinbekam. Mit fahrigen Bewegungen half er Dave beim Öffnen der Knöpfe und aus seinem Hemd.

Dave schüttelte seine Schuhe hastig ab und streifte sich rasch die Hose hinunter. Er bebte ebenso vor Verlangen nach Finn, wusste gleichzeitig, dass er ein überaus gefährliches Spiel spielte. Finns Energie waberte um ihn, verlockend, köstlich und reichlich. Viel mehr als zuvor, stärker, intensiver. Das Erbe der Mirjahns entfaltete sich in Finn, setzte die unaufhaltsame Entwicklung hin zum Jäger in Gang. Trotzdem konnte Dave der Versuchung nicht widerstehen. Finns Körper fesselte ihn, sein Geruch benebelte seine Sinne, seine Augen zogen ihn an. Das Gefühl, über seine festen Muskeln zu streicheln, seinen lustvollen Lauten zu lauschen, erfüllte ihn mit Wärme, unbezähmbarer Lust, einem nie gekannten Gefühl, welches ihn innerlich schier zerriss, den Dämon in ihm verwirrte und ängstigte.
So viel Neues, Unbekanntes, Gefährliches. Dave liebte das Spiel mit der Gefahr und nie war es aufregender, nie erfüllender als dieses Mal.

Finn ergriff Daves Handgelenke, zog ihn auf das Bett und über sich, presste den anderen Körper gegen seinen bebenden Leib. Er wollte Daves Körper spüren, ihn fühlen, sein Herz an seinem schlagen, ganz in den Gefühlen versinken, die der andere Mann in ihm auslöste. Er war wahrhaftig süchtig geworden!

Dave stützte sich seitwärts ab, ließ es zu, dass Finn sein Becken gegen seines drückte, es in erregenden Bewegungen kreisen ließ. Sein Penis richtete sich mit jedem weiteren Kontakt Haut an Haut gierig auf. Er war mindestens so erregt wie Finn. Jede Berührung ihrer Körpermitte gegeneinander sandte heiße Wellen durch Daves Körper. Die dämonischen, wilden Instinkte in ihm lechzten nach dem Körper des Menschen unter ihm. Sein köstliches Blut, das feste Fleisch, pure Lebensenergie, nach seinen Schreien, wenn er sein Leben aus den Lungen schrie. Dave war sich bewusst, dass er sich sehr gut unter Kontrolle halten musste, wenn er Finns Leben nicht wieder gefährden wollte. Gierig beugte er sich hinunter und verschlang Finns Mund mit einem Kuss, ließ sich schwer ganz auf ihn gleiten, bis ihre Körper vollends aufeinander lagen, sich ihre heißen, steifen Glieder berührten.

Finn bewegte sich unruhig, erzeugte mehr Reibung und sein Verlangen stieg weiter, als Dave ihn wilder zu küssen begann. Ihm war, als ob Dave sich heute mehr zurückhielt. Weil er ihn noch für geschwächt hielt? Dabei barst sein Körper vor Energie! Er fühlte sich, als ob er Bäume ausreißen könnte. Jeder Vorbehalt, jede Hemmschwelle war von ihm abgefallen. Finn wollte alles.
Ich will, dass du mich nimmst, flüsterte er in Gedanken. Worte bildeten sich in seinem Kopf, die ihm eigenartig vertraut erschienen; eine Formel, die eine unbekannte, jedoch starke

Bedeutung für ihn gehabt hatte. *Ich will alles von dir. Sei mein. Nimm mich vollständig, mach mich zu deinem Eigentum. Untrennbar verbunden, vereint durch ein Band, welches niemand je zu lösen vermag. Komm zu mir.*

Dave roch Finns zunehmende Erregung nur zu gut, wusste, dass dieser ihm freiwillig alles geben würde, was er verlangte. Der junge Mensch vertraute ihm nun vollkommen. Genau dieses Vertrauen entsetzte ihn, denn Finn sollte ihm nicht so extrem vertrauen. Er, der Dämon, war gefährlich für ihn. Tödlich. Nichtsdestotrotz vermochte er sich nicht zurückzuziehen, nicht, es zu beenden. Viel zu stark war das Verlangen nach jedem bisschen von Finn, jeder Sekunde mit ihm, jeder Berührung, jedem Laut. Aus jeder Pore stieg der Duft des männlichen Körpers auf. Nuancen von Schweiß, Finns Duschgel. Dave roch schmerzhaft intensiv, fühlte die Leidenschaft, die Begierde wachsen. Finns Herz schlug unter ihm, direkt an seiner Brust, die Quelle des Blutes so nah an seinem Maul.
Dave Zähne wurden scharf und länger, näherten sich dem warmen, bebenden Hals. Finns keuchender Atem erfüllte seine Ohren, trommelte in seinem Verstand mit dem Rhythmus des Herzschlags. Mühsam behielt Dave sich unter Kontrolle. Seine linke Hand glitt zwischen ihre Körper, umschloss ihrer beider Glieder und rieb sie kräftiger aneinander. Weiche, so verletzliche Haut. Brennend heiß, pulsierend vor Energie und Lebenssaft.
Finn stöhnte lustvoll auf, schloss die Augen und ließ sich zurücksinken, während seine Hände Daves Gesäß umfassten und ihn im gleichen Rhythmus gegen sich pressten. Keuchend rieben sie sich gegeneinander, versuchten so viel Hautkontakt wie irgend möglich herzustellen. „Mehr, Dave!", keuchte Finn verlangend. „Bitte, mehr."

Er will es!, brüllte der Dämon innerlich, zerrte an den festen Ketten von Daves Kontrolle. *Lass ihn uns nehmen, lass uns den Samen heiß und üppig in ihn ergießen, ihn ganz einnehmen. Lass uns seine Energie trinken und in ihrer Stärke baden. Köstliche Energie! Lass ihn uns ficken, bis er schreit, um sein Leben bettelt! Lass uns sein Innersten mit Glut erfüllen, sein Fleisch zerreißen, sein Blut in tiefen Zügen trinken, ihn ganz in uns aufnehmen, jede Faser. Er gehört dir, alles an ihm gehört dir!*
Daves Bewegungen wurden heftiger, sein Griff um ihre Glieder härter und Finn hob ihm laut stöhnend vor Verlangen das Becken entgegen. Mehr, er wollte einfach mehr haben. Es reichte nicht, dies war zu wenig.

„Dave", brachte er mühsam hervor. „Bitte, nimm mich. Bitte schlaf mit mir!" Ja, er wollte es und sein pflichtbewusster Verstand reichte hastig Urlaub ein. Das Verlangen nach der totalen Vereinigung war schmerzhaft intensiv. Automatisch öffnete Finn die Beine, versuchte Dave mit heftigeren Bewegungen tiefer zu schieben, ihn dorthin zu dirigieren, wo er totale Erfüllung finden konnte. „Bitte", flehte er, trunken vor Lust.

Nimm mich, nimm mich, hallten seine Worte in Daves Kopf wieder. Er ließ es geschehen, dass Finn ihn bestimmt in die Richtung jener verheißungsvollen Öffnung schob. Dave Hände wandelten sich, wurden rissiger, rauer. Die Krallen seiner linken Hand schoben sich hervor,

spitze, tödliche Waffen. Finns Augen waren geschlossen, gefangen in seiner Lust, sodass er es nicht wahrnahm. *Nimm ihn, nimm ihn endlich! Besitze ihn, erobere ihn! Er will es, er lechzt danach, er gibt sich dir freiwillig hin. Er ist dein, nimm ihn,* raunte es fortwährend in Daves Kopf und er fühlte, wie die Hörner zu wachsen begannen, die ledernen Flügel durch die Haut am Rücken stießen, bereit, sich zu entfalten. Keuchend hielt er inne.
Nein! Er durfte es nicht. Der Dämon würde Finn nehmen, ihn mit heftigen, schnellen Stößen bis zum Orgasmus treiben und ihn dann zerreißen, ihn töten!
Nein, nein! Dave warf den Kopf zurück, als ob er heulen würde, doch kein Ton kam über die schmalen Lippen. Mit aller Macht drängte er die Verwandlung zurück.
Kontrolle! Er musste den Dämon kontrollieren! Hitze jagte glühend heiß über seinen Rücken. Finns Hände waren feucht vor Schweiß, lagen noch immer fest und fordernd auf seinem Hintern und versuchten ihn tiefer zu ziehen, näher zu seinem Eingang.
„Nimm mich", drang es abermals von Finns Lippen. „Dave, bitte!" Der Name durchdrang Daves Geist wie ein zuckender Blitz und lösten erneut die dämonische Verwandlung aus. Sein Gesicht verzerrte sich, die Zähne wuchsen. Dave knurrte und stöhnte gequält auf, rutschte im selben Moment tiefer und brachte sein erregtes, zuckendes Glied an Finns Eingang.
Nimm ihn, nimm ihn dir, schrie der Dämon in ihm. *Er gehört mir! Er gehörte immer mir!*
Ich will ihn nicht töten! Ich werde ihn nicht verletzen, brüllte Dave in seinem Kopf gegen den rasenden Dämon an. *Ich ... will ... es nicht! Ich will nie wieder ohne ihn sein!*

Finn spürte die feuchte Hitze der Eichel an seinem Eingang, erwartete den ziehenden Schmerz des ersten Eindringens und öffnete seine Beine weiter, bereit, Dave zu empfangen. Doch nichts geschah und er öffnete vorsichtig die Augen. Daves Gesicht wirkte merkwürdig verzerrt, für den Bruchteil eines Moments wie zwei Gesichter, die merkwürdig ineinander überzugehen schienen. Finn sog erschrocken die Luft ein, denn es war ihm, als ob er das fratzenhafte Gesicht kannte. Für einen winzigen Moment lichtete sich der Nebel seiner Erinnerung, dann blickte er auch schon wieder in Daves vertrautes Gesicht, ekstatisch verzerrt, jedoch ein menschliches Gesicht, kein … Finn blinzelte.
Dreh jetzt bloß nicht durch, ermahnte ihn sein Verstand kopfschüttelnd. *Du halluzinierst. Es ist nur Daves Gesicht, nicht das eines Dämonen deiner Fantasie.*
Aber sein Ausdruck …, bemerkte die innere Stimme schüchtern und etwas in Finn, etwas Altes, jedoch noch ohne Stimme, zupfte warnend an den Seilzügen seines Überlebensinstinktes.
Quatsch!, beruhigte ihn sein Verstand und zwang Finn dazu, genauer hinzusehen. Daves Gesicht wirkte eigenartig, beinahe schmerzhaft verzerrt, voll Anspannung und nur mühsam beherrscht. „Dave?", fragte Finn irritiert nach. Was Dave wohl davon abhielt, in ihn zu dringen?

Dieser stieß heftig die Luft aus und stöhnte gequält auf. Verflucht! Er konnte den Dämon kaum noch beherrschen. Rasch stützte er sich mit beiden Händen neben Finn ab und

krümmte den Körper zusammen, kämpfte um die Kontrolle.
„Dave?", hakte Finn nochmals verlangend nach.
„Kann ... nicht ...", keuchte dieser gepresst und schob sich eilig höher, bis sein steifer Penis gegen Finns Bauch stieß. Rasch ergriff er ihrer beider heißen Glieder, rieb sie so heftig und hart, dass Finn vor Lust und Schmerz aufschrie und sich rückwärts fallen ließ. Gleich darauf kam er zum Höhepunkt. Mit durchgedrücktem Rücken erlebte er keuchend seinen Samenerguss. Kratzend fuhren seine Hände über Daves gewölbten Rücken, hoch zu dessen Schultern, die sich ungewohnt rau anfühlten. Finn krallte sich Halt suchend hinein und überließ sich mit geschlossenen Augen ganz den lustvollen Zuckungen seines Körpers.
Dave löste seine Hände, riss Finn in eine heftige Umarmung, drückte den zerbrechlichen Menschenkörper fest an sich, als ob er ihn in sich aufnehmen wollte. Der Dämon in ihm tobte und er kämpfte darum, die Kontrolle zu behalten, presste Finn so fest und beschützend an sich, dass dieser nach Luft rang und sich gegen den harten Griff zu wehren begann.
„Dave! Nicht so fest!", brachte er hervor und stemmte sich gegen dessen Schultern. Erschrocken löste Dave seinen klammernden Griff. Aufstöhnend vor innerer Qual zog er den menschlichen Körper mit sich aufs Bett und blieb heftig keuchend, gegen die Verwandlung ankämpfend, neben Finn liegen. Nach und nach versiegte die wundervolle Energie, die Gier jedoch war übermächtig, kaum noch zu kontrollieren, rumorte in ihm wie ein wildes Feuer, welches ihn innerlich verbrannte.

Finn lächelte selig und kam allmählich zu Atem. Auf dem Rücken liegend genoss er das befriedigende Gefühl des Orgasmus, gab sich der wohligen Erschöpfung hin. Mit Dave war Sex immer fantastisch, nur warum hatte der ihn dieses Mal nicht anal genommen?
Finn richtete sich halb auf und betrachtete Dave neben sich nachdenklich. Der atmete stoßweise und warf sich unruhig hin und her. Seine Haut schien sich eigenartig zu bewegen, als ob sie sich ständig verändern würde. Die Augen waren weit aufgerissen und schienen sogar tatsächlich rot zu ... glühen.
So ein Blödsinn, kommentierte der Verstand nüchtern. *Du bist wohl ein wenig verwirrt. Das ist doch Dave. Was du da wieder siehst ... tss.* Finn schaute Dave unsicher an. Was war denn mit ihm los? Irgendwie benahm er sich doch eigenartig.
„Dave?", erkundigte er sich daher leise und unsicher.

Dieser riss abrupt die Augen noch weiter auf, drängte mit aller Macht die Verwandlung zurück, schnellte hoch und riss Finn förmlich an sich. Hart umklammerte er dessen Gesicht mit beiden Händen und zog ihn zu sich in einen leidenschaftlichen, verzehrenden, regelrecht brutalen Kuss. Überrascht ließ Finn sich den Kuss gefallen, erwiderte ihn eher zaghaft, weil ihn Daves extreme Leidenschaft zunächst irritierte. Daves Griff war schmerzhaft, sein Kuss, seine Berührung verlangend, besitzergreifend. Es war irritierend, erregend zugleich und dennoch durchfloss Finn die Wärme dieser Berührung. Dave schien ihm klarmachen zu wollen, dass er ganz zu ihm gehörte, er Finn unendlich stark begehrte,

sich nach ihm verzehrte.
Du bist genau der Mann, den ich immer haben wollte, dachte Finn und schlang seine Arme um Dave. *Von dir habe ich geträumt, unzählige Male, nach dir habe ich mich gesehnt.* Finns Herz zersprang vor glücklichen Gefühlen. Er schwamm in einem See aus verliebter Freude, plantschte in den goldenen Fluten absoluter Glückseligkeit.
Dave, du bist alles, was ich je haben wollte, alles, was ich mir je erträumt habe. Ich liebe dich. Ja, ich habe mich völlig in dich verliebt und ich möchte am liebsten jede Sekunde, jede Minute, ja, mein ganzes Leben mit dir verbringen.

Dave löste den Kuss und starrte verwundert in Finns von innen leuchtende Augen. Sein ganzes Gesicht schien zu strahlen. Wie ein Faustschlag, gleich einem grellen Blitz, traf ihn dessen Blick. So voll Liebe, zärtlich, unglaublich vertrauensvoll, dass die Wucht der Gefühle Daves Herzen einen regelrechten Stromschlag verpasste.
Finn lächelte ihn an und flüsterte: „Ich liebe dich." Völlig erfüllt von dem Gefühl der Wärme und Zuneigung zu diesem Mann, diesem wahr gewordenen Traum, vergaß er endlich seine Schüchternheit, drückte einfach aus, was sein Herz, seine innere Stimme ihm laut genug zuschrien. Tief sah er in Daves braune Augen, suchte nach einer Antwort darin und fand grenzenlose Verblüffung.
Dave kannte die Bedeutung der Worte, wusste, dass die Menschen sie oft und recht leichtsinnig von sich gaben. Eine Formel, die keine Wirkung, keine Magie enthielt. Was er jedoch in Finns Augen sah, was seine Worte bei ihm bewirkten, war ganz anders als alles, was er sich vorgestellt hatte. Er zuckte zusammen, als ob Finn ihn geschlagen hätte. Gleich einem Zauberbann jagten die Worte durch seinen Körper, entfalteten ihre Wirkung tief in ihm. Elektrischen Entladungen gleich jagten sie durch seinen Körper, brachten sein Blut zum Kochen. Sein Herz schien vor mächtigen, unbekannten Gefühlen zu zerbersten.
Es stand in Finns Augen, klar und deutlich, unterstrich die Macht seiner Worte, gab dem Zauber Substanz und Kraft. Diese tiefe, innige Liebe, absolutes Vertrauen, Zuneigung. Für ihn! Ein Mensch, der ihn, den Dämon, liebte.
Es war zu viel. Zu viel Macht, zu viele Gefühle!
Der Dämon geriet in Panik und er heulte innerlich auf. Dave gab ein tierisch klingendes, knurrendes Geräusch von sich, stieß Finn grob mit beiden Händen von sich. Die Wucht des Stoßes schleuderte ihn zurück und fast vom Bett. Erschrocken und betroffen starrte der junge Mensch Dave an. Finns Mund öffnete sich verblüfft, doch er brachte kein Wort heraus.
Dave sprang hastig auf, starrte ihn regelrecht entsetzt an. In rascher Folge spiegelten sich unterschiedliche Emotionen in seinem Gesicht wieder. Einem Impuls folgend wollte er Finn an sich ziehen, ihn in seinen Armen halten, doch der Dämon in ihm wollte fliehen vor diesem seltsamen Menschen, der über diese merkwürdige Macht verfügte, wollte sich auf ihn stürzen, ihn zerreißen.
Dieser Mensch hatte sich in ihn verliebt! In ihn! Wusste er nicht, wie gefährlich das war? Finns Vertrauen, seine Liebe würde für ihn tödlich enden! Einen Dämon liebte man nicht,

vertraute ihm nicht, sah ihn nicht auf diese Weise an!

Dave atmete hechelnd. Sein Herz raste, schlug extrem schmerzhaft in seiner Brust. Sein Körper wollte sich verwandeln, der Dämon wollte diesen Menschen töten, zerfetzen, den Bannzauber ungeschehen machen, ihm die Kehle heraus reißen, die solche Worte hervorbrachte. Er wollte sein Gesicht mit den Krallen zerfetzen, ihm den Ausdruck aus dem Gesicht reißen, in Furcht und Angst verwandeln. So, nur so durfte ein Mensch ihn ansehen. Nicht so voll Verlangen, so voll Vertrauen! So voll ... Liebe.

Dave stolperte zwei Schritte zurück, starrte mit fassungslosem Entsetzen auf Finn, der sich halb aufgerichtet hatte und ihn mit leicht geöffnetem Mund entgeistert ansah.

Was war denn passiert? Warum reagierte Dave plötzlich panisch, was hatte er getan?

„Was ist mit dir?", begann Finn zögernd. Dave antwortet nicht, stierte ihn an, ohne zu blinzeln, ohne die Augen von seinem Gesicht abzuwenden, doch er schien ihn gar nicht zu sehen. In seinem Gesicht arbeitete es. „Dave?" Finns Herz schlug ihm im Hals, jeder Schlag zog seine Kehle zusammen. Dave wich vor ihm zurück. Langsam, Schritt für Schritt, die Augen erfüllt von einem Schrecken, den Finn nicht verstand.

Was war los? Was hatte er nur getan?

Ein taubes Gefühl breitete sich in Finn aus, mit kalten Ausläufern von seinem Magen in seinem ganzen Körper, verwandelte seine Nervenbahnen in gefühllose Eiskanäle. Eis schien sich in jedem Gelenk, in jedem Muskel zu bilden und zog ihn tonnenschwer zu Boden. Wieso wich Dave vor ihm zurück?

„Ich liebe dich, Dave", wiederholte Finn deutlich zögernder und fügte leise, wie eine Frage hinzu: „Dave?"

Dessen Blick huschte nun unsicher hin und her. Da war ein merkwürdiges Flackern in seinen Augen. Er wirkte wie ein in die Enge getriebenes Tier, welches verzweifelt einen Fluchtweg suchte. Er duckte sich sogar, spannte sich wie zum Sprung. Ein gequälter, nicht wirklich menschlicher Laut entrang sich seiner Kehle. Bestürzt richtete sich Finn weiter auf und streckte seine Hand nach ihm aus. *Oh Gott, was lief hier verkehrt?*

„Nein!" Dave wich vor seiner Hand zurück wie vor einer giftigen Schlange. „Das darf nicht sein!", brüllte er Finn gänzlich unerwartet zornig an. „Das darfst du nicht!" Finn schrak vor der heftigen Reaktion zurück, starrte fassungslos auf Dave, der sich einen weiteren Schritt zurück bewegte.

„Warum ...? Was ist denn los?", brachte Finn verzweifelt, stockend hervor. Die eisige innere Leere breitete sich aus, wollte auch seine Zunge, sein Denken lähmen. Was ging hier nur vor sich? Er verstand es nicht, begriff nicht, wieso sich Dave so verhielt. Gerade sah er ihn an, als ob er etwas völlig Unanständiges, Undenkbares gesagt hätte.

Hatte Dave nicht verstanden, was er gesagt hatte?

Finn glitt vom Bett. Mühsam stemmte er sich hoch, hielt sich noch einen Moment am Bett fest, brauchte einen weiteren, um seinen Körper zu koordinieren, sodass ihn seine Füße vorwärts trugen. Taumelnd machte er einen Schritt auf Dave zu. Sein Körper zitterte leicht vor Anstrengung. Wild rasten seine Gedanken hin und her.

„Bitte, Dave ...", begann er, trat einen weiteren mühsamen Schritt auf ihn zu. Sein Körper zitterte stärker, die Muskeln ächzten unter der Belastung, dennoch, er ging noch einen Schritt auf Dave zu, streckte seine Hand bebend nach ihm aus.

Dave wich augenblicklich vor ihm zurück, als ob er nun vor seiner Berührung Angst hätte. Sein Gesicht schwankte zwischen einer Maske aus Entsetzen, Fassungslosigkeit und einer dämonisch anmutenden Fratze. Es schien, als ob verschiedene Gesichter um die Vorherrschaft kämpfen würden. Ein merkwürdiger Eindruck.

Ansatzlos, unglaublich schnell, mit einem eigentümlich knurrenden Laut, sprang er vor, stieß Finn grob zu Boden, packte seine Oberarme mit hartem Griff und war über ihm, ehe Finn seine Hände auch nur abwehrend erhoben hatte. Etwas in Finn brüllte auf und er versuchte sich instinktiv, aus dem klammernden Griff zu befreien.

Er tötet dich! Dave will dich töten, schrie Finns innere Stimme entsetzt auf. Sein Verstand kam nicht so schnell hinterher, formulierte noch umständlich, gab kein klares Statement ab. Nur diese neue, wilde Stimme in ihm schrie ohne Worte.

Daves Hand krallte sich schmerzhaft fest um Finns Kehle, drückte zu, drohte ihm die Luft abzuschnüren. Grelle Panik durchflutete Finns Gedanken, dennoch war er unfähig zu reagieren. Dies war Dave, betonte sein Verstand lauter als alle anderen Stimmen.

Finn schaute hoch, bohrte seinen Blick in die dunklen Augen über sich, in denen das irritierende, rote Glühen zuzunehmen schien. Er wollte verstehen, begreifen, was hier geschah, konnte es nicht kapieren. Plötzlich wirkte Dave tatsächlich überaus bedrohlich, weitaus weniger menschlich. Dämonischer.

In ihm wuchs etwas, breitete sich zögernd aus, verdrängte das lähmende Eis in seinen Adern. Finn rang verzweifelt nach Atem, als der Druck um seinen Hals sich grausam verstärkte. Er packte Daves Handgelenk, begann daran zu zerren.

„Dave!", würgte er hervor. „Hör auf!" *Er will mich doch nicht wirklich ... töten?* Finns Verstand schüttelte kategorisch den Kopf, wies daraufhin, dass sie gerade noch Sex gehabt hatten. *Er sieht gerade ein wenig wie ein ... Dämon aus,* bemerkte seine innere Stimme hingegen, heiser vor Aufregung. Eine seltsame Stärke rann durch Finns Adern, erfühlte seinen Körper mit zunehmender Kraft, prickelte in seinen Armen, seinen Fingern und sein Griff um Daves Handgelenk wurde fester, entschlossener. Der grausame Druck an seiner Kehle lockerte sich ein wenig. Sekundenlang starrte ihn Dave an, dann beugte er sich vor.

„Halte dich von mir fern!", zischte er ganz dicht an Finns Gesicht. Sein heißer Atem strich über seine Haut, die Stimme rau, gefährlich, eine pulsierende Drohung. „Wenn du am Leben bleiben willst, bleib weit weg von mir!" Im nächsten Moment ließ er Finn los, sprang auf und rannte aus dem Raum. Die Haustür schlug mit einem lauten Krachen zu.

Fassungslos, hustend und würgend richtete sich Finn auf, die Hände an die schmerzende Kehle gepresst. Heftig rang er nach Luft und starrte Dave fassungslos hinterher. Sein Mund stand offen, seine Kehle zog sich schmerzhaft zusammen. Obwohl der würgende Griff fort war, hatte er das Gefühl, das ihm die Luft zum Atmen fehlte. Sein Herz musste ausgesetzt haben, denn es schlug nun langsam, schwerfällig, als ob es verlernt hätte, wie es zu arbeiten hatte. Taubheit breitete sich erneut in seinen Gliedern aus, die eigenartige Stärke war verschwunden.

Um Himmels willen, was war da gerade passiert? Was hatte er Dave getan?
Finn vermochte sich nicht zu bewegen. Alles in ihm war erstarrt, zu Eis gefroren, drohte bei der kleinsten Bewegung zu zersplittern.
Das ist nicht geschehen, hämmerte ihm sein Verstand endlos wie ein Mantra ein. *Das ist nur ein Traum! Du wachst gleich wieder auf und Dave ist hier, bei dir! Das kann doch nur ein Albtraum sein. Nicht real. Auf gar keinen Fall! So etwas gab es nicht mal in einem Film!*
Gerade hatte er doch Dave seine Liebe gestanden! Kein Drehbuch der Welt sah vor, dass ihm sein Geliebter nach diesen besonderen Worten an die Kehle ging.
Bleib weg von mir! Daves drohende Worte hallten in Finns Ohren wieder. Benommen schüttelte er den Kopf. Er fühlte sich leer, ausgelaugt, taub, und die eisige Leere breitete sich unaufhaltsam überall aus.
„Warum?", kroch es ihm unendlich zäh leise von den Lippen. Warum nur? Was hatte Dave in Panik versetzt? Dass er ihn liebte? Aber wieso? Was war daran falsch?
Finn begann zu zittern; sein ganzer Körper schien mittlerweile aus Eis zu bestehen. Wenn er sich bewegte, würde er einfach in tausend kleine Eisstückchen zerspringen. Vielleicht war das auch gut so. Er wollte gerade einfach nur vergehen, verschwinden, versinken, verblassen.
„Dave ...", entrang es sich ihm leise, gequält und heiße Tränen stiegen ihm in die Augen. Kraftlos fielen seine Arme neben ihm zu Boden. Er konnte nur auf die offene Tür starren.
„Dave!", rief Finn lauter, hilflos, verletzt und voller Enttäuschung, Fassungslosigkeit und unglaublicher Trauer. „Dave!" Er schrie. Er brüllte seinen Namen, bis er keine Luft mehr zum Atmen hatte und seine Stimme versagte. Die Tränen quollen unaufhaltsam mit aller Macht hervor, rannen in breiten, heißen Strömen über sein Gesicht, nahmen ihm die Sicht. Schluchzend warf er sich auf den Boden, krümmte seinen Körper zusammen. Mehrfach hieb er mit der Faust auf den Boden, so lange, bis seine Knöchel aufplatzten und bluteten. Finn bemerkte es nicht. Der Schmerz saß woanders. Tiefer. Finn war darin gefangen. Der Schmerz des Verlusts, der Hilflosigkeit, der Fassungslosigkeit dominierte alles.
Die Erkenntnis sickerte zäh in seinen betäubten Verstand.
Er hatte Dave verloren.
Mit irgendetwas hatte er ihn verärgert. Etwas hatte er gesagt oder getan, das Dave von ihm fort getrieben hatte. Alles zerstört! Finn hatte alles verloren, was er so sehnlichst begehrt hatte. Sein Traum war in einer gewaltigen Welle aus Schmerz untergegangen.
Alles verloren.
Aber warum? Warum nur? Warum? Warum? Warum?

34 Schmerzrausch

Wie lange kann man einfach liegen bleiben, ohne sich zu bewegen?

Finn blinzelte. Wie viele Stunden? Vielleicht Tage? Der Gedanke hatte etwas Tröstliches.

Wenn er sich nicht bewegte und einfach nur weiter an die Decke starrte, würde der Schmerz irgendwann vergehen, sich auflösen wie Nebel? Würde die Zeit stehen bleiben? Die Welt? Vielleicht konnte er einfach irgendwann aufstehen und nichts mehr fühlen. Nie wieder. Taubheit für immer. Alles war besser als dieser wabernde, stechende Schmerz, der in ihm wütete.

Finn starrte an die Decke, konzentrierte sich auf die Muster aus Licht und Schatten, versuchte, alle Gedanken darauf zu konzentrieren und alles andere auszuschalten. Solange er nicht blinzeln musste, schien das zu funktionieren. Wenn er die Augen kurz schloss, waren die Tränen sofort wieder da, brannten sich ätzend ihren Weg in seine Augen, legten neue, salzige Spuren über seine juckenden Wangen.

Wie viele Tränen konnte ein Mensch vergießen? Vertrocknete man dabei irgendwann, wenn die letzte Träne, das letzte bisschen Feuchtigkeit aus dem Körper geweint war? Sollte nicht irgendwann Schluss sein?

Finns Stimme war längst verschwunden. Zu oft hatte er seinen Namen genannt, geflüstert, gerufen, schließlich gekrächzt, bis die Stimme heiser wurde und leiser, bis er ganz verstummt war. Er hatte keinen Atem mehr. Taub. Alles an ihm war taub und zu Eis erstarrt. Er konnte sich nicht bewegen, nicht denken, nicht fühlen. Trotzdem wütete der Schmerz unablässig in ihm. Sein Verstand folterte ihn mit Bildern, die beständig auftauchten, in einer endlosen Wiederholung: Daves Lächeln, seine Augen, seine Gestalt, wie er sich bewegte, eine Berührung seiner Hand, sein Duft, seine Stimme. Mit jedem Bild nahm der Schmerz ein wenig mehr zu, bis Finn das Gefühl hatte, sich darin zu verlieren, seinen Verstand zu verlieren. Vielleicht keine schlechte Idee.

Ein paar Mal hatte er sich zur Seite gedreht, seine Faust wieder und wieder auf den Boden geschlagen, bis die verkrusteten Stellen aufplatzten und bluteten, der physische den psychischen Schmerz kurzfristig überlagerte. Aber das half nicht lange genug. Schließlich baute Finn einen inneren Schutzwall auf, schloss seinen Verstand kategorisch aus.

Weg mit den ganzen Fragen!

Finns Selbst zog sich hinter den Wall zurück und kauerte sich in einer dunklen Ecke zusammen, einem Kind gleich, welches sich versteckt. Nichts hören, nichts sehen, nichts fühlen. Nicht mehr denken, nicht mehr leben.

Sein Gesicht war verquollen, fühlte sich ungewohnt unförmig an. Finn fror und ab und an drang sogar der Schmerz von seinen aufgeplatzten Fäusten und den Striemen an seinem Rücken zu ihm durch. Trotzdem war er außerstande, sich zu erheben. Wenn er sich bewegte, bestand die Gefahr, dass die Welt sich womöglich weiter drehen würde. Wenn er aufstand, ins Badezimmer ging, dann würde real werden, was er noch versuchte zu verleugnen. Er würde weiter leben, banale Dinge tun, essen, trinken, funktionieren und lernen zu vergessen. Zeit heilt alle Wunden, hieß es doch.
Aber das wollte Finn gar nicht. Wenn er hier liegen blieb, schien auch die Zeit stillzustehen. Dann konnte er seiner inneren Stimme glauben, die ihm versicherte, dass er irgendwann einfach hieraus aufwachen würde und nur geträumt hatte. Dann konnte er glauben, dass Dave noch da war … bei ihm.
Finns Verstand wusste es natürlich besser. Er versuchte ununterbrochen, den massiven Schutzwall aus Taubheit zu durchbrechen und Finn von der Kante des bedrohlich nah schwebenden Wahnsinns zurückzuholen, zurück in die grausame Realität, in der er Dave gefunden und verloren hatte.
Der Schutzwall war stark und hielt lange stand, doch der Verstand war hartnäckig.
Schmerz.
Das alles bestimmende Gefühl. Es schmerzte, es schmerzte so sehr. Das „Warum?" hallte in Finns Kopf wie ein Echo in einer schmalen Schlucht. Warum? Das Wort wanderte von einer Felswand zur anderen, wurde zurückgeworfen, nie verlöschend, ohne je eine Antwort zu erhalten.
Immer drängender flüsterte Finns Verstand im Hintergrund, versuchte verzweifelt, ihn zu erreichen, bombardierte den Schutzwall mit einem ständigen Dauerfeuer aus Erklärungen und Vorwürfen: *Dave wollte nichts weiter von dir. Nur Sex. Er wollte nur sein Vergnügen. Du warst gerade mal gut genug für ein Wochenende. Ja, er hat sich um dich gekümmert, weil du plötzlich krank warst. Vielleicht hatte er ein schlechtes Gewissen, weil er dich so rangenommen hat,* vermutete Finns Verstand. *Letztlich lief es aber auch dabei nur auf Sex hinaus, oder? Du warst naiv, süchtig nach Liebe und Sex und bist voll auf ihn reingefallen. Du hast ja von Anfang an mitgemacht, hast dich ihm sofort hingegeben. Du warst so versessen darauf, mit ihm ins Bett zu gehen, was hast du denn erwartet? Dass dieser Mann, der jeden, wirklich jeden, haben kann, es bei dir, bei DIR, ernst meinte? Finn, du warst so leicht zu bekommen, wie ein billiger Stricher. Hast du etwas anderes verdient?*
Die innere Stimme patrouillierte am Schutzwall, warf dem Verstand gelegentlich ein Gegenargument an den Kopf, nur ging ihr bald schon die Munition aus.
Finns Schutzwall bröckelte, winzige Risse durchzogen seine Abwehr und der Verstand verstärkte seine Angriffe eifrig: *Du warst naiv, dumm, einfältig! Daves schöne Worte haben dich eingelullt, sein attraktiver Körper dich blind gemacht. Du hast nur noch mit deinem einsamen, vernachlässigten Schwanz gedacht, du Blödmann!*
Finn wimmerte, doch die Argumente trafen direkt in sein Herz.
Klar warst du fasziniert von Dave, davon, dass ein solcher Mann etwas an dir finden würde. Illusion! Finns Verstand lachte bitter auf. *Alles Illusion und Lüge. Niemand findet dich attraktiv oder hält dich für etwas Besonderes. Du warst nur gut genug, um Dave ein paar lustige Tage lang zu befriedigen.*

Und als du Idiot ihm dämlicherweise deine unsterbliche Liebe gestehen musstest, hat er das einzig Richtige gemacht und ist auf und davon. Was hast du anderes erwartet? Dave war nur auf sein Vergnügen aus.
Große Brocken fielen aus dem Schutzwall und Finns Verstand nutzte die Lücken, erreichte das geschützte Innere, zerrte ihn grob aus seiner Ecke hervor und konfrontierte ihn unablässig mit der grausamen Realität. Die harten Fäuste seines Verstandes trafen Finn gnadenlos, der seine Arme schützend über den Kopf hob, sich dennoch nicht wehren konnte.
Dies ist kein schnulziger Liebesfilm, Finn, fuhr der Verstand erbarmungslos fort. *Ein solcher Mann liebt dich nicht. Der begehrt allerhöchstens deinen willigen Körper. Vielleicht wollte der mal eine Jungfrau haben. Du warst nur ein Stück Fleisch für ihn, dein jungfräuliches Loch eine Herausforderung!*
Finns Verstand seufzte und hockte sich neben den weinenden Finn.
Und seien wir mal ehrlich: du gehörst einfach nicht in seine Welt. Ja, er sieht umwerfend aus, ist sexy ohne Ende, der feuchte Traum schlechthin.
Finn wimmerte erneut auf und seine innere Stimme warf dem Verstand böse Blicke zu, streichelte Finn beruhigend über den Rücken. Sein Verstand seufzte resignierend und fügte hinzu: *Dave ist erfolgreich, er hat Geld, er kann alles, jeden haben. Du hast doch nicht wirklich geglaubt, er wäre an dir interessiert? Ein Landei, ein Niemand!*
Finn wusste nicht mehr, was er glauben sollte. Daves Worte kamen ihm in den Sinn: *Wenn du am Leben bleiben willst, bleib weg von mir!*
Welch seltsame Drohung. Was hatte das nur zu bedeuten? Warum durfte er ihn nicht lieben? Wieso nicht? Warum stieß ihn Dave von sich?
Erneut öffneten sich Finns Schleusen und das Wasser strömte ihm heiß und salzig übers Gesicht. Er schlug die Hände vors Gesicht und schluchzte in die Handflächen hinein, bis er nicht mehr konnte, der Schutzwall endgültig zusammenbrach.
Das hast du nun davon, warf seine innere Stimme dem Verstand verstimmt vor. *Ewiger Besserwisser!*
Besser, er akzeptiert es einfach, konterte der Verstand und strich sich verstohlen eine Träne aus dem Augenwinkel.
Finn hörte nicht mehr hin, zu erschöpft, zu leer war er. Schwärze begrub ihn unter den Trümmern seiner Schutzmauer. Die Erschöpfung ließ ihn schlafend auf dem Fußboden liegen bleiben, während das Licht schwand, der Tag sich dem Ende zuneigte und in die Nacht überging.
Schwarz um ihn, schwarz in ihm.

Erst am folgenden Morgen wachte Finn wieder auf. Wobei man es wohl eher als ein Dämmern bezeichnen konnte, welches langsam in den Wachzustand überging. Er brauchte keine Zeit, sich zu orientieren oder zu begreifen, was geschehen war. Finn wusste es, sogar, warum er hier auf dem Boden lag. Warum ihn seine Knochen und sein ganzer Körper schmerzten, sein Kopf zu zerspringen drohte. Es gab nur eine Wahrheit. Nur eine Realität: Dave war fort. Er hatte Dave verloren.
Erneut kamen die Tränen hoch, doch nun hatte sich die Welt weiter gedreht. Finn hatte die

Zeit nicht anhalten können. Es gab keine Möglichkeit, wie er die Zeit zurückdrehen konnte, wie er die Ereignisse ungeschehen machen konnte. Er lebte und das Leben ging weiter. Er sollte besser auch funktionieren.

Steh auf, forderte sein Verstand, *steh auf, bewege dich. Lebe weiter. Ich will nicht,* dachte Finn trotzig. *Ich will hier liegen bleiben und vergessen. Ich will nicht einfach weitermachen.* Seine innere Stimme erinnerte ihn zaghaft an seine Bedürfnisse: Hunger, Durst, Harndrang. *Du musst leider aufstehen, Finn Gordon. Wenn du nicht aufstehst, verursachst du hier eine Riesensauerei,* ermahnte ihn sein pragmatischer Verstand. Vermutlich war es denn auch Finns Erziehung, die ihn tatsächlich hoch trieb, die Verpflichtung der Zivilisation, sich nicht einfach auf dem Boden zu erleichtern.

Mühsam richtete er sich auf und stützte sich auf seine blutverkrusteten und schmerzenden Hände. Betroffen betrachtete er die aufgeplatzten Knöchel. Hatte er sich diese Wunden wirklich selbst zugefügt? Musste wohl so gewesen sein. Sie schmerzten nicht mal sehr stark. Zumindest nicht im Vergleich zu seinem inneren Schmerz.

Schwerfällig zog er sich am Bett hoch und setzte sich auf die Kante, vergrub den schmerzenden Kopf zwischen den Händen. Abermals schlichen sich die Tränen an, wollten ihn überwältigen und er drängte sie unvollständig zurück. Erst jetzt fiel ihm auf, dass seine Unterhose ihm in den Kniekehlen hing.

Vergiss es, ermahnte ihn sein Verstand, als prompt die Erinnerungen an den Sex, den letzten Sex mit Dave, zurückkamen. *Vergiss alles und nun los! Bewege dich ins Badezimmer,* feuerte ihn sein Verstand an.

Finn gehorchte mechanisch, stand auf und zog seine Unterhose hoch. Er schwankte leicht und ein Schwindel ergriff ihn, dennoch setzte er tapfer mit gesenktem Kopf einen Fuß vor den anderen, bis er endlich gegen die Tür des Badezimmers stieß. Er lehnte den Kopf dagegen und erneut hob sich seine Brust in einem tonlosen Schluchzen.

Weiter! Los bewege dich endlich, willst du hier Wurzeln schlagen?

Du benimmst dich wie ein kleines Mädchen, heulend und leidend. Du bist ein Mann! Bewege dich endlich da rein. Sein Verstand trieb ihn gnadenlos vorwärts, erlaubte ihm keine Schwäche.

Finn fand sich gleich darauf im Badezimmer wieder, stellte die Dusche an und stand bald darauf, mit der Stirn an die Wand, an die kühlen Fliesen gelehnt, hoffte, dass das Wasser den Schmerz mit fortspülen würde. Das Wasser war viel zu kalt, aber er wollte sich nicht bewegen, um es wärmer zu schalten. Er wollte sich gar nicht mehr bewegen. Das gleichmäßige Rauschen schien den Schmerz zu betäuben. Nach einer halben Stunde zwang ihn sein Verstand dazu, das Wasser doch auszuschalten und die Dusche zu verlassen. Irgendwo in Finn sprang ein Automatismus an, der ihn vorantrieb, der die kleinen Zahnrädchen des täglichen Lebens mit einem leisen „Klick, klick" ineinandergreifen ließ. Abtrocknen, rasieren, kämmen, die Haare trocken föhnen, Zähne putzen.

Finn bewegte sich zurück zum Schlafzimmer und sank nackt auf das Bett. Bestimmt eine Stunde saß er unentschlossen da, starrte blicklos auf seine blanken Füße.

Er wollte so gerne vergessen. Er brauchte irgendetwas, um dem Schmerz zu entkommen. Wie das Rauschen des Wassers, etwas, das ihn einfach vergessen ließ. Sein Blick wanderte zu seinen Laufschuhen. Gedankenverloren sah er sie an. Dann stand er mechanisch auf, trat an seinen Schrank heran, suchte sich seine Laufkleidung heraus und zog sie an. Finn schlüpfte in die Schuhe und band die Schnürsenkel zu. Es war eine Routine, die er kannte, unzählige Male durchgeführt. Beim Laufen bekam er immer den Kopf frei. Es war wie eine Droge. Heute eine Schmerzdroge.

Finn ging in den Flur, nahm den Schlüssel an sich und öffnete die Tür. Grelles Licht blendete ihn, brannte in seinen rotgeränderten Augen, trieb ihm abermals Tränen hinein. Draußen hatte ein strahlend schöner Tag begonnen. Die Sonne lachte Finn ungeniert aus, die Vögel giggelten hinter seinem Rücken und die paar Menschen, denen er begegnete, grüßten ihn übermäßig freundlich.

Finn nahm nichts wirklich wahr. Er bewegte sich automatisch, funktionierte wie eine gut eingestellte Maschine. Ohne Dehnen, ohne Warmmachen lief er los. Einfach nur laufen, den Kopf frei, in den Takt kommen, eins werden mit den Bewegungen, einfach fließen ... Seine Füße trugen ihn voran und sein Körper fand rasch in seinen gewohnten Rhythmus. Finn vergaß zu denken, zu fühlen, denn sein Körper bewegte sich unabhängig von ihm vorwärts. Ohne Finns Zutun mobilisierte er Energiereserven, versorgte die Muskelzellen mit Sauerstoff. Lange antrainierte Bewegungsmuster funktionierten ohne bewusstes Denken und Finn lief sich in einen regelrechten Rausch hinein, in dem er nicht mehr denken brauchte, nur noch lief, lief, lief.

Ohne auf die Warnungen seines Verstandes, der die sinkende Anzeige seiner Energiereserven im Blick behielt, zu achten, lief er vorwärts. Ohne Ziel. Egal. Alles war egal. Finn lief so lange, bis sein Körper sein Limit erreicht hatte und dann noch etwas darüber hinaus. Es zählte nur, den Schmerz zu vergessen.

„Hallo?"

Wo kam die Stimme her?

Finn blinzelte irritiert. Langsam kehrten seine Sinne und Empfindungen zurück. Er vernahm eine fremde Stimme, er fühlte, dass jemand an seiner Schulter rüttelte, er sah in ein Gesicht, welches sich besorgt über ihn beugte, er schmeckte Blut in seinem Mund, roch einen moderigen Geruch. Dennoch hatte er das Gefühl, nicht selbst anwesend zu sein, alles von weit her zu erleben. Ein Fremder im eigenen Körper.

„Sind Sie okay?", fragte ihn die besorgte Stimme, die zu dem fremden Gesicht gehörte. Finn blinzelte erneut und bewegte sich vorsichtig. Anscheinend lag er auf dem Boden. Der modrige Geruch rührte von dem feuchten Laub her, in dem er lag.

Meine ganze Hose ist nass und feucht, stellte er staunend fest. *Es stinkt. Ich stinke.*

„Hören Sie mich? Können Sie sich bewegen?" Besorgnis klang aus der fremden Stimme. Finn nickte benommen, sah endlich auf und versuchte, das Gesicht genauer zu erkennen. Eine unbekannte Frau hatte sich über ihn gebeugt, musterte ihn überaus besorgt.

„Was ist passiert?", brachte Finn stammelnd hervor und bemerkte betroffen, dass der Geschmack von Blut von seiner Lippe stammte, auf die er sich gebissen hatte. Es brannte ganz leicht. Seine Beine hingegen fühlten sich merkwürdig leicht an.

„Sie sind eben an mir vorbei gelaufen und dann einfach zusammengebrochen", meinte die

Frau, musterte ihn genau.
Über vierzig, blondgefärbte Haare, Typ besorgte Mutti, fasste sein Verstand die wichtigsten Informationen kurz und sachlich zusammen.
„Geht es Ihnen gut? Sie waren gerade bewusstlos." Ihr Griff um seine Schulter fühlte sich fest an, verhinderte, dass Finn wieder ins Laub zurück sank. „Ja", meinte Finn, ohne nachzudenken und fragte sich gleichzeitig: *Ja? Bin ich okay?*
„Irgendwie fühle ich mich ... komisch", ergänzte er verwirrt. *Ich bin nicht ganz da, als ob ein Teil von mir ganz woanders ist. Was mache ich denn hier?*
„Da haben Sie sich wohl ein bisschen zu viel zugemutet", vermutete die Frau. „Soll ich Hilfe holen?" „Nein", antwortete Finn automatisch, hatte noch etwas Schwierigkeiten, seine wirren Gedanken zu ordnen, die sich vor allem um das „wo, wann und wieso" drehen. „Es geht schon."
Er stemmte sich hoch. Seine Beine fühlten sich zittrig und ziemlich unzuverlässig an.
„Soll ich nicht doch besser Hilfe holen? So kommen Sie ja nie im Leben heim."
Seine Retterin stützte ihn, wohl besorgt, dass er gleich wieder stürzen würde. Nicht ganz unbegründet, wie auch seine innere Stimme warnend murmelte.
„Einen Moment noch. Geht gleich wieder", murmelte Finn. *Ich muss erstmal ... ich brauche erstmal etwas Zeit.*
„Wo bin ich eigentlich?", erkundigte er. „Vierhöfen. An der Kieskuhle, direkt an der Pferdeklinik. Erinnern Sie sich wieder?", fragte die Frau mitfühlend nach. Finns Verstand erkannte unweigerlich den besorgten Ton mütterlicher Fürsorge darin. „Kommen Sie denn überhaupt nach Hause? Oder soll ich Ihnen nicht lieber ein Taxi rufen?", schlug sie vor. Finn schüttele schwach den Kopf, während er die Informationen verarbeitete.
Vierhöfen? So weit war er gelaufen? Das lag am anderen Ende des Waldes. Wie lange war er denn unterwegs gewesen? Verwirrt starrte Finn auf seine Füße. Er konnte sich an kaum etwas erinnern. Aber eins war klar: diese Beine trugen ihn nicht nach Lüneburg zurück.
„Taxi? Ja! Das wäre sehr nett", antwortete er daher erleichtert. Finn schüttelte den Kopf, um die Benommenheit abzuschütteln. Er war also zusammengebrochen. So etwas war ihm noch nie zuvor passiert. Er kannte seinen Körper gut genug, konnte ihn ans Limit bringen, aber in eine solche Erschöpfung hatte er sich noch nie hineingelaufen. Warum war er so weit gelaufen?
Neben sich hörte er die Frau telefonieren. Sie gab die Straße an und wandte sich ihm zu.
„Ich bleibe hier, bis das Taxi kommt. Geht es Ihnen wirklich gut?", fragte sie erneut nach.
Nein, ich habe keine Ahnung, warum ich hier bin. Ich fühle mich dreckig, völlig alle und merkwürdig leer, dachte Finn, antwortete jedoch: „Es geht mir gut. Das wird schon wieder."
Es war merkwürdig. Er fühlte seinen Körper, doch in ihm schien alles taub zu sein. Er nahm alles wie durch Watte oder dichten Nebel hindurch wahr. Sein Blick wanderte an sich hinab und er strich sich automatisch die nassen, braunen Blattreste und den hellen Sand von der Hose, blickte sich erstmals um. Er stand in einem Waldgebiet, das ihm vage bekannt vorkam. Er war hier schon einmal gewesen, sogar hier gelaufen. Irgendwann einmal.

„Es dauert bestimmt nicht mehr lange. Sie sollten sich zu Hause gut ausruhen", gab seine Retterin gute Ratschläge, musterte ihn noch immer so, als ob er ihr gleich wieder zusammenbrechen würde. Nicht ganz abwegig.
„Ja", antwortete Finn einsilbig. Seine Gedanken schienen noch immer viel zu weit weg zu sein, um sich mit etwas so Banalem wie einem Gespräch aufzuhalten.
Er war vor etwas davon gelaufen. Einem Gefühl, vage Bilder …
„Trainieren Sie für einen Marathon?", riss ihn ihre neugierige Stimme seiner Retterin aus den Gedanken.„Was? Äh, nein", sagte Finn. „Ich laufe nur so. Zum … Vergnügen."
„Nun, Sie sollten auf jeden Fall nicht so viel machen. Sie haben sich bestimmt übernommen. Da spielt der Körper irgendwann eben nicht mehr mit. Vielleicht sollten Sie auch mehr essen? Sie sehen für Ihre Größe ganz schön dünn und blass aus", bemerkte sie und Finns Verstand seufzte: *Sag ich doch. Besorgte Mutti.*
„Studieren Sie denn in Lüneburg?", erkundigte sie sich im Plauderton. Finn seufzte innerlich, antwortete jedoch mechanisch, denn das hielt ihn auch vom Denken ab, bis das Taxi kam. „Ja. Tue ich."
„Sehen Sie, habe ich mir doch gedacht. Nun ja, bei 70.000 Einwohnern sind mindestens 10.000 Studenten, da war das nicht schwer darauf zu schließen, oder? Sie sind aber noch recht jung, oder?", setzte sie ihre Befragung munter drauflosplappernd fort.
Eigentlich war es Finn ein wenig lästig, zu antworten, andererseits war es ihre Stimme, die ihn daran hinderte, sich mit etwas auseinanderzusetzen, vor dem er instinktiv Angst hatte. Etwas war passiert, weswegen er jetzt hier war. Er war weggelaufen. Vor einem Schmerz weggelaufen. Stimmt, daran konnte er sich schwach erinnern. Was war davor passiert?
„Ja", antwortet er einsilbig und als Universalantwort genügte das auch. Die Frau befragte ihn weiter, erkundigte sich nach Banalitäten, bis ihn endlich die Ankunft des Taxis rettete. Finn bemerkte nun erst, dass er fror. Er hatte seinen Körper heute definitiv über die Grenze getrieben und hatte nun die Quittung erhalten.
Mit zittrigen Knien stieg er in das Taxi ein, brachte noch ein: „Danke" hervor und gab dem Fahrer die Adresse an, bevor er sich in die Polster sinken ließ.
„Erholen Sie sich gut", rief ihm die Frau hinterher, „Und essen Sie mehr."
Die ist bedeutend fürsorglicher als deine eigene Mutter, bemerkte Finns Verstand sarkastisch, schwieg jedoch, als die innere Stimme ihm einen gehörigen Schlag in den Magen verpasste.
„Alles okay mit Ihnen?", erkundigte sich nun auch der Taxifahrer. „Sie sehen sehr blass aus."
„Habe mich übernommen", antwortete Finn mürrisch und kuschelte sich regelrecht in die Sitze. Der Schmerz war da, pocht in ihm und als er seufzend die Augen schloss, war der Grund dafür plötzlich, ohne jede Vorwarnung, präsent.
Dave!
Dave war gegangen. Dave hatte ihn verlassen! Deshalb war er gelaufen. Deshalb hatte er versucht zu vergessen. *Offensichtlich erfolglos,* kommentierte sein Verstand nüchtern. *Ja, offenbar erfolglos,* seufzte auch seine innere Stimme.
Neue Tränen stiegen hinter Finns geschlossenen Augenlidern auf, brannten wie Säure.

Mühsam hielt er sie zurück, presste die Augenlider fester aufeinander. *Ich werde ganz bestimmt nicht vor dem fremden Mann das Heulen anfangen! Nein, so tief sinke ich nicht,* schwor er sich. *Zu meinem Glück denkt der Taxifahrer, ich bin deshalb so still, weil ich völlig fertig bin. Nun ja, bist du ja auch,* analysierte sein Verstand, währen die innere Stimme nur jammerte.

Es schmerzt. Es schmerzt noch immer. Es wird ewig schmerzen, versprach ihm seine innere Stimme und Finn verfluchte sie, verfluchte seinen schwachen Körper und sich, dass er sich so kraftlos fühlte. Ein Mann sollte sich nicht so fühlen. Ein echter Mann sollte stolz und erhobenen Hauptes durchs Leben schreiten und nicht jemandem hinterher heulen, der unerreichbar war. *Der dich nur ausgenutzt hat,* erinnerte ihn sein Verstand ermahnend.

Nein, nein! Er war zärtlich, so liebevoll, wandte seine innere Stimme ein und Finn war versucht zu nicken. *Alles Berechnung! Mann, begreife es doch, Finn,* schrie ihn sein Verstand mit seiner Geheimwaffe, der Stimme der Vernunft, an. *Dave wollte dich nur ins Bett bekommen. Du bist sogar freudig vorweggehüpft! Nun bist du selbst schuld, wenn du in Herz-Schmerz-Leiden verfällst.*

„Fliederstraße 15. Wir sind da", erklärte der Taxifahrer und riss Finn abrupt aus seinem inneren Disput. „Oh! Äh. Danke." Auf wackeligen Beinen stieg Finn aus, bezahlte den Taxifahrer und ging mit langsamen, leicht torkelnden Schritten zum Haus zurück. In ihm diskutierten seine Stimmen weiter.

Ausgenutzt, benutzt, weggeworfen, wiederholte sein Verstand unbarmherzig, bis Finn ihn anschrie, sich zu verziehen und ihn endlich in Ruhe zu lassen. Beleidigt schwieg dieser.

Finn schloss auf und ging sofort ins Bad. Tatsächlich gab sein Verstand nun erstmal Ruhe und Finn konzentrierte sich darauf, zu duschen, sich neu anzuziehen und etwas zu essen. Obwohl er keinen Appetit hatte, schaffte er es immerhin, einen Apfel und etwas Müsli hinunter zu würgen. Danach saß er auf seinem Sofa und starrte ins Leere und vermied jeden Gedanken an Dave, konzentrierte sich ganz auf die Leere in sich. Er fühlte sich extrem alleine. Konnte er Robert anrufen? Sollte er ihn anrufen? Eigentlich war ihm nicht nach Reden zumute, eher nach Gesellschaft. Nur die einzige Gesellschaft, die er gerne gehabt hätte, war die von Dave. Eigentlich wollte er sich ins Bett verkriechen, die Decke über den Kopf ziehen und einfach nicht wieder aufwachen. Wecker und Handy ausschalten und die Welt sollte ihn am besten auch vergessen. Dabei fiel ihm sein Handy ein. Mist, es war seit Sonntag in seiner Jackentasche und der Akku war sicherlich leer. Finn stand seufzend auf, ging zur Garderobe und holte es hervor.

Ja, es hatte sich ausgeschaltet. Er stöpselte das Ladekabel ein und schaltete es an. Dann ging er in die Küche, holte sich noch ein Glas Milch und ein Stück Brot, setzte sich auf das Sofa und zog die Beine an den Körper. Erschöpft lehnte er den Kopf gegen die Rückenlehne, als sein Handy auch schon wiederholt piepste. Da waren scheinbar einige SMS aufgelaufen. Seufzend trank Finn die Milch aus, spülte damit das trockene Brot hinunter, stand dann doch auf, um zu sehen, wer versucht hatte, ihn anzurufen. Drei SMS wurden ihm angezeigt. Alle waren von Roger. Ebenso wie die fünf Anrufe in Abwesenheit. Finn runzelte die Stirn und klickte die SMS durch.

„Hallo Finn. Melde dich doch mal, wenn du zu Hause bist. War nett mit dir. Gruß Roger." „Hallo Finn. Wo bist du? Kann dich nicht erreichen. Alles okay? Gruß Roger."

„Hallo Finn. Ist irgendwas? Dein Handy ist seit Tagen aus. Bitte gib doch Bescheid. Gruß Roger."

Finn seufzte. Das klang, als ob sich Roger ein wenig Sorgen um ihn gemacht hätte. Er würde ihn anrufen müssen und sich eine passende Erklärung einfallen lassen. Siedendheiß fiel Finn ein, dass heute ja das mittelalterliche Treyben begann.

Oh, nein! Er hatte Roger versprochen zu kommen!

Stöhnend sank er mit dem Rücken zur Wand zu Boden und starrte sein Handy an. Wie sollte er dort nur auftauchen, so wie er gerade drauf war?

Oh, Dave! Warum?

Warum?

35 Erinnere dich!

Das schaffe ich nicht, durchfuhr es Finn. *Nicht jetzt, nicht mit diesem Schmerz in mir, nicht nachdem was passiert ist. Ich kann da jetzt nicht hingehen. Aber Roger wird total enttäuscht sein ....*

Finn sah dessen Gesicht vor sich, wie dieser ihn erwartungsfroh ansah. Seine kessen Augen, die voll innerem Feuer blitzten, Rogers Lächeln. Roger hatte sich gefreut, dass er zugesagt hatte. Er würde ihn enttäuschen, wenn er nicht zum Treyben kam.

Finn starrte unentschlossen auf sein Handy.

Du musst ihn anrufen, sagte seine innere Stimme bestimmt und fungierte auch als Stimme seines Gewissens. *Aber was soll ich sagen? Ich kann ihm unmöglich verraten, warum ich nicht kommen kann. Das würde den Schmerz wieder hochkommen lassen und wäre extrem peinlich. Ein Mann, der vor Liebeskummer in Selbstmitleid zerfloss. Große klasse!*

Wenn du ihn anrufst, heulst du ihm bestimmt am Telefon was vor, befürchtete sein Verstand nicht ganz zu unrecht. *Ja, verdammt. Ich heule ja jetzt gleich schon wieder,* schnaubte Finn und kämpfte mit den Tränen. *Es tut einfach verdammt weh.*

Andere Männer wurden auch verlassen. Es gab schließlich genügend Männer, die ihre Freundin verließen. Und Frauen, die ihre Männer verließen. Die anderen Männer kamen damit doch auch klar. Sie waren stark, männlich und heulten nicht stundenlang herum oder rannten kopflos durch die Gegend, bis sie zusammenbrachen.

Also reiß dich endlich zusammen, ermahnte ihn sein Verstand. *Das Leben geht weiter, wie immer. Ich weiß ja,* brüllte Finn seinen Verstand an. *Aber verdammt, er war der perfekte Mann. Mein Traummann! Es schmerzt so verflucht stark!* Diese Streitgespräche machten ihn noch ganz irre! Einen kurzen Moment zögerte sein Finger noch über der Tastatur, dann suchte er Rogers

Nummer heraus. Als das Handy zu wählen begann, brach Finn den Vorgang jedoch rasch ab. Heftig legte er das Handy auf den Tisch und begann stattdessen unruhig durch die Wohnung zu wandern.

Er fühlte sich mehr als seltsam. Sein Körper erholte sich langsam wieder. Die gewohnte Mattigkeit nach einem anstrengenden Trainingslauf war stärker als sonst, aber immerhin hatte das Zittern seiner Beine aufgehört. Finn versuchte, rational zu denken. Er sollte mehr trinken. Salz und Elektrolyte, das war es, was sein Körper jetzt brauchte.

Er ging in die Küche und machte sich eine Hühnerbrühe, setzte sich an den Tisch und starrte die Suppe kalt. Nach einigen Minuten war die Brühe kalt genug zum Trinken. Er nippte an der Suppe, zwang sich, sie in kleinen Schlucken vollständig auszutrinken. Dann starrte er wieder minutenlang in die leere Tasse. Im Märchen füllte sie sich meistens magisch wieder. Aber das hier war ja leider kein Märchen. Das hier war der Film seines Lebens. Leider hatte man dem Drehbuchautor nicht gesagt, dass er Finns Rolle des strahlenden Helden so schreiben sollte, dass der am Ende mit seiner Liebsten, oder eher seinem Liebsten, küssend im Bett versank. Irgendwas war da ganz gehörig falsch gelaufen. Der Klingelton mit dem Angriff der Rohirrim riss Finn abrupt aus seinen Überlegungen und er sah irritiert zu seinem blinkenden Handy hinüber. Tja, in dem Film „Herr der Ringe" stimmte alles. Vielleicht sollte er Peter Jackson engagieren, sein Leben neu zu schreiben. Nein, besser nicht. Der stand bekanntlich auf Horroreffekte. Und mehr als bisher wollte Finn davon nicht erleben.

Mühsam stand er auf, wollte das Handy eigentlich sofort wieder ausschalten, aber das Display sagte ihm, dass es Roger war und daher zögerte er. In ihm kämpfte sein Gewissen mit seinem Stolz, wobei Ersteres vehement Bilder von Rogers freundlichem Gesicht heraufbeschwor und sein Stolz, der dem nicht wirklich etwas entgegenzusetzen hatte. Finn blickte noch zwei Sekunden lang unentschlossen auf das Telefon, dann gewann sein Gewissen endgültig.

Und natürlich deine gutmütige Ader, gab die innere Stimme ihren Senf dazu.

„Gordon", meldete er sich. Seine Stimme klang fremd und rau. *Bloß nicht heulen. Reiß dich am Riemen, alles, nur nicht losheulen,* ermahnte er sich.

„Finn!" Rogers Erleichterung war mehr als deutlich zu hören. „Wie geht es dir? Ich habe die ganze Zeit schon versucht, dich zu erreichen. Ich habe mir echt Sorgen gemacht. Ist alles Okay bei dir?"

Nein, antwortete seine innere Stimme, die sich rege am Gespräch beteiligen wollte. „Ja", log Finn eigenartig leicht und hielt seiner inneren Stimme den Mund zu. „Es geht mir ganz gut."

Es geht dir scheiße, korrigierte die innere Stimme unbeeindruckt. *Du heulst in einer Tour und brichst beim Laufen vor Erschöpfung zusammen. Auf was davon trifft bitteschön das Prädikat „gut" zu?*

„Was war denn mit dir los?", fragte Roger besorgt nach. Finn konnte sich sein Gesicht gut vorstellen. Die Augenbrauen, die sich dabei leicht fragend zusammenzogen und das feine Zucken über der Nasenwurzel.

„War krank", gab Finn einsilbig zurück. Seine Stimme kratzte, schien jahrelang nicht im

Gebrauch gewesen zu sein. *Krank, ja! Liebeskummer im schlimmsten Stadium,* kam es ergänzend und Finn begann, seine innere Stimme langsam zu hassen.

Roger zögerte. Zu seinem Glück konnte Finn ja sein Gesicht nicht sehen und nicht wissen, dass er mit sich kämpfte, ob er ihn wegen Peter befragen sollte. Die Frage brannte ihm auf der Zunge, aber er traute sich nicht, sie zu stellen. Zumal Finn irgendwie anders als sonst klang, zurückhaltender und extrem … traurig.
„Dein … dein Freund … er hat gesagt, du wärst krank", erklärte Roger zögernd. „Ich habe ihn im Laden getroffen."

Dein Freund. Augenblicklich war der Schmerz wieder da und Finn konnte die Tränen nur schwer zurückhalten. Etwas versperrte ihm die Kehle, steckte darin und hielt sich mit scharfen Krallen darin fest. Er konnte nicht antworten, er bekam kaum Luft.

„Finn?", hakte Roger nach, als nicht gleich eine Antwort kam. Durchs Telefon vernahm er merkwürdige Geräusche, die er nicht recht einordnen konnte. „Hey, ist alles in Ordnung bei dir?" Finn antwortete immer noch nicht, Roger hörte ihn schwer schlucken und nach Atem ringen. „Finn?" Noch immer waren Geräusche zu hören, die ein wenig erstickt klangen. Was war mit Finn los? Nervös lauschte Roger.

„Ja", log Finn schließlich erneut, als er es endlich geschafft hatte, den widerspenstigen Kloß in seiner Kehle hinunterzuschlucken. Seine schwache Stimme verriet ihn dennoch, und ohne dass er es verhindern konnte, tropften verräterische Tränen über seine Wange.
„Du klingst irgendwie ganz komisch", bemerkte Roger denn auch besorgt. Er kam auch rasch drauf, was mit Finn nicht in Ordnung war. „Weinst du etwa?" Rogers Stimme klang verblüfft und schlug in einen alarmierten Ton um. „Was ist los? Was ist passiert?"
Finn schüttelte verzweifelt den Kopf. *Verdammt! Wieso habe ich mich nicht besser im Griff? Muss es ausgerechnet Roger sein, vor dem ich jetzt anfange zu flennen?*
Er konnte es ihm nicht sagen. Wenn er den Mund aufmachte, würde er haltlos schluchzend zusammenbrechen! Warum, verflucht, war er ans Handy gegangen?
„N … nichts", nuschelte er, bemüht, den Mund so geschlossen wie möglich zu halten, keinen verräterischen Laut von sich zu geben.
Verdammt, hab dich mehr unter Kontrolle! Du bist ein Mann, ermahnte ihn sein Verstand. Leider war Finn auch klar, dass Roger nachbohren würde.
„Du klingst nicht nach „Nichts". Was ist los, verdammt?" Roger klang ärgerlich. Finn sah ihn vor sich, wie er seinen Pferdeschwanz zurückwarf und die Stirn runzelte. „Hat es was mit … deinem Freund zu tun?", erkundigte er sich.
Treffer, versenkt! Dankeschön, das brauchte ich jetzt, schluchzte Finn los und sackte an der Wand hinunter. Konnte Roger durchs Telefon sehen? Wieso wusste der so genau, was los ist?
„Finn? Verflucht, jetzt rede doch! Was ist mit dir los?" Roger klang jetzt drängend und mehr als besorgt.

„Weg!", würgte Finn nur hervor, hatte das Gefühl, ersticken zu müssen. „Er ist weg. Einfach gegangen." Zu spät. Das Ventil war geöffnet und die Wassermassen strömten reichlich hinaus. Er konnte sie nicht mehr zurückhalten. Ausgerechnet vor Roger musste er nun hemmungslos heulen! Wie wirkte das denn? Was musste der von ihm denken?
„Weg? Wer? Dein ... Freund?" Es schien Roger eigenartig schwer zu fallen, das Wort auszusprechen.
„Ja", hauchte Finn. „Ja! Und ja. Weg. Einfach Schluss gemacht." *Oh Hölle, tat das weh!*

Am anderen Ende der Telefonleitung wurde es eine ganze Weile sehr still. Roger überlegte krampfhaft, was er sagen könnte.
„Shit", brachte er schließlich hervor und hoffte inständig, dass seine Stimme neutral klang, bedauernd und nicht ... freudig. Also hatte Finn Liebeskummer. Und zwar richtig heftig, wie es klang. Nun ja, bei dem tollen Typen kein Wunder. Wenn so jemand einem den Laufpass gab, würde sich vermutlich fast jeder einen Strick nehmen. Erschrocken zuckte Roger zusammen. Finn doch wohl nicht? Nein! Auch wenn er gerade heulte wie ein Schlosshund, traute ihm Roger das nicht zu. Finn wirkte viel zu vernünftig, hoffte er zumindest. Andererseits hatte er ihn auch zuvor unterschätzt und ihm auch nie einen solchen Traumtypen als Freund zugetraut.
„Was ist denn bei euch passiert?", fragte Roger vorsichtig nach.

Wenn ich das selbst so genau wüsste ... dachte Finn verzweifelt und schluchzte auf. *Ich habe es gewagt, ihm zu sagen, dass ich ihn liebe. Anscheinend ein unverzeihliches Verbrechen.*
„Habt ihr euch gestritten? War er ...", Finn hörte genau, wie Roger sich überwinden musste nachzufragen, „... war das was Ernstes zwischen euch?"

Was Ernstes? Ja, verdammt! Leider wohl nur von meiner Seite aus. Wie sollte er das Roger in wenigen Worten, denn zu mehr reichte seine Selbstbeherrschung nicht, nur erklären?
„Das dachte ich. War aber ... wohl nicht so", quetschte Finn irgendwie hervor und wünschte sich, dass Roger einfach auflegen, ihn allein lassen würde. Er konnte und wollte nicht darüber reden. Reden machte alles wahr und präsent. „Kann nicht ...", brachte er stockend, sehr leise hervor. „Ich kann noch nicht darüber reden, Roger."

„Klar", lenkte der sofort hastig ein. „Kann ich verstehen." Roger verzog das Gesicht. Sonst Finn schluchzte jetzt laut und vernehmlich. Roger schluckte hart. „Würde mir nicht anders gehen. Hör zu, es tut mir wahnsinnig leid", log er. „Wenn du ... also wenn du reden willst ... äh. Du kannst mich jederzeit anrufen, okay? Und wenn ich vielleicht ... vorbeikommen soll ...", Roger brach ab und hoffte, dass er nicht zu weit gegangen war.
Verflucht, Finn klang echt fertig. Ich könnte dir Trost spenden, völlig uneigennützig, dachte er in einem Anflug von Sehnsucht. *Ich könnte einfach für dich da sein.* Finn brauchte Trost, auf eine ganz harmlose Art. Roger wusste, dass er das gut konnte. „Ähm, ich meine, du kannst auch gerne herkommen", schlug Roger vor und korrigierte sich selbst sofort: „Obwohl ... naja, so

viele Leute, das ist vielleicht nicht gerade, was du haben willst. Kann ich verstehen. Bleib mal besser da."

„Danke", schniefte Finn und fügte gerührter hinzu: „Danke, Roger." Der junge Schmied war echt ein wahrer Freund. Finn war dankbar, dass er verstand und nicht weiter in ihn drang. Einen Moment war Stille in der Leitung, dann räusperte sich Roger.
„Komm doch morgen her. Das wird dir ganz bestimmt gut tun. Den Kopf frei kriegen, okay? Ist wirklich nett hier. Das wäre eine gute Ablenkung." Einen Moment schwieg er und fragte schließlich drängender nach: „Du kommst doch morgen vorbei?" Seine Stimme klang so hoffnungsvoll, dass es Finn schwerfiel, zu antworten. Alles in ihm schrie: Nein!, wehrte sich mit Händen und Füßen. Er wollte keinen sehen, mit niemandem reden. Roger war ein toller Kumpel und er wollte ihn irgendwie auch nicht enttäuschen.
„Okay. Ja, ich komme", erklärte er deshalb ergeben, verfluchte seine Schwäche gleich darauf. Warum ließ er sich breitschlagen? Er würde eine tolle Figur abgeben, verheult und fertig, wie er war.
„Oh, prima!" Rogers Begeisterung war deutlich zu vernehmen. „Wirst sehen, das wird total klasse. Angelika wird sich freuen und Michael auch. Und Max." Roger lachte kurz auf, brach jedoch sofort wieder ab. Für einen Moment war es ruhig in der Leitung. „Äh, Finn?" Rogers Stimme war leise geworden. „Wenn du kommst, also ... ähm ... geh Thomas einfach aus dem Weg", meinte er.
Finn runzelte überrascht die Stirn. Nicht, dass er vorgehabt hatte, mit diesem Typen viel zu tun zu haben. Arschlöcher wie Thomas mied er schon seit der Schulzeit. Dafür hatte er ein gutes Gespür entwickelt. Rogers Warnung irritierte ihn daher.
„Warum?", benutzte er sein derzeitiges Lieblingswort. Immerhin hallte es jetzt nicht, wie ein Echo in ihm wider. Vielleicht nutzte es sich ab?
„Meide ihn einfach", sagte Roger, erklärte damit eigentlich gar nichts. Finn schien es jedoch, als ob er lieber nicht mehr nachfragen sollte. Roger hatte bestimmt seine Gründe, und dass der Schwarze Jäger aus irgendeinem Grund nicht gut auf Finn zu sprechen war, hatte er ja bereits mitbekommen. Ob es nun an seinem Kontakt mit einem Dämon gelegen hatte?
Seit Finn mit Dave ... - abermals gab es einen heftigen Stich in seinem Herzen- oh verdammt! Aber es war wirklich so, dass der Dämon, seit Finn mit Dave intim geworden war, nicht wieder aufgetaucht war. An Roberts Theorie von der Jungfräulichkeit schien also doch etwas dran zu sein. Vielleicht sollte er ihm das erzählen? Robert wäre begeistert. Nur müsste Finn dann ja auch alles andere erzählen und das wollte er gerne vermeiden. Zu viele Peinlichkeiten.

„Dann sehen wir uns ja schon morgen", freute sich Roger. „Wir haben die zwei großen, weißen Zelte mit dem blau-goldenen Banner davor. Kannst uns gar nicht verfehlen. Angelika kocht schon seit Tagen vor. Also iss besser vorher nicht zu viel, sonst ist sie beleidigt, weil du nicht genügend reinhaust." Roger lachte, brach rasch wieder ab. Erneut

gab es eine Pause und Roger rang mit sich. *Mann, Finn ist gerade von seinem Freund verlassen worden. Ich muss jetzt vorsichtig sein, was ich sage. Subtil und unverfänglich.*
„Äh, Finn? Ich freue mich echt, dass du kommst", probierte er und fand, es klang recht neutral. Besser als: Komm, ich tröste dich über den Verlust hinweg. Ohnehin war das nicht Rogers Art.

Finn stutzte. Für einen kurzen Moment war Rogers Stimme voll Wärme und darin schwang ein unbekannter Unterton. Finn blickte irritiert auf das Handy. Es schien Roger wirklich wichtig zu sein, dass er kam. Finn wischte sich übers Gesicht, verdrängte den ganzen Schmerz tapfer und zwang sich zu einem Lächeln.
„Ich freue mich auch." *Lügner, Betrüger,* warf ihm seine innere Stimme vor, doch mittlerweile war Finn ganz gut darin, sie zu ignorieren.
Sie verabschiedeten sich und erstaunt stellte Finn fest, dass es ihm nach dem Telefonat wider Erwarten besser ging. Es war die Art von Ablenkung, die er gebraucht hatte und auch wenn er missmutig an den morgigen Pflichtbesuch dachte, so war es doch wenigstens ein Anhaltspunkt, der ihn aus seiner Schmerzschleife reißen konnte.

Den Rest des Tages starrte er auf den Fernseher, trank drei Flaschen Mineralwasser aus und beobachtete stumpf die flackernden Bilder künstlichen Lebens, ohne wirklich etwas zu sehen. Das klappte nicht gut als Ablenkung, weil seine Gedanken immer wieder in gefährliche Bahnen abdrifteten. Daher zwang er sich, seine Konzentration nur auf den Monitor zu richten und jede der dargestellten Geschichten mitzuerleben, nur um nicht an sein eigenes Lebensdrehbuch zu denken, welches ihm nur die miesen Rollen zugestand.
Sein erschöpfter Körper forderte seinen Tribut, ließ ihn zwischendurch wegdämmern, doch er wachte nach wenigen Minuten immer wieder auf. Wirklicher Schlaf wollte nicht kommen.

Später am Tag schreckte er aus diesem Halbschlaf hoch und spürte, dass das ganze Wasser, das er brav getrunken hatte, wieder hinauszugelangen trachtete. Finn ging ins Badezimmer und gab dem Wunsch nach. Als er die Spülung betätigte, fiel sein Blick zufällig in den Spiegel und er zuckte betroffen zusammen.
An den Anblick der halbmondförmigen Narbe an seinem Hals hatte er sich gewöhnt, unter dem Kragen jedoch entdeckte er eine weitere feine, dünne rote Linie.
Stimmt. Finn erinnerte sich an die merkwürdigen Wunden. Er hatte nicht mehr daran gedacht, da sie auch nicht mehr schmerzten. Vorsichtig öffnete er den Kragen und besah sich die Linie genauer. Sie begann am Halsansatz und verschwand unter seinem Hemd. Entschlossen streifte er das Hemd ab, drehte sich mit dem Rücken zum Spiegel und versuchte, über die Schulter einen Blick auf seinen Rücken zu werfen.
Bestürzt sog Finn scharf die Luft ein, als er das volle Ausmaß entdeckte. Keine der Wunden war tief, sie hatten sich alle geschlossen und leuchteten in einem rötlichen Farbton. Nebeneinander verliefen vier rote Linien von seiner linken Schulter quer über den Rücken

und endeten unregelmäßig. Weiter unten gab es wiederum vier weitere rote Linien, die tiefer begannen und die unter dem Bund seiner Hose verschwanden.

Finn schluckte hart und spürte, wie sich etwas in seiner Erinnerung regte, etwas, das ihm zuvor verborgen gewesen war. Dünne, rote Linien. Vier Linien, die fast parallel verliefen. Fast wie ... wie Krallenspuren!

Erschrocken wirbelte Finn herum und starrte sich im Spiegel an.

Krallenspuren! Vor seinem Auge erschien sofort das Bild einer gekrümmten, klauenartigen Hand, die auf seiner Schulter gelegen hatte. Erinnerungsfetzen wirbelten plötzlich durch seinen Geist, als seine unterdrückte Erinnerung schlagartig zurückkehrte.

Der Dämon! Er war da gewesen. Er war noch einmal bei ihm gewesen nachdem er mit Dave ... Oh, Himmel!

Finn stöhnte laut auf und krampfte seine Hände um das Waschbecken. Entsetzt stierte er sein Spiegelbild an. Der Dämon! Er hatte ihn zunächst für Dave gehalten, bis er die Klaue auf seiner Schulter bemerkt hatte.

Der Dämon hatte ihn überrumpelt. Er war über ihm gewesen, auf ihm, sein schwerer Körper hatte sich von hinten an ihn gedrückt. Finn schloss entsetzt die Augen vor den aufflammenden Bildern, die ihn sofort tiefrot anlaufen und sein Herz in Höchstgeschwindigkeit pulsieren ließen.

Oh verdammt! Es musste doch irgendwo eine tiefe Höhle geben, in der er sich verstecken konnte? Die Scham drohte ihn zu erdrücken. Er erinnerte sich, erinnerte sich leider wieder an alles!

Der verfluchte Dämon! Er hatte ihn nicht in Ruhe gelassen! Er war wieder gekommen und er hatte ihn durchgevögelt, dass Finn Hören und Sehen vergangen waren. Wie hatte er das vergessen können?

Der Dämon war in ihn eingedrungen, hatte sich in ihm versenkt und Finn hatte ihn gelassen, hatte es sogar genossen! Sein Körper erinnerte sich augenblicklich an die ungeheure Lust, die der Dämon ihm bereitet hatte, das Wechselbad aus Angst, Schmerz und Ekstase. Und auch wenn er gerade vor Scham beinahe im Erdboden versank und ihm das Blut kochend heiß und rot in die Wangen stieg, fühlte er im gleichen Atemzug, wie sich sein Unterleib regte, sein Glied sich versteifte und ein verlangendes Pochen seine Lenden erfüllte.

Verdammt! Verdammt! Verdammt!

Wieso hatte er das geschehen lassen?

Finn erinnerte sich genau. Er hatte sich nicht gewehrt, er hatte es zugelassen. In dieser dunklen, sinnlichen Stimme war ein solch fesselndes Versprechen gewesen, dass tief in Finn etwas darauf reagiert hatte. Sehnsucht fern jeden Verstehens, Verlangen fern jeder Vernunft. Wilde Leidenschaft, Hingabe, die völlige Aufgabe, Aufgehen in Lust und Ekstase. Mit zitternden Fingern strich Finn über die Krallenspuren. Diese Verletzungen stammten von dem wenig zärtlichen Dämon, der ihn mehrfach in seinem wilden Liebesspiel gekratzt hatte. Dieses Wesen war wild und zärtlich zugleich. Wie leicht hätte er ihn töten können, ihn schwer verletzen. Und doch hatte er Finn den höchsten Genuss verschafft, seine empfindlichsten Stellen gezielt zu reizen gewusst, sodass Finn sich darin völlig verloren hatte.

Finn krampfte seine Hände um das kalte Porzellan des Waschbeckens, beugte sich vor, senkte den Kopf fast auf die Brust und fühlte das Blut heiß in seinen Wangen pulsieren. Sein Herz schlug eigenartig träge.

Was hatte er nur getan? Er hatte sich von einem Dämon nehmen lassen, sich einem nicht menschlichen Wesen hingegeben. Die Schande brannte wie heißes Feuer in ihm, als die Erkenntnis ihn glühend traf: Es hatte ihm gefallen!

Sprich Klartext, meinte seine innere Stimme grausam deutlich: *es war das absolut Geilste, was dir bis dato passiert ist! Sex mit einem Dämon!*

Stöhnend schloss Finn die Augen. Dieser Film war wirklich von einem völlig Irren in Auftrag gegeben worden.

Wieso hatte er den Dämon nur gewähren lassen? Okay, ja, er hätte ihm nichts entgegen setzen, sich nicht wirklich wehren können. Aber er hatte es ja nicht einmal versucht, sich absolut freiwillig auf den Bauch gedreht, wohl wissend, oder vermutend, was dann geschehen würde.

Weil du es, tief, ganz tief in dir durchaus auch gewollt hast, meinte die gleiche innere Stimme, leise, raunend und voll Reue. *Deine Phantasien, deine geheimsten innersten Wünsche; er hat sie erfüllt.*

Unsinn! Ich habe doch nicht gewollt, dass mich ein Dämon besteigt! Er ist kein Mensch!, wandte Finn ein. Entsetzt ließ er sich zu Boden gleiten, legte die Stirn gegen den Rand des Waschbeckens.

Was lief in seinem Leben verkehrt, dass er so etwas Verrücktes erleben musste? Warum hatte er diese Nacht verdrängt? Bis eben hatte er nicht mehr daran gedacht. Und Dave? Hatte der die Wunden bemerkt? Was hatte der davon gehalten? Nachgefragt hatte er nicht. Wie hätte er wohl reagiert, wenn Finn ihm davon erzählt hätte?

Das Problem hast du ja nun nicht mehr, stellte sein Verstand nüchtern fest, was nicht dazu beitrug, dass sich Finn erleichtert fühlte, im Gegenteil. Schmerz und Scham wechselten sich nun brav ab, wenn er entweder an das eine oder das andere dachte.

Mit der Erinnerung an die Ereignisse kam auch die Erinnerung an die bedrohliche schwarze Leere zurück. Finn erinnerte sich daran, dass er nach seinem Megaorgasmus in sie gestürzt war, sie ihn regelrecht mitgerissen hatte. War dass auch die Schuld des Dämons gewesen? War das der Preis, den er für Sex mit einem solchen Wesen bezahlen musste? Lag diese merkwürdige Schwäche darin begründet?

Fragen über Fragen türmten sich auf und Finn wusste bald nicht mehr, wo ihm der Kopf stand. Das war alles etwas viel auf einmal. Seine Gefühle wirbelten durcheinander wie ein Hurrikan und er war unfähig zu bestimmen, in welche Richtung der zog und was er alles mit sich riss.

Erschöpft legte er sich einfach auf den kalten Fußboden des Badezimmers und schloss gequält die Augen. Sein Leben war mal leicht und einfach gewesen, bevor der Dämon und dann Dave alles durcheinandergebracht hatten. Er verfluchte sie beide. Wäre er weder dem einen noch dem anderen begegnet, wäre alles ganz anders verlaufen.

Nach einer gewissen Zeit wurde es doch sehr ungemütlich auf den kalten Fliesen und Finn rappelte sich widerwillig auf. Er griff nach seinem Hemd, welches er vorher achtlos hatte fallen lassen, und nahm es mit ins Schlafzimmer. Vor dem Bett blieb er stehen und starrte es fast hasserfüllt an. Ekel vor sich selbst kochte in ihm hoch. Die Lust seines Körpers war es, die ihn an Dave gefesselt hatte und die ihn sich willig dem Dämon ergeben hatte lassen. Er hatte völlig die Kontrolle über sich verloren. Ganz und gar und seine aufgewühlte und verrückt spielende Gefühlswelt war das direkte Resultat daraus.

Widerwillig erinnerte sich Finn daran, was er auf diesem Bett erlebt hatte. Heißer Sex, pure Lust, reine Hingabe. Prompt brachte er es nicht mehr über sich, darin zu schlafen. Hastig nahm er das Bettzeug an sich, trug es hinüber ins Wohnzimmer und drapierte es auf dem Sofa. Rasch zog er sich aus und kuschelte sich auf dem Sofa zusammen. Er rollte sich komplett in das Bettzeug ein, gab seinem frierenden, erschöpften Körper damit die Illusion von Wärme, Nähe und Geborgenheit.

Seine Gedanken und Gefühle wirbelten noch immer in dem großen Hurrikan umher und er bemühte sich redlich, das innere Auge im Sturm zu erreichen, wo es windstill und ruhig war, er vor allem in den Schlaf entkommen konnte. Es dauerte lange, bis er einschlief und auch dann plagten ihn wirre Träume voll nackter Leiber, schwarzer Abgründe und Stimmen, die ihn unermüdlich riefen.

36 Mittelalterliches Treyben

Der Wettergott war eindeutig ein Mittelalter-Fan, denn er verschaffte allen Teilnehmern des Mittelalterlichen Treybens in Salzhausen einen wundervoll sonnigen, wenngleich kühlen Samstag. Bereits den ersten Tag hatte seine Sympathie für das Fest ihnen einen trockenen Tag gewährleistet. Heute sorgte der Wettergott zudem für einen goldenen Oktobertag mit strahlender Sonne.

Es war Mittag und zahlreiche Zuschauer strömten durch die Gänge zwischen den Marktständen und den Zelten, bewunderten die Aussteller, aßen mittelalterliche Gerichte, kauften Kleidung und Souvenirs. Sie bestaunten die Vorführungen und einige amüsierten sich wohl auch hier und da heimlich über die Verrückten, die das Mittelalter voll und ganz lebten und denen man bei ihrem Versuch, dieses Leben darzustellen, so gut zuschauen konnte.

Der junge Mann mit dem Pferdeschwanz saß vor einem weißen Zelt und drehte gedankenverloren ein Schwert in den Händen. Er war in mittelalterliche Kleidung gekleidet, trug eine braune, lederne Hose und ein beiges Hemd, welches im Brustbereich geschnürt war. Das Schwert wirbelte in seinen Händen blitzend hin und her. Die Spitze bohrte sich bei jeder Drehung tiefer in das Gras vor seinen Füßen, während er es immer wieder mit den Händen geschickt mal mit, mal gegen den Uhrzeigersinn wirbeln ließ.

Rogers Gedanken waren woanders, seine Hände spielten ihr eigenes Spiel, während er grübelte. Ihre vormittägliche Vorführung war ein voller Erfolg gewesen. Die Zuschauer hatten begeistert Beifall geklatscht, als er mit Adam, dem anderen Schwertkämpfer ihrer Gruppe, einen inszenierten Showkampf gezeigt hatte. Ihre gut einstudierten Bewegungen machten den Kampf zu einer mitreißenden Stuntvorführung voller Action, die das Publikum begeisterte. Auch Michaels Bogenschießen, bei dem er mit seinen Pfeilen in die Luft geworfene Holzscheiben traf, hatte das Publikum zu wahren Begeisterungstürmen hingerissen.

Roger hielt kurz inne und trieb das Schwert dann mit mehren Stößen heftig in die Erde, zog es heraus und begann erneut das wirbelnde Spiel seiner Hände. Die Sonne schien, viele Besucher waren gekommen, die Stimmung war großartig. Alles war perfekt.

Nur Finn war nicht gekommen.

Roger seufzte und ärgerte sich über sich selbst. Er war ein Idiot, dass er sich gewünscht hatte, dass Finn kommen würde.

Mann, er ist gerade von seinem Freund verlassen worden und du denkst, er hat den Kopf frei für dies hier? Mittelalter war ohnehin nicht Finns Welt und bestimmt wollte er nur nett zu dir sein, als er so getan hatte, als ob es ihn interessieren würde.

Roger stieß das Schwert erneut tief in die Erde. Verdammt, warum benahm er sich nur so kindisch? Finn hatte – schwul hin oder her - in keiner Weise gezeigt, dass er an Roger interessiert war. Logisch. Wenn er einen solchen Freund an Land hatte ziehen können, wie der, den Roger getroffen hatte, war ein verrückter, das Mittelalter liebender Schmied eben auch kein adäquater Ersatz.

Schmerzhaft zog sich Rogers Herz zusammen. Verflucht, er konnte sich leider nicht dagegen wehren, dass Finns schüchterne Art, sein ganzes Wesen, seine schönen, hellbraunen Augen, ihn sehr angesprochen hatten. Roger hatte sich bislang nur zweimal verliebt. Einmal in eine Klassenkameradin, die ihn danach extrem ausgenutzt hatte und das zweite Mal in einen Jungen zwei Klassen über ihm, der keinerlei Interesse an ihm gezeigt hatte. Roger wusste seither um seine Bisexualität, doch ihm war danach niemand begegnet, mit dem es ernster geworden war.

„Bohrst du nach Erdöl oder testest du einen neuen Pflug aus?", unterbrach Max' spöttische Stimme ihn. Roger sah hoch und zog missmutig die Oberlippe hoch. Max ignorierte sein gespieltes Zähnefletschen und setzte sich zu Roger. Der Barde trug ein kunterbuntes Kostüm und sein rundes Gesicht war rot, wirkte erhitzt. Er musterte seinen Freund nachdenklich. Roger war den ganzen Tag schon angespannt gewesen und hatte immer wieder seinen Blick durch die Menge schweifen lassen. Max ahnte schon, wen er da zu finden hoffte.

„Dein schnuckeliger, großer Freund mit den Rehaugen ist nicht gekommen", stellte Max mitfühlend fest und ein winziges Lächeln zuckte um seine Mundwinkel. Er beugte sich dicht an Roger heran und legte ihm den Arm freundschaftlich um die Schultern. Roger antwortete nicht, gab nur ein verächtliches Schnaufen von sich und ließ das Schwert erneut wirbeln.

„Hast du nicht selbst gesagt, Finns Freund sei der Traummann schlechthin? Du wirst dich wohl auch damit abfinden müssen, dass es Männer gibt, mit denen unsereins als Normalsterblicher nicht mithalten kann", stellte Max wehmütig und ein wenig amüsiert fest. Roger schnaufte abermals und stieß sein Schwert tief in die Erde. Max seufzte und lehnte seinen Kopf vertraulich an Rogers Schulter.

„Lass dir gesagt sein: man gewöhnt sich daran. Ich kriege auch nicht jeden, den ich gerne hätte." Tief seufzend drückte er Roger an sich. „Wenn man nicht aussieht wie ein Filmstar oder Pornohengst, sieht es als schwuler Mann mitunter recht mau aus. Aber, hey, jeder von uns hat was Besonderes, oder? Du hast eben andere Qualitäten." Noch einmal drückte Max Roger kurz und fest an sich.

„Gut, deine Stimme kannst du wohl kaum verwenden, um damit jemanden zu beeindrucken, so wie ich es vermag", erklärte Max spitzbübisch grinsend und verpasste Roger einen kleinen Hieb. „Aber glaube mir, auf deinen durchtrainierten Schmiedekörper fahren einige Männer und Frauen ab." Er grinste süffisant. „Ich zum Beispiel."

„Ja, klar, Max", brummte Roger ein wenig genervt und schob ihn von sich. Auf Max' Anmache hatte er gerade keine Lust, selbst wenn er wusste, dass dieser das gewohnheitsmäßig machte und nicht viel dahinter steckte.

„Hey, was ist?", tat Max empört von der Zurückweisung. „Ich erkläre dir gerade meine unsterbliche Liebe und du brichst mir einfach das Herz? Grausamer Kerl!" Max zog einen Schmollmund. „Ich biete dir ja nur meinen Trost an. Hier in meinen Armen und sogar völlig uneigennützig später in meinem Lager", bot er schelmisch lachend mit hochgezogenen Augenbrauen an und knuffte Roger herber in die Seite, der ihn nur böse ansah.

„Na ihr zwei, tauscht ihr Männerkochrezepte aus?", erkundigte sich Angelika lachend, als sie hinter ihnen aus dem großen Zelt trat und dabei drei Tonschüsseln auf einmal balancierte. Ihre Kleidung war heute weitaus weniger auffällig. Für ihre Verhältnisse erstaunlich seriös, mit einem braunen, langen Rock, einer ebensolchen Bluse und einer grün gemusterten Weste. Sie trug ein schwarzes Kopftuch, welches ihre roten Haare nur unzureichend bändigte und wurde von dem allgegenwärtigen Klimpern ihrer Schmucksammlung begleitet.

„So etwas ähnliches", brummte Max rasch, fing geschickt eine Schüssel auf, die Angelika aus der Hand glitt, und bewahrte den größten Teil des Salats davor, auf die Erde zu fallen.

„Oh, danke, Max." Angelika lächelte ihn dankbar an. „Du bist immer so ein toller Gentleman. Los Roger, bewege mal deinen Hintern da weg, damit wir was essen können." Gemeinsam stellten sie und Max die Schüsseln auf den Tisch.

Roger stand mürrisch auf, trat an den Waffenständer am Zelt und legte das Schwert hinein.

Er drehte sich um, als eine andere Stimme ertönte.

„Hier gibt es schon wieder was zu essen?" Michael kam mit einem zufriedenen Lächeln heran geschlendert, seinen Bogen lässig über der Schulter ausbalanciert und einen Lederköcher voll Pfeile in der Hand. Er trug eng anliegende Kleidung in grünen und braunen Tönen und sah wie der leibhaftige Robin Hood aus.

„Wo du dich gerade eben bereit erklärt hast, die Zwiebeln zu schneiden, geht es jetzt ganz schnell!" Angelika grinste ihn breit mit einem gewinnenden Augenaufschlag an. „Okay", brummte Michael nur ergeben und legte seine Waffen vorsichtig ab. Roger ließ sich neben ihm am Tisch nieder, als der Bogenschütze sich eine Schüssel heranzog und anstandslos begann, mit dem großen Messer aus seinem Gürtel die roten Zwiebeln von ihrer Schale zu befreien. Seufzend ging ihm Roger zur Hand.

Max begann ihnen ein Lied zu spielen, da gerade Zuschauer vorbeigingen und prompt stehen blieben, um die drei Männer zu beobachten, die ihnen einen Einblick in das mittelalterliche Leben gaben.

Vor dem Zelt stand der große Holztisch mit den rustikalen Bänken, auf denen sie saßen. Eine Feuerstelle diente Angelika zum Kochen. Kräuter waren an die Schnüre des Zeltes gebunden und direkt daneben hatte Angelika ihren eigenen Stand aufgebaut.

„Kräuter und Magie" stand in verschnörkelter Schrift auf einem Metallschild, welches Roger für sie gefertigt hatte. Auch hier hingen getrocknete Kräuter in großen und kleinen Bündeln von Schnüren herab. Seife und Schmuck aus Perlen lagen einladend aus. Es duftete angenehm nach Heu, Rosen und Pfefferminze. Rogers Blick glitt hinüber zu seiner eigenen Ausstellungsfläche, die wie eine Schmiede gestaltet war.

„Schmiedekunst im Mittelalter" stand auf einem schlichten, schwarz gerahmtem Holzschild. Zahlreiche Schmuckstücke, Amulette, Messer und andere Waffen hatte er aufgebaut. Derzeit hatten sie Mittagspause und er blickte nur hinüber, um sich zu vergewissern, dass kein Zuschauer selbstständig in seinen Sachen wühlte. Er hatte vieles verkaufen können, insofern war das Treyben für ihn bereits ein voller Erfolg gewesen. Zumindest in beruflicher Hinsicht.

Eine Gruppe mit Schülern hielt vor ihnen an und einige der Kinder deuteten begeistert auf Max in seinem bunten Bardenkostüm. Der grinste sie verschmitzt an, zwinkerte und stimmte sofort ein neues Lied an:

„Werd ich am Galgen hochgezogen, weiß ich erst, wie schwer mein Arsch gewogen ...", sang er und einige der Kinder schlugen erschrocken quietschend die Hände vor den Mund, während andere begeistert loslachten.

Die zwei Frauen, die die Gruppe führten, blickten pikiert zu ihnen hinüber und trieben die Kinder rasch weiter. Michael lachte leise darüber, als sich Max zu ihnen wandte und gespielt empört die Hände hob.

„Was? Ich kann nichts für die Texte. Außerdem war das nicht von mir. Ist von einer bekannten Band geklaut und das war das echt ein Hit, sag ich euch." Er grinste breit über sein gutmütiges Gesicht und verbeugte sich, als ob er Applaus erwarten würde. Michael schenkte ihm lediglich einen undefinierbaren Blick und schnitt die letzte Zwiebel klein.

„Okay, dann hier eins extra für dich, mein werter, schweigsamer Recke." Max warf Michael ein zuckersüßes Lächeln zu, setzte sich auf den Tisch und begann ein neues Lied über einen einsamen, verliebten Kämpfer, der sich schließlich verzweifelt in einem Fluss ertränkte.
„Das Schicksal aller Helden", meinte Max grinsend, duckte sich rasch, als Michael ihn böse musterte und mit einer Zwiebel nach ihm warf. Angelika kam heraus, begann sich an der Schüssel über der Feuerstelle zu schaffen zu machen und schaute zu Roger hinüber, der noch immer in Gedanken versunken schien. Sie blickte ihn kurz grübelnd an.
„Wirfst du mir mal ein paar Holzscheite herüber", verlangte sie. Roger trat an ihren Holzvorrat und reichte ihr das Gewünschte. Er sah dabei nicht auf, auch wenn sie versuchte, seinen Blick einzufangen. Nachdenklich beobachte sie, wie er wieder zum Tisch zurückging und das Geschirr verteilte, welches sie mitgebracht hatte und dann erneut vor sich hinstarrend dasaß, während sich Michael und Max munter kabbelten.
Max stimmte gleich darauf eine schmissige, lustige Melodie an und stieß Roger auffordernd an, der jedoch nur mürrisch reagierte.
Max' Gesang lockte Publikum an und nach dem Ende des Liedes nahm er seine Kappe ab und trat zu den Zuschauern, die ihm bereitwillig Geld hineinwarfen.
„Danke, danke!", rief er übermütig ins Publikum, verbeugte sich mehrfach bis zum Boden, bis sich seine Zuhörer allmählich zerstreuten.
„Seht ihr, eine gute Stimme und ein paar berühmte Vorbilder können einen weit bringen." Max grinste zufrieden und zählte seinen Verdienst. „Guter Song", brummte Michael und machte sich unaufgefordert an die restliche Zubereitung des Salats. „Wohl wahr", bestätigte Max, hob die Zwiebel vom Boden auf und warf sie Michael zurück. „Und der Held bekommt seine Geliebte. Der war bestimmt nicht so ein Brummkopf wie du!" Hastig duckte er sich unter den Tisch, als die Zwiebel prompt zielsicher zurückkam und an der Tischplatte abprallte. Unter dem Tisch kicherte Max und kam, sich sichernd umblickend, wieder aus seiner Deckung hervor.
„Roger, mit Feuer kennst du dich am Besten aus", warf Angelika in dessen Richtung ein. „Kannst du mir mal hier helfen?"
„Klar!" Er stand auf und kam sofort zu ihr. Als er sich neben sie ans Feuer kniete, welches eher im Sterben als im Aufflackern begriffen war, nahm sie kurz seine Hand und drückte sie fest. Endlich blickte er sie direkt an und sie lächelte.
„Du weißt doch noch, was ich dir gesagt habe, oder?", fragte sie leise nach, ohne dass es die anderen hören konnten. Roger sah sie an und sein Gesicht wurde augenblicklich härter. Er ahnte, was kommen würde; das wollte er gar nicht hören. Nur so leicht ließ sich Angelika nicht abschütteln. „Du wirst nur verletzt werden", meinte sie eindringlich und Roger entzog ihr hektisch seine Hand. „So ist es ja gar nicht", wiegelte er ab und sein Herz schlug verdächtig schnell. „Ich will ja gar nichts von ihm …" Er brach hilflos ab und der Blick ging ins Leere.
Hinter ihnen kabbelte sich währenddessen Max mit Michael. Max traktierte den wortkargen Bogenschützen fortwährend mit anzüglichen Bemerkungen über die vorbeiflanierenden

Männer und ihre vermeintlichen Bettqualitäten. Roger kniff den Mund zusammen, wusste jedoch, dass Angelika so lange weiter bohren würde, bis sie herausfand, was mit ihm los war.

Verflixt! Ja, er hatte sich Hoffnungen gemacht. Aber doch nur, weil Finns Freund ihn verlassen hatte. Es erschien ihm wie ein Wink des Schicksals, wie eine Chance, die sich ihm auftat und die wollte er sich nur ungern von Angelika zerreden lassen.

„Ich habe gestern mit Finn telefoniert", gab er zu und schluckte, rang nach Worten. Er stocherte heftiger im Feuer herum. „Ich habe ihm nichts von Peter erzählt! Er klang so traurig am Telefon, da wollte ich ihn nicht deswegen fragen. Wird er wohl noch früh genug mitbekommen", erklärte Roger. Angelika schaute ihn fragend an.

„Finns Freund, der, von dem ich dir erzählt habe ... es scheint, als ob er ihn hat sitzen lassen. Finn war deswegen ganz schön fertig. Ich dachte ..."

Er brach ab und stocherte in den allmählich in Gang kommenden Flammen herum.

„Du wolltest Finn trösten und ihm über den Verlust hinweghelfen." Angelika nickte und klang keineswegs sarkastisch. „Das kann ich verstehen." Sie seufzte leise und ihre irritierend ungleichen Augen sahen ihn direkt an. „Hinter Finn steckt mehr, Roger. Ich kann dir nicht viel sagen, weil ich nicht alles begreife, aber ich kann Schicksale erfühlen, das weißt du." Ihre Augen starrten ihn unverändert an, intensiv und mit einem Funken Mitleid darin. „Dein und sein Schicksal gehören nicht so zusammen, wie du es gerne hättest. Es tut mir leid", fügte sie rasch hinzu, als er sich ihr abwehrend, beinahe wütend zuwandte. „Es erschien mir bei ihm eher so, als ob es da eine extrem starke Bindung geben würde, die weit über alles hinausgeht, was wir normalerweise unter Liebe verstehen. Sehr alt. Eine Bindung, die weit zurückgeht."

Sie senkte den Blick und wirkte sehr nachdenklich. Roger betrachtete sie abwartend.

„Seit vielen Jahrhunderten. Keine Ahnung, wie ich das beschreiben soll. So etwas habe ich noch nie gefühlt." Angelika zuckte die Achseln und schien in sich hineinzuhorchen. Dann seufzte sie leise.

„Thomas hatte schon irgendwie recht", gab sie zu und lächelte verlegen. Roger blickte überrascht und misstrauisch auf. „Was meinst du damit?", fragte er daher nach. „Es ist etwas Komisches an Finn. Ich weiß nicht was, aber er ist ganz anders als die meisten Menschen." „Du glaubst doch nicht auch, dass Finn etwas mit Peters Verschwinden ...", Roger pausierte kurz, weil er eher „Peters Tod" gedacht hatte, „... zu tun hat, oder? Das ist absurd."

„Nein! Nein, das glaube ich nicht. Aber ihn umgibt ein Geheimnis und das spürt Thomas ebenso wie ich", beschwichtigte sie ihn und seufzte erneut. „Mit Thomas geht es mir ja nicht anders. Seit ich ihn kenne, versuche ich, hinter sein Geheimnis zu kommen. Aber denkst du, ich komme da einen Schritt weiter? Keine Chance. Der bleibt undurchsichtig. Irgendeine Last, eine Schuld trägt er mit sich. Ich habe keine Ahnung. Diese ganzen Vermutungen machen mich manchmal ganz schön fertig, weißt du?" Sie lächelte ihn schief an. „Mitunter ist ein zweites Gesicht eher hinderlich, weil es Sachen offenbart, die man gar nicht wissen möchte."

„Hey, ihr zwei!", unterbrach Max sie. „Habt ihr Geheimnisse vor uns oder warum knutscht ihr da heimlich herum?"

Roger verdrehte die Augen, stand rasch auf und wandte sich genervt an Max. „Max! Mann, manchmal gehst du mir echt auf die Nerven", raunzte er ihn unerwartet heftig an.

„Oh, er beachtet mich endlich!", rief Max begeistert aus. „Dann nerve ich dich einfach so lange, bis du mir jeden Wunsch erfüllst. Und glaub mir, ich habe diesbezüglich ganz genaue Vorstellungen." Er zog ein paar Mal hintereinander bezeichnend die Augenbrauen hoch. Roger verdrehte nur erneut die Augen und setzte sich wieder an den Tisch. Er zog sich einen Stock aus dem Holzvorrat, nahm ein Messer von seinem Gürtel und begann seine Hände zu beschäftigen, indem er schnitzte. Vielleicht konnte er so Angelikas Worte am besten vergessen. *Nicht das gleiche Schicksal. Nicht so eng, wie du es dir wünschst ...*

Max begann mit einem neuen Lied, als Roger ihn ignorierte, und brach erst ab, als plötzlich ein Schatten auf ihn fiel. „Oh, hallo Thomas", meinte er deutlich weniger lebhaft als zuvor. Die anderen blickten sofort auf, als sie den Neuankömmling bemerkten.

Thomas war trotz der warmen Temperaturen in seine üblichen schwarzen Lederhosen und seinen Mantel gekleidet. Und er war nicht alleine, wie Roger sofort bemerkte. Hinter ihm, mit respektvollem Abstand standen Keith und Hartmut, ebenfalls schwarz gekleidet, wirkten sie wie Schauspieler aus der Matrix-Trilogie. Bei ihnen waren noch fünf weitere, die Roger vom Sehen flüchtig kannte. Zwei Frauen und drei Männer, alle ebenso dunkel gekleidet.

Dies sind die Schwarzen Jäger, schoss es Roger durch den Kopf und seine Hand umklammerte unwillkürlich sein Messer fester, als sich Thomas' Blick stechend auf ihn richtete. „Ist er hier?", fragte Thomas mit einem winzigen, drohenden Unterton. Roger musste schlucken und verwünschte sich, weil er sich in Thomas' Gegenwart immer beklommen fühlte. Der andere Mann strahlte etwas extrem Gewalttätiges aus, was Roger ängstigte und doch auch seltsam faszinierte. Er schüttelte verneinend den Kopf und wollte ärgerlich antworten, als Thomas sich schon wortlos abwandte, ihn einfach stehen ließ.

„Hier gibt es durchaus noch andere fesche Männer, wenn du was Nettes für dein Bett suchst", spöttelte Max plötzlich hinter ihm. Thomas stockte im Schritt und wandte sich betont langsam um. Er fixierte den Barden mit einem undefinierbaren Blick, unter dem dieser ein wenig zu schrumpfen schien. „Ich meine ja nur", gab Max deutlich kleinlauter von sich. „So als alternativen Vorschlag." Der kleine Barde schluckte sichtbar, umklammerte seine Laute fester, schob jedoch sein Kinn vor und streckte sich. Er warf Thomas einen herausfordernden Blick zu.

Dieser starrte ihn mindestens eine Minute wortlos an, ohne ein einziges Mal zu blinzeln, ohne eine Miene zu verziehen und Max schien bald darauf doch wieder in sich zusammenzusacken. Ganz plötzlich lächelte Thomas Max an. Nur ganz kurz zwinkerte er ihm zu und wandte sich auch schon wieder schwungvoll um. Entgeistert und mit offenem Mund starrte der Barde ihm hinterher.

Thomas' Gruppe wandte sich synchron mit ihm ab, wie in einer gut einstudierten Choreographie. Neben Angelika blieb Thomas stehen und schaute sie mit seinem durchdringenden Blick einige Sekunden lang an.

„Ich habe eine Spur", erklärte er, drehte sich abrupt zu Roger um. „Wenn er herkommt, will ich ihn sofort sprechen." Sein Blick glitt zu Michael, der fast unmerklich nickte. Thomas ging grußlos weiter. Seine Truppe folgte ihm, nur Hartmut bedachte Angelika mit einem fast entschuldigenden Blick und lächelte ihr zu.

Erst als die Schwarzen Jäger sicher außer Hörweite waren, fragte Max neugierig nach: „Wen sucht er denn? Wen wollte er sprechen?" Angelika warf Roger einen unsicheren Blick zu. Sie hatten Max nichts von der Geschichte in Peters Buchladen erzählt. Ob Michael davon wusste, da war sie sich nicht sicher. Er gehörte zu den Jägern, also hatte Thomas ihm wohl davon erzählt. Er sagte jedoch nichts, widmete sich wieder dem Salat.

Roger starrte Thomas hinterher und fühlte Max' fragenden Blick auf sich ruhen. „Finn. Er will Finn sprechen", antwortete er ruhig und versuchte jede verdächtige Betonung aus der Stimme zu verbannen. „Oha! Na der smarte Typ scheint ja neuerdings jedermanns Liebling zu sein, was?", amüsierte sich Max. „Aber, dass dir Thomas da Konkurrenz macht, hätte ich nicht gedacht." Roger machte eine unwillige Geste mit der Hand, doch ehe er antworten konnte, kam ihm Michael zuvor.

„Thomas hat kein solches Interesse an Finn", brummte er. „Geht um was anderes." „Ah so?" Max blickte neugierig von einem zum anderen. Keiner wollte ihm so recht antworten. Angelika wandte sich ihrem Kochen zu und Roger schnitzte heftig an seinem Stock. Als sich auch Michael sehr intensiv seinem Salat widmete, seufzte Max theatralisch auf.

„Ihr müsst mir ja nicht alles erzählen. Schon verstanden!", schmollte er. „Bin ja nur der dumme Barde hier, den keiner liebt."

„Ach, Max, halt doch den Mund", fuhr ihn Angelika unwirsch an, zu sehr belastete sie, was sie in Peters Laden erlebt hatte.

„Ja, brich mir das Herz, du alte Hexe", grollte Max, ergriff seine Laute und stand ruckartig auf. „Ich schmeiße mich jetzt dem nächstbesten Kerl an den Hals, der hier herumläuft, brenne mit ihm durch und habe lebenslang irre heißen Sex mit ihm! Das habt ihr nun davor." Er ging entschlossen los und verharrte abrupt, als er mit einem schlanken, großen Mann zusammenstieß, der just in diesem Moment auf sie zutrat.

„Äh? Hallo!" Finn lächelte verblüfft Max an, der ihn mit großen Augen anstarrte, als ob er ein Gespenst wäre und ihm prompt lachend um den Hals fiel.

37 Die Rolle Faramirs

Schon auf dem Weg von der Bushaltestelle zum Veranstaltungsort, bemerkte Finn, dass das Treyben viel Publikum anzog, und bereute es, Roger leichtfertig versprochen zu haben, zu kommen. Viele Menschen machten ihn immer nervös und im Moment wünschte er sich eigentlich alles andere als die Gesellschaft so vieler fremder Menschen um sich.

Die große Wiese war voller Zelte und hölzerner Stände. Bunte Banner wehten in der Luft, man hörte Metall klirren, als sich einige Schwertkämpfer duellierten. Fremde Gerüche zogen über den Platz und Finn staunte, wie viele Menschen in typisch mittelalterlicher Kleidung herumliefen. Rauch stieg von diversen Feuerstellen auf und der Geruch nach Grillfleisch kitzelte in der Nase, ließ den einen oder anderen Magen knurren. Immerhin war es Mittagszeit.

Finn sah sich unsicher suchend um. Zwei weiße Zelte sollten es sein und ein Banner davor wehen. Roger hatte ihm das Symbol zuvor gezeigt: das Banner von Wotans Krähen, so nannten sie sich.

Finn Verstand zuckte kurz milde lächelnd die Schultern und machte sich nicht mehr über den Namen lustig. Es dauerte eine ganze Weile, bis Finn die richtigen Zelte in dem bunten Treiben ausmachte und er näherte sich zögernd. Hoffentlich würde er sich heute einigermaßen im Griff haben. Ob Roger den anderen wohl erzählt hatte, was mit ihm los war? Vermutlich. Vielleicht auch, damit keiner Finn blöde Fragen stellte.

Solange sie mich nicht alle mitleidig ansehen, wird es gehen. Sonst heule ich womöglich wieder los, dachte Finn grimmig. *Was für eine blöde Idee, herzukommen, aber du musst ja so gutmütig sein, du Idiot, wolltest Roger nicht enttäuschen.*

Andererseits deutlich besser, als sich vor dem Fernseher zu verkriechen und in Selbstmitleid und Liebeskummer zu ertrinken, fand sein Verstand. *Hat er wirklich mal recht,* stimmte auch die innere Stimme zu und Finn zuckte ergeben die Schultern.

Die beiden Zelte lagen ziemlich in der Mitte und Finn schob sich durch die vielen Menschen hindurch näher. Kurz zögerte er noch, holte entschlossen tief Luft und ging entschlossen hinüber, als er Roger, Max, Michael und Angelika an einem Holztisch sitzen sah, ganz in die Vorbereitungen einer Mahlzeit vertieft.

Du schaffst das schon, ermutigte ihn seine innere Stimme. *Immerhin gibt leckeres Essen,* freute sich Finns Verstand in Kooperation mit seinem Magen. Finn seufzte innerlich. Seine Triebe waren definitiv nicht immer auf seiner Seite.

Die drei Freunde schienen in ein Gespräch vertieft. Als Finn nur wenige Meter von ihnen

entfernt war, sprang Max plötzlich erregt auf, rannte in seine Richtung los und stieß dabei heftig mit ihm zusammen, weil sein Blick noch nach hinten auf die anderen gerichtet war. Finn keuchte überrascht auf und blickte den anderen Mann verblüfft an.
Max trat hastig einen Schritt zurück und sein Blick wanderte an Finn hoch bis zu dessen Gesicht. Urplötzlich lachte er auf und warf sich ihm tatsächlich um den Hals.
„Da seht ihr es! Ich hab die Liebe meines Lebens gefunden! Finn, jetzt lasse ich dich nie mehr gehen!", meinte Max grinsend und küsste Finn übermütig auf die Wange, der noch immer zu perplex war, um zu reagieren. Als Max jedoch versuchte, ihn auf den Mund zu küssen, griff er entschlossen zu und hob den kleineren Mann an den Oberarmen mit erstaunlich viel Kraft hoch und schob ihn von sich. Max keuchte überrascht auf. Fassungslos starrte er Finn an.
„Donnerwetter!", entkam es ihm und er rieb sich die Oberarme. Finn entschuldigte sich betroffen. Er hatte Max nur ein wenig zurückschieben wollen. Dieser fing sich jedoch schnell. „Macht gar nichts. In deinen starken Armen schmelze ich eben dahin, Finn", brachte er seufzend hervor und wunderte sich dennoch über den starken Griff, den er dem schlaksigen jungen Mann ganz bestimmt nicht zugetraut hätte.
Finn lächelte verlegen, das Lächeln erreichte allerdings nicht ganz seine Augen, in denen ein eigenartig melancholischer Ausdruck tiefer Trauer zu sehen war. Die anderen starrten ihn noch immer verblüfft an. Unsicher schaute Finn von einem zum anderen.
„Äh … hallo", begrüßte er sie und blickte sich wie gewohnt ein wenig scheu um.

Roger war aufgesprungen und trat nun an Finn heran. Kurz war er versucht, ihn ebenfalls zu umarmen, Finns trauriger Blick hielt ihn allerdings davon ab. Roger runzelte unwillkürlich die Stirn, denn der Finn, den er vor einer Woche zuletzt gesehen hatte und dieser hier waren durchaus verschieden. Finn schien sich irgendwie verändert zu haben. Angelika und Michael ging es nicht anders, verwundert starrten sie den großen, jungen Mann in der ausgeblichenen Jeans und dem karierten Hemd an.
Finn wirkte größer als sie ihn in Erinnerung hatten, als ob er sich mehr gestreckt hätte. Er wirkte trotz seines schüchternen Grinsens selbstbewusster, war … präsenter, fand Angelika. Er verströmte eine ganz andere Art von Ausstrahlung als noch zuvor. Erstaunt betrachtete sie seine Aura, konnte nicht recht erfassen, was sich verändert hatte, doch die Farben wirkten dunkler und zugleich intensiver. Sowohl Roger als auch Max fiel hingegen auf, dass Finn irgendwie … attraktiver und männlicher wirkte. Seine weichen Gesichtszüge waren fester geworden und die leichte Melancholie in den Augen gab ihm ein etwas entrücktes Aussehen. Wirkte er vorher etwas unscheinbar, durch seine Unsicherheit und Schüchternheit beinahe kindlich und wenig selbstbewusst, so sah er heute insgesamt erwachsener aus.
Roger ertappte sich bei dem Gedanken, dass Finn auf seine Weise ein wirklich attraktiver Mann war und er staunte selbst, dass es ihm zuvor nicht so extrem aufgefallen war.

„Hey, hallo, Finn", begrüßte ihn Michael mit einem seltenen, offenen Lächeln. Finn war die

Musterung durch die anderen nicht entgangen, aber er schob es darauf zurück, dass Roger ihnen eventuell doch etwas erzählt hatte. Er straffte die Schultern entschlossen, bereit, sich nichts anmerken zu lassen. *Und vor allem: nicht heulen!*, ermahnte ihn sein pflichtbewusster Verstand.

„Finn! Das ist schön, dass du kommen konntest!", rief Angelika erfreut, sprang auf und umarmte den jungen Mann herzlich. Roger beneidete sie um ihre offene, direkte Art. Frauen hatten es da einfacher. Er selbst hatte Schwierigkeiten, Finn unbefangen gegenüberzutreten, was sicherlich daran lag, dass er wusste, wie es im Moment in diesem aussehen musste, beruhigte er sich. Ehrlicherweise lag es wohl eher daran, dass er den jungen Mann mittlerweile mit anderen Augen ansah. Da war es schwer, sich ihm kumpelhaft zu nähern.

Für einen Moment kam ihm der Gedanke an Peters Schicksal und plötzlich schien ihm dieser Finn, der viel geheimnisvoller wirkte, unbekannt.

Ärgerlicherweise reagierte auch ein anderer Körperteil auf diesen Finn wesentlich deutlicher, sodass Roger jeden Gedanken daran, Finn auch nur im Entferntesten so zu begrüßen wie Angelika, fallen ließ. Er hob stattdessen die Hand grüßend und setzte sich rasch wieder hin. Hoffentlich hatte niemand etwas bemerkt.

„Du kommst gerade recht zum Essen", fuhr Angelika freundlich fort und Finn quittierte ihre auffordernde Handbewegung mit einem Lächeln.

„Gutes Timing, oder?", fragte er grinsend und ging an dem ihn noch immer mit offenem Mund anstarrenden Max vorbei zum Tisch.

„Mach den Mund zu, Max. Du wirst sonst gleich anfangen zu sabbern", kommentierte Michael nüchtern in seiner üblichen, trockenen Art, während Max Finn mit den Augen verfolgte. Roger musste unwillkürlich auflachen, weil Max wirklich aussah, als ob er Finn gleich anfallen würde. Der Barde klappte hastig den Mund zu und kam wortlos zu ihnen zurück, setzte sich wie ferngesteuert Finn gegenüber und starrte ihn weiterhin an, als ob er ihn noch nie zuvor gesehen hätte. Dieser lächelte etwas scheu und das schien nun wirklich der alte Finn zu sein.

„Geht es dir wieder gut?", erkundigte sich Michael. „Roger sagte, du warst krank."

Die anderen schauten ihn überrascht an, denn Michaels Stimme war lange nicht so brummig, wie sie es sonst von ihm kannten.

„Ja", erklärte Finn lächelnd. „Das war wohl irgendein Infekt. Hat mich ganz schön umgehauen. Ich lag ein paar Tage im Bett und konnte nichts machen." *Ja, da habe ich auch noch etwas anderes gemacht, aber das brauchte keiner der vier zu wissen.* Vermutlich kam seine Erklärung bezüglich der Infektion der Wahrheit relativ nahe.

„Ah! Gut, dass du wieder fit bist. Hätte dich hier vorhin schon gut gebrauchen können", meinte Michael und ein wenig von seiner Brummigkeit kehrte zurück. Er grinste Finn an und schob ihm einen Teller zu. Finn lächelte zurück, bemüht, sich nichts anmerken zu lassen.

Angelika ergriff nun unvermittelt seine Hand. „Das nächste Mal, wenn du krank bist, meldest du dich gefälligst bei mir, ja? Ich habe immer was da, um dich schnell wieder auf die Beine zu bekommen." Stirnrunzelnd betrachtete sie seine Hand. „Ein Infekt war das aber nicht, Finn", stellte sie fest, musterte ihn eindringlich. Er blickte sie überrascht an und wollte instinktiv seine Hand wegziehen, Angelika hielt sie jedoch fest und betrachtete seine Handfläche eingehend.

„Irgendetwas hat dir kürzlich fast deine gesamte Lebensenergie geraubt, Finn", eröffnete sie ihm bestürzt und sah ihn forschend an. Überrascht riss Finn die Augen auf. Was sollte das bedeuten? Wieso wusste sie so etwas? Was wusste sie?

Mann, Dummkopf, sie ist eine Hexe, erinnerte ihn sein Verstand, der sich gleich darauf an seinen eigenen Worten verschluckte. *Äh, Hexe? Habe ich gerade etwa Hexe gesagt? Eigentlich, rationell gesehen, gibt es ja gar keine Hexen und schon gar keine Magie ...,* versuchte er zurückzurudern. *Völlig egal, was sie ist,* meinte die innere Stimme. *Sie hat was drauf.*

Angelikas Gesicht war ernst und Finns Blick huschte rasch hinüber zu den anderen, die interessiert zuhörten. Seine Wangen begannen augenblicklich zu brennen.

„Was hast du nur gemacht? Du warst ganz hart an der Grenze, scheint es." Angelika runzelte kritisch die Stirn, wandte den Blick von der Hand ab und sah ihm prüfend ins Gesicht. Finn errötete nun wirklich, als seine innere Stimme ihm ungehörige Bilder zeigte, die er nur unter strengsten Sicherheitsvorkehrungen verwahrt hatte.

Na, er hat sich zum Beispiel von einem Dämonen ficken lassen, kam passend der Kommentar der inneren Stimme und Finn schluckte mühsam, um den ganzen Müll wieder hinter die verschlossenen Türen seines nachlässigen Verstands zu bringen.

Angelika sprang auf und zog Finn mit sich.

„Komm mit", forderte sie ihn auf. „Ich habe etwas, das dich aufbauen wird." Finn ließ sich von ihr hochziehen, war zu verwirrt, um zu protestieren, daher folgte er ihr ins Zelt hinein.

„Setz dich da hin", verlangte sie schlicht und machte sich schon über ihren Kräutervorrat her. Routiniert stellte sie ihre Kräuter zusammen.

„Ich mache dir einen Tee, der die Energie vollständig wiederherstellt", erklärte sie mit einem Blick über die Schulter und strich sich eine rote Strähne aus dem Gesicht. Finn antwortete nicht, schaute ihr fasziniert zu, wie sie geschäftig hin und her eilte. Sie war eine Weile damit beschäftigt, dann wandte sich ihm wieder zu.

„Irgendwie hast du dich verändert", fügte sie nachdenklich hinzu, musterte ihn abermals intensiv. Finn zuckte zusammen, rutschte auf seinem Stuhl hin und her. Ihre zweifarbigen Augen schienen tief in ihn zu blicken und er wand sich regelrecht unter ihrem Blick, hoffte nur, dass die Hexe nicht wirklich so tief in ihn blicken konnte, dass sie etwas von dem mitbekam, was er tief in sich verschloss.

Verändert? Ja, sicherlich habe ich mich verändert, dachte er. *Ich hatte meinen ersten Sex, habe mit einem Dämon geschlafen, habe die Liebe meines Lebens gefunden und prompt wieder verloren. Mein Herz ist zersplittert, ich vergehe vor Selbstmitleid und ich fühle mich genau so, wie sie sagt, als ob jemand meine ganze Energie geraubt hätte. Ja, das sind genug Gründe, um sich zu verändern,* sagte er sich und war sich bewusst, dass er theatralisch klang, wie in einem Kitschfilm.

„Na ja ...", brachte Finn hervor, doch die Tränen lauerten dicht hinter der Fassade, sodass er nicht weitersprach, sondern stattdessen lieber rasch die inneren Dämme erhöhte, um der drohenden Flut Einhalt zu gebieten.

Angelika schaute ihn prüfend an, während sie den Tee zubereitete. Sie fühlte, dass er etwas zurückhielt, drang aber nicht weiter in ihn ein. Finn spürte ebenfalls genau, dass sie mehr sagen wollte, schwieg allerdings, weil er Angst hatte, sie könnte mehr über ihn herausfinden als ihm lieb war. Es gab vieles, das er sogar vor sich selbst verbarg. Geheimnisse, die niemand je sehen sollte.

„Das Band ist zu stark", erklärte Angelika ganz unvermittelt, wandte sich abrupt um und musterte Finn mit einem merkwürdig abwesenden Blick.

„Was?", brachte dieser erstaunt hervor und erwiderte ihren starren Blick verwirrt.

„Nicht zerrissen", ergänzte Angelika, klang eigentümlich monoton. Ihre Stimme war flach geworden, ihre Augen auf einen Punkt hinter ihm gerichtet, wirkten plötzlich einheitlich grün, ein sehr helles Grün, nicht mehr zweifarbig.

„Äh, was meinst du damit", fragte Finn vorsichtig nach, nicht ganz sicher, worauf sie hinaus wollte und konnte nicht umhin, sich einmal umzusehen, wohin ihr Blick ging. „Zu fest. Band zu stark. Stimme in der Dunkelheit. Er folgte dem Ruf. Das Tor wurde wieder geöffnet", murmelte Angelika. Finn starrte sie staunend an, nicht sicher, ob sie wirklich mit ihrem „Zweiten Gesicht", wie Roger es genannt hatte, sprach oder ihn nur veralbern wollte.

„Wiedergefunden. Vereint nach so langer Zeit. So stark, so mächtig und gefährlich. Es ist Zeit. Endlich ist die Zeit gekommen", intonierte sie und nickte mehrfach heftig.

Wenn sie gleich sagt: „Es kann nur einen geben!", bist du eindeutig im falschen Film, bemerkte Finns Verstand trocken an. Finn hingegen sah Angelika zweifelnd misstrauisch an, die weiterhin durch ihn hindurchsah. Wenn sie jetzt ein Schwert zog und blaues Licht erschien, war er definitiv in einem Film gelandet.

Angelika seufzte, blinzelte und strahlte ihn mit einem Mal wieder an. Das helle Grün ihrer Augen war verschwunden. „So, der Tee dürfte gleich fertig sein. Sollen wir dir vielleicht ein wenig passendere Kleidung verschaffen?", erkundigte sie sich mit ihrer normalen, lebhaften Art.

„Kleidung?" Finn war noch viel zu sehr mit ihren eigenartigen Worten und ihrem gruseligen Auftritt beschäftigt. Er begriff jedoch, dass sie selbst offenbar nicht mitbekam, wenn sie mit ihrem zweiten Gesicht sprach. Der abrupte Wechsel bereitete ihm arge Probleme, zumal er keine Ahnung hatte, wovon sie da gerade geredet hatte. Welches Tor? Welches Band?

Okay, sie hat immerhin kein Schwert gezogen, seufzte die innere Stimme spöttisch auf, verriet damit, dass sie durchaus mit dieser Option gerechnet hatte. Anscheinend bestand also in dieser Hinsicht keine weitere Gefahr. Langsam ließ Finn die Luft aus den Lungen und bemerkte da erst verschämt, dass er den Atem angehalten hatte.

„Na, du kannst hier doch nicht auf diese Weise", Angelika deutete auf seine Jeans, „herumlaufen. Das passte einfach nicht. Du kriegst was von Michael, das dürfte passen." Sie verschwand kurz in einer Ecke und kam gleich darauf mit einer Hose und einem Hemd zurück, welche denen von Roger ähnelten. „Hier, zieh an", meinte sie auffordernd und Finn kam gar nicht erst der Gedanke, sich zu weigern. „Ich warte dann draußen, okay? Der

Tee ist auch gleich fertig. Ich nehme ihn schon mal mit."
Äh, machte Finns Verstand und hob protestierend einen Finger, doch da war Angelika bereits aus dem Zelt verschwunden. *Hättest du ihr nicht sagen können, dass wir uns im Jahr 2010 befinden, wo Jeans und ein normales Hemd durchaus adäquate Kleidung sind? Warum sollst du anziehen, was ein Vorfahre Karl Lagerfelds vor Jahrhunderten entworfen hat?*
Unschlüssig drehte Finn die Kleidung in den Händen, hielt sich davon ab, daran zu riechen, denn die Sachen waren vermutlich nur vom Schnitt her mittelalterlich. Ergeben seufzte er und zog sich sein eigenes Hemd und die Hose aus. Warum eigentlich nicht? Was sprach dagegen, sich für ein paar Stunden in jemand anderen zu verwandeln? Seine bisherige Rolle in dieser Geschichte gefiel ihm nicht so recht. Es konnte also nur besser werden, oder? Der liebeskranke Finn im Mittelalter. Es gab schlechtere Rollen.
Nun gut ..., nicht wirklich viele, wenn man mal von Quasimodo absieht, bemerkte sein Verstand grinsend und ging in Deckung.
Finn betrachtete die schwarze Hose neugierig. Sie war recht eng geschnitten und aus weichem, angenehmen Leinen gearbeitet.
Sieht gar nicht so schlecht aus, dachte er und zog sie über. Sie passte sogar recht gut, war ihm höchstens ein wenig zu kurz. Er wusste nichts mit dem breiten Gürtel anzufangen und betrachtete daher zunächst nachdenklich das Hemd. Es hatte keine Knöpfe und er überlegte gerade, wie herum er es anziehen sollte, als Roger und Michael das Zelt betraten. Michael holte ein paar hölzerne Becher und weitere Teller und warf im Hinausgehen Finn einen anerkennenden Blick zu.
„Passt du gut rein", meinte er lächelnd und verschwand. Roger hingegen war stehen geblieben und starrte Finn ganz offensichtlich verblüfft an, sodass der sich bereits unbehaglich fühlte. „Äh", machte er verlegen. „Ich bin nicht ganz sicher, wie ..." Er drehte das Hemd unschlüssig in den Händen.

Roger riss sich zusammen. Er war bei dem Anblick von Finns nacktem Oberkörper erstarrt. Er verspürte ein überaus vertrautes Ziehen im Unterleib, zwang sich hastig, den Blick von Finns flachen Bauchmuskeln zu heben. Höher, an dessen dunklen Brustwarzen und der feinen Behaarung vorbei hin zu seinem Gesicht. Verdammt, Finn sah gut aus! Roger konzentrierte sich mühsam auf dessen Gesicht und trat auf ihn zu, nahm ihm entschlossen das Hemd ab und schaute Finn prüfend an.
„Heb mal die Arme hoch, dann helfe ich dir damit", schlug er vor. Sein Herz schlug prompt schneller, als Finn gehorsam die Arme anhob und das Spiel seiner flachen, deutlich sichtbaren Muskeln Roger weitere Stromstöße versetzte. Mühsam unterdrückte er ein Aufkeuchen. Finns herber Geruch traf seine Nase in Überdosis. So nahe war er ihm noch nie gewesen.
Finn war ein ganzes Stück größer als Roger, und als dieser nun mechanisch das Hemd hob, musste sich Finn vorbeugen, um mit den Armen in die Ärmel zu kommen. Roger streifte ihm das Hemd über die Arme und den Oberkörper und versuchte zu ignorieren, dass er dabei über die warme, straffe, nackte Haut strich.

Verflixt! Wieso hatte Finn plötzlich eine so extreme Anziehung auf ihn? Zuvor fand er ihn nett, durchaus attraktiv und ja, er hatte sich vorstellen können, dass da mal mehr passieren könnte. Nun reagierte er jedoch regelrecht geil auf ihn. Was hatte sich verändert? Dass er wusste, dass Finns gerade solo war? Daran lag es wohl nicht. Zuvor war ihm Finn eher wie ein schüchterner Junge erschienen, ein wenig asexuell vielleicht, interessant bestimmt. Hier und heute strahlte er hingegen wahrhaftig einen Sexappeal aus, dem sich Roger kaum entziehen konnte, der ihm den Atem raubte und sein Herz wie das eines verknallten Teenagers hüpfen ließ.

Finn richtete sich wieder auf und zog das Hemd selbstständig hinunter. Roger stand direkt vor ihm und staunte ihn immer noch an. Unsicher blickte Finn auf ihn hinab.
„Gut so?", fragte er skeptisch nach, als der andere Mann unschlüssig den offenen Kragen des Hemdes anstarrte, durch den man noch ein wenig von Finns verführerisch nackter Brust sehen konnte.
„Ja! Ja", antwortete Roger fahrig und begann automatisch die Schnüre zu schließen, das Hemd zurechtzuzupfen. Er griff nach dem Gürtel und legte ihn Finn um, schloss ihn routiniert und trat tief einatmend zurück.
Finn sah an sich hinunter und musste zugeben, dass die Kleidung bequem war und irgendwie wirklich gut an ihm aussah. *Immerhin kein Narrenkostüm,* bemerkte der Verstand sarkastisch. *Hätte auch gepasst.* Die innere Stimme protestierte lautstark.
„Danke." Finn lächelte Roger zu, der noch immer recht dicht vor ihm stand und ein wenig zu schnell atmete. „Du siehst genial darin aus", brachte Roger hervor und hoffte nur, dass es nicht so klang, wie er es eigentlich meinte. *Umwerfend, wie für dich gemacht, sexy ohne Ende …*
Roger öffnete den Mund, wusste allerdings nicht recht, was ihm gleich über die Lippen rutschen würde. Kaum etwas Unverfängliches …
„Kommt ihr endlich zum Essen? Was treibt ihr denn da Verbotenes?" Max enthob ihn jeder peinlichen Äußerung, indem er seinen Kopf durch die Zeltbahnen zu ihnen hinein steckte.
„Donnerwetter!", würgte er hervor und seine Augen quollen ihm schier aus den Höhlen. Unsicher lächelte Finn und faltete seine Jeans und das Hemd zusammen, um von der unangenehmen Situation abzulenken. Beide Männer starrten ihn an wie eine vollbusige, nackte Schönheit. Okay, Max sah ihn vermutlich anders. Finn spürte seine Wangen brennen.
„Also Roger, wenn du ihn nicht auf der Stelle flachlegst, dann tue ich es eben. Wow, Finn!", bemerkte Max begeistert und leckte sich über die Lippen. Er schob sich weiter vor, um Finn ausgiebig und sehr anzüglich zu mustern. Roger stieß einen schnaubenden Laut aus, wandte sich hastig ab und griff nach einem Tonkrug.
„Halt einfach den Mund, Max!", schnauzte Roger den Barden hart an, stieß ihn zur Seite und ging raschen Schrittes aus dem Zelt. Sein Gesicht brannte und er hoffte nur, dass Finn nicht bemerkt hatte, wie er auf ihn gewirkt hatte.
„Was denn?", rief ihm Max spöttisch hinterher, blickte grinsend zu Finn hinüber und

zwinkerte diesem verschwörerisch zu. „Ich glaube, Roger ist es gerade ein wenig heiß und eng in der Hose geworden!"

Finn schoss die bekannte Röte ins Gesicht und er hob überrascht die Augenbrauen. Hatte er das richtig verstanden? Roger? *Er ist also keine Hete,* folgerte sein Verstand verblüfft. *Er spielt in der gleichen Liga.*

„Quatsch", brachte Finn wenig überzeugend hervor.

„Doch, doch!" Max' Grinsen vertiefte sich. „Im Allgemeinen eher auf Frauen, aber ihn törnen auch Männer an. Roger steht voll auf dich!" Der Barde nickte heftig und ließ seinen Blick von unten über Finn wandern. „Ich meine, wer würde das nicht? Jeder Kerl mit Augen im Kopf und einem funktionierenden Schwanz würde dich flachlegen wollen. Und mit diesen Klamotten … Ohne würde ich wohl gerade sabbernd vergehen! Oh Mann, du siehst aus, als ob du einfach da rein gehören würdest! Da kriegt man ja sofort einen Steifen!" Max lachte begeistert auf und leckte sich erneut über die Lippen. Erneut glitt sein Blick über Finn, der sich unter seinem lüsternen Blick sichtlich unbehaglich fühlte. Niemals hatte ihn jemand so angesehen. Außer Dave.

Die letzte Bemerkung strich sein Verstand sofort. Die innere Stimme hingegen war durchaus geschmeichelt von Max' Komplimenten. Es war eine ungewohnte Situation. Finn fand es peinlich, dass ein anderer Mann ihn begehrlich ansah. Zudem handelte es sich nicht um den Mann, bei dem er diese Blicke zum ersten Mal gespürt hatte und weiterhin gerne spüren wollte. Nichts gegen Max, aber der war mit Dave nun mal nicht zu vergleichen.

Erneut bildete sich ein harter Kloß in Finns Hals und er wandte sich um, tat rasch, als ob er noch etwas an seinen anderen Sachen richten müsste.

Angelikas Stimme erlöste ihn aus der Situation und entlockte Max ein wehmütiges Seufzen. „Kommt ihr zwei? Gibt gleich was zu essen", schallte es von draußen herein und Max zog augenblicklich den Kopf zurück. Zögernd folgte Finn ihm, nicht ganz sicher, wie er mit der Sache weiter umgehen sollte.

Als er aus dem Zelt trat und zu den anderen an den Tisch ging, erntete er auch von Angelika einen anerkennenden Blick. „Steht dir viel besser als ihm", meinte sie lächelnd mit einem Kopfnicken zu Michael. Der Bogenschütze brummte gutmütig, nickte Finn zu und bot ihm einen Platz neben sich an.

„Trink das!", verlangte Angelika und schob ihm einen Holzbecher mit einer aromatisch duftenden Flüssigkeit hin. Vorsichtig probierte Finn. Der Tee schmeckte nicht schlecht. Ob es nun an dem Wundergebräu lag oder an der sich entspannenden Situation, er fühlte sich bald schon wohler. Mittlerweile waren noch andere der Gruppe zu ihnen gestoßen. Sie hatten einen weiteren Holztisch unter das Segeltuch geschoben und Roger stellte Finn die übrigen Mitglieder ihrer Gruppe vor.

„Das ist Luisa, unsere zweite Bogenschützin. Zudem kann sie filzen und töpfern. Ihr gehört der Stand da drüben." Roger deutete unbestimmt den Gang hinunter. „Und dieses tolle Teil hier stammt auch von ihr." Er wies lächelnd auf die getöpferte Salatschüssel, die mit Krähenmotiven verziert war. Eine kleine, untersetzte blonde Frau mit roten Backen, die einem entsprechenden Kitschgemälde entsprungen sein konnte und ein hellblaues Kleid trug, nickte Finn zu, als sie sich einen Holzstuhl heranzog.

„Und das ist Inge", fuhr Roger fort. Finn nickte einer größeren Frau mit langen, dunklen Haaren zu. „Inge verkauft Holzschnitzereien. Das Holzgeschirr hier stammt von ihr." Inge lächelte Finn breit an. Sie war eine hagere Frau und deutlich älter als der Rest von ihnen. Sie trug ein langes Kleid, das aus zwei Lagen zu bestehen schien und kunstvoll geschnürt war. Ihr Haar war mit einem Kopftuch zurück gebunden.

„Dann ist hier noch Adam. Mein Partner im Schwertkampf." Roger legte einem kahlköpfigen, breitschultrigen, stark bemuskelten Mann seine Hand auf die Schulter, der rechts von Roger Platz genommen hatte. Auch er war mittelalterlich gekleidet.

„Er ist eigentlich Bodybuilder, was man gar nicht vermuten würde", scherzte Roger und hieb Adam kräftig auf die Schulter, der nicht einmal zusammenzuckte.

„Neidischer Hänfling", kommentierte Adam nur und grinste zu Finn hinüber. „Purer Neid der Minderbemittelten. Geht mir öfter so."

Finns Blick wanderte weiter, als ihm Roger die zwei übrigen Mitglieder vorstellte.

„Das sind Frauke und Lukas, unser Ehepaar und die einzig Sittsamen unter uns. Unsere Bader. Bei dem Job müssen sie es wohl auch sein", äußerte Roger lachend.

Die beiden saßen direkt nebeneinander und es war unschwer zu erkennen, dass sie zusammengehörten, denn sie trugen nahezu identische Kleidung und ihre Hände lagen aufeinander. Sie lächelten Finn offen an.

Frauke war eine wirklich hübsche, eher zierliche Frau um die dreißig mit dunkelblonden, offenen Haaren, die von einem kunstvollen Stirnband zurückgehalten wurden. Ihr cremefarbenes Kleid war mit verschnörkelten Verzierungen versehen, die Finn sofort an ein Elbenkostüm aus "Herr der Ringe" erinnerte. Lukas, ein sehr schlanker, großer Mann, war das Pendant dazu, trug ein kleidartiges, ebenfalls fast weißes und sehr ähnliches Kostüm. Lange, rötlich-braune Haare wurden ebenfalls durch einen zierlichen, elbisch anmutenden Stirnreif zurückgehalten.und Finns Verstand war versucht ihn mit „Mein Herr Elrond" anzusprechen.

„Aiya", begrüßten ihn beide fast zeitgleich auf elbisch.

Also diese zwei da sind definitiv nicht nur im falschen Zeitalter, sondern ganz und gar im falschen Film gelandet, bemerkte sein Verstand amüsiert. *Du musst aber zugeben, sie sehen klasse aus,* gab seine innere Stimme zu verstehen. *Du magst den Film ja auch. Ja, aber ich laufe deshalb nicht herum, als ob ich in Rivendell lebe,* korrigierte Finn sich.

Er lächelte sie alle der Reihe nach an, als Roger endlich zum Abschluss kam und Finn selbst vorstellte.

„Und dies ist Finn. Er ist heute neu dabei", erklärte Roger und Finn schaute kurz fragend zu ihm hin. Okay, er konnte jetzt ja kaum erklären, dass er hier nur reingerutscht war und eigentlich nichts mit ihnen zu tun hatte, oder? Außerdem ... irgendwie waren diese Mittelalterfreaks wirklich nett und Finn hatte mindestens fünf Minuten lang nicht an Dave gedacht!

Dave ... hastig überspielte er den prompt aufkommenden Schmerz mit einem verzerrten Lächeln. *Denk dran: nicht heulen,* ermahnte ihn sein Verstand abermals. *Du ziehst das jetzt durch*

wie ein echter Mann!
„Michael will ihn als Bogenschützen rekrutieren, aber ich arbeite noch dran, dass er ein echter Schwertkämpfer wird", ergänzte Roger mit einem stolzen Blick auf Finn, der gerade noch verhindern konnte, dass er rot wurde.
„Du erinnerst mich irgendwie total an Faramir", bemerkte Frauke träumerisch lächelnd. „Deine Haare sind zu kurz, aber du hast auch so eine traurige Ausstrahlung."
Verdammt! Sah man es ihm wirklich so sehr an?
Nicht heulen! Bloß nicht heulen!, intonierte Finns Verstand verzweifelt und er schluckte den Kloß hart hinab. *Immerhin*, bemerkte seine innere Stimme versöhnlich lächelnd, *anscheinend trauen dir andere auch mal bessere Rollen zu, als du in deinem eigenen Film spielst.*
„Finn ist der Traum schlechthin, oder?", schmachtete Max ihn abermals an und erntete höchst amüsierte Blicke aller Anwesenden. Roger senkte den Blick und verteilte rasch die Teller, vermied es, Finn anzusehen.
„Finn, Inhalt meiner feuchten Träume, versprich mir nur eines", verlangte Max, beugte sich über den Tisch hinüber, ergriff dessen Hand und sah ihm tief in die Augen. „Wenn morgen die Welt untergeht, erfüllst du mir dann meinen geheimsten, letzten Wunsch und ich darf in deinem Schoss in deinen starken Armen sterben?" Max klimperte übertrieben mit den Augen und prompt schoss Finn natürlich die Röte ins Gesicht.
Roger sog unwillkürlich die Luft ein, sein Gesicht verfinsterte sich und er wollte schon etwas sagen, als Max urplötzlich Finns Hand losließ und mit einem erschrockenen Laut zu Boden stürzte. Michael hatte seinem Stuhl einen kräftigen Stoß gegeben, der ihn samt Max hintenüber fallen ließ. Drohend sah er auf den Barden hinab, der ihn vorwurfsvoll anstarrte und sich hochrappelte. „Du kannst es einfach nicht lassen, oder?", bemerkte Michael und sah wirklich wütend aus. Die anderen begannen bereits zu lachen, als Max schmerzhaft das Gesicht verzog.
„Mann, Michael, du humorloser Grobian!", schimpfte Max und rieb sich heftig sein Hinterteil. „Ich darf doch wohl noch flirten, mit wem ich will."
„Du flirtest nicht", bemerkte Michael brummend. „Du baggerst ihn plump an. Und er hat kein Interesse, siehst du das nicht? Treib es nicht zu weit. Wenn du nicht aufpasst, verpasst er dir noch einen Kinnhaken und versohlt dir danach deinen breiten Hintern."
Für Michael überraschend viele Worte. Seine Stimme klang erstaunlich ernst. Finn war verblüfft, was der andere Mann ihm zutraute.
Wirkte er so, als ob er Max eine verpassen könnte? Wow, das hatte noch nie jemand vermutet. War die Rolle des Faramir vielleicht doch noch frei?
„Dagegen hätte ich gelegentlich auch nichts", brummte Max missmutig und klopfte sich die Erde von der Kleidung. „Also gegen das letzte im Angebot."
„Okay, okay!", setzte er rasch hinterher, als Michael sich bedrohlich aufrichtete. „Ich entschuldige mich ja schon. Sorry, Finn. Ich wollte dich nicht kompromittieren", beschwichtigte Max und machte ein zerknirschtes Gesicht, was wiederum allgemeines Lachen hervorrief.
Finn grinste mit und warf einen kurzen Blick zu Michael hinüber, der sich aber schon

dem Essen widmete.

Frauke stand auf und half mit Lukas und Inge, das Essen zu verteilen. Der Geruch von gegrilltem Fleisch, Rauch und würziger Soße lag in der Luft. Die Sonne war im Schatten des Segeltuches gut auszuhalten. Es war eine nette Runde und Max riss sich nun wirklich mehr zusammen. Sie unterhielten sich über viele Themen und Finn bemerkte nebenbei für sich, dass es vielleicht doch keine schlechte Idee gewesen war, herzukommen, denn er hatte immerhin schon mehr als zehn Minuten nicht an Dave gedacht. *Ups.*

Nach dem Essen zog Luisa Finn mit zu ihrem Stand und er durfte sich ihre Werkstücke ebenso ansehen wie die von Inge. Er bestaunte die Arbeiten der Töpferin, die ihm prompt eine ihrer Tassen schenkte.

„Du gehörst ja schon irgendwie dazu", zwinkerte sie ihm zu, als sie ihm die tönerne Tasse in Papier einschlug. „Rogers Freunde sind auch unsere Freunde." Erfreut nickte er und nahm das Bündel an sich.

Als Finn von der Besichtigungstour zurückkehrte, fand er Angelika in ein Gespräch mit Hartmut, dem Jäger vertieft. Kurz durchzuckte Finn ein Anflug von schlechtem Gewissen. Er sollte den Jäger unbedingt von seinem Dämon erzählen.

Ach, willst du ihnen vielleicht detailliere Einzelheiten geben, wie er es dir besorgt hat?, lästerte sein Verstand und er fühlte die Scham tief in sich brennen. Nein, das war kaum etwas, das er irgendjemandem erzählen würde.

Hartmut saß am Tisch und hielt Angelikas Hand. Finn schmunzelte, als er ihren etwas verträumten Gesichtsausdruck bemerkte. Es gab also scheinbar nicht nur glutäugige Romanhelden in ihrem Leben.

Roger bemerkte ihn sofort, als er zurückkam, und warf ihm prompt ein Schwert zu, welches Finn lässig aus der Luft fing. Das brachte ihm einen spontanen Applaus von Adam ein, der mit Max am Tisch saß und ein Spiel mit hölzernen Kugeln spielte.

„Lass Finn nicht mehr gehen", meinte Lukas lachend. „So einen können wir gut gebrauchen."

„Habe ich nicht vor!", antwortete Roger spontan und ärgerte sich dennoch über sich selbst, als er Finns verblüfftes Gesicht sah. „Er hat halt Talent", schwächte Roger rasch ab und stellte sich Finn gegenüber herausfordernd auf. „Hast du Lust auf ein bisschen Training, Finn?" Er grinste ihn auffordernd an, während er sein Schwert hin und her schwang.

Hatte er tatsächlich, bemerkte Finn erstaunt. Der Schwertkampf hatte ihm das letzte Mal schon Spaß gemacht und er erinnerte sich sofort wieder daran, was ihm Roger bereits beigebracht hatte. Finn versuchte, ob er das Schwert elegant schwingen konnte, und war verblüfft, wie leicht es ihm fiel. Viel leichter als das letzte Mal. Das Metall fühlte sich unglaublich gut in seiner Hand an.

Roger bemerkte ebenfalls, wie viel sicherer Finn das Schwert hielt.

„Hast du heimlich geübt?", fragte er überrascht nach, als Finn das Schwert führte, als ob er nie etwas anderes gemacht hätte. „Äh, nein. Natürlich nicht", wiegelte Finn sofort ab.

Muss wohl an dem Tee liegen, oder? Soviel Kraft hatte ich sonst doch nicht in den Armen, dachte Finn

freudig erstaunt. Das Schwert fühlte sich viel leichter an, ließ sich elegant schwingen.
„Pass bloß auf, Roger, dass er dich nicht gleich zu Boden schickt", meinte Max hinter ihnen, als die beiden Männer einander zu umkreisen begannen.
Ein paar der anderen Krähen kamen hinzu und Zuschauer blieben interessiert stehen, als die beiden jungen Männer einander abwartend umkreisten. Das Schauspiel zog bald schon weitere Besucher an und unversehens fand sich Finn im Zentrum der allgemeinen Aufmerksamkeit wieder. Allerdings konzentrierte er sich ganz auf Roger und dessen Bewegungen.
Es gelang ihm heute extrem gut, Rogers Angriffe abzuwehren. Fast schien es ihm, als ob er dessen Bewegungen vorab erahnen konnte und so parierte er nahezu jeden Angriff.
Roger grinste überaus zufrieden. Verdammt, Finn war gut. Der hatte echtes Talent dazu. Wie hatte der das so schnell umgesetzt? Es war fast, als ob sie das Ganze lange einstudiert hätten. Ihr Publikum sah das wohl auch so, denn nachdem Finn einige Attacken abgefangen und nun seinerseits begann, Roger zurückzutreiben, applaudierten die Zuschauer begeistert.
Finn unterbrach überrascht ihren Kampf und schaute unsicher ins Publikum. Dabei wurde sein Blick ganz plötzlich von einem einzelnen Mann angezogen, der mitten unter den Zuschauern stand, um den sich jedoch eine Lücke gebildet hatte.
Als ob die anderen seine Gegenwart meiden würden, durchfuhr ihn der Gedanke.
Nur für einen kurzen Moment erhaschte Finn einen direkten Blick auf den drahtigen, dunkel gekleideten Mann, der ihn mit stechenden Augen musterte, in denen ein merkwürdiges Licht zu funkeln schien. Etwas in Finn ballte sich zusammen und er hatte das Gefühl einer unmittelbaren Bedrohung. Seine Narbe begann zu jucken, das Schwert fühlte sich plötzlich warm, beinahe lebendig an.
Bevor Finn jedoch weiter darüber nachdenken konnte, griff Roger ihn an. Rasch wich Finn zurück und parierte den Angriff gerade noch rechtzeitig. Roger lachte erfreut über seinen Beinahetreffer auf.
Irritiert wanderte Finns Blick noch einmal ins Publikum, doch der eigenartige Mann war verschwunden. Ein merkwürdiges Gefühl seiner Präsenz blieb zurück. Als ob er noch da wäre, nur nicht mehr zu sehen.
Finn schüttelte irritiert den Kopf und konzentrierte sich erneut auf den Kampf mit Roger, der ihn nun lauernd umkreiste.
So ein Blödsinn. Wahrscheinlich hatte er sich den hasserfüllten Blick des Mannes nur eingebildet. Warum sollte ihm ein total Fremder einen solchen Blick zuwerfen?
Finn zuckte die Schultern und konzentrierte sich auf sein Schwert und Roger.

38 Innere und äußere Kämpfe

Dumpf schlugen die unechten Schwerter aufeinander, wenn die zwei jungen Männer sich spielerisch umkreisten und gegenseitig angriffen, auswichen und die Schläge des anderen geschickt parierten. Die Mittagspause war beinahe vorbei und immer mehr Zuschauer fanden sich ein, um diesem unangekündigten Schauspiel zuzusehen und auch viele der Aussteller schauten interessiert herüber. Rings um die beiden Männer hatte sich ein großer Kreis aus Zuschauern und mittelalterlich gekleideten Aktiven gebildet, die atemlos und begeistert zusahen. Die beiden Schwertkämpfer boten ihnen einen wirklich guten, spannenden Kampf.

Mitten in der Zuschauermenge stand Russell völlig bewegungslos und beobachtete den jungen Mann, der Dave so viel zu bedeuten schien. Dieser war recht groß, schlank, eher wenig bemuskelt, mit langen Beinen und Armen. Sein Gesicht wirkte recht weich, gerahmt von hellbraunen, lockigen Haaren. Er war in eine dunkle Hose und ein dunkelblaues Hemd gekleidet. Russell beobachtete jede seiner geschmeidigen Bewegungen und konnte ihm eine gewisse Attraktivität nicht absprechen. Er bewegte sich elegant, wich geschickt aus, konterte ebenso schnell. Er schien Russell durchaus Erfahrung im Kampf zu haben. Ein echter Mirjahn; der Kampf lag ihnen eben im Blut.

Seit gestern Abend beobachtete Russell ihn, war ihm heute von der Wohnung hierher gefolgt, hatte insgeheim gehofft, ihn alleine zu erwischen. Allerdings hatte er diesen Gedanken sofort wieder verworfen. Zum einen wusste er ganz genau, dass Dave in der Nähe war, auch wenn seine Präsenz nur am Rande seiner Wahrnehmung lauerte. Zum anderen war mehr als offensichtlich, dass bei diesem Mirjahn das Erbe erwacht war. Es war Selbstmord, sich als Halbdämon mit einem echten Mirjahn anzulegen.

Russell verzog missmutig den Mund. Irgendwo hier war der alte Dämon. Er spürte ihn genau, wie ein feines, gefährliches Prickeln in seinem Nacken. Vergeblich hatte er versucht, ihn in dem Menschenauflauf auszumachen. Der Andere war für ihn nicht zu riechen und er spürte nur den Hauch seiner Anwesenheit. Mehr als ausreichend für eine gewisse Drohung. Russell war klar, dass er auf diese Weise nicht an den Menschen herankam.

Nur zu genau war er sich bewusst, dass Dave seine Drohung wahr machen würde, wenn er versuchen sollte, dem Mirjahn nahe zu kommen. Es gab hier ohnehin zu viele Menschen und Russell konnte sich im Tageslicht nicht komplett in die Dämonengestalt umwandeln. Daher beobachtete er nur.

Russell seufzte unzufrieden mit seinen Beschränkungen. Selbst wenn er ein vollwertiger

Dämon wäre, würde er nicht riskieren, sich mit Dave anzulegen. Vor dem alten Dämon hatte nicht nur seine menschliche Seite, sondern auch seine dämonische wirklich großen Respekt. Dave war eben Dave. Einer der Ältesten und sicherlich einer der gefährlichsten von ihnen. Er hatte absolut keine Intention, sich von ihm zerreißen zu lassen.
Russell war im Grunde schon klar, dass er alleine nicht an den Menschen herankommen würde. Daher wollte er möglichst viel über ihn in Erfahrung bringen, bevor er vor die Anderen trat. Immerhin bestand die Gefahr, dass sie ihn nicht ernst genug nahmen. Das wäre fatal. Manche Dämonen unterschieden kaum zwischen Menschen und Halbdämonen. Zwar würden sie ihn vielleicht nicht unbedingt töten, wenn er vor sie trat - immerhin war er irgendwie schon einer von ihnen - allerdings hatten sie gewöhnlich keinerlei Respekt vor solchem Abschaum wie ihm, einem halben Menschen, das Resultat eines dämonischen Fehlers.
Nun, er hatte auch keine Lust, von ihnen zerfetzt zu werden.
Mit leichtem Schaudern dachte er an die gefürchteten Anderen, denen er bislang überwiegend erfolgreich aus dem Weg gegangen war. Dämonen waren nie gesellig. Jeder jagte für sich und man kam sich möglichst nicht in die Quere.
Russell gestand sich ein, dass er nicht einmal genau wusste, wie viele der Anderen lebten. Sicher war er sich nur bei denen, deren Aufenthaltsort er kannte, oder eher erahnte, denn natürlich konnten sie mittlerweile auch woanders sein. Bei Thubal nahm er allerdings an, dass der Beständigkeit liebte und Traditionen treu blieb. Das war derjenige, an den er sich wenden musste. Russell wusste nicht sehr viel über ihn. Er war fast so alt wie Dave. Und mindestens so gefährlich, wenngleich aus ganz anderem Holz geschnitzt. Russell verzog unwillig das Gesicht und ließ kurz seine Zähne aufblitzen.
Der Mirjahn parierte einen heftigen Angriff des anderen Kämpfers und ging mit mehreren schnellen Schlägen zum Gegenangriff über, was das begeisterte Publikum zu spontanem Applaus animierte. Der junge Mirjahn pausierte kurz und sein Blick huschte irritiert über das Publikum. Russell hielt unwillkürlich den Atem an, als er ihn plötzlich direkt ansah. Wache, hellbraune Augen bohrten sich in seine. Der Blick bannte Russel für Sekunden, machte ihn bewegungsunfähig. Intensiv erkundeten diese Augen scheinbar sein Innerstes und er konnte nicht umhin, zu zittern. Er spürte das Erbe, fühlte, wie es die Finger nach seinem dämonischen Anteil ausstreckte, sich kalt um sein Herz schloss. Zur Hölle, der Mirjahn konnte ihn sehen!
Entsetzt registrierte Russell, dass er ihn genau musterte, sein Blick glitt nicht an ihm vorbei, wie es bei den meisten Menschen der Fall war, wenn Russell sich unter ihnen versteckte. Er konnte sie beeinflussen, sodass sie ihn einfach übersahen und dank seiner Aura trat ihm auch keiner zu nahe. Aber dieser Mirjahn hatte ihn offensichtlich gerade entdeckt.
Dämonenjäger!
Ganz kurz schoss Russell der Name durch den Kopf. Das Geschlecht der Mirjahns war angeblich seit mehreren hundert Jahren ausgestorben. Den letzten von ihnen hatten die Anderen lange vorher zur Strecke gebracht. Zumindest hatten alle Dämonen geglaubt, es wäre der letzte Mirjahn gewesen. Einige der Mirjahns hatten Dämonen auch in ihrer

menschlichen Gestalt erkennen, sogar riechen können.
Russell schluckte kurz, kämpfte eilig die aufkommende Panik nieder. Der Mirjahn sah ihn nur an, machte keine Anstalten, näher zu kommen oder ihn anzugreifen.
Verflucht! Russell zitterte und fühlte sich nackt und hilflos unter seinem Blick. Das durfte einfach nicht sein. Kein wertloser Mensch durfte ihn so direkt sehen, kein Mensch eine solche Gefahr darstellen. Sie waren nur Futter, Fleisch und Blut, Nahrung. Hass erfüllte Russell süß und warm.
Ich werde dafür sorgen, dass du stirbst, Mensch, dachte er. *So etwas wie dich darf es einfach nicht geben.*
Der Mirjahn wandte den Blick ab, als der andere Mann ihn abermals angriff und Russell trat schnell zurück, verschwand in der Menschenmenge, bestrebt, mehr Abstand zwischen sich und den merkwürdigen Mann zu bekommen. Er musste einfach noch mehr über ihn herausfinden, jede Information konnte helfen.

Russell war nicht der Einzige, der Finn und Roger bei ihrem Kampf heimlich beobachtet. Er wurde selbst beobachtet.
Etwas weiter weg, in den Schatten eines Standes verborgen, stand Dave und verfolgte den Kampf mit gemischten Gefühlen.
Seit er vor Finn geflüchtet war - denn nichts anderes war es gewesen - eine Flucht, hatte er es nicht gewagt, ihm zu nahe zu kommen. Der Dämon in ihm wurde immer unruhiger. Das Verlangen mächtiger.
Dave war unsicher, wie er mit diesen eigenartigen Gefühlen umgehen sollte, die ihn wie ein geheimnisvoller Fluch heimsuchten. Unbeholfen reagierte er mit Wut, Raserei und Aggressivität auf die unbekannten Gefühle, die Finn in ihm ausgelöst hatte. Der Wunsch, den Menschen zu zerreißen, der ihn so fühlen ließ, war zwischenzeitlich fast überwältigend stark geworden. Andere Gefühle, kaum weniger bekannt, hinderten ihn ebenso daran, sein Vorhaben in die Tat umzusetzen. In Dave tobte ein Orkan widersprüchlicher Emotionen und Instinkte, der ihn immer rasanter, aber sicher in den Abgrund des Wahnsinns zu treiben drohte.
Wie hatte Finn es wagen können? Wieso hatte er es aussprechen müssen?
Ich liebe dich. Seine Worte brannten, ätzten durch Daves ganzes Sein, verwoben sich mit jeder Faser seines Körpers, rannen durch jede Nervenbahn.
Drei Worte, die Menschen viel bedeuteten. Ausgesprochen von Finn und damit hatte dieser ihn gemeint. Ihn!
Finn hatte sich in Dave verliebt. In seine menschliche Form, nicht ahnend, dass dessen dämonische Seite sein Todfeind war.
Liebe? Das hieß bei den Menschen Vertrauen, Nähe, Wärme. So viel wusste Dave davon. Aber in seinem Fall durfte er nicht. Wenn Finn ihm vertraute, seine Nähe suchte, würde er ihn unweigerlich töten, denn das Verlangen nach ihm war ungebrochen. Der Teil in Dave, der dieses ihm neue, warme Gefühl für Finn entwickelt hatte, wehrte sich mit aller Macht dagegen, ihn zu verletzen oder gar zu töten. Damit handelte er seiner eigentlichen Natur entgegen, die er dafür unterdrücken musste und das wiederum versetzte ihn in Raserei.

Letzte Nacht hatte der Dämon getötet. Vier Menschen waren es gewesen. Vielleicht auch mehr, er wusste es nicht mehr. Wahllos hatte er sie gestellt und in einem wahren Blutrausch getötet, ohne rechten Hunger, denn sein eigentlicher Hunger galt Finn. Er lechzte danach, diesen zu stillen, gierte nach Finns Berührungen, dem Geruch seines Körpers, der Weichheit seiner Haut, der Freuden seines Unterleibs. Dave wollte seine Krallen über die verletzliche Haut gleiten lassen, wohl wissend, dass nur Millimeter unter dieser Schicht, heiß und erquickend, köstliches Blut rann. Der unerfüllte Wunsch, sich an Finn zu drängen, seine Hände auf sich zu spüren, seine Zähne in dessen Hals zu schlagen, sich in ihm zu versenken, sein lusterfülltes Stöhnen zu hören, sein Lachen, das Aufblitzen seiner Augen zu sehen, trieb ihn langsam in den Wahnsinn.

Nun stand er hier und beobachte Finn. Er verschlang ihn mit seinen Augen, roch seinen Schweiß, sog den Geruch ein wie ein Lebenselixier, spürte Finns Blut durch den Körper rauschen, als ob es sein eigenes wäre. Mit gierigem, lüsternem Blick folgte er jeder seiner Bewegungen, sah seine Geschmeidigkeit, die tänzerische Eleganz, mit der er Schlägen auswich. Finn war wunderschön, begehrenswert und in ihm knurrte der Dämon hungrig vor Verlangen und zerrte an seinen Ketten.

Daves Blick wanderte hinüber zu dem dunkel gekleideten Mann, der sich hastig in die Menge zurückgezogen hatte, nachdem Finn ihn bemerkt hatte. Er hatte den Halbdämon erkannt, der getarnt unter den Menschen stand. Russells Schock hatte Dave unmittelbar wie seinen eigenen gespürt.

Ein Mirjahn. Ein Kämpfer, ein Dämonenjäger.

Finns Erbe war erwacht und seine Instinkte reagierten auf Dämonen, selbst einen Halbdämon. Das war ungewöhnlich. Der menschliche Anteil verdeckte oft genug das dämonische Erbe. Daher waren Halbdämonen am wirkungsvollsten, wenn es darum ging, den Mirjahns nahe genug zu kommen, um sie zu töten. Bei Russell überwog der dämonische Anteil längst seinem menschlichen, vermutete Dave.

Natürlich hatte er Russell bereits gestern entdeckt. Dem Halbdämon war es also tatsächlich irgendwie gelungen, Finn ausfindig zu machen. Dave war bereits versucht gewesen, Russell zu stellen, ihn vielleicht tatsächlich zu töten, als er in den Schatten der Bäume gegenüber von Finns Haus gekauert hatte, glaubte, unbemerkt zu bleiben.

Dave war in der Nähe geblieben, hatte jede Bewegung Russells beobachtet, bereit, einzuschreiten, sollte er sich Finn doch noch nähern. Russell hatte jedoch viel zu viel Angst, das hatte Dave sehr wohl gerochen und gefühlt. Nichtsdestotrotz hatte er ihn im Auge behalten.

Es erstaunte ihn doch etwas, dass Russell nicht aufgegeben hatte. Dave hatte ihn ganz eindeutig unterschätzt. Ein Fehler, der ihm eigentlich nicht hätte unterlaufen dürfen. *Einer der vielen Fehler, die mir in der letzten Zeit unterliefen,* dachte er ärgerlich.

Sein größter Fehler war es gewesen, diesen merkwürdigen Menschen in Hamburg aus einer Laune heraus am Leben zu lassen. Das alte Blut wurde stark in Finn, viel stärker als in jedem sonst. Dave roch es, wenn er ihm nahe war. Sein Erbe war erwacht und verwandelte den jungen Mann in einen der gefürchteten Dämonenjäger.

Dave hatte viele von ihnen gekannt, jedoch die Wandlung selbst nie verfolgt, denn hatte er sie jedes Mal getötet, sobald feststand, was sie waren.

Wie jeder der Anderen auch war er davon ausgegangen, dass der letzte der Mirjahns ohne Nachkommen gestorben war. Er war sehr jung gewesen, alleine und unerfahren und so gut er sich auch vor ihnen versteckt hatte, letztlich war er ihnen in die Falle gegangen. Offenbar hatten sie ihn trotz seines Alters eindeutig unterschätzt, denn ganz offensichtlich hatte sich das Blut weiter erhalten und konnte jetzt zu einem echten Problem für die Anderen werden. Nicht jeder der Nachkommen trug das Erbe in sich, bei manchen brach es nie hervor.

Bei Finn war es allerdings extrem stark. Vielleicht über mehrere Generationen angereichert. Noch war Finn kein Jäger. Dave spürte jedoch sehr wohl die Gegenwart der anderen, seit er nach Lüneburg gekommen war. Er wusste, dass sie da waren. Darunter war ein sehr alter Jäger. Dave kannte seinen Geruch. Sie waren sich bislang noch nie persönlich begegnet, aber er kannte die Geschichten, ja, wahre Legenden rankten sich um ihn. Wenn es einen Menschen gab, der sie leidenschaftlich und voll verzehrendem Hass jagte, dann war es dieser.

Dave wusste, dass er irgendwo hier in der Stadt und war und jagte. Er spürte seine ferne Präsenz. Der Schwarze Jäger suchte nach ihm, jagte jeden Dämon mit erbarmungsloser Wut. Jäger und Gejagte. Es war stets das gleiche Spiel.

Die beiden jungen Männer beendeten unter tosendem Beifall ihren Kampf, nahmen diesen mit einer Verbeugung entgegen und kehrten zu ihrer Gruppe zurück. Dave bemerkte rechtzeitig Finns Blick in seine Richtung, reagierte schnell genug und verstärkte die Schatten um sich. Trotzdem blieb Finns Blick ein wenig länger an seinem Versteck hängen.

Dave runzelte erstaunt die Stirn. Finn konnte ihn nicht wirklich sehen, oder doch? Zumindest zeigte er keine Reaktion, sondern wandte ihm den Rücken zu, um sich zu den anderen an den Tisch zu setzen. Dave schloss schwermütig die Augen. Ihm war der schmerzerfüllte, traurige Ausdruck auf Finns Gesicht nicht entgangen.

Der junge Mann litt innerlich extreme Schmerzen. Dave fühlte es genau, spürte den wütenden Schmerz rumoren, der Finns geschwächte Lebensenergie verdunkelte und er fürchtete ihn. Fürchtete instinktiv, was er aus Finn machen könnte. Schmerz bewirkte oft genug Wut. Dave hatte erlebt, zu was Menschen in der Lage waren, tödlich verwundet, halb wahnsinnig vor Schmerzen.

Seltsamerweise spürte er ganz genau, wie stark oder schwach Finn sich fühlte. Er hatte im Wald verborgen gestanden und gesehen, wie er zusammenbrach. War versucht gewesen, zu ihm zu eilen, doch da war diese fremde Frau aufgetaucht und hatte sich seiner angenommen. Für einen Moment hatte Dave das Bedürfnis gehabt, sie zu zerreißen, als sie Finn aufhalf. Heiß war das Gefühl in ihm hochgelodert.

Dieser Mensch gehörte ihm! Niemand durfte ihn anfassen. Mühsam hatte er den rasenden Dämon beherrscht. Zwischen Finn und ihm bestand eine seltsame Verbindung, die ihn viel zu viel spüren ließ. Noch ein Rätsel.

Mitten in seinen Grübeleien schreckte Dave plötzlich hoch. Schnuppernd sog er die Luft ein und horchte in sich hinein.

Dieser typische Geruch, diese starke Aura. Er kannte die Signale.

Er kam. Der Jäger näherte sich. Dave fühlte seine Präsenz. Witternd hob er den Kopf und versuchte herauszufinden, von wo und wie schnell er sich näherte. Der alte Jäger mit einer Gruppe junger, überwiegend unerfahrener. Sie kamen rasch und wirklich hier her.

Dave zog sich zurück, bestrebt, dem Anführer so weit auszuweichen, dass der ihn nicht wahrnehmen konnte. Dieser besondere Jäger, das wusste er aus Erzählungen, vermochte zu riechen wie ein Dämon, auch wenn kein Tropfen Mirjahnblut in seinen Adern floss.

Vielleicht war es sein unbändiger, alles vernichtender Hass, der ihm diese Fähigkeit verlieh, vielleicht verfügte er über unbekannte Magie, Dave wusste es nicht und wollte es nicht selbst herausfinden. Nur dass dieser Jäger sein erklärter Feind und wirklich gefährlich war, interessierte ihn für den Moment.

Langsam zog er sich weiter zurück, verschmolz mit den Schatten unter den Menschen, tarnte sich unter ihnen, entfernte sich so weit, dass er relativ sicher sein konnte, dass der Jäger ihn nicht ausmachen konnte.

Aus sicherer Entfernung beobachtete Dave die drei schwarzen Geländewagen, als sie auf den als Parkplatz dienenden Stoppelacker fuhren und acht Leute ausstiegen.

Daves scharfe Dämonenaugen erkannten sofort den alten Jäger, der anhielt und in die Luft schnupperte. Sein Gesicht war zu weit weg, aber Dave konnte sich ausmalen, wie er sich suchend umblicken, die Umgebung sichernd betrachten würde.

Dave erkannte ihn, auch wenn es lange her war. Damals hatte er ihn beobachtet, heimlich verborgen, hatte erlebt, wie eben dieser Mann den Dämon Popo Bawa jagte und erlegte.

Kein Zweifel, der Schwarze Jäger war auch heute auf der Jagd. Dave war sich ziemlich sicher, dass es Russells Spur war, die er aufgenommen hatte. Dieser Idiot hatte bestimmt keinerlei Ahnung davon, dass ausgerechnet dieser Jäger hier war.

Dave murmelte einen überaus menschlichen Fluch. Also musste er auch Russell im Blick behalten und hoffen, dass der Jäger den Halbdämon nicht entdeckte. Wie absurd: er fand sich in einer Beschützerrolle wieder. Seit wann beschützten Dämonen Menschen? Seit wann musste er sich um andere Dämonen kümmern?

Nachdenklich beobachtete er die acht Gestalten, die nun das Gelände betraten und in der Menschenmenge verschwanden.

Vorsichtig schlich er der Gruppe in gebührendem Abstand hinterher.

39
Matrix meets Mittelalter

„Hast du so etwas schon mal erlebt?" Die blonde Jägerin schüttelte fassungslos den Kopf. „Wenn ich es nicht gesehen hätte, würde ich es nicht glauben", antwortet eine andere. „Verrückt, oder? Und alle innerhalb von zwei Stunden. Das ist doch echt Wahnsinn. Wenn der nicht wirklich hungrig war, dann weiß ich auch nicht", pflichtete Keith ihr bei. Sie saßen mit Hartmut und Thomas in dessen Pathfinder. Sie waren auf dem Weg zum mittelalterlichen Treyben.

„Vier Opfer alleine letzte Nacht", stellte Hartmut fest und sah verdrießlich auf seine Notizen. „Scheint so, als ob dieser einen wahren Blutrausch hatte. So langsam glaube ich, dass es nicht nur dieser eine Dämon ist, Thomas."

Thomas rümpfte kurz die Nase. Vier Opfer. Viermal hatte der Andere letzte Nacht getötet. Er war sicher, dass diese Tode nicht von dem Halbdämon ausgeführt worden waren, dessen Spur er zuvor leider verloren hatte. Diese Morde waren typisch dämonische Morde gewesen. Ein sehr alter Dämon, der seine Opfer komplett verschlang. Zumindest normalerweise. Diesmal hatte er eher unter ihnen gewütet, als aus Hunger getötet, denn sie hatten bei den letzten beiden eindeutige Spuren gefunden. Das Blut seiner Opfer war weit gespritzt. Er hatte sie in winzige Fetzen zerrissen, war dabei wenig vorsichtig vorgegangen, was sein Spuren anging. Normalerweise töteten sie seltener. Weniger auffällig, geheimer. Aber dieser hier? Vier Menschen in nur einer Nacht. Das hatte Thomas wahrhaftig noch nicht erlebt.

„Ein Halbdämon", korrigierte Thomas verspätet. „Der erste, der den Buchhändler erwischt hat, ist nur ein Halbdämon. Und hätte uns der Andere letzte Nacht nicht so beschäftigt, hätten wir den auch schon geschnappt. Wir waren dicht an ihm dran."

Er legte die Stirn nachdenklich in Falten. Diese vier Morde. Alles wies auf einen sehr alten Dämon hin, dessen Geruch ihm sogar vage bekannt vorkam. Diese Spur hatte er bereits einmal aufgenommen. Dieser Andere war schlau und vorsichtig.

Warum hatte er wohl dieses Mal unvorsichtig, wenig besonnen getötet? Und so oft?

Sie mussten einen Plan entwerfen, wie sie es mit diesem alten Dämon aufnehmen konnten, wie man ihn vielleicht in eine Falle locken konnte. Thomas' Knöchel wurden weiß, als er das Lenkrad hart umklammerte. Ein alter Dämon in Lüneburg.

Verdammt! Hatte jemand Dämonenkräuter verwendet oder sie beschworen? Wo kamen die her? Normalerweise mieden sie Lüneburg aus gutem Grund. Sie hatten hier einmal überaus schlechte Erfahrungen gemacht. Thomas schnaubte abfällig. Es war eine der größten

Erfolge gegen die Dämonen gewesen, von dem man sich von Jägergeneration zu Jägergeneration erzählte. Zwar lagen die Ereignisse viele Jahrhunderte zurück, doch seither mieden die Dämonen Lüneburg, was auch für Thomas mit ein Grund gewesen war, hier ihr Hauptquartier einzurichten.
Nun schien es, als ob die alte Hansestadt sie förmlich anzog. Sogar einen der ganz alten Dämonen. Meistens waren sie reviertreu. Und nie jagten zwei in ein und demselben Revier. Zumal der eine nur ein Halbdämon war und solche normalerweise nicht von den Anderen in ihrer unmittelbaren Nähe geduldet wurden. Was hatte das nur alles zu bedeuten? Rätsel über Rätsel.
Egal wie, er würde beide zur Strecke bringen. Heiß glühte der Hass durch seine Adern. Zwei Ziele auf einmal. Zwei dieser verfluchten Dämonen weniger.
Er bog auf den Parkplatz ein und stellte den Pathfinder in die lange Reihe der geparkten Autos. Prüfend blickte er sich um.
Viele Zuschauer waren zum Treyben gekommen. Jede Menge verschiedene Menschen, jeder mit einer eigenen Aura und Präsenz. So viele unterschiedliche Gerüche, die seine empfindliche Nase reizten. Mitunter waren seine feinen Sinne auch hinderlich.
Missmutig schritt Thomas zu den weißen Zelten inmitten des Treybens voran, während ihm die anderen Jäger in gebührendem Abstand folgten.
Vielleicht konnte er heute ein wenig mehr Licht ins Dunkel bringen.

Mit mehreren, eleganten Verbeugungen bedankten sich Roger und Finn bei ihrem Publikum und besonders Finn war überrascht, wie viele Zuschauer sie mit ihrem Training angezogen hatten.
Die Rolle des Faramir gefiel ihm irgendwie immer besser. Er hatte tatsächlich nicht mehr an Dave gedacht. Zumindest die ganze Zeit während des Kampfes nicht.
Vielleicht bedeutete das, dass der Schmerz langsam abnahm?
Je schneller du ihn vergisst, umso besser, freute sich sein Verstand, während die innere Stimme mürrisch maulte.
Roger legte Finn lachend spontan den Arm um die Schultern, als sie nebeneinander atemlos und erhitzt zu den anderen zurückkehrten und auch von ihnen mit einem Applaus belohnt wurden.
„Genial, ihr zwei!", begrüßte sie Lukas enthusiastisch. „Wo hast du das gelernt, Finn? Das war ganz große Klasse. Ihr könntet sofort auftreten und jeder würde euch für echte Kämpfer halten!" Er war absolut begeistert und schlug Finn kameradschaftlich anerkennend auf die Schulter. Betroffen ließ Roger Finn los, bemerkte da erst, dass er ihn recht vertraulich berührt hatte. Finn bemerkte sein Zögern nicht weiter. Rasch nahm Roger Platz und zog sich einen Becher heran.
„Unsere zwei starken Helden!", freute sich auch Max. „Das ist ja fast eine eigene Ballade wert." Laut seufzend fügte er hinzu: „Aber eine tragische! Zwei gut aussehende Männer und keiner davon zu haben. Die armen Mädels, die euch da draußen hoffnungsvoll angeschmachtet haben, tun mir echt leid." Er grinste verschmitzt. „Die Jungs natürlich

auch, aber dann müsste ich mir ja selbst leidtun!" Lachend schlug er sich auf den Oberschenkel und erntete amüsierte Blicke.

Michael war der einzige, der etwas missmutig drein sah, als sie sich gesetzt hatten und er ihnen den Krug mit Wasser hinschob. „Er kann auch sehr gut mit dem Bogen umgehen", murmelte er an Adam gewandt.

„Wirklich? Na dann wirst du wohl keine Wahl haben, Finn, als uns in Zukunft zu unterstützen. Wenn sogar Michael sich zu einem seiner raren Komplimente hinreißen lässt, ist das Empfehlung genug", antwortete dieser und nickte Finn anerkennend zu.

Finn lächelte erfreut zurück. Das Lob rann warm über seinen Rücken.

„Mal schauen", meinte er und freute sich über den herzlichen Empfang. „Dafür sollte ich mit dem Bogen aber mehr üben", erklärte er mit einem Seitenblick auf Michael, der sofort freundlicher drein sah.

„Kein Problem", brummte dieser. „Sag einfach Bescheid, wann du Zeit hast." Michael richtete sich auf, warf Roger einen beinahe triumphierenden Blick zu und fügte hinzu: „Bogenschießen ist eben doch etwas anderes als so ein Rumgefuchtel wie das eben." Seine Mundwinkel zuckten dabei schelmisch und er zwinkerte Finn verschwörerisch zu. Roger schnaubte empört. „Hey, du Robin-Hood-Verschnitt", drohte er Michael mit dem Zeigefinger. „Du erlegst deine Feinde vielleicht aus dem Hinterhalt. Unsereins tritt ihnen wenigstens Aug in Aug gegenüber. Wie echte Männer eben."

„Männer?" Max tat so, als ob er sich verschluckt hätte, und erntete einen bösen Blick von Michael, der ihm übertrieben hart auf den Rücken schlug, was Max mit einem protestierenden Wimmern quittierte.

Schmunzelnd wandte sich Roger an Finn, der regelrecht strahlte. Seine braunen Augen hatten tatsächlich ein wenig von dem traurigen Ausdruck verloren.

„War echt prima, Finn. Hätte nicht gedacht, dass du so schnell lernst. Hast du das wirklich noch nie vorher gemacht?", wollte er wissen, während Michael und Max sich weiter kabbelten. Finn schüttelte den Kopf.

Bisher gab es noch keine entsprechende Rolle für mich, dachte er amüsiert. *Vielleicht sollte ich nicht studieren, sondern zum Film gehen? Zumindest, wenn sie Mantel- und Degenfilme drehen.*

Nun ja, verrückter als in deiner Realität kann es da kaum zugehen, pflichtete ihm sein Verstand bei.

Aber keine Vampirfilme!, schloss die innere Stimme kategorisch aus.

„Oh, ich muss wieder! Kundschaft", entschuldigte sich Angelika kurz darauf und eilte zu ihrem Stand. Finns und Rogers Schaukampf hatte ihnen unerwartet viele Besucher eingebracht, die nun neugierig die Auslagen betrachteten und etwas kaufen wollten.

„Ihr habt gute Werbung für uns gemacht", meinte auch Luisa freundlich lächelnd, als sie an Finn vorbei kurz im Zelt verschwand, um etwas aus den Vorräten zu holen.

Adam reichte Finn derweil ein wenig mittelalterliches, fliederfarbenes Handtuch herüber.

„Du hast den Roger ganz gut in Schweiß gebracht und der ist recht gut im Schwertkampf", meinte er anerkennend. „Wenn du zu so etwas Lust hast, könnten wir mehr draus machen. So ein Schaukampf zu dritt. Das wäre was, nicht wahr, Roger? Damit wären wir echt eine kleine Sensation, meinst du nicht?"

Roger nickte zustimmend, während er sein Wasser in tiefen Zügen trank. Er warf einen Blick zu Finn, dessen Gesicht hinter dem Handtuch verschwunden war und der sich den Schweiß abwischte.
„Wenn Finn das will", meinte er vorsichtig. Natürlich hoffte er, Finn würde zustimmen. Mit Adam zu kämpfen machte Spaß, mit Finn war es jedoch beinahe echt gewesen und hatte trotzdem noch Spaß gemacht. Sie hatten nichts einstudieren müssen, es war einfach geflossen, wie ein Tanz, dessen Schritte jeder von ihnen verinnerlicht hatte.
In dem unscheinbaren jungen Mann steckt weitaus mehr, als man von außen denken sollte, dachte Roger.

Finn hörte sie über sich reden, nutzte daher die Deckung des Handtuchs, um Zeit zum Überlegen herauszuschinden. Der Kampf hatte ihm wirklich wahnsinnigen Spaß gemacht, doch gehörte er wirklich zu diesen Menschen, konnte er in ihre Gruppe passen? Er war nicht sicher, ob er ... tausend Gründe schienen dagegen zu sprechen. Er hatte sich immer schwer getan, Freunde zu finden, war zu schüchtern, zu unbeholfen gewesen. Immer derjenige, der im Sport nur notgedrungen und als letzter in die Mannschaft genommen wurde, obwohl er schnell laufen und gut werfen konnte. Warum sollte er sich dieses Mal nicht mal auf unbekanntes Terrain wagen?
„Ich hätte schon Lust dazu", meinte er ungewohnt mutig. „Kämpfen macht Spaß." *Es spricht Faramir persönlich,* spöttelte sein Verstand. *Na und? Der sieht doch klasse aus und hat einen tadellosen Charakter,* zeigte sich die innere Stimme erstaunt. *Nicht die schlechteste Filmfigur.*
„Ich muss nur sehen, wie ich das neben der Uni hinbekomme", wandte Finn zögernd ein.
„Kein Problem", meinte Adam und freute sich offensichtlich. „Wir treffen uns ja vorzugsweise an den Wochenenden. Da hast du ja auch Zeit, oder? Und meistens treffen wir uns bei Angelika und Roger, da kommst du gut mit dem Bus hin. Ich kann dich sonst aber auch abholen. Du wohnst doch in Lüneburg, oder? Am Wochenende bin ich auch da."
Finn nickte bestätigend und legte das Handtuch zur Seite, um sich einen Becher Wasser einzuschenken. Der Stoff des Hemdes klebte ihm am Rücken.
„Oh, Mann", rutschte es ihm heraus. „Ich bin echt völlig verschwitzt. Michaels Hemd gehört jetzt leider in die Wäsche. Und ich unter die Dusche. Ich werde später den ganzen Bus für mich haben, so wie ich stinke!"
„Kein Problem", meinte Roger lachend. „Ich hole uns einen Waschzuber. Wozu haben wir eigentlich unsere Bader? Du kannst dich hier zünftig mittelalterlich waschen."
„Bleibt sitzen", befahl Lukas und stand bereits auf. „Ich hole euch alles, damit ihr wieder aprilfrisch duftet." Eilig verschwand er in Richtung seines Standes.
„Wow, Finn!", seufzte Roger noch einmal zufrieden. „Hätte nicht gedacht, dass du das so gut kannst. Du erstaunst mich echt. Das hat viel Spaß gemacht."
Roger lächelte ihn an. „Das mache ich gerne wieder mit dir", fügte er hinzu und warf Finn ein erstaunlich scheues Lächeln zu. Sein Blick blieb länger als normal an Finns Augen hängen.
Roger schaut dich gerade recht merkwürdig an, informierte Finns Verstand ihn prompt fürsorglich. *Ist das noch nur freundschaftlich? Da ist doch mehr, oder?*

Ja, bestätigte seine innere Stimme zustimmend. *Das ist mehr als nur nett geschaut. Du hast ihn heute echt beeindruckt. Vorhin hat der dich schon so angesehen. Hey, ich brauche keine weiteren Komplikationen,* erinnerte Finn seine zwei Verbündeten genervt. *Mir reicht es absolut, dass Dave mich gerade abgehakt hat.* Augenblicklich war der Dolchstoß in seinem Herzen wieder da.

Roger bemerkte sehr wohl, wie sich Finns Ausdruck veränderte und wandte rasch den Blick ab. Er hatte kein Recht, Finn jetzt in eine solche Situation zu bringen. Gar keins! Nicht, wo der gerade von seinem Freund verlassen worden war. Roger schalt sich einen Idioten, nur gegen seine Gefühle war er einfach machtlos.

Bald darauf kam Lukas mit einem kleineren hölzernen Waschzuber heran und gemeinsam füllten sie ihn - recht unmittelalterlich - mit Wasser aus Plastikeimern vom nächsten Wasserhahn. Finn ließ Roger beim Waschen den Vortritt, der sich sofort seines Hemdes entledigte, entschlossen kopfüber in dem Bottich verschwand. Er tauchte wieder auf und schüttelte sich wild die nassen Haare. Wassertropfen spritzten in alle Richtungen. Roger quittierte die spitzen Schreie der anderen lachend.
Finn lachte mit auf. Seine innere Stimme konnte es sich nicht verkneifen, darauf hinzuweisen, dass Roger durchaus gut gebaut und ja, auch gut bemuskelt war. Ein Mann, dem man ansah, dass er körperlich arbeitete. Sein Blick folgte Rogers Handbewegungen, als sich dieser abtrocknete.
Leider ist er nicht Dave, seufzte Finn innerlich und kämpfte gegen die Enge in seinem Hals.
„Hier." Lukas grinste, als sich Finn an den Zuber stellte. „Das ist Angelikas selbst gemachte Seife." Dankbar nahm Finn die etwas ungewohnt geformte, angenehm duftende Seife entgegen und zog sich das Hemd über den Kopf. Erleichtert wusch er sich den Schweiß ab, wenngleich er keine solche Show daraus machte wie Roger. Trotzdem fühlte er genau dessen Blicke auf sich ruhen.
Oh, Mann. Klar war Roger nett. Und zudem wohl auch schwul und interessiert an ihm. Aber er war eben kein Dave, konnte es nie sein.
Zum Glück war es nur Wasser, welches Finn übers Gesicht lief, als er sich umdrehte und das Handtuch auffing, das ihm Roger zuwarf. Rasch verbarg er sein Gesicht darin und damit jede verdächtige Regung.
Ringsum verstummten mit einem Mal die munteren Stimmen und Finn ließ überrascht das Handtuch sinken. Urplötzlich fand er sich Auge in Auge mit Thomas wieder. Der Schwarze Jäger starrte ihn mit leicht geöffnetem Mund an. Über Thomas' Gesicht huschten kurz hintereinander sehr unterschiedliche Emotionen, so schnell, dass diese kaum auszumachen waren. Überraschung, Verblüffung bis hin zu einem Ausdruck von schmerzhaftem Erkennen, der wiederum einem anderen wich.
Ja, sieht tatsächlich so aus, bestätigte Finns innere Stimme leise und ungläubig flüsternd, als sein Verstand zu stottern anfing, sich nicht traute, dazu ein Statement abzugeben. *Thomas sieht dich wirklich gerade irgendwie zärtlich an!*
Zwei Sekunden, länger dauerte der Moment nicht, dann hatte sich Thomas wieder im Griff

und die übliche Maske mit den gewohnt harten Zügen kehrte zurück. Stumm musterte er Finn. Der Blick aus den dunklen Augen brannte seltsam auf dessen Haut und er hatte das Gefühl, einer unmittelbaren Gefahr gegenüberzustehen, spannte sich unwillkürlich an. Etwas in ihm warnte ihn, machte ihn auf Thomas' angespannte Haltung aufmerksam. Thomas' Blick huschte über Finns Gesicht, wanderte weiter und blieb an der Narbe hängen. Die Augen weiteten sich und er keuchte kurz auf.
Obwohl Finns Körper offenbar unbewusst damit gerechnet hatte, überraschte ihn Thomas' Reaktion. In einer unglaublich schnellen Bewegung packte er Finn grob an den Schultern und drückte ihn kurzerhand rückwärts auf den Tisch, fixierte ihn mit seinem Körper. Die anderen schrien überrascht auf und sprangen erschreckt zur Seite, als Geschirr zu Boden polterte und Becher herumgestoßen wurden.
„Woher hast du dieses Mal?", zischte Thomas dicht an Finns Gesicht, der viel zu verblüfft war, um sich ernsthaft zu wehren. „Los, rede! Woher hast du diese Narbe?" Thomas brüllte ihn an und schüttelte ihn wütend.
Geht dich das etwas an?, rebellierte Finns lebensmüde, innere Stimme, wohingegen sein Verstand kleinmütig erkannte, dass Thomas ein wahnsinniges Leuchten in seinen Augen und viel zu viel Kraft hatte und so, wie er ihn gerade auf den Tisch presste, auch keinerlei Skrupel, ihm noch mehr Gewalt anzutun.
„Thomas!", schrie ihn Roger empört an. „Was soll das? Lass Finn sofort los."
Er sprang hinzu, doch Thomas fegte ihn mit der freien Hand einfach kraftvoll zur Seite. Roger stürzte wuchtig zu Boden.
„Rede endlich! Was bist du, Finn? Woher hast du das Mal?", brüllte Thomas und stieß Finn so hart auf den Tisch, dass in dessen Hinterkopf ein heller Schmerz aufflammte. Er stöhnte erschrocken auf und begann sich endlich schwach in Thomas' Griff zu wehren.
„Lass mich los, verdammt!", brachte er hervor und verzog das Gesicht schmerzhaft.
„Geh runter von ihm!", forderte nun auch Adam, der dem sichtlich sehr wütendem Roger aufhalf. Die anderen Jäger waren näher gekommen und stellten sich in einem Halbkreis auf, als ob sie sich auf Roger und Adam stürzen würden. Es war jedoch Michael, der auf Thomas zu trat.
„Thomas, lass ihn los! Verdammt, was soll das? Finn ist doch kein Feind. Lass ihn endlich los." Er legte seine Hand beschwichtigend auf Thomas' Schulter, der sie kurzerhand abschüttelte, den Griff um Finn jedoch lockerte und ihn aufstehen ließ. Schwer atmend trat er zurück, beließ allerdings eine Hand schwer auf Finns Schulter.
„Also, woher hast du die Narbe?", fragte er offensichtlich nur mühsam beherrscht erneut nach.
Finn zögerte. Thomas heftiger Angriff hatte ihn total überrascht und verwirrt, trug nicht gerade dazu bei, dass er diesem Kerl erzählen wollte, was es mit der Narbe auf sich hatte. Sein Karteikastensystem funktionierte bei Thomas offensichtlich sehr gut. Die Überschrift „potentielles Arschloch" traf voll zu. Zudem warnte ihn eine sehr leise innerliche Stimme , die er nicht recht einordnen konnte.
Finn spürte die fragenden Blicke der anderen auf sich ruhen. Sogar Angelika war mit einem

besorgten Ausdruck zu ihnen getreten. Die anderen Jäger schauten Finn abschätzend an. Er schluckte einmal und wünschte sich rasch eine andere Rolle. Weniger im Mittelpunkt, eine Nebenfigur, wie sonst auch.

Erzähl es doch einfach, ermunterte ihn sein Verstand. *Wo ist das Problem dabei? Es war ein Überfall, du wurdest verletzt. Erzähl ihm aber ja nicht, was danach alles passiert ist! Sonst wird es arg peinlich.*

„Aus Hamburg", presste Finn hervor. „Mich hat in Hamburg ein Freak angegriffen, der sich wohl für einen Vampir hielt."

Lügner, feiger Lügner!, lachte ihn die innere Stimme aus. *Kein Vampir, ein Dämon. Ein echter Dämon. Und Thomas ist ein Dämonenjäger. Er weiß, dass du lügst. Sieh dir seine Augen genau an!*

Eben darum, ermahnte Finns Verstand ihn. *Sei vorsichtig. Wer weiß, was er mit dir macht, wenn du es ihm erzählst? Nach der Attacke eben solltest du mit allem rechnen.*

„Ein Vampir?", warf eine der Jägerinnen misstrauisch ein und machte eine wegwerfende Geste. „Die sind längst alle hinüber."

Die anderen Jäger nickten grimmig zustimmend.

Prima, dachte Finn, *darin sind wir uns ja alle einig. Vampire sind out. Leider war es ja auch keiner. Vielleicht sollte er ihnen doch davon erzählen?*

Thomas kam ihm zuvor.

„Dieses Mal ist ein Dämonenmal. Ich erkenne es genau. Du wurdest von einem Dämon angegriffen! Und du bist ihm offensichtlich entkommen", meinte Thomas gefährlich leise und seine Hand schloss sich plötzlich um Finns Kehle. „Das schafft kein normaler Mensch, Finn. Also, wer bist du wirklich?"

Erschrocken starrte ihn Finn an, tastete nach Thomas' Hand und versuchte den Griff zu lösen.

„Hör auf damit!", schrie Angelika wütend und erschreckt auf. „Thomas hör auf, du Idiot. Was soll das? Nein, lass mich", wehrte sie Hartmut ab, der sie daran hindern wollte, sich auf Thomas zu stürzen und sie fest im Griff hielt. Sie beschimpfte ihn wüst, doch Finn bekam davon nicht viel mit, denn Thomas' Augen hielten ihn gefangen. Er kam sich absolut wie das Kaninchen vor, kurz bevor die Schlange es frisst. Er senkte den Blick, soweit er konnte und beobachtet Thomas. Dieser roch an Finns Narbe, die jetzt anfing, warnend zu prickeln. Die Hand an seiner Kehle machte Finn Angst und erinnerte ihn fatal an eine andere, ähnliche Situation. Er schluckte schwer und kämpfte die Furcht hinunter.

„Ich bin nur ich", meinte er wenig einfallsreich. „Ich weiß nicht, was du meinst. Der hat mich gebissen und liegen gelassen. Das ist alles, was ich weiß."

„Ja, aber klar! Ich erinnere mich!", vernahm er Keiths Stimme und sah aus dem Augenwinkel, wie sich dieser an die Stirn schlug. „Die Sache in Hamburg. Vor ein paar Monaten. Bin ich blöd. Ich habe es doch gesagt: an dem Vorfall ist was dran. Ich habe es doch gesagt!" Die anderen Jäger musterten ihn abwartend.

„Wir hätten dem nachgehen sollen!", fuhr er aufgeregt fort. „Das roch gleich nach Dämonen. Es stand in der Zeitung, erinnert ihr euch? Er, Finn, war der Student, der im Park verletzt wurde!"

„Aber das war in Hamburg", wandte ein anderer der Jäger ein. „Das hat doch mit den Dämonen hier nichts zu tun."

„Das kann uns Finn bestimmt alles erklären, nicht wahr?" Thomas leise, drohende Stimme sandte diesem einen kalten Schauer über den Rücken. Nachdrücklich schob Thomas Finn zum Tisch zurück, bis dieser mit dem Hintern daran stieß.

„Was? Ich habe keine Ahnung, was du von mir willst", meinte Finn empört und versuchte hartnäckig, Thomas' Finger von seinem Hals zu lösen.

„Ist er ein Dämon?", fragte eine ängstliche Stimme aus dem Hintergrund, die Finn erstaunt als Inges ausmachte.

„Blödsinn!", schnauften Max und Roger gleichzeitig.

„Jetzt lass ihn endlich los, Thomas", klang Rogers zunehmend drohende Stimme ergänzend.

Aber Thomas schien sie gar nicht zu hören.

„Du stinkst nach Dämon, Finn", zischte er, ganz dicht an Finns Gesicht und starrte ihn hasserfüllt an. „Warum hat ein Dämon dich gekennzeichnet? Warum hat er dir nicht das Fleisch von den Knochen gerissen und dich getötet? Warum hat er dich als sein Eigentum gekennzeichnet und laufen lassen? Kein Dämon tut so etwas!"

„Ich weiß es doch nicht!", würgte Finn hervor.

Verdammt, Thomas würde ihn doch glatt umbringen, wenn er erzählte, dass der Dämon ihn nur ins Bett kriegen wollte. *Er hat mich geküsst und gefickt, verdammt! Das werde ich weder dir noch einem anderen erzählen. Ganz bestimmt nicht!*

Finn spannte sich an, bereit, sich aus Thomas' Griff zu befreien, ihn von sich zu stoßen. Unerwartet zuckte Thomas zusammen und ließ Finns Kehle los, der sich verblüfft rückwärts auf den Tisch setzte. Thomas legte den Kopf schief, schnupperte wie ein wildes Tier in die Luft. Dann kehrte sein Blick zu Finn zurück und er sah ihn finster funkelnd an.

„Es stinkt nach Dämon", wisperte er. „Du stinkst aus jeder Pore nach Dämon. Er ist nicht weit. Er ist hier. Ich kann ihn riechen."

Hier? Der Dämon?

Finn zuckte erschrocken zusammen, was Thomas natürlich nicht entging. Abermals griff er blitzschnell zu und drückte Finn auf den Tisch zurück. Die empörten Rufe der anderen Krähen ignorierte Thomas und seine Jäger zogen augenblicklich einen Kreis um ihn und schirmten sie beide ab.

Finn bemerkte aus den Augenwinkeln, wie Roger einen der Jäger angriff und sie rangelnd zu Boden stürzten. Auch Adam und Max versuchten die Jäger fort zu schieben, zu Thomas und Finn durchzukommen. Wütende Stimmen schwirrten durcheinander, Finns Konzentration wurde allerdings erneut von Thomas' Augen gefangen genommen, der sich dicht über ihn gebeugt hatte. Erstarrt vor Angst starrte Finn unsicher in diese harten, kaum menschlich wirkenden Augen.

„Hier sind neuerdings Dämonen, Finn. Dämonen in Lüneburg. Und die waren nicht hier, bis du aufgetaucht bist. Einer ist ganz in der Nähe, schleicht just hier herum. Das ist kein Zufall mehr. Also, was hast du mit ihnen zu schaffen? Besser du sagst es mir, bevor ich dir wirklich wehtun muss", drohte Thomas und Finn sah ihm genau an, dass er diese Drohung absolut ernst meinte.

Ohne dass er es verhindern konnte, erfasste ihn ein leichtes Beben, während in ihm etwas zunehmend ärgerlicher wurde, auch wenn sein Verstand dieser neuen, unbekannten und leichtsinnigen Stimme noch den Mund zuhielt.

Der Dämon war hier? Sein Dämon? Aber warum? Was wollte er noch von ihm? Verdammt, er wusste doch auch nicht wirklich Bescheid.

„Ich weiß es nicht", flüsterte er, die Stimme voller Angst. „Ich habe keine Ahnung, was der von mir will."

„Und was ist mit dem Ladenbesitzer? Das sind mir eindeutig zu viele Zufälle, nicht wahr? Der Dämon hat ihn getötet, ihn einfach so zerrissen, also sag mir, was du damit zu schaffen hast?" Thomas' Augen verengten sich gefährlich. Sein heißer Atem strich über Finns Gesicht gleich heißem Feuer.

„Was? Wen hat er getötet?", fragte Finn verwirrt nach. Seine Gedanken rasten und er versuchte, dem ganzen Sinn zu entnehmen. Was erzählte Thomas denn da? Konnte der sich nicht mal klar ausdrücken? Wer war tot?

Thomas stutzte und bemerkte offensichtlich Finns Verwirrung.

„Dieser Buchladenbesitzer. Der, bei dem du gearbeitet hast, Finn. Er ist tot. Es hat ihn erwischt. Erzähl mir nicht, dass du davon nichts weißt?", höhnte Thomas und verstärkte seinen Griff. Ringsum waren jetzt Kampfgeräusche zu hören und Michaels besorgte Stimme erklang dicht bei: „Hör jetzt auf, Thomas, das reicht. Du wirst ihn noch verletzen."

„Peter?", brachte Finn bestürzt hervor, als sein Verstand sich endlich bequemte, eine Information herauszufiltern. Was erzählte Thomas da? Peter war tot? Aber wieso? Was hatte er damit zu tun? Warum hätte der Dämon Peter töten sollen?

Thomas schaute ihn merkwürdig abwartend an. „Du hast es nicht gewusst?", fragte er irritiert und misstrauisch nach.

„Nein! Woher denn?", antwortete Finn heftig und versuchte sich aufzurichten. „Peter ist doch nicht tot! Was erzählst du denn da?"

In seinem Kopf überschlugen sich die Gedanken. Wieso sollte der Dämon denn Peter töten? Allerdings hatte er keinen Zweifel daran, dass Thomas die Wahrheit sprach. Peter war tot.

Kälte stieg in Finn auf. Etwas geschah hier und zweifellos war er darin involviert. Nur irgendwie hatte man total vergessen, ihm das Drehbuch und Hintergrundinfos zu geben.

„Es reicht jetzt!", brüllte Roger plötzlich sehr laut und Finn verdrehte den Kopf in Thomas' klammerndem Griff soweit, dass er erkennen konnte, was vor sich ging. Ein sehr wütend aussehender Roger stand neben dem Tisch. Die Jäger wichen respektvoll vor ihm zurück, denn Roger hatte sich mit einem der echten Schwerter bewaffnet. Seine Augen funkelten vor Zorn und mit seinem nackten Oberkörper, auf dem noch Wasser glitzerte, wirkte er wahrhaftig wie ein martialischer Krieger.

„Du lässt ihn jetzt sofort los, oder ich mache Ernst", brüllte Roger. Dem Ton nach zu urteilen, war dies keine leere Drohung.

„Thomas?" Michaels Stimme klang relativ ruhig und gelassen, nur eine winzige Spur von Anspannung war zu hören. „Lass Finn los, dann klären wir das vernünftig. So geht es doch nicht. Lass ihn los, bevor das hier noch eskaliert."
Thomas zögerte mehrere Sekunden, starrte Finn regelrecht hasserfüllt an und setzte zu einer Antwort an. Mitten drin brach er ab und seine Augen verengten sich. Er schnupperte, sprang urplötzlich abrupt auf und wirbelte herum. Sein Blick glitt huschend über die Menschen, von denen einige stehen geblieben waren, um dem merkwürdigen Schauspiel, dem Kampf dieser beiden Gruppen zu folgen. Mittelalter meets Matrix. Das bot man ihnen schließlich nicht auf jedem Mittelaltermarkt.
„Er ist hier", zischte Thomas plötzlich heiser. „Ich kann ihn riechen! Da drüben, an dem Stand, in den Schatten. Ich kann ihn sehen."
Die anderen Jäger wirbelten ebenfalls herum und starrten in die angegebene Richtung. „Du bist so was von tot!", zischte Thomas voller Hass, zog plötzlich ein Messer und stürzte mit einem knurrenden Laut davon. Die anderen Jäger zögerten nicht lange und rannten ihm nach.
Überrascht sahen die Krähen ihnen hinterher. Aus dem Schatten eines Standes für mittelalterliche Gewänder löste sich eine schmale, dunkel gekleidete Männergestalt. Nur einen Moment warf der Mann einen Blick auf die Schwarzen Jäger, dann rannte er los, viel schneller, als ein normaler Mensch sich bewegen konnte. Seine Füße schienen kaum den Boden zu berühren.
Thomas brüllte auf und raste ihm nach, kaum weniger schnell. Er hatte seine Beute im Visier.

***

Russell hatte beobachtet, wie die beiden Männer ihren lächerlichen Kampf beendeten und sich am Tisch mit den anderen unterhielten. Leider war er zu weit weg gewesen, um dem Gespräch zu folgen. Wahrscheinlich hatten sie sich eh übers Wetter oder den letzten Fernsehfilm unterhalten. Menschen eben, mit ihren banalen Sorgen.
Er hatte nur verächtlich die Schultern gezuckt.
Seit Stunden war er nun hier und Russell begann, sich zu langweilen. Es würde noch dauern, bis das Licht abnahm und ihm eine vollständige Verwandlung gelingen würde. Bis dahin steckte er noch hier fest und konnte sich nicht einmal stärker mit der Furcht der Menschen amüsieren, denn damit würde er vielleicht die Aufmerksamkeit des Mirjahns auf sich ziehen.
Gefrustet verstärkte er seine Aura, aber selbst das kurz schneller schlagende Herz eines harmlosen Mannes, der zu dicht an ihm vorbei ging und sich vor der plötzlichen Kälte erschrak, die ihn streifte, vermochte Russell nicht aufzuheitern. Er war noch nie besonders geduldig gewesen, weder die menschliche, noch die dämonische Seite.
Ein leichtes Kribbeln in der Magengegend warnte ihn, bevor die Gestalten am Eingang des Treybens auftauchten. Er erkannte sie sofort. Schwarze Jäger!

Diese waren in lange, schwarze Mäntel gekleidet. Dafür hatten Menschen irgendwie eine Vorliebe. Die Jäger waren da keine Ausnahme.

Russell bewegte sich unauffällig rückwärts, bemüht, einen möglichst großen Abstand zwischen sich und die gefürchteten Jäger zu bringen. Halbdämonen waren selbst für erfahrene Jäger in ihrer menschlichen Form schwerer zu entdecken, dennoch wollte Russell nichts riskieren.

Acht Jäger. Und der Mann, der vor ihnen herging, sah durchaus so aus, als ob er wusste, was er tat. Sie durchpflügten die Menschen wie Kampfschiffe, denen alle respektvoll auswichen. Mehr als ein erstaunter Blick traf die Männer, die so gar nicht zu dem Mittelalter drumherum zu passen schienen.

Russell lief ein kalter Schauer über seinen menschlichen Rücken. Der Mann, offensichtlich der Anführer der Schwarzen Jäger, brachte etwas in ihm zum Vibrieren, das sich wie ein kleines Tier entsetzt in eine dunkle Höhle flüchtete. Rasch trat er hinter einen Stand und beobachtete aus den Schatten die Ankunft der Schwarzen Jäger.

Sie gingen schnurstracks zu den weißen Zelten, wo sich auch der Mirjahn befand und Russell krauste überrascht die Stirn.

Was konnten sie dort wollen? War das noch ein Zufall? Dave hatte zwar gesagt, der Mensch sei sich seines Erbes nicht bewusst, doch was hatte er mit den Jägern zu schaffen?

Russell verfluchte sein schlechtes menschliches Gehör und kurz entschlossen schob er sich durch die Menschenmenge näher heran. Er musste wissen, was da vor sich ging. Wenn der Mirjahn doch zu den Jägern gehörte, würden die Anderen seine Informationen sehr ernst nehmen müssen. Je mehr er wusste, umso besser.

Schräg gegenüber dem Lager von Wotans Krähen verschmolz Russell unauffällig mit den Schatten eines Verkaufsstandes für Gewänder. Es war zwar schwer, aber er konnte wenigstens ein paar Worte verstehen, wenn er sich sehr genau konzentrierte.

Der finstere Anführer der Schwarzen Jäger war kurz stehen geblieben und hatte sich dann den jungen Mirjahn geschnappt, drückte ihn rückwärts auf den Tisch. Er schien erbost zu sein und Russell schluckte, als er seine gewalttätige Ausstrahlung wahrnahm. Was für eine Aura! Viel mehr als bei gewöhnlichen Menschen. Absolut ungewöhnlich. Widerwillig war Russell beeindruckt. Dieser Mann war ein echter Killer!

Einige der anderen Menschen waren anscheinend mit seinem Vorgehen nicht einverstanden und versuchten vehement, die Schwarzen Jäger von dem Mirjahn fortzuziehen. Es gab ein wildes Handgemenge und sie schrien sich gegenseitig an.

Russell lauschte gespannt, mehr als ein paar Sätze und Wortfetzen konnte er jedoch nicht aufschnappen. Das ergab alles keinen Sinn. Warum griff der Schwarze Jäger einen Mirjahn an?

Vorsichtig wagte Russell sich aus dem Schatten weiter vor und verstärkte seine Bemühungen, mehr zu verstehen. Einer der Männer brüllte plötzlich auf und hatte nun ein Schwert in der Hand, mit dem er drohend auf den Jäger zu trat.

„Du lässt ihn jetzt sofort los, oder ich mache Ernst!", verstand Russell.

Was ging da nur vor sich?

Er vergaß seine Deckung und schob sich vor. Abrupt verharrte er. Der Anführer der Schwarzen Jäger hatte den Kopf gewandt. Er schnupperte. Sein Kopf ruckte herum und sein Blick bohrte sich zielsicher in Russells Augen, die sich prompt vor ungläubigem Schrecken weiteten.
Hölle! Der Jäger hatte ihn entdeckt!
Eine kalte, harte Stimme, voll unversöhnlichem Hass hallte in Russells Kopf wieder: „Du bist so was von tot!"
Russell erstarrte kurz, nur für einen Moment, viel zu perplex. Wie hatte ihn der Jäger erkennen können? Sehr viel mehr Gedanken verschwendete er nicht. Sie hatten ihn entdeckt. Der Schwarze Jäger kam brüllend heran. Russell schoss herum und rannte los, rannte um sein Leben. Der unheimliche Killer war ihm dicht auf den Fersen.

40 Die Schwarzen Jäger

Keuchend rang Finn nach Atem. Thomas hatte ihn unerwartet losgelassen und war davon gestürmt. Roger und Michael waren sofort bei ihm. Verblüfft richtete sich Finn auf.
„Alles Okay?", fragte Roger besorgt nach und widerstand der Versuchung, Finn zu berühren.
„Ja! Soweit alles Okay", murmelte dieser verwirrt und benommen.
„Der hat doch echt eine Meise!", schimpfte Angelika, die mit Max zu ihnen trat. Der kleine Barde sah recht ramponiert aus. Sein buntes Kostüm war an mehreren Stellen zerrissen und voller Grasflecken. Er grinste Finn schief an, als er dessen überraschten Blick auffing.
„Auf Grasboden habe ich es noch nie so wild mit einem Typen getrieben", meinte er schmunzelnd, bemüht, cooler zu wirken, doch seine Hände zitterten ganz leicht, wie Finn sehr wohl registrierte.
„Was war das denn?", fragte Adam fassungslos den Kopf schüttelnd nach. Die anderen Mitglieder der Gruppe kamen ebenfalls heran, schauten Finn betroffen an, der sich unter ihren fragenden Blicken zunehmend unwohl fühlte.
„Verfolgen sie nun echt einen Dämon?", hakte Inge mit hysterischer Stimme nach, blickte fragend von einem zum anderen.
„Sieht so aus", brummte Michael und zog Finn am Oberarm kurzerhand vom Tisch herunter und stellte ihn auf. „Alles fit?", fragte er ebenso brummig nach, Besorgnis klang aus der Stimme. „Normalerweise macht Thomas so etwas nicht", entschuldigte er dessen Verhalten. „Keine Ahnung, was heute los war."

Nun ja, dachte Finn missmutig, *reicht ja auch, wenn er es einmal macht; danke schön, das brauche ich bestimmt nicht noch einmal.*
„War das wirklich ein Dämon?", fragte Inge neugierig nach und zeigte dabei auf Finns Narbe. Die Blicke der anderen glitten nun ebenfalls zu dem markanten Mal.
„Ich glaube schon", gab Finn widerwillig zu. Es behagte ihm ganz und gar nicht, im Zentrum der allgemeinen Aufmerksamkeit zu stehen. Suchend schaute er sich nach seinem Hemd um. Er wollte wenigstens etwas überziehen, das Mal ihren Blicken entziehen.
„Du wurdest von einem Dämon angegriffen und hast es überlebt?", hakte nun auch Michael ungläubig nach. „Kein Wunder, dass Thomas an dir interessiert ist. Kenne keinen, der das in den letzten Jahrzehnten überlebt hat." Er schüttelte den Kopf.
„Warum hast du es ihm nicht erzählt, Finn?", erkundigte sich Angelika und legte ihm ihre Hand auf die Schulter. Ihr Blick huschte über sein Gesicht und sie nickte verstehend. „Du hast Thomas nicht vertraut", beantwortete sie ihre Frage selbst. „Das kann ich verstehen, aber diese Dämonen sind wirklich gefährlich. Du hättest es ihm unbedingt sagen müssen."
Du weißt gar nicht, wie gefährlich, dachte Finn seufzend. Immerhin trug er den besten Beweis nun ewig an sich.
„Du hättest es doch uns sagen können", warf nun auch Roger ein und sein Gesicht drückte tiefe Enttäuschung aus. Finn schämte sich plötzlich seines Verhaltens.
Dazu besteht kein Grund, warf sein Verstand trotzig ein. *Was du wem erzählst, geht nur dich was an. Du hast ihn verletzt, seine Gefühle verletzt,* bemerkte die innere Stimme leise und Finn schaute Roger sofort entschuldigend an.
„Ich ... ich war mir selbst nicht ganz sicher, was das alles zu bedeuten hatte und ...", Finn zuckte hilflos die Schultern und senkte den Blick. „Ach, verdammt, ja! Ich hätte es erzählen müssen. Aber Thomas macht mir Angst", gab er schließlich unumwunden zu. Sein Herz pochte hart in seiner Brust und er vermied es, Roger anzusehen.
„Das kann ich nachvollziehen", meinte Max verständnisvoll. „So, wie der gerade ausgerastet ist, hätte ich ihm bestimmt auch nichts erzählt." Ein paar der anderen nickten zustimmend. Max blickte den Schwarzen Jägern hinterher, den Blick ein wenig verträumt.
„Wobei ich zugeben muss, dass er echt verdammt sexy aussieht in den engen schwarzen Sachen. Ach, ja ...", Max seufzte tief auf, bemerkte die irritierten Blicke der anderen und lächelte verlegen.
Finn blickte sich ebenso verlegen um. Die Blicke der anderen waren ihm unangenehm, die unausgesprochenen Fragen, das Risiko, nicht antworten zu können viel zu hoch.
„Sorry, ich ziehe mir jetzt was an", entschuldigte er sich und zog sich eilig ins Zelt zurück, um seine eigenen Sachen zu suchen. Er hörte die Krähen draußen reden, bemühte sich jedoch, es zu überhören.
Verdammt, ich hätte nicht herkommen sollen. Roger hat gesagt, ich soll Thomas aus dem Weg gehen. Der hat wohl was geahnt. Entschlossen streifte Finn sich die geliehene Hose ab und zog seine eigenen Sachen an. Mit leichtem Bedauern legte er Michaels Sachen auf einen Haufen. Seufzend setzte er sich und schaute sich ein paar Minuten lang unschlüssig in dem Zelt um. Was dachten die anderen nun wohl von ihm? Ja, natürlich hätte er es erzählen müssen. Aber

verdammt, da war ja noch mehr als nur der blöde Angriff in Hamburg gewesen. Darüber konnte und wollte er nicht reden. Mit niemandem! Oh, Mann, warum musste alles so schrecklich kompliziert sein? Gerade hatte er angefangen, sich unter ihnen wohlzufühlen. Jemand trat hinter ihm ins Zelt und Finn fuhr aus seinen Überlegungen hoch. Michael war hereingekommen und lächelte ihn an. Finn deutete entschuldigend auf dessen gefaltete Sachen.
„Äh, danke noch einmal. Ich habe sie dir da hingelegt." Er vermied es, Michael direkt anzusehen. „Schon okay, du kannst sie auch gerne behalten", meinte dieser und setzte sich auf einen Hocker rechts von Finn. „Stehen dir ohnehin besser als mir und du brauchst ja was." Michael nickt Finn aufmunternd zu und fügte hinzu: „Für die nächsten Treffen."
Offen lächelte er Finn an, der sich seltsam beschämt vorkam, das Lächeln jedoch zaghaft erwiderte. Der Bogenschütze seufzte leise.
„Thomas ist nicht immer so", begann er vorsichtig. „Er kann auch nett sein."
Aber klar, dachte Finn sarkastisch. *Nur in diesem Film hier spielt er ausnahmsweise die Rolle des Fieslings.*
„Er jagt sie schon sehr lange, weißt du?" Michaels Blick war auf einen Punkt zu seinen Füßen gerichtet. „Das ist sein Leben, alles, wofür er lebt. Er hasst sie aus tiefstem Herzen."
Finn wandte den Kopf und sah Michael erstaunt an. Das waren ungewöhnlich viele Worte, für denn wortkargen Bogenschützen.
„Manchmal denke ich, übertreibt Thomas es ein bisschen." Michael lächelte schwermütig. „Sein Hass auf die Anderen ist extrem groß. Mitunter nimmt er daher keine Rücksicht auf die Menschen, die ihn umgeben. Dann tut er Dinge, die sie verletzen." Ein weiteres Seufzen kam von ihm, kaum hörbar. Er verschränkte seine Finger ineinander. „Thomas ist ein schwieriger Mensch." Michaels Stimme war leiser geworden, klang nachdenklicher.
Thomas ist und bleibt ein Arschloch! Vielleicht ein schwieriges, aber ein Arschloch, beharrte Finns Verstand, vehement unterstützt von seiner inneren Stimme. Darin waren sie drei sich absolut einig.
„Du solltest ihm alles in Ruhe erzählen", schlug Michael vor und blickte Finn offen an. „Alles, was passiert ist." Sein freundlicher Blick blieb unverändert, dennoch zog sich Finns Magen zusammen. Alles konnte er nicht erzählen!
„Wenn dieser Dämon, der dich angegriffen ist, dir gefolgt ist, ist er für jeden Menschen gefährlich, auch wenn er dich einmal verschont hat", erklärte Michael nachdrücklich und schaute Finn ernst an. „Kein Dämon lässt je von seiner Beute ab. Es ist gut möglich, dass er dir wieder auflauern und dich diesmal tödlich erwischen wird."
Finn seufzte zustimmend und sein Verstand gab Michael ebenfalls recht. Für einen Moment rang Finn mit seinem Verstand um die Kontrolle des Sprachzentrums, dann erwiderte er Michaels ernsten Blick und gab zu: „Er war wieder da."
Michaels Augen weiteten sich bestürzt. „Er ist schon mehrfach bei mir gewesen." Finns Herz schlug immer schneller. Heiße Röte stieg ihm ins Gesicht, doch die Worte wollten endlich heraus und er konnte ihnen keinen Einhalt gebieten.
„Er hat mir aufgelauert und mich ... geküsst." Finn spuckte das Wort förmlich aus, nur so

gelangte es an seinem Verstand vorbei. „Ich wollte es nicht!", erklärte Finn hastig, als Michael ihn betroffen ansah.
Das ist so nicht ganz korrekt, berichtigte ihn sein beleidigter Verstand. *Am Anfang wolltest du es vielleicht nicht. Was danach kam …* Finn sperrte seinen vorlauten Verstand eilig in eine Zelle und warf entschlossen den Schlüssel weg.
„Es ist es eben passiert", fügte Finn hinzu, bemüht, die drückende Schuld abzuwälzen. „Ich weiß nicht, was er wirklich von mir will." Finn sackte in sich zusammen und gab zu: „Er behauptet, er hat mich gezeichnet und ich wäre sein Eigentum."
Heiße Scham erfüllte ihn, als Finn sich erinnerte, was das letzte Mal passiert war. Nein! Unter gar keinen Umständen konnte er Michael davon erzählen, das musste auf ewig sein Geheimnis bleiben.
Michael nickte nur bedächtig.
„Okay, ich kann gut verstehen, dass du das nicht erzählen wolltest. Würde ich auch nicht wollen." Er straffte seine Schultern. „Aber hier geht es um mehr, Finn. Diese Wesen sind extrem gefährlich. Sie töten Menschen, sie sind unsere Feinde." Michael schüttelte den Kopf. „Ich weiß nicht, welches Spielchen dieser Dämon mit dir treibt, allerdings kannst du dir sicher sein, am Ende wird er dich töten. So wie sie jeden Menschen töten. Sie kennen keine Gnade, kein Mitleid, haben keine menschlichen Gefühle." Eindringlich sah er Finn an und lächelte schwach. „Deshalb jagt Thomas sie auch mit solcher Leidenschaft. Aus diesem Grund jagen wir sie so gnadenlos, wie sie uns jagen."
Michael erhob sich, legte Finn seine Hand auf die Schulter und drückte einmal kurz zu. „Erzähl es ihm." Finn nickte gedankenverloren. Michael hatte vermutlich recht, auch wenn sich alles in ihm dagegen sträubte.
Die Zeltplane wurde zurückgeschlagen und Roger trat ein. Er blickte einmal von Michael zu Finn und zurück, trat entschlossen auf Finn zu und baute sich vor ihm auf. Sein Mund war angespannt, der Blick huschte unruhig über dessen Gesicht.
„Das andere Siegel …", erklärte er, „jetzt weiß ich, warum du es haben wolltest." Roger schluckte schwer, drückte Finn einen Gegenstand fest in die Hand. Finn blickte erstaunt hinab und erkannte eine kleine Metallscheibe. Ein Siegel, kleiner und anderes beschriftet als das andere.
„Das ist das Siegel des Gaap", erklärte Roger und holte tief Luft. Sein Blick wurde intensiver, während seine Schultern nach vorne sackten und er in sich zu versinken schien. „Es steht für Freundschaft, Liebe und Gunst", erklärte er leiser, vermochte nicht länger, Finns fragendem Blick standzuhalten und senkte den Kopf. „Vielleicht wird es dir helfen." Ruckartig zog Roger seine Hand zurück und stürmte aus dem Zelt. Bestürzt sah Finn ihm hinterher. Fragend wanderte sein Blick zu Michael, der schmunzelte und sich schulterzuckend erhob.
„Freundschaft kann mitunter eine viel stärkere Waffe sein als alles andere, Finn", brummte er, nickte ihm zu und verließ das Zelt. Perplex blieb Finn zurück und starrte auf das Siegel. Das Metall fühlte sich warm an, die runde Scheibe lag sonderbar vertraut in seiner Hand. Eine Waffe?

***

Russell rannte so schnell, wie er noch nie gelaufen war. Panik trieb ihn voran. Warum war er nur so dumm gewesen, sich den Jägern zu nähern? Nun würde er für seinen Leichtsinn bezahlen. Grob stieß er zwei Menschen aus dem Weg, erntete unverständiges Kopfschütteln und ärgerliche Rufe, als er sich rücksichtslos durch die Zuschauer drängelte. Er verließ das Gelände, rannte die nächstbeste Straße entlang, bog hinter der Kirche in eine weitere Straße ein und nahm ziellos eine Nebengasse. Er konnte viel schneller als ein Mensch laufen und das würde ihn sicher vor den Jägern retten.

Vorsorglich warf er einen Blick über die Schulter zurück und keuchte erschrocken auf. Der Anführer der Schwarzen Jäger war nicht zurückgeblieben, kaum langsamer als Russell folgte er ihm, das Gesicht hassverzerrt.

Für einen Menschen ist er extrem schnell, schoss es Russell durch den Kopf. *Verdammt schnell! Viel zu schnell!*

Russells Lunge brannte, sein Atem ging keuchend. Was tun? Der Jäger ließ sich nicht abschütteln! Im Tageslicht konnte er sich nicht vollständig verwandeln, vor allem nicht, wenn er gejagt wurde. Er brauchte Zeit für eine Wandlung und die hatte er nicht.

Helle Panik überflutete Russell. Hektisch sah er sich um und bog kopflos in die nächste Gasse ein. Abrupt stoppte er ab, erkannte mit Schrecken, dass er in eine Sackgasse gelaufen war. Er wirbelte herum, aber es war zu spät. Der Jäger war zu dicht hinter ihm, tauchte just in dem Moment in der Gasse auf, als Russell sich umwandte. Knurrend wich der Halbdämon zurück. Der Jäger stoppte ab und musterte ihn mit einem grausamen Lächeln.

„Habe ich dich!" Thomas' Stimme war leise, drohend, voller Triumph. Er schien kaum außer Atem zu sein, während Russells hektische Atmung laut und rasselnd die Gasse füllte.

„Du kannst mir nicht mehr entkommen." Thomas lächelte, als er sich langsam, lauernd näherte. Furchtsam blickte sich Russell um, suchte nach einem Ausweg. Ringsum waren hohe Mauern, es gab kein Fenster, keine Tür, durch die er entkommen konnte. Er saß wahrhaftig in der Falle. Wütend fletschte er seine Zähne, ließ seine Augen rot aufblitzen. Menschen waren schwach. Bei den meisten erzeugte er mit seiner dämonischen Fratze Furcht. Nicht so bei diesem. Russell zog sich gefährlich knurrend weiter zurück. Dieser unheimliche Mensch machte ihm selbst Angst.

Thomas ließ sein Messer kreisen und beobachtete den Halbdämonen genau. Verzweifelt suchte dieser einen Ausweg, wurde zunehmend unsicherer. Wie ein in die Enge getriebenes Tier bewegte er sich unruhig hin und her und starrte ihn aus seinen rotglühenden Augen an.

„Ich werde dich töten, Dämon. So, wie ich schon viele vor dir getötet habe", erklärte Thomas leise und näherte sich lauernd vorgebeugt dem Halbdämon. Russell fauchte ihn mit gebleckten Zähnen an, wich noch etwas zurück. Die zunehmende Angst machte ihn beinahe bewegungsunfähig, lähmte ihn. Dieser Mensch war gefährlich, er durfte ihn nicht unterschätzen. Dennoch war er nur ein Mensch.

Ansatzlos sprang er vor, bereit, seine Fänge in seinen Hals zu schlagen. Doch erstaunlicherweise gelang es ihm nicht, den Menschen zu packen, denn der wich blitzschnell aus. Viel zu schnell für einen normalen Menschen!
Russells Angriff ging ins Leere und er stolperte vorwärts. Thomas griff im selben Moment an und Russell wich gerade eben dem nach ihm stoßenden Messer aus. Nicht rasch genug! Erschrocken heulte Russell auf, als das Messer ihn am Arm erwischte, ihm eine Schnittverletzung zufügte.
Hastig zog sich Russell zurück, hielt sich fauchend den verletzten Arm. Die Wunde war nicht sehr tief, brannte jedoch wie Säure.
„Hm, das tut weh, nicht wahr?" Thomas' Stimme klang grausam triumphierend, das Gesicht zu einem hämischen Lächeln verzogen. Geschickt wirbelte er das Messer durch die Luft.
„Dies ist ein besprochenes Messer", erklärte er schadenfroh. „Die Wunde wird nicht heilen, dich zunehmend schwächen." Thomas lachte auf und fing das wirbelnde Messer auf. „Aber das braucht dich ohnehin nicht mehr kümmern, denn dieses Messer wird dich ohnehin gleich töten, Dämon."
Russell keuchte entsetzt auf.
Ein magisch besprochenes Messer! Die Waffe, die einem Dämon wirklich gefährlich werden konnte. Verflucht! Sein Herz schlug laut und hart. Kalte, menschliche Verzweiflung drohte ihn auszufüllen. Er wollte nicht sterben!
Die Verzweiflung gab ihm Mut. Knurrend sprang er vor. Gleichzeitig stieß sich der Jäger ab und sprang ihm entgegen. Das Messer zielte direkt auf Russells Herz. Im letzten Moment warf dieser sich zur Seite und rollte sich seitwärts ab. Rasch sprang er auf die Füße und wirbelte herum. Der Jäger stand bereits wieder. Er warf das Messer lächelnd von links nach rechts in seine Hände. Für ihn schien das Ganze ein Spiel zu sein.
„Was nun, Dämon? Ist das alles, was du kannst? Ich dachte, wir zwei könnten noch etwas mehr Spaß miteinander haben." Langsam kam Thomas näher, ließ den Halbdämon keinen Moment aus den Augen. Hinter ihm tauchten nun die anderen Jäger auf, verhielten keuchend und starrten auf Thomas und den Dämon.
Russell brüllte zornig auf. Er saß endgültig in der Falle. Mit einem Menschen hätte er noch fertig werden können, nicht jedoch mit allen zugleich. Zudem war dieser Jäger so ganz anders als andere Menschen, seine Reaktionen extrem schnell und seine Aura fast so bedrohlich wie Russells eigene.
Laut heulte er auf und fuhr die Krallen aus. Zischend schlug er in die leere Luft, gleich einer Raubkatze, die nur darauf lauert, ihre Klauen tief in das Fleisch des Menschen zu schlagen.

Thomas lachte spöttisch auf, erwartete den Angriff in aller Ruhe. Sein Herz machte einen freudigen Hüpfer. Er liebte den Kampf, genoss das wütende Funkeln, eine Mischung aus unbändiger Wut und beginnender Verzweiflung in den Augen des Halbdämons. Es nährte seinen unbändigen Hass, erfüllte ihn mit tiefster Befriedigung. In dem Moment, wenn er

einen der Anderen stellte, er ihn verletzten, ihn töten konnte, tauchte jene Szene in seinem Geist auf, aus der der Hass geboren worden war. Nur eine vage Erinnerung, dennoch stark genug, ihn in eine rasende Bestie zu verwandeln.
Hinter Thomas gellte ein Schrei. Ehe er sich herumdrehen konnte, wurde er heftig zur Seite gestoßen. Er rollte sofort herum, sprang fließend auf die Füße, bereit zuzustoßen und riss überrascht die Augen auf.
Direkt vor Thomas war ein anderer Dämon aufgetaucht. Er war sehr groß, breitschultrig, mit dunkler, rauer und rissiger Haut. Sein Gesicht eine hässliche Fratze mit rot glühenden Augen, schmaler Nase und einem Maul mit dünnen Lippen voll langer, scharfer Zähne. Gewaltige, gekrümmte Hörner ragten über den kahlen Kopf hinaus. Er trug keinerlei Kleidung. Sein stattlicher, unbehaarter, gut bemuskelter Oberkörper, die starken Arme und kräftigen langen Beine und nicht zuletzt sein deutlich zu sehender großer Penis, vermittelten den Eindruck eines kraftstrotzenden, überaus männlich wirkenden Wesens. Imposante, lederne Flügel klappten hinter ihm zusammen, als er Thomas mit ausdruckslosem Gesicht musterte. Gemächlich entblößte er seine langen, scharfen Zähne. Instinktiv wusste Thomas, dass dieser Dämon weitaus gefährlicher war, als jeder, dem er je zuvor begegnet war.
Dieser Dämon war wirklich unglaublich alt. Und gefährlich. Seine Präsenz war von animalischer Gewalt geprägt, sandte ihm kalte Schauer durch den Körper. Trotz seines abstoßenden Äußeren war dieser Dämon die Quintessenz eines Mannes. Thomas fühlte seine gewaltige sexuelle Anziehungskraft. Ihn traf der unverkennbare herbe, moschusartige Geruch, jagte heiß durch seinen Körper. Die gewaltige Aura des Dämons drohte ihn schier zu überwältigen.
Abwartend wich Thomas einen Schritt zurück, verlagerte das Gewicht vorsichtig und fixierte den neuen Gegner. Einer der Ältesten, ein würdiger Gegner.
Erschrocken schrie eine der Jägerinnen auf, als der alte Dämon seine Flügel nun ganz ausbreitete und seine klauenartigen Hände angriffslustig hob. Geifer tropfte ihm aus dem Raubtiermaul, rann an den Fangzähnen herab. Der Blick bohrte sich in Thomas wie ein eisiger Dolch, wühlte sich in seine Eingeweide. Sein grausamer Tod stand in diesen unmenschlichen Augen geschrieben. Seiner und der unzähliger anderer Menschen.
Glühender Hass überschwemmte Thomas und er griff zornig an. Er stieß sich ab, schlug im Sprung nach dem Dämon und drehte sich um sich selbst, um der zischenden Klaue auszuweichen, die auf sein Herz zielte. Er verfehlte den Dämon nur knapp. Die Klaue traf und zerfetzte seinen Mantel. Thomas landete hinter ihm und rollte sich über die Schulter ab. Blitzschnell kam er auf die Füße und wich rasch der Reichweite der Klauen aus.
Der alte Dämon kauerte sich sprungbereit zusammen, machte allerdings keine Anstalten, anzugreifen. Links und rechts neben Thomas tauchten plötzlich Hartmut und Keith auf, beide mit Messern bewaffnet, die Gesichter angespannt auf den Dämon gerichtet.
„Bleibt zurück bei diesem", zischte Thomas. „Der gehört mir. Er ist zu stark für euch. Kümmert euch um den anderen." Die beiden Männer nickten nur knapp und wichen zur Seite. Lauernd begannen Thomas und sein Gegner sich zu umkreisen. Der alte Dämon

hatte die scharfen Klauen erhoben, öffnete und schloss sie gemächlich, sein Gebiss mahlte, die Augen fixierten Thomas, ohne jemals zu blinzeln.

Dieser Dämon ist schlau, dachte Thomas anerkennend. *Er lässt sich nicht nur von seinen Instinkten leiten. Gefährlich, unberechenbar und überaus vorsichtig. Dies ist nicht das erste Mal, dass er einem Jäger begegnet. Er weiß, wie er gegen Menschen wie mich kämpfen muss.*

Grimmig verzog er den Mund. *Nun, er wird sich wundern.*

Blitzschnell sprang Thomas vor, zielte auf den linken Oberschenkel des Dämons. Wenn er ihn zu Fall brachte, konnte er schnell genug über ihm sein. Der Dämon wich nicht zurück, kam ihm vielmehr entgegen und zog das Bein erst im letzten Moment zur Seite, nur um gleich danach nach Thomas zu treten. Er traf den Jäger kräftig im Rücken und die Wucht des Trittes schleuderte diesen davon.

Thomas verlor das Messer, rollte sich ab und robbte sofort hastig zu dem Messer zurück. Bevor er sich jedoch aufrichten konnte, stürzte sich der Dämon brüllend auf ihn. Eilig rollte Thomas sich unter ihm hervor zur Seite. Wuchtig stieß er mit dem Messer nach oben, verfehlte den Dämon abermals, der seine eigene Bewegungen abfing und sich zur Seite weg wälzte.

Sofort setzte Thomas hinterher, stieß mehrfach mit dem Messer nach dem Dämon, der dennoch jedem Stich entkam, weil er sich mit eingeklappten Flügeln herumrollte. Mit einem Mal zog er die Beine an, stieß Thomas heftig vor die Brust, sodass dieser mehrere Meter weggeschleudert wurde. Hart kam Thomas auf und rang nach Luft. Schwankend kam er auf die Beine, das Messer fest umklammert.

Kämpferische Schreie erklangen hinter ihm und er warf kurz einen sichernden Blick zurück. Hartmut und Keith griffen abwechselnd den Halbdämon an. Dessen Klaue zischte dicht vor Hartmut durch die Luft, der sich mit einer raschen Drehung in Sicherheit brachte. Keith stieß gleichzeitig nach dem Halbdämon, schlitzte diesem den Ärmel auf. Heulend sprang dieser vor, stieß den zu langsam reagierenden Keith grob zu Boden. Er war über ihm, ehe Keith das Messer erheben konnte. Die scharfen Zähne gruben sich tief in dessen Bein. Knackend brachen die Knochen. Keith brüllte schmerzvoll auf, ließ das Messer fallen und versuchte panisch zu entkommen.

Thomas' Gedanken rasten. Ohne weiter zu zögern, handelte er, warf dem alten Dämon einen kurzen Blick zu, der ihn abwartend musterte. Rückwärts bewegte sich Thomas von ihm fort, ließ ihn nicht aus den Augen.

Keith schrie gellend, als der Halbdämon seine Zähne tiefer in sein Bein vergrub und an dem Fleisch zerrte. Hartmut versuchte, ihn von der Seite anzugreifen, doch der Halbdämon zog den schreienden Keith einfach mit sich und brachte seinen Körper zwischen sich und den anderen Jäger. Die anderen versuchten, ihn zu umkreisen, er wich jedoch bis an die Wand zurück und sie wollten Keith offensichtlich nicht gefährden.

Thomas reagierte augenblicklich, drehte dem alten Dämon den Rücken zu und sprang vorwärts, hoch über die anderen hinweg. Elegant rollte er seinen Sprung über die Schulter ab und kam dicht neben dem überraschten Halbdämon auf die Füße. Augenblicklich stieß Thomas das Messer bis zum Heft in dessen Bein. Der Halbdämon heulte auf, brach in die

Knie und ließ von den wimmernden Keith ab. Thomas ließ das Messer los, sprang hoch, zog die Beine an den Körper und stieß mit beiden Füßen wuchtig nach der Brust des Dämons. Dröhnend kippte der nach hinten um. Thomas landete auf dem Rücken, stieß sich mit den Armen und Schultern ab und kam mit einem Sprung auf die Füße. In einer blitzschnellen Bewegung packte er Keith an der Schulter und zerrte ihn von dem vor Schmerz brüllenden Dämon fort.
Ein Aufschrei warnte Thomas vor. Instinktiv warf er Keiths Körper nach vorne und drehte sich im gleichen Schwung um. Um Haaresbreite entging er dem todbringenden Hieb, der seinem Rücken gegolten hatte. Die Klaue schlitzte ihm lediglich den linken Ärmel auf. Tief drang sie in sein Fleisch ein und Thomas keuchte schmerzhaft auf. Sofort warf er sich zur Seite und entging dem tödlichen Griff der Klauen des alten Dämons. Wütend knurrte dieser auf, als sein Opfer sich mit einem Hechtsprung vorerst in Sicherheit brachte.
„Hartmut!", brüllte Thomas nach hinten, sich den blutenden Arm haltend und zurückweichend, ohne den Dämon aus den Augen zu lassen. „Bring Keith in Sicherheit. Rasch!" Über dem schrillen Heulen des Halbdämons war Hartmuts Antwort nicht zu verstehen, doch Thomas konzentrierte sich bereits auf seinen gefährlicheren Gegner.
Der Dämon kauerte sich abermals zum Sprung zusammen. Die gewaltigen Flügel schlugen kraftvoll durch die Luft. Thomas beugte sich rasch vor und zog ein weiteres Messer aus seinem Stiefel. Keuchend kam er auf die Beine und bezog Position.
„Komm schon, du Bastard", fauchte er den alten Dämon herausfordernd an. „Komm schon, versuche es doch! Ich warte nur auf dich." Der Dämon knurrte tief in der Kehle. Ein Laut, der bis hinab ins Knochenmark hinein vibrierte. Sein Maul verzog sich zu der spöttischen Karikatur eines Lächelns. Thomas erwiderte es. Einer von ihnen würde sterben, nur der Tod würde diesen Kampf beenden.
„Komm schon!", zischte Thomas. Ganz genau konnte er erkennen, wie sich die sehnigen Muskeln anspannten. „Der Tod ist mir willkommen!", murmelte er und umklammerte das Messer fester.
Ein lautes, jammervolles Wimmern ließ den Dämon zögern. Die anderen Jäger bewegten sich lauernd auf den zusammengekauerten Halbdämon zu, der sich heulend das Messer aus dem Bein zog und es ihnen in einer zornigen, hilflosen Geste entgegen schleuderte.
Mit einer unglaublich schnellen Bewegung wirbelte der alte Dämon herum, schleuderte zwei Jäger zur Seite und war mit einem Satz neben dem Halbdämon. Hart packte der Dämon ihn an den Schultern, hob ihn hoch und warf ihn sich über die Schulter. Im nächsten Moment rannte er auch schon auf die anderen Jäger zu, eine mächtige, drohende Gestalt, die Zähne fletschend. Sein Knurren erfüllte gleich einem qualvollen Todesversprechen die ganze Gasse und sie wichen erschrocken vor ihm zurück. Kraftvoll stieß er sich ab, die mächtigen Flügel schlugen, wirbelten die Luft einem Sturm gleich auf.
„Scheiße!", brüllte Thomas auf. Er sprintete los, hechtete nach vorne, verfehlte den Dämon jedoch, der sich nun rasch in die Luft erhob. „Verfluchter Bastard!" Thomas prallte hart auf und schrie seinen Zorn hinaus. „Ich kriege dich! Ich kriege euch alle! Ihr könnt mir nicht entkommen!" Wütend stieß er das Messer nach unten auf den Boden, sodass die Klinge

abbrach. „Dreimal verfluchter Bastard!" Außer sich vor Zorn schleuderte er das nutzlose Messer gegen die nächste Wand.
Er war ihm entkommen!
Und nicht nur das. Der alte Dämon hatte tatsächlich den Halbdämon gerettet!
Thomas sackte brüllend auf die Knie, ballte in hilfloser Wut die Fäuste. Die anderen Jäger näherten sich zögernd.
„Verfluchter Mörder!", heulte Thomas, das Gesicht eine einzige, hassverzerrte Fratze. „Du wirst bezahlen! Ihr alle!" Sein gellender Schrei verhallte im sommerlichen Himmel. „Hörst du? Ich kriege dich. Ich töte dich. Ich werde euch alle töten!", schwor Thomas und sackte in sich zusammen, den Rücken gekrümmt, den Kopf verborgen im Dunkel seiner Haare. Unbemerkt von den anderen Jägern rannen ihm Tränen über die Wangen. Sein leises Flüstern verhallte ungehört.
Minutenlang hockte er da, dann erhob er sich, das Gesicht eine starre Maske, ohne Emotionen außer einer: Hass.

41 Das Freundschaftssiegel

Russell stöhnte laut auf. Sein Bein brannte wie Feuer. Der Jäger hatte ihm das Messer bis zum Knochen hineingetrieben. Ätzende Säure schien sich durch die Wunde zu fressen. Die Schnittwunde am Arm war kaum besser, glühte heiß und raubte ihm schier den Verstand vor Schmerzen.
Verfluchter Jäger!
Zischend atmete er ein und aus, bemüht, den grausamen Schmerz zu bezwingen. Dave trat zu ihm und Russell blickte mit schmerzverzerrtem Gesicht hoch.
„Was hat er verwendet?", brachte er mühsam heraus. Sie waren an einem menschenleeren Platz inmitten des stark bewachsenen Ufers nahe der Ilmenau gelandet. Dave hatte Russell abgesetzt und ihn mit dem Rücken gegen einen Baum gelehnt.
In wenigen Stunden schon würde es endlich dämmern, dachte Russell erleichtert und knirschte mit den Zähnen. Im Dunkeln konnte er sich vollkommen verwandeln. In seiner Dämonengestalt würden sich die Wunden schneller schließen und heilen.
„Nur ein besprochenes Messer", meinte der andere Dämon beschwichtigend und besah sich die Wunden genauer. „Eine unschöne Sache. Die Wunden dieser Waffen heilen nicht so leicht."
„Was soll das heißen?", fragte Russell misstrauisch nach, keuchte schmerzhaft auf, als Dave

den Stoff über der Beinwunde zerriss. Die Verletzung war tief, das Messer hatte den Knochen jedoch zum Glück knapp verfehlt. Dave schnupperte daran. Die Magie wirkte noch nach, Russells Blut quoll hervor. Es würde dauern, bis der Bann seine Wirkung verlor. „Dein Dämonenkörper kann sich normalerweise rasch von Verletzungen erholen. Allerdings brauchen magische Wunden lange, um sich zu schließen." Dave zögerte. „Manche schließen sich nie. Das hängt von der Macht der Bannsprüche ab. Dieses Messer war mit einem recht starken Bann belegt."

„Verdammt! Es brennt wie Hölle", stöhnte Russell gequält auf. Dave verzog das Maul zu einem grimmigen Lächeln. „Daran wirst du dich gewöhnen müssen, Russell", meinte er bedauernd. „Ich weiß nicht, wie lange es anhält. Die Magie verflüchtigt sich nur langsam. Du kannst nur hoffen, dass der Schmerz irgendwann nachlässt." Er starrte den Halbdämon ärgerlich an. „Warum musstest du Idiot auch so nah an den Jäger herankommen? Du warst echt leichtsinnig!"

Russell blickte mitten in Daves rot glühende Augen und wurde sofort unruhig. Wie viel ahnte Dave? Hatte er mitbekommen, dass er den Mirjahn beobachtet hatte? Vermutlich ja. Trotzdem war Dave ihm zur Hilfe geeilt, als die Schwarzen Jäger ihn gestellt hatten. Dave hatte ihn gerettet. Welcher Dämon würde so etwas tun?

Sie waren Einzelkämpfer. Jeder Versuch, die Dämonen zu vereinen, ihre Macht auszudehnen, war bisher gescheitert.

Sorgfältig musterte Russell den alten Dämon. Dave war schon immer anders gewesen. Eine Freundschaft zu einem minderwertigen Halbdämon wäre für einen der Anderen niemals infrage gekommen. Ihn aus den Klauen der Jäger zu retten, sich selbst dafür in Gefahr zu begeben, erst recht nicht.

Gänsehaut zog sich über Russells Rücken, als er an den unheimlichen Anführer der Jäger zurückdachte.

„Wer war dieser Jäger, Dave?" Russell schüttelte sich, fühlte die hasserfüllten Augen erneut auf sich. So viel Hass. „Er war viel schneller als ein Mensch es sein dürfte! Wer ist er?" Dave schwieg nachdenklich, hockte sich vor Russell und betrachtete ihn mit ausdruckslosen, roten Augen.

„Ein alter Jäger. Ich bin ihm noch nicht in einem direkten Kampf begegnet, aber ich habe von ihm gehört", erklärte er. „Sie nennen ihn nur den Schwarzen Jäger. Er hat viele von uns getötet. Wer er ist und woher er kommt, weiß keiner." Seufzend ließ er sich zu Boden gleiten. „Ich hätte nicht gedacht, dass wir uns hier über den Weg laufen."

„Verdammt, Dave! Hier geht alles schief!", stöhnte Russell auf. „Da ist was im Gange: ich habe die Jäger mit diesem Mirjahn zusammen gesehen!" Dave schaute ihn fragend an und seine Stirn krauste sich ärgerlich. Russell duckte sich unter seinem drohendem Blick. „Ich habe diesen Mirjahn beobachtet", gab Russell zu. „Ich bin ihm zu diesem Fest gefolgt."

„Ich weiß", erklärte Dave grollend. „Denkst du, ich hätte das nicht bemerkt? Ich hätte dich getötet, wenn du ihm zu nahe gekommen wärst, Russell."

Dave blickt ihn weiterhin beinahe gleichgültig an, aber Russell spürte die unterschwellige Drohung dahinter. Er senkte unsicher den Blick.

„Er ist zu gefährlich, Dave", flüsterte er. „Du weißt das. Ich habe ihn heute mit diesen Jägern gesehen! Sie haben miteinander gesprochen! Er ist einer von ihnen. Er muss sterben." Seine Stimme wurde mit jedem Wort lauter und eindringlicher. Dave sagte nichts, Russell bemerkte allerdings sehr wohl, dass er sich mehr anspannte. Vorsichtig fügte er hinzu: „Wenn dieser Schwarze Jäger herausfindet, wer dein Mensch in Wahrheit ist ...."
Er ließ den Satz unvollendet, die Bedrohung war zu präsent. Noch immer zeigte Dave keine Reaktion, schien ganz in sich versunken zu sein, das dämonische Gesicht zeigte keinen Ausdruck.
„Dave? Du musst ihn töten", forderte Russell und sprach rasch weiter: „Beende es ein für allemal. Er wird zu gefährlich! Er ..." Dave entrang sich ein gefährliches Knurren und Russell brach ab. Der alte Dämon beugte sich näher heran, seine Augen funkelten bedrohlich.
„Was ich tun muss, entscheide ich selbst, Russell", zischte er und Russell drückte sich stärker gegen den Baum in seinem Rücken. Daves Zähne waren nur noch wenige Zentimeter von seinem Gesicht entfernt. „Warte hier auf mich", forderte Dave. In einer fließenden Bewegung erhob sich der große Dämon und blickte auf Russell hinab. „Ich werde es heute Nacht ein für allemal beenden", erklärte er entschlossen.

***

Finns Gedanken bewegten sich auf dem Heimweg im Kreis. Es dämmerte bereits, doch er hatte nur noch einen kurzen Fußweg von der Bushaltestelle nach Hause vor sich. Thomas' Attacke ging ihm nicht mehr aus dem Kopf. Warum war Thomas so seltsam gewesen? Seine Aggressivität verunsicherte Finn und dann war da noch dieser eigenartig zärtliche Ausdruck gewesen.
Wer war der Mann, den sie gejagt hatten? Sein Dämon? Er hatte nach einem ganz normalen Menschen ausgesehen, nur dass er extrem schnell gerannt war. Thomas war nicht zurückgekommen. Ob sie ihn erwischt hatten? Warum war er überhaupt da gewesen? Hatte er nicht alles von Finn bekommen, was er gewollt hatte? So viele Fragen.
Michaels Worte kamen ihm abermals in den Sinn: *Ich weiß nicht, welches Spielchen dieser Dämon mit dir treibt, aber sei dir sicher, am Ende wird er dich töten.*
Vermutlich ist es wirklich so, seufzte Finn. *Ich befinde mich in einem Spiel, dessen Regeln ich nicht kenne. Man schiebt mich auf einem unbekannten Spielbrett, mit unbekannten Spielern, hin und her.* Seit dem Angriff in Hamburg war nichts so, wie es zu sein schien und er wurde in diesen absurden Strudel von Ereignissen immer tiefer hineingerissen.
Der Dämon hatte ihn verletzt, nicht aber getötet, ihn lediglich als sein Eigentum markiert. Ungewöhnlich für einen Dämon. Dieser raubte Finn Küsse, schlief mit ihm und war seither verschwunden. Noch ungewöhnlicher. Und nun behauptete Thomas, dass er Peter getötet hatte ... Finn fühlte einen deutlichen Schmerz in sich aufsteigen, als er an den Ufoverrückten Peter dachte. Der verschrobene Peter war immer nett zu ihm gewesen und hatte es wahrlich nicht verdient, einfach zerrissen zu werden. Vor allem: warum? Das machte

alles keinen Sinn.

Finns Gedanken drehten sich im Kreis. Zudem wütete der Schmerz über Daves Zurückweisung in ihm. Wenn er wenigstens mit Dave noch einmal sprechen könnte ... Diese ganzen Ereignisse überrollten ihn einfach und er fand keinen Weg hinaus aus diesem ganzen Labyrinth.

Wütend über die Verwirrung stieß Finn die Hände tiefer in die Taschen und umklammerte das Siegel, welches Roger ihm gegeben hatte. Er zog es hervor und betrachtete die unscheinbare Metallscheibe nachdenklich, während ihn seine Füße nach Hause trugen.

Michael hatte Finn überredet, noch mit dem Bogen zu üben und Finn hatte den Krähen bei der letzten Vorführung zuzusehen. Er selbst hatte allerdings hundsmiserabel geschossen, was natürlich daran lag, dass er mit ganz anderen Dingen beschäftigt war als damit, Pfeile auf Holzscheiben zu schießen. Auch wenn Michael behauptet hatte, er würde dabei den Kopf freibekommen, war das nicht der Fall gewesen. Es war einfach zu viel passiert.

Zum Abschied hatte Michael ihm seine Handynummer gegeben und Finn das Versprechen abgerungen, nächsten Freitag zum Training zu kommen. Vielleicht hatte sich Roger bis dahin auch etwas eingekriegt. Spätestens dann würde Finn sich bei ihm entschuldigen, schwor er sich.

Roger hatte sich, nachdem er das Zelt überstürzt verlassen hatte, nicht mehr mit ihm unterhalten und seinen Blick danach gemieden. Zum Abschied hatte er nur von seinem Stand aus gewunken und Finn war klar, dass er ihn sehr verletzt hatte.

Was empfand Roger für ihn? So langsam musste er sich diese Frage wohl oder übel stellen. Mehr als Freundschaft? Noch ein ungelöstes Problem.

Der ist in dich verknallt, vermutete seine innere Stimme. *Deshalb hat er dir das Siegel gegeben: Freundschaft, Liebe und Gunst. Wobei er sich bestimmt mehr als Ersteres erhofft, eher das Zweite.*

Das muss doch gar nichts heißen, warf Finns Verstand sofort ein. *Er will vielleicht nur nett sein. Andererseits hast du ihn echt enttäuscht, weil du nichts von dem Dämon erzählt hast. Was muss er jetzt von dir denken?*

Finn drehte die Scheibe in der Hand, schlang die dünne Kette spielerisch um die Finger und betrachtete sie nachdenklich. Das Siegel fühlte sich irgendwie gut an. Anders als das erste , obwohl es aus dem gleichen Metall gearbeitet war.

Roger war ein Freund. Dessen war sich Finn sicher, auch ohne dass er ihm das Siegel gegeben hatte. Mehr wollte Finn gar nicht und mehr war er auch nicht bereit zu geben. Allerdings sollte er das Roger wohl auch fairerweise sagen.

Oh, Mann, warum war immer alles so kompliziert? War das etwa nur unter Schwulen so? Wohl kaum, sonst würde es ja nur schwule Liebesfilme geben, wenn unter den Heteros alles so einfach wäre. Wo bliebe da der Stoff für die unzähligen tragischen Liebesfilme oder -komödien? In einer Komödie befand sich Finn leider offensichtlich nicht, auch wenn er mitunter das Gefühl hatte.

Gedankenverloren drehte er die kleine Metallscheibe wie eine Münze zwischen den Fingern hin und her.

Wenn er nur wüsste, was zwischen ihm und Dave so falsch gelaufen war! Es schien alles gut zu laufen und dann … Finn vermisste ihn schrecklich, wollte ihm so viel sagen, erklären, verstehen. Dave musste für sein Verhalten Gründe haben und Finn wollte sie wissen. Vielleicht konnte er ihn anrufen, vielleicht konnten sie es klären und er würde sich mit ihm treffen können und …
Die kleine Scheibe in seiner Hand wurde plötzlich heiß und Finn blieb abrupt stehen. Erstaunt betrachtete er sie. Das Metall glänzte im Licht der Laternen. Sie lag warm in seiner Hand, aber Finn hätte schwören können, dass sie sich eben für einen Moment glühend heiß angefühlt hatte.
Ungefragt begann sein Herz schneller zu schlagen. Ein eigentümliches Gefühl beschlich ihn. War da jemand vor ihm in dem Gebüsch? Die kleine Seitenstraße war spärlich ausgeleuchtet und die Grünanpflanzung ragte links von ihm in den Weg hinein. Finn starrte in die Schatten und lauschte. Nichts war zu hören, nichts Ungewöhnliches zu sehen.
Das Siegel schmiegte sich in seine Hand und schien seltsam mit seiner Haut verbunden. Es kribbelte in seinen Finger, breitete sich durch seine Hand über den Arm in seinem ganzen Körper aus. Finn war sich plötzlich absolut sicher, eine Präsenz in dem dunklen Gebüsch wahrzunehmen. Da war etwas!
„Wer ist da?", fragte Finn die klassische, im Grunde nie sinnvoll beantwortete Filmfrage und versuchte in dem dämmerigen Licht mehr zu erkennen. Sein Herz klopfte hart und sein Atem beschleunigte sich. Adrenalin schoss ihm durch die Adern und sein Körper spannte sich kampfbereit an. Etwas in ihm gab vertraute und zugleich unbekannte Befehle an seine Nervenbahnen.
Angestrengt starrte Finn in das Gebüsch. Schatten. Dunkel und eine … Bewegung, noch dunkler als die Schatten. Eindeutig, dort verbarg sich etwas oder jemand, vor dem Finn eine neue, dennoch irgendwie bekannte Stimme in ihm warnte.
Dort droht Gefahr! Du wirst kämpfen müssen, dein Schicksal annehmen müssen. Finn schüttelte irritiert den Kopf. Was dachte er hier für merkwürdige Gedanken? Vermutlich war dort nur ein Hund oder bestenfalls ein Landstreicher.
Seine zwei inneren Verbündeten waren es zumindest nicht, die ihm erklärten, dass dort in dem Gebüsch etwas viel Größeres als ein Hund auf ihn lauerte. Alt. Gefährlich. *Einer von ihnen!*
Finns Hand schloss sich automatisch fest um das Siegel. Es schien leicht zu pulsieren, die Kanten fühlten sich plötzlich härter, nein, schärfer an. Aus den Schatten löste sich eine Gestalt. Groß, dunkel und erschreckend vertraut. Finn keuchte auf, als der Dämon ins Licht trat. Wie ein Spotlight überzog das orangene Licht seinen Körper, hob jede Kontur hervor, meißelte seine männliche Gestalt aus der Dunkelheit.
„Hallo Finn", begrüßte ihn die vertraute dunkle Stimme, sandte vertraute Schauer durch seinen Körper. „Du hast mich also bemerkt?"
Seine Stimme hatte einen dezent überraschten, misstrauischen und durchaus bedrohlichen Unterton angenommen. Die leise Stimme in Finn warnte ihn immer deutlicher vor einer unbekannten Gefahr und das Siegel in seiner Handfläche pochte nun im Rhythmus seines

Herzschlags gegen seine Handfläche.
Was ja völlig unmöglich ist, da es nur aus geschmiedetem Metall besteht, welches nicht lebt, folglich weder pulsieren, noch pochen kann, betrieb sein Verstand erfolglos Aufklärung.
„Äh, ja", brachte Finn hervor und fühlte sein Herz bis in den Hals hoch schlagen. Seltsamerweise verspürte er wenig Furcht. Nur eine gesteigerte Aufmerksamkeit und eine unerklärliche, kalte Ruhe, die ihn im Innern ausfüllte, dem Gefühl recht ähnlich, wenn er den Pfeil auf die Sehne legte und ihn fliegen ließ.
Finn starrte in die rot glühenden Augen, die von Zeit zu Zeit ihr Aussehen zu verändern schienen, menschlicher, vertrauter wirkten. Sie sahen sich minutenlang nur an. Keiner bewegte sich und Finn rutschte die Frage heraus, bevor er darüber nachdenken konnte: „Was willst du wirklich von mir?"
Der Dämon trat einen weiteren Schritt auf ihn zu. Seine Klauen waren zu festen, menschlichen Fäusten geballt und er schien ein wenig zu zittern. Seine starken Muskeln bebten und die ledernen Flügel flatterten nervös hin und her.
Er sieht aus, als ob er ganz stark angespannt ist, flüsterte Finns innere Stimme besorgt, während Finns neue, unbekannte Informationsquelle ihn warnte, dass der Dämon sich zum Sprung anspannte.
So sieht ein Dämon aus, der sich gleich nach vorne und auf sein Opfer stürzt. Manchmal breitet er noch die Flügel aus, manchmal klappt er sie zusammen. Wenn er das Maul dabei öffnet, reagiere, denn dann springt er definitiv!
Finn schüttelte überrascht den Kopf. Woher kamen diese Informationen? Wieso wusste er, wie er erkennen konnte, ob ein Dämon ihn angriff?
„Ich ...", begann der Dämon, unterbrach sich sofort, schien mühsam nach weiteren Worten zu suchen. Finn verlagerte sein Gewicht unwillkürlich nach hinten. Der Dämon wirkte heute verändert. Bedrohlich, ja, das war er auch schon zuvor gewesen. *Wie es ein beinahe zwei Meter großes Ungeheuer mit Reißzähnen, rot glühenden Augen und Hörnern nun mal ist,* erklärte sein Verstand sarkastisch. *Heute wirkt er aber ... verunsichert,* bemerkte die innere Stimme erstaunt.
„Ich wollte immer dich!" Die Stimme des Dämons klang eigentümlich gequält. Er wankte einen Schritt auf Finn zu, die Klauen öffneten sich und er hob sie, als ob er gleich die Arme wie zu einer Umarmung ausstrecken würde.
Will er mich wirklich umarmen? Finn war mehr als verwirrt. Dieser Geruch! Herb, anziehend, erregend. Das Licht zeigte Finn den maskulinen Körper des Dämons in jeder Einzelheit. *Achte auf die Krallen! Behalte sie gut im Blick,* warnte Finns unbekannte, neue Stimme. *Er kann sie blitzschnell wandeln und sie sind tödlicher als Messer!*
„Du ... du ... wolltest nur mit mir ..." Finn fiel es ungeheuer schwer, es auszusprechen, aber er bemühte sich, „... schlafen, oder? Nur darum ging es."
Heiße Schamesröte schoss ihm ins Gesicht und sein Blick wanderte dennoch zwanghaft tiefer. Bestürzt wich er zwei Schritte zurück, als sein Blick auf die Lenden des Dämons fiel. *Verdammte Scheiße, ist der groß! Wie zum Teufel habe ich den unbeschadet in mir aufnehmen können?* Finn schluckte hart. Der Anblick verursachte bei ihm kein Lustgefühl, nur Unbehagen.
„Ja!" Das Wort wurde mit seltsam leidend klingender Stimme gehaucht. „Ja, unter anderem

das. Aber ... nicht nur ..." Der Dämon ballte die Klauen und wich vor Finn zurück, knurrte drohend und wimmerte gleich darauf. Finns Blick huschte verwirrt über seine Gestalt. Was war das für ein merkwürdiges Verhalten? War der Dämon vielleicht verletzt? Warum benahm er sich so ungewöhnlich? Die Jäger hatten ihn also offensichtlich nicht erwischt. Urplötzlich fiel Finn ein, welchen Verdacht Thomas geäußert hatte und er straffte sich. Kalte Wut breitete sich in ihm aus.

„Warum hast du Peter getötet? Wieso? Was hatte er damit zu tun? Er war nur ein Büchernarr ... ", brach es aus Finn hervor, ärgerlicher, als er es beabsichtigt hatte. Fest umklammerte er das Siegel, welches sich weich seiner Hand anzupassen schien.

Unmöglich! Es ist aus Metall, beharrte sein Verstand.

Der Dämon trat abermals einen Schritt vor und sein unmenschliches, fratzenhaftes Gesicht wirkte verwirrt.

„Peter?", fragte er mit zusammengezogener Stirn nach. „Wer ist das?"

„Peter! Der Mann, in dessen Laden ich arbeite. Du hast ihn getötet, sagen die Jäger.", erklärte Finn vorwurfsvoll. „Warum? Er hat dir doch nichts getan! Was soll das alles? Was hat das zu bedeuten?" Finns Stimme war immer lauter geworden. Herausfordernd musterte er den Dämon, der ernsthaft zu grübeln schien.

Seltsam, du hast vor ihm keine wirkliche Angst mehr, wunderte sich seine innere Stimme. *Angst lähmt die Bewegungen, macht dich langsam und behindert nur. Angst kann man umwandeln in Konzentration,* kamen unerwartet fremde Informationen, die Finn zunehmend verwirrten. *Woher kam dieses Wissen plötzlich?*

Der Dämon legte den Kopf schief und beobachte Finn nachdenklich. „Diesen Mann habe ihn nicht getötet", meinte er bestimmt.

„Die Jäger sagen, er wurde von einem Dämon getötet." Finns Stimme war fest. „Wer außer dir sollte es also gewesen sein?"

Der Dämon musterte ihn einen Moment, dann lachte er und klang leicht spöttisch, so wie Finn ihn kannte. „Es gibt noch andere Dämonen außer mir, Finn Gordon. Ich habe diesen Peter eindeutig nicht getötet."

„Wenn du ihn nicht getötet hast, wer dann?" Finn war verwirrt. Bestürzt vernahm er die Information. Wenn da noch andere dieser Wesen frei herumliefen ...

„Haben die Jäger dich oder ... einen anderen gejagt?", erkundigte er sich mit gemischten Gefühlen. Der Dämon schwieg einen Moment und blickte Finn starr an. Seine Gesichtszüge schienen heute in ständiger Bewegung zu sein, als ob zwei unterschiedliche Gesichter ineinanderfließen würden. Vielleicht lag es auch an dem Licht.

„Einen ... anderen", brachte der Dämon hervor, sein Gesicht nahm feste Formen an, die Augen glühten bedrohlicher und er neigte sich vor. Finns Siegel pochte warnend in seiner Hand.

Warnend? Moment! Metall kann nicht warnend pochen, korrigierte sein Verstand umgehend. Finn starrte den Dämon beunruhigt an. Das Gesicht wurde weicher, menschlicher und er stieß ein kaum hörbares Wimmern aus, presste das Maul fest zusammen.

„War der Dämon derjenige, der Peter getötet hat?" Finns Stimme war leise. Die Trauer um

Peter schwang hörbar mit. Der Dämon nickte bestätigend, das Gesicht ausdruckslos. „Vermutlich", erklärte er und das rote Glühen verschwand, machte beinahe menschlich wirkenden Augen Platz. „Ich war es nicht. Finn, ich ... " Er brach ab und stöhnte eigenartig gequält auf.

„Was tust du mit mir?", heulte er plötzlich auf. „Welche Macht hast du über mich? Hör auf! Ich muss dich ... kann nicht ... will nicht ..." Er sackte abrupt in sich zusammen, die Flügel Armen ähnlich um sich geschlungen. Gleich darauf sprang er hoch, die Flügel nun weit ausgebreitet. Finns geheimnisvolle, allwissende Stimme warnte ihn rechtzeitig vor, versetzte seinen Körper so schnell in Alarmbereitschaft, dass Finns Verstand nur staunend danebenstehen konnte.

Gleich springt er in die Luft. Siehst du, wie er die Flügel ganz leicht zitternd bewegt? Der Angriff kommt aus der Luft!

Im selben Moment, in dem sich Finn ducken wollte, zog sich der Dämon zurück.

Was ist los? Er benimmt sich wirklich merkwürdig, bemerkte Finns verdutzter Verstand. *Etwas quält ihn. Er wirkt unentschlossen*, vermutete die innere Stimme. *Er bleibt gefährlich*, mischte sich die neue Stimme ein. *Sei auf der Hut! Trau keinem Dämonen.*

„Warum bist du hier?" Finn konnte sich keinen Reim aus dem Verhalten des Dämons machen und wurde zunehmend unruhiger. Abfällig verzog er das Gesicht. „Du hast doch bekommen, was du wolltest", stellte er zynisch fest. „Das volle Programm. Also warum gehst du nicht einfach und lässt mich endlich in Ruhe?"

„Das kann ich nicht", stieß der Dämon flüsternd aus. „Ich ... ich will ... ich muss ... dich töten!" Rot leuchteten seine Augen auf, bohrten sich in Finns. „Damit dies endlich aufhört!"

Finn wich mit wild klopfendem Herzen zurück, als der Dämon einen Schritt nach vorne machte.

Am Ende wird er dich töten, ertönten Michaels Worte in Finns Kopf und er spannte sich an. Verwundert betrachtete er sich. Eigentlich müsste er, schlotternd vor Angst, sich wimmernd zusammen krümmen, rennen, sich verstecken wollen, doch noch immer kam keine echte Angst auf.

Der Dämon schwankte, trat vor und zurück, schien kurios unentschlossen. „Ich will ... nicht", murmelte er mehr zu sich selbst. „Ich muss. Du bist mein Feind, du lässt mir keine Wahl."

Laut heulte er auf und das Siegel in Finns Hand glühte heiß auf, sodass er die Hand erschreckt öffnete und es beinahe fallen gelassen hätte. Finn griff zu und umklammerte noch die dünne Kette, um es daran zu hindern, zu Boden zu fallen. Mit einem sirrenden Geräusch glitt es aus seiner Hand und baumelte nun an seiner Hand herab.

Achte auf seine Füße! Wie setzt er sie? Schiebt er den rechten vor, musst du nach links ausweichen. Wie verlagert er die Hüfte? Behalt die Augen im Blick und das Maul. Erneut flossen fremde Informationen. Der Dämon stürzte sich brüllend auf Finn, dessen Körper reagierte reflexartig, wie ferngesteuert. Geschickt duckte er sich unter dem Wesen hindurch, sprang nach vorne und rollte sich ab. Hinter dem Dämon kam Finn auf die Beine. Automatisch federte er in den Knien durch, nahm eine Kampfhaltung ein, die er nie wissentlich erlernt hatte. Sein Körper bekam Anweisungen aus der neuen Quelle und setzte sie um, als ob er nie etwas anderes getan hätte.

„Ich will dich nicht töten!" Schrill heulte der Dämon auf und fletschte die Zähne. Dennoch stürzte er sich abermals auf Finn, versuchte, ihn mit den ausgestreckten Klauen niederzureißen. Reflexe, die nie trainiert worden waren, retteten Finn und er wich eilig aus. Eine Klaue schoss vor, packte Finn kurz an der Schulter und ließ sofort wieder los. Erneut heulte der Dämon schmerzerfüllt auf.

„Nein! Nicht ...", stieß er keuchend hervor. Die Stimme wurde zu einem Knurren und er griff abermals an.

Noch einmal rette Finns unbekannte Stimme ihn, ließ ihn auf Erfahrungen zugreifen, die er nie gemacht hatte, und warnte ihn vor. Erneut entging er einem Hieb der Klauen. Finn warf sich herum. Das Siegel an der Kette beschrieb einen flirrenden Kreis, streifte den Dämonen an der Schulter, schnitt in dessen raue Haut. Überrascht brüllte dieser auf. Finn wirbelte herum, starrte verwundert auf den Dämon, der sich nun die Schulter hielt und verblüfft seine Klaue betrachtete, durch die rotes Blut sickerte.

Ich habe ihn erwischt, stellte Finn erstaunt fest. *Das Siegel hat ihn getroffen und verletzt. Unmöglich,* wandte sein Verstand ein. *Es ist nur eine Metallscheibe, keine Waffe!*

Freundschaft kann eine viel stärkere Waffe sein, klangen Michaels Worte in Finns Ohren.

Völlig ausgeschlossen, erklärte sein Verstand ihm. *Es ist völlig harmlos, hat keine scharfen Kanten, nichts, was ihn verletzten könnte. Aber er blutet,* wandte die innere Stimme ein. *Sieh doch hin. Er ist verletzt! Nicht schwer genug,* raunte die neue Stimme warnend. *Diese Wunde ist nicht gefährlich für ihn. Dämonen heilen schneller als Menschen. Du musst die Halsschlagader treffen, wenn du ihn töten willst,* kamen weitere Informationen.

Finn schüttelte benommen den Kopf. Er hatte einen Dämon verletzt. Er, Finn Gordon. Und egal, was sein Verstand dazu sagte: es war das Freundschaftssiegel, welches diese Wunde geschlagen hatte. Eine kleine, harmlose Metallscheibe an einer Kette!

Der Dämon ruckte mit dem Kopf zu Finn herum, der augenblicklich zurückwich, das Siegel locker in der Hand pendelnd. Die Augen des Dämons hatten nun nichts Menschliches mehr in sich. Sie glühte rot, kalt und sahen hasserfüllt aus. Finn wich weiter zurück, sein Körper folgte allerdings anderen Anweisungen und machte sich auf den nächsten Angriff gefasst.

Die Flügel! Luftangriff, gab es kurz die Warnung, als der Dämon absprang und Finn duckte sich reflexartig zusammen, schwang das Siegel nach oben. Abermals heulte der Dämon auf und landete ungeschickt mit einem krachenden Geräusch hinter Finn auf dem Boden. Ohne zu zögern, sprang er auf und griff an.

Er will dir an die Kehle! Nimm den Arm schützend hoch, und wenn er auf dieser Höhe ist, benutze deine Knie. Jetzt!, kamen die raschen Anweisungen und der Dämon kreischte schmerzerfüllt auf, als Finns Knie kräftig seine empfindliche Körpermitte traf. Sofort ließ sich Finn nach hinten fallen, rollte sich ab und stand schon auf den Füßen, als sein Gegner vor ihm aufschlug. Fassungslos starrte er auf den liegenden Dämon, der sich vor Schmerz jaulend

zusammen krümmte, dann auf das Siegel und ungläubig auf sein Knie.
Heilige Scheiße! Was passiert hier? Wieso kann ich so etwas? Für diese Rolle habe ich nie vorgesprochen! Dieser Tritt gelang sonst im Film nur den Frauen, wie er sich gut erinnern konnte. Verwirrt schüttelte Finn den Kopf, war einen Moment zu unaufmerksam, obwohl seine neue Stimme ihn warnend anschrie.
Eine Klaue schoss vor, umklammerte Finns Knöchel und brachte ihn mit einem kräftigen Ruck zu Fall. Finn stürzte hart auf den Rücken und blieb einen Moment benommen liegen. Tief aus der Kehle knurrend, zog der Dämon ihn zu sich heran. Hektisch nach Halt suchend griff Finn um sich, trat mit dem anderen Fuß nach dem Dämon, der diesmal allerdings schnell genug auswich. Mit einem kräftigen Ruck zog er Finn unter sich, fixierte ihn mit einer Klaue am Hals. Wie erstarrt lag dieser still, starrte in das fremdartige Gesicht über sich.
„Finn ...", flüsterte der Dämon leise, eigenartig liebevoll. Er näherte sein Gesicht, als ob er Finn küssen wollte. Die Lippen streiften Finns, doch dann zuckte er zurück, als ob er sich verbrannt hätte. Grausam hart schloss sich seine Klaue um Finns Hals und drückte zu. Panisch rang dieser nach Luft. Wild trat er um sich, versuchte, das Siegel zu schwingen, doch der Abstand zwischen ihnen war zu gering. Finns Hände schoben sich verzweifelt gegen den Brustkorb des Dämons und drückten ihn tatsächlich nach oben.
Woher habe ich plötzlich soviel Kraft?, wunderte sich Finn am Rande, der Gedanke verschwand allerdings sofort wieder. Kraftvoll schob er den Dämon von sich. Dennoch löste dieser den Griff nicht, zog Finn mit sich hoch und presste ihm die Kehle zusammen. Finn bekam kaum noch Atem, sein Herz schlug wie rasend, wummerte schmerzvoll gegen seine Brust. *Tu etwas!*, schrie sein Verstand in heller Panik. *Seitlich drehen, den Ellenbogen mit voller Wucht in seine Seite rammen,* befahl die noch namenlose Stimme. Finn befolgte die Anweisung sofort und traf den Dämon schmerzhaft in die ungeschützte Seite. Dieser keuchte zwar auf, lockerte den Griff dennoch nicht.
Zunehmend hektischer zerrte Finn an der Klaue, die ihm langsam immer mehr die Luft abschnürte. Sein Blick fand die rot glühenden Augen des Dämons. Finn schauderte. Voller Zorn und Hass funkelten sie. Da war keine Gnade, kein Mitleid. In ihnen stand sein sicherer Tod. Wimmernd kämpfte er um sein Leben.
Urplötzlich veränderten die Augen sich, das Glühen erlosch und der Dämon öffnete beinahe erschrocken die Klaue. Kraftvoll stieß er Finn von sich und kroch winselnd zurück. Finn landete unsanft auf seinem Hintern und rang gierig keuchend nach Atem, ohne dabei den Dämon aus den Augen zu lassen. Quer über dessen Brust zog sich ein blutender Schnitt.
Das Siegel, erkannte sein Verstand. *Du hast ihn damit getroffen! Aber das ist doch völlig unmöglich! Behalt ihn genau im Blick,* warnte die andere Stimme. *Er wird abermals versuchen, dich zu töten. Das war verdammt knapp!*
Warum hat er dich nur wieder losgelassen?, fragte die innere Stimme verblüfft. Finns Hand schloss sich fester um das Siegel, während er versuchte, seinen rasenden Pulsschlag zu beruhigen und genügend Luft in die Lungen zu bekommen.

Der Dämon knurrte. Er hockte, die Arme auf den Boden aufgestützt, das Maul mit den scharfen Zähnen drohend gefletscht und starrte Finn hasserfüllt an.

„Blut der Mirjahns. Das Erbe ist in dir erwacht. Du musst sterben! Ich kann dich nicht länger leben lassen!", zischte er, sprang urplötzlich auf und stürzte sich erneut auf Finn. Dessen Hand kam hoch, das Siegel beschrieb einen flirrenden Kreis, sauste zischend durch de Luft.

Die Kehle. Du kannst ihn töten, wenn du die Kehle triffst, kam die Information. Das Siegel wirbelte herum und traf zielsicher seitlich den Hals des heran fliegenden Dämons. Der keuchte gurgelnd auf und veränderte die Richtung seines Sprungs im letzten Moment, sodass er an Finn vorbei schoss. Augenblicklich sprang dieser kampfbereit auf und wandte sich um.

Der Dämon lag vor ihm auf dem Bauch, die gewaltigen Flügel über sich wie eine lederne Decke ausgebreitet und gab merkwürdige, erstickte Laute von sich. Finn zögerte, sich ihm zu nähern. Langsam drehte der Dämon sich um, lag nun auf dem Rücken, die Flügel eingeklappt. Bestürzt starrte er Finn an, der das Siegel noch immer leicht kreisend in der Hand schwang. Blut tropfte dem Dämon aus einer klaffenden Halswunde. Rückwärts kroch er vor Finn davon, die Klaue fest auf den Hals gepresst, gurgelnde Laute ausstoßend. Finn folgte ihm, unsicher, was er nun tun sollte.

Beende es! Ein weiterer Treffer und er ist endgültig erledigt, befahl die neue Stimme gnadenlos. *Einer weniger!*

Das Siegel bewegte sich schneller, kreiste sirrend durch die Luft. Eine todbringende Waffe, er musste sie nur fliegen lassen. Finn wusste mit seltsam klarer Sicherheit, dass er den Dämon nun wirklich töten konnte. Er lag dort, starrte ihn nur an und erwartete den Tod von Finns Hand. Etwas flackerte in den Augen des Wesens. Für einen kurzen Moment meinte Finn braune Augen zu sehen, die Daves ähnelten, und zögerte irritiert.

Diese winzige Sekunde reichte dem Dämon, der aufsprang, sich umwandte und hastig davonrannte. Wenige Meter reichten ihm, dann sprang er ab, erhob sich mit einigen unbeholfen wirkenden Schlägen seiner Flügel in den Himmel und verschwand.

Keuchend rang Finn nach Atem, das Herz schlug ihm bis weit in den Hals, schien ihm aus dem Leib springen zu wollen und plötzlich begannen seine Hände zu zittern, seine Knie gaben unter ihm nach und er sackte nach vorne.

Himmel noch mal, ich habe ihn fast getötet, kam es ihm schlagartig zu Bewusstsein. Mitten auf der Straße kniete er und starrte das kleine Siegel in seiner Hand verblüfft an. Kühl und hart lag es in seiner Hand.

Ich habe einen Dämon damit schwer verletzt und in die Flucht geschlagen! Ich habe den Angriff eines Dämons abgewehrt! Mit einer kleinen, harmlosen Metallscheibe!

Fassungslos starrte Finn auf das Siegel. Sein Verstand schwieg klugerweise, die innere Stimme enthielt sich auch jeden Kommentars. Nur jene neue Stimme in ihm triumphierte.

Wieso kann ich so etwas? Was habe ich da getan?, fragte sich Finn. *Das sollte kein normaler Mensch können! Wer bin ich wirklich?*

42 Dämonensinn

Russell lauschte angespannt in die Dunkelheit und unterdrückte ein schmerzhaftes Stöhnen, als er sein Gewicht verlagerte.
Verdammter Jäger!
Die Wunde an seinem Bein schmerzte noch immer und es war auch nicht viel besser geworden, als er die Gestalt gewechselt hatte. Abermals verfluchte er sich für seine dämliche Neugierde, die ihn unvorsichtig gemacht hatte. Er hätte den Jägern nie so nahe kommen dürfen! Sie hätten ihn ohne Zweifel getötet, wenn Dave ihm nicht zur Hilfe geeilt wäre.
Russell verzog den Mund. Er war sich nicht sicher, wie er Daves Verhalten einzuordnen hatte. Da war zum einen die Tatsache, dass der alte Dämon ihm überhaupt geholfen hatte. Zum anderen, dass er sich nun doch entschlossen hatte, den Mirjahn zu erledigen. Vielleicht war Dave ja wirklich zur Vernunft gekommen.
Russell seufzte und schob sich in eine bequemere Position. Das Warten zerrte an seinen Nerven. Er hasste es, zu warten. Derzeit konnte er allerdings nur wenig anderes tun. Nur hoffen, dass der pochende Schmerz irgendwann etwas nachließ. Ärgerlich hieb er seine Faust auf den Boden.
Über ihm erklang ein Rauschen und er warf den Kopf herum. Er fühlte Daves gewaltige Präsenz, kurz bevor der alte Dämon neben ihm landete. Im selben Moment roch Russell auch schon Blut. Daves Blut! Der alte Dämon war verletzt!
Russell hielt überrascht den Atem an und schnupperte erneut ungläubig. Nein, kein Zweifel. Dunkelrotes Blut tropfte aus einer Schnittverletzung am Hals und eine weitere Wunde zog sich über die muskulöse Brust. Auch an der Schulter schien Dave verletzt zu sein.
„Dave?", fragte Russel erschrocken nach und kam ächzend auf die Beine. „Was ist passiert?"
Dave antwortete nicht, hockte zusammengekauert am Boden und schaute Russell mit einem unergründlichen Blick an. Das Blut tropfte zäh aus der Halswunde, rann ihm über die Brust, doch er achtete nicht darauf.
„Bist du etwa den Jägern begegnet?", hakte Russell nach, verwirrt, weil der andere Dämon völlig in sich gekehrt zu sein schien. Hatte der ihn überhaupt gehört? Zögernd trat er näher.
„Keine Jäger!" Ein tiefes, merkwürdiges, abgehacktes Lachen entrang sich Daves Kehle. „Nur er", meinte er und lachte schrill auf. Belustigt sah er Russell an und kicherte. „Er ist mir passiert! Finn Gordon. Er hat sich ein bisschen zur Wehr gesetzt!" Das Lachen klang

gequälter und er hustete mehrfach würgend.

Russell blickt ihn besorgt an.

„Ein bisschen? Dave, du blutest! Und diese Wunde da am Hals? Etwas tiefer und du würdest hier nicht mehr sitzen", empörte sich Russell. „Wie zur Hölle hat er das geschafft?" Russell ahnte die Antwort. Der alte, gefürchtete Name hallte in seinem Kopf wieder. *Mirjahn!* Tief holte er Luft.

„Hast du ihn getötet?" Seine Stimme klang ruhig, nur innerlich bebte er. Russell war dichter an Dave herangetreten, versucht, die Hand nach ihm auszustrecken. Doch er ließ es bleiben. Der alte Dämon schnaubte und sein Gesicht veränderte sich, wurde menschlicher. Sein Kopf zuckte hoch und er starrte Russell mehrere Minuten lang nur an. Zunehmend unruhiger bewegte sich Russell.

„Getötet?", wiederholte Dave abwesend und schüttelte bedächtig den Kopf. „Nein." Russell sog scharf die Luft ein und Dave bestätigte seine Befürchtung. „Das Erbe ist erwacht, Russell. Er ist ein Mirjahn!" Daves dämonisches Gesicht verzog sich zu einer grinsenden Fratze. „Nun wird er mich töten!" Ein abgehaktes, knurrendes Lachen entrang sich dem alten Dämon. „Wenn ich ihn nicht vorher töte!"

Russells Herz schlug hart, kalte Furcht umklammerte es fest. Also war es soweit: der Mirjahn war zu dem geworden, wovor sie sich alle so fürchteten. Ein alter Jäger, ihr absoluter Todfeind!

Daves Lachen brach ab und er schnaufte schwer. Die Krallen fuhren unruhig über die Erde. Urplötzlich schlug er sich mit der Faust vor die Stirn.

„Es macht mich wahnsinnig! Er sollte mein Feind sein!", schrie er so laut, dass Russell zusammenzuckte. „Aber … ich kann ihn nicht töten!" Daves Antlitz wandelte sich, nahm Züge seines menschlichen Gesichts an. „Er ist so begehrenswert, so wundervoll …", meinte er verträumt lächelnd und jagte Russell damit weit mehr Angst ein als in seiner dämonischen Erscheinung. „Diese Erinnerungen … sein duftendes Fleisch, seine köstliche Angst, sein Blut so süß. Heißer Atem auf meiner Haut, seine Hände auf mir. Will in ihm sein, will ihn zerreißen, will ihn berühren … ", stammelte Dave, während sein Gesicht ständig zwischen seiner menschlichen und dämonischen Form wechselte.

Russell wich entsetzt vor ihm zurück. So kannte er Dave nicht, hatte ihn nie unkontrolliert, so verwirrt erlebt. Dave kauerte sich auf den Boden, schlang die kräftigen Arme um sich und stierte Russell mit glühenden Augen an.

„Ich konnte ihn nicht töten. Ich will es auch nicht … aber er muss sterben!", flüsterte er beschwörend. „Ich muss den Fluch lösen … kann ihn nicht … sterben lassen, darf ihn nicht leben lassen." Unverständliche Worte murmelnd wiegte er sich vor und zurück, schien Russell dabei ganz vergessen zu haben.

Dave litt Qualen. In ihm tobte der Dämon. Wütend, verängstigt, schwer verletzt. Der tagelange Kampf der widerstreitenden Gefühle in ihm drohte ihn erneut zu überwältigen. Er musste sich der bitteren Erkenntnis stellen: Finn hatte sich erfolgreich gewehrt. Seine

Waffe hatte ihn verletzt, ihm tiefe Wunden geschlagen. Finn hatte gekämpft, wie es nur ein Mirjahn konnte. Vorausahnend, wie er sich bewegen würde, wissend, wie ein Dämon kämpfte, wann er verletzlich war.
Das Erbe war endgültig erwacht!
Der Schmerz pulsierte durch die offenen Wunden, war jedoch nichts im Vergleich zu dem Schmerz in Dave, der ihn seit Tagen zermürbte. Er sehnte sich verzehrend nach Finn, seiner Nähe, seiner Stimme, seinem Lachen, seinen Augen, seiner Wärme, dem Gefühl, ihm nahe zu sein. Gleichzeitig war der Hass gewachsen, hatte dem Dämon Nahrung gegeben. Finns Attacke hatte den Dämon unvorbereitet getroffen, ihn angreifbar gemacht. Angst war kein Gefühl für einen Dämon. Die Antwort darauf war Raserei. Liebe und Hass, innerer und äußerer Schmerz machten Dave regelrecht wahnsinnig, schienen seinen Kopf, seinen Körper zu zerreißen.
Der Dämon schrie auf, hieb mit der Faust wuchtig auf den Boden, sodass Erde und Gras hoch geschleudert wurden. Wie rasend gruben sich seine Klauen in das Erdreich. Er tobte, zerfetzte das Gestrüpp ringsum, schlug mit seinem Körper gegen die Bäume und warf sich zu Boden, wühlte sich regelrecht hinein.

Russell war vor dem wahnsinnig erscheinenden Dämon zurückgewichen, starrte ihn nur fassungslos an. Wie gelähmt sah er der sinnlosen Zerstörung und Raserei zu. Abrupt hörte Dave auf, stand schwer atmend inmitten des Kraters.
„Er ist mein Schicksal." Die Erkenntnis kam langsam, aber unaufhaltsam. Finn war sein Schicksal. Wenn er ihn nicht töten konnte, würde er von Finns Hand sterben. So oder so würde es zu einem Ende kommen.
Heiße, quälende Sehnsucht erfasste Dave und nun wagte er es endlich, diesem Gefühl einen Namen zu geben. Liebe. Ein menschlicher Begriff, dessen wahre Tragweite er nie hatte ermessen können, dessen Macht er unterschätzt, belächelt, abgetan hatte. Bis ihn der Bann selbst getroffen hatte. Nun war er gefesselt, gefangen.
Dave stöhnte auf. Er wollte endlich Ruhe haben vor dem Sturm dieser Verwirrungen. Die gewaltige Macht dieses Banns zog ihn unweigerlich zu ihm. Es gab nur einen Ort, an dem er sich sicher gefühlt hatte: bei Finn. Bevor er ihn verlassen, vor ihm geflohen war. Mehr als alles andere, mehr als Nahrung, wollte er Finn wieder berühren, ihn im Arm halten, küssen, seinen warmen Körper erkunden, das Schaudern fühlen, wenn er die empfindliche Haut streichelte. Er wollte das tiefe Stöhnen, die süßen Schreie vernehmen, wenn Finns Lust ihn überwältigte, sein Keuchen hören, ihn schmecken, riechen, ihn ganz um sich fühlen. Verschmolzen, vereint. Die warme Enge, das Gefühl, völlig mit ihm verbunden zu sein, die Lust, die er ihm bereitet hatte. Das wollte Dave.
Der Dämon wollte Finns Tod. Wollte ebenso sehnsüchtig und verlangend sein Fleisch, sein Blut, seine Energie trinken. Dave konnte den Dämon nicht verdrängen, nicht besiegen, noch verleugnen, denn beides war er.
Allerdings liebte nur Dave Finn. Der Dämon hasste ihn mit jeder Faser seines Seins. Stöhnend hielt sich Dave den Kopf.

Er konnte nicht zum Menschen werden, konnte nicht nur Dave sein. Egal wie sehr er es sich wünschte. Er war zu sehr Dämon. Dave erinnerte sich mit schmerzendem Herzen an Finns, vor entsetzter Trauer verzerrtes Gesicht. Der Dämon erinnerte sich an das Entsetzen, den Schmerz, als Finn gegen ihn gekämpft hatte. Und an sein Unvermögen, diese hellbraunen Augen endgültig zum Verlöschen zu bringen.
Der Dämon vermochte nicht, Finn zu töten, weil Dave ihn liebte und Dave konnte Finn nicht lieben, weil der Dämon ihn hasste, ihn tot sehen wollte.
Dave schloss die Augen. Was für eine Vorstellung! Er würde wahnsinnig werden; ein verrückter, psychophatischer Dämon, gefangen zwischen Hass und Liebe, Bedürfnissen und Gefühlen. Ein hysterisches Lachen entkam seiner Kehle.
Nein!
Das war nicht das Schicksal, welches er erleiden würde, schwor sich Dave grimmig. Noch war er bei Verstand. Vorerst musste er vor allem heilen. Seine Wunden mussten sich schließen und dann ... dann würde er sich Finn stellen müssen. So oder so, es würde enden.
Dave erhob sich entschlossen. Mit einem kräftigen Ruck zog er den aufkeuchenden Russell an dessen Hemd zu sich heran.
„Verschwinde von hier, Russell. Die Jäger haben deine Spur aufgenommen. Sie werden dich töten, wenn du hier in Lüneburg bleibst." Dämonische Augen funkelten Russell an. „Dieser Wahnsinn hat nichts mit dir zu tun, also geh! Hau ab! Bring dich in Sicherheit!"

Russell stockte der Atem, denn er sah es deutlich: den flackernden Wahnsinn in Daves Augen.
„Dave ...", begann er, doch der unterbrach ihn sofort. „Dies ist nicht deine Angelegenheit. Es ist mein Schicksal, nur meines alleine! Und wenn ich von seinen Händen sterben muss, dann wird es so sein! Hau endlich ab!"
Die letzten Worte brüllte Dave heraus, stieß Russell grob von sich und sprang auf die Beine. Am Boden sitzend starrte der Halbdämon fassungslos zu ihm auf. Dave musterte ihn und sein Blick wurde plötzlich sanfter.
„Egal, was mit mir passiert, verschwinde von hier Russell!" Daves Stimme wurde leise, klang beinahe zärtlich. „Pass gut auf dich auf!" Noch einmal glitt sein Blick über den verdutzten Russell. Menschliche Augen, die voll Trauer waren. Ein feines Lächeln umspielte Daves Mund, dann wandte er sich ab, machte zwei schnelle Schritte, sprang hoch und flog davon.
Russell sah ihm bestürzt hinterher. Es dauerte einen Moment, bis er begriff, dass Dave sich von ihm verabschiedet hatte. Endgültig. Der Dämon ging seinem unbekannten Schicksal entgegen, bereitete sich auf den finalen Kampf mit dem Mirjahn vor.
Zornig und verwirrt rappelte Russell sich auf. Das durfte er nicht zulassen. Er würde Dave nicht sterben lassen. Der Dämon hatte ihm heute das Leben gerettet und er würde nun das gleiche für ihn tun. Alleine war er schwach, viel zu schwach. Er brauchte Hilfe.
Mit schmerzverzerrtem Gesicht wankte Russell los. Dave würde sich dem Mirjahn kaum in seinem jetzigen Zustand stellen, die Wunden würden heilen müssen. Das gab Russell etwas

Zeit. Er brauchte neue Kleidung, er brauchte Nahrung und dann würde er zu Thubal gehen. Wenn er ihn um Hilfe bat, konnten die Anderen gemeinsam den Mirjahn töten. Der große Dämon hegte noch immer den Traum, die Dämonen zu vereinen.

Gemeinsam zu jagen lag den Dämonen nicht, doch sie hatten es bereits zuvor getan. Thubal hatte sie kurzfristig vereint, als sie den letzten Mirjahn getötet hatten. Die Anderen würden geschockt sein zu erfahren, dass die Bedrohung nicht abgewendet worden war, dass es noch einen gab. Einen, der sogar Dave verletzt hatte und ihn sicherlich töten würde, wenn der Dämon sich ihm alleine stellte. Wenn das kein Grund war, gemeinsam den letzten Mirjahn zu erlegen, welcher dann?

Dave würde nicht sterben! Nicht, wenn Russell es verhindern konnte.

Er knirschte mit den Zähnen, ignorierte den Schmerz, so gut es ging und humpelte auf den Weg am Fluss zurück, der ihn in die Stadt führte. Missmutig verzog er das Gesicht in der Parodie eines Lächelns. Es wäre viel leichter, wenn er Thubal nur anrufen könnte. Allerdings war Russell sich sicher, dass der Andere ihn kaum am Telefon anhören würde. Zudem bezweifelte er, dass dieser Dämon sich mit einer Erfindung der Menschen abgab, mochte sie noch so praktisch sein.

Seufzend und mit schmerzverzerrtem Gesicht humpelte Russell weiter. Ihm blieb nichts anderes übrig: er musste selbst zu ihm und um Hilfe bitten. Der Gedanke bereitete ihm mehr als Bauchschmerzen.

Aber definitiv würde er Dave nicht im Stich lassen!

***

Etwa zur gleichen Zeit, als sich Russell in eine leerstehende Garage schleppte, stolperte Finn in seine Wohnung. Rasch schloss er die Tür hinter sich und lehnte sich heftig atmend mit geschlossenen Augen dagegen. Er war gerannt. Er war das ganze letzte Stück hierher gerannt. Hinter seinen Augenlidern wurde die ganze Szene wieder lebendig: er hatte wahrhaftig gegen den Dämon gekämpft und ihn in die Flucht geschlagen. Er, Finn Gordon! Mit nichts weiter als einer kleinen, harmlosen Metallscheibe an einer dünnen Kette.

Finn schnaubte ungläubig und riss die Augen auf, starrte sich im Spiegel des Flurs an. Er war sich selbst unheimlich. Es war, als ob er sich dabei beobachten würde, wie er sich in einen unbekannten Supermann verwandelte.

Nein, nicht in Supermann, eher in eine Art Van Helsing. Missmutig verzog Finn das Gesicht und schnitt sich eine Grimasse. Blöder Film. Er hatte ihn nie zu Ende gesehen. Diese Art Film hatte ihn nie interessiert und nun befand er sich selbst in einem absurden Streifen.

Während sich seine Atmung langsam beruhigte, musterte er sich. Er sah nicht anders aus als zuvor. Groß, sportlich, mit einem viel zu jungenhaften Gesicht für einen erwachsenen Mann.

Finn, der Dämonenbesieger! Es wollte einfach nicht passen. Was war mit ihm los? Wieso hatte er sich dieses Mal nicht vor Angst in die Hosen gemacht? War er nicht jedes Mal vor

Furcht beinahe gestorben, wenn der Dämon ihn erwischt hatte?
Die letzten Male nicht mehr wirklich, wagte sein Verstand anzumerken. *Da warst du auch mit anderen … Dingen beschäftigt,* murmelte die innere Stimme, sich bewusst, wie gefährlich derzeit solche Äußerungen waren. *Und Angst hast du durchaus verspürt!*
Verwirrt betrachtete Finn sein Gesicht. In diesem Kampf, als der Dämon ihn endgültig hatte töten wollen, war die Angst eigentümlich einer kalten Berechnung gewichen.
Verdammt, er hatte *gewusst*, wie der Dämon sich bewegen würde, jede seiner Bewegungen vorausgeahnt! Seine Reaktionen waren reflexartig gekommen, wie einstudiert, wie langjährig trainiert, einfach abrufbar. Als ob er so etwas schon oft getan hätte!
Finn schüttelte den Kopf, als ob er damit alles wieder in die richtige Ordnung bringen könnte. Aber nichts war in Ordnung.
Finn Gordon hatte Angst vor Dämonen! Angst vor unbekannten Situationen, stellte sich immer brav hinten an, ging Ärger aus dem Weg, war unauffällig und durchschnittlich, unsicher, menschenscheu. Jemand, der immer zuverlässig in ein Fettnäpfchen trat, egal, wie sehr er es vermied, der bei jeder Kleinigkeit vor Verlegenheit errötete, schüchtern war und bestimmt niemals zu kämpfen gelernt hatte! Also wer, zum Teufel, steckte jetzt in seinem Körper? Wer war dieser Mann?
Finn stieß sich von der Tür ab und trat ins Wohnzimmer, unschlüssig, was er jetzt tun sollte. Das Ganze wuchs ihm eindeutig über den Kopf. Dieses Spiel wurde nach Regeln gespielt, von denen er nach wie vor keine Ahnung hatte. Ganz offensichtlich jedoch war seine Spielfigur nicht nur als Nebenrolle angedacht.
Ich hätte nur sehr gerne mal eine Art Drehbuch, damit ich wenigsten den richtigen Text kann, dachte Finn verzweifelt. *Wenn hier schon jemand mein Leben in einen aberwitzigen Film verwandelt und mich in die Hauptrolle zwingt, dann wüsste ich auch gerne, wie ich mich verhalten muss. Vor allem würde ich gerne das Ende kennen. Okay, im Grunde nur, wenn es sich um ein Happy-End handelt.*
Aber worin spielte er eigentlich eine so seltsame Rolle? Komödie, Liebesdrama, Mantel und Degen, Horror oder Tragödie? Wohl ein bisschen von allem.
Ruhelos wanderte Finn durch die Wohnung.
Warum hatte sich der Dämon so merkwürdig verhalten? Jedes Mal zuvor schien er sich absolut sicher gewesen zu sein, was er von Finn wollte.
Ja, dich besinnungslos ficken, half sein Verstand sarkastisch aus und zog sich kurzfristig Finns Hass zu.
Ja, aber nicht nur, hatte der Dämon gesagt. Was, zur Hölle, hatte er damit gemeint? Was hatte er denn noch von ihm gewollt, außer Blut und Fleisch, von dem er ja beim ersten Mal schon gekostet hatte? Der Dämon hatte ihn eindeutig töten wollen. Warum also hatte er es nicht getan?
Finns Finger strichen über seinen noch immer schmerzenden Hals. Er hätte nur den Druck auf die Kehle erhöhen und ihm seinen Atem vollständig nehmen können. Und doch hatte er ihn losgelassen, ihn regelrecht zurück gestoßen. Als ob er ihn … nicht töten konnte …
Ein bisschen wie Dave, erinnerte ihn seine innere Stimme nachdenklich. *So hat sich Dave verhalten, als du ihm gesagt hast, dass du ihn liebst. Der Griff an den Hals, die*

erschrockenen Augen waren nahezu identisch gewesen. Aber Dave war kein Dämon! Nur ein undurchschaubarer Mann.

Finn stöhnte gequält und ließ sich in einen Sessel fallen. Zog er so ein Verhalten irgendwie an? Dave hatte ihm gesagt, er solle sich von ihm fernhalten. *Wenn du am Leben bleiben willst, bleib weg von mir!*

Beide, der Dämon als auch Dave, hatten mit ihm Sex gehabt und beide stießen sie ihn danach von sich. Sicherlich zwar aus unterschiedlichen Gründen, allerdings in der gleichen Art und Weise. Verdammt merkwürdig!

Finn öffnete die Hand, die das Siegel des Gaap noch immer fest umschlossen hielt. Grübelnd musterte er die unscheinbare kleine Scheibe. Sie war glatt, ohne scharfe Kanten. Einfach nur ein Schmuckstück. Dennoch hatte sie die Reptilienhaut des Dämons mühelos zerschnitten. Wie konnte das angehen?

Finns Verstand zuckte nur die Schultern und erklärte seine Zuständigkeit für beendet. Hatte Roger von der Macht dieses Siegels gewusst? Hatte er es ihm deshalb gegeben? Finn wendete die kleine Metallscheibe hin und er. Nicht ein Tropfen Blut war an ihr hängen geblieben.

Dämonenblut hättest du auch ungern an deinen Händen oder der Kleidung gehabt, meinte seine innere Stimme erstaunlich pragmatisch. Aber Finn hatte es gesehen: rotes Blut. Genau so rot wie Menschenblut. Das Gesicht des Dämons hatte zwischendurch wirklich beinahe menschlich gewirkt, die Augen Daves durchaus ähnlich.

Wild schüttelte Finn den Kopf. *Was für ein Blödsinn! Was für Halluzinationen hast du denn? Jetzt siehst du sogar schon Ähnlichkeiten zwischen einem durchgeknallten, sexgierigen Dämon und dem Mann, den du liebst. Dein Herzschmerz lässt dich anscheinend verrückt werden.*

Finn presste sich das Siegel stöhnend gegen die Stirn.

Der Dämon war verletzt gewesen, doch so viel Glück, dass der seinen Verletzungen erliegen würde, hatte Finn bestimmt nicht. Was sollte er machen, wenn er wieder kam? Wenn er beenden wollte, was ihm misslungen war? Irgendwie war sich Finn sehr sicher, dass er wiederkommen würde. Vielleicht hatte er ihn diesmal zufällig in die Flucht geschlagen, aber Finn war kein Jäger.

Dämonen lassen nie von einem Opfer ab, bestätigte ihm auch seine neue Stimme, die zunehmend stärker wurde, und erinnerte ihn an Michaels Worte: *Am Ende wird er dich töten.*

Hiermit konnte er nicht alleine fertig werden. Das war zu kompliziert! Dämonen waren nicht Finns Fachgebiet. Er musste mit jemandem reden. Thomas. Das war dessen Job, nicht wahr? Er war der verdammte Dämonenjäger! Sein Spezialgebiet. Nicht Finns. Thomas würde den Dämon jagen und töten. Dann war dieser ganze Wahnsinn endlich vorbei.

Missmutig verzog Finn das Gesicht und ließ die Hand mit dem Siegel sinken. Thomas. Nach wie vor sperrte sich etwas in Finn, ihn direkt anzusprechen. Der Typ hatte eine merkwürdige, bedrohliche Ausstrahlung und er war Finn durch und durch unsympathisch. Besonders nach der heutigen Aktion. Thomas war gewalttätig. Sich mit ihm persönlich zu treffen und ihm von dem Kampf mit dem Dämon zu erzählen, konnte sich Finn beim besten Willen nicht vorstellen.

Nachdenklich zog er sein Handy hervor und sah auf das Display. Nein, mit Thomas wollte er nicht sprechen. Allerdings hatte er ja Michaels Nummer. Der war schließlich auch einer der Jäger. Einer, dem er vertrauen konnte. Er sollte Michael anrufen.
Finns Finger flogen über die Tasten und mit angehaltenem Atem wartete er.
Geh schon ran, versuchte er wieder einmal verborgene, telepathische Kräfte einzusetzen. Ob es wirkte oder nicht, Michael nahm auf jeden Fall fast augenblicklich ab.
„Was ist los, Finn?", fragte er sofort alarmiert nach und diesmal war Finn doch irgendwie überzeugt, dass die Telepathie funktioniert hatte. Hart schluckte er und leckte sich nervös über die Lippen. Das würde jetzt schwierig werden.
„Er war wieder da, Michael. Der Dämon. Er war da und hat mich angegriffen", erklärte Finn. „Du hattest recht. Diesmal wollte er mich töten!" Finns Stimme zitterte ganz leicht.
„Was? Oh, Scheiße! Bist du etwa verletzt? Finn, ist alles okay?" Michaels Besorgnis war deutlich zu hören.
„Ich ... ich bin okay. Aber ...", Finn schluckte noch einmal. Das klang alles unglaublich, wie konnte er das nur sagen?. „Michael, ich habe ihn verletzt! Ich habe gegen den Dämon gekämpft und ... er ist weggelaufen." Stille.
Finn sah die Szene direkt vor seinen Augen ablaufen. Der ungläubige Blick auf das Handy, Michaels erschrockenes Luftholen, die Augen, die sich weiteten, der Schritt zurück. Er hörte förmlich den „Plumps", als Michael in der imaginären Szene hart auf den Hintern fiel und immer noch ungläubig aufs Handy starrte.
„Was?", kam es dann auch passend von Michael, der seine Rolle anscheinend gut genug kannte. Finn verzog den Mund spöttisch und verdrehte die Augen. Alles war irgendwie ein Film, oder?
„Ich habe ihn verletzt. Mit dem Siegel. Ich habe nicht den blassesten Schimmer, wie und warum. Mit einem Mal wusste ich, wie er sich verhalten, wie er springen würde, was ich tun, wie ich ihn treffen musste. Ich *wusste* das alles, Michael!", stieß Finn heftig aus. „Woher? Wieso kann ich plötzlich einen Dämon besiegen? Ich habe ihn mit dem Siegel, mit einer winzigen Scheibe aus Metall, verletzt. Er hat geblutet, Michael!" Finn brach ab und rang nach Luft, so schnell hatte er alles hervorgestoßen, damit sein Verstand nichts beiseiteschaffen konnte. „Was geht hier vor sich?" Seine Stimme war nur noch ein heiseres Flüstern.
Michael schwieg und Finn sah ihn vor sich: völlig perplex auf dem Boden sitzend.
„Das ist ... ", begann dieser. „Unmöglich?", ergänzte Finn und seufzte. „Ja, das dachte ich mir auch."
„Überaus merkwürdig, wollte ich sagen", korrigierte Michael. Anscheinend hatte er sich aufgerappelt.
„Verdammt. Ich konnte mich noch nicht mal in einer Prügelei in der Schule behaupten", brach es aus Finn hervor. „Wieso wusste ich, wie ich gegen ihn kämpfen kann?" Michael schwieg und dachte offensichtlich angestrengt nach.
„Keine Ahnung, Finn. Das ist alles ganz schön merkwürdig", gab er resignierend zu. „Allerdings wird der Dämon nicht so leicht aufgeben. Das tun sie nie. Du solltest auf gar

keinen Fall in deiner Wohung bleiben. Dort findet er dich sofort."
„Du meinst, er kommt auf jeden Fall zurück?" Finn stöhnte verhalten. Seine neue Stimme nickte nur bedächtig mit dem Kopf: *Habe ich dir doch gesagt.*
Der Gedanke erzeugte wohlbekannte Angst in Finn.
Er wird beenden, was er angefangen hat. Du bist hier nicht sicher, flüsterte nun auch seine innere Stimme voll Panik. *Du musst fliehen, bevor er kommt und dich im Schlaf überrascht, denn diesmal wird es ganz gewiss kein lustvolles Erwachen geben.*
„Du musst da weg! Komm hierher", schlug Michael vor. „Ich wohne in Bardowick. Das ist nicht weit. Gerade mal zwei Kilometer von dir. Da wird er dich nicht finden."
Michael sprach hastig und Finn hörte ihn im Hintergrund rumoren. „Ich wohne neben dem Dom. Lerchenweg zwei. Komm sofort her und ich ... ", er unterbrach sich. Finn hörte ihn schwer schlucken. „Finn, ich werde Thomas informieren."
Finns Rücken überzog eine Gänsehaut. Thomas. Natürlich. Michael hatte wohl recht. Finn nickte nur stumm.
Der Jäger würde wohl eher wissen, was hier geschah und wie Finn den Dämon loswerden konnte. Auch wenn Thomas ein Arsch war. Aber leider war er wohl ein Arsch, der auf der guten Seite spielte. Wer erfand denn eigentlich eine solche Rolle?
„Okay", meinte Finn zögernd. „Ich komme gleich."
„Bis dann." Michael holte hörbar Luft und ergänzte: „Pass gut auf dich auf, Finn. Sei wachsam und achte immer auf deinen Rücken." Er legte auf und Finn ließ das Handy sinken. Bardowick. Ob da ein Bus hinfuhr? Aber zwei Kilometer, das war wirklich nicht weit. Da konnte er auch hin laufen. Der Dämon war verletzt, so schnell würde der schon nicht wieder auftauchen. Finn stand entschlossen auf. Seine Hand schloss sich um das Siegel und erst wollte er es in die Tasche stecken, betrachtete es nachdenklich und behielt es doch lieber in der Hand. Wenn der Dämon womöglich doch wieder angriff, hatte er seine Waffe gleich parat.
Am liebsten hätte Finn laut aufgelacht, wenn diese absurde Idee nicht gerade von der Realität widerlegt worden wäre. Eine drei Zentimeter große Metallscheibe im Kampf gegen einen zwei Meter großen Dämon. Kaum weniger absurd, als ein Finn Gordon, der gegen einen Dämon kämpfte. Kopfschüttelnd machte sich Finn auf den Weg.

Draußen war es sehr dunkel geworden. Der Himmel hatte sich bezogen, Wolken verdeckten das spärliche Mondlicht und ein Wind war aufgekommen, der durchaus ein Vorbote auf ein nahendes Gewitter sein konnte. Alle Sinne waren angespannt, als Finn vor die Haustür trat und sie mit einem leisen Seufzen hinter sich zuzog. Wie gerne wäre er jetzt einfach in einem Sessel vor dem Fernseher eingeschlafen und hätte beim Aufwachen über den merkwürdigen Traum gelacht.
Der Wind raschelte in den Blättern, ansonsten war es ruhig und friedlich. Die Luft war voll sommerlich frischer, blumiger Düfte, vermischt mit dem Geruch nach feuchtem Laub und einer Spur von Regen. Fröstelnd zog Finn seine Jacke enger und marschierte entschlossen los.

Bardowick war quasi eine Vorstadt von Lüneburg, auch wenn der Ort selbst, ein Flecken, wie man es bezeichnete, früher einmal sogar größer als das ursprüngliche Lüneburg gewesen war. Jetzt war er hauptsächlich wegen seines Spargels berühmt, der auf den großen, sandigen Feldern ringsum angebaut wurde. Der große Dom war einst als Bischofssitz angedacht, allerdings nie als solcher benutzt worden.

Finns Hand umklammerte das Siegel. Das leicht gewölbte Metall fügte sich angenehm in seine Handfläche ein. Damit fühlte er sich einigermaßen sicher, denn es hatte ihn letztes Mal, als es plötzlich heiß geworden war, vor dem Dämon gewarnt.
Absoluter Blödsinn, begann sein Verstand, wies prompt auf die physikalischen Eigenschaften von Metall hin. Finn verpasste ihm kurzerhand einen Knebel, denn er war nicht in der Stimmung, sich darüber zu streiten. Egal, was sein nüchterner Verstand auch aufführte, in diesem Fall galten ganz offensichtlich nicht die normalen Naturgesetze.
Verlässlicher erschien ihm nun diese neue Stimme. Mit ziemlicher Sicherheit wusste Finn, dass sich derzeit kein Dämon in der näheren Umgebung aufhielt.
Moment mal, woher weiß ich das? Ich kann Dämonen spüren?, fragte Finn erstaunt nach. *Spüren, nun ja, du fühlst ihre Präsenz,* wurde er berichtigt. *Wenn sie sich dir nähern verstärkt sich ihre Präsenz. Vor allem, wenn sie dich töten wollen.*
Aber woher ... wieso kann ich das? Finn lauschte in sein Innerstes, doch darauf gab es keine befriedigende Antwort.
Du kannst es eben. Dein Erbe, meinte die neue Stimme in ihm, die Finn kurzerhand in Dämonensinn umtaufte. Also war es sein Dämonensinn, der ihm sagte, dass er derzeit in Sicherheit war. Finn lächelte zufrieden. Gut. Das war wenigstens eine nützliche Eigenschaft.

Der Weg führte ihn entlang der Ilmenau. Das leise Glucksen des Wassers neben ihm klang beruhigend. Die Strömung bewegte das Schilfgras sanft hin und her. Das dunkle Wasser sah in der Dunkelheit bodenlos und fremd aus. Finn hätte sich nicht gewundert, wenn sich aus den Fluten Monster erhoben hätten.
Ob es wohl auch Wasserdämonen gab?
Aber, ja, bestätigte der Dämonensinn pflichtbewusst und stolz, dass er vermehrt zu Worte kam, während Finns Verstand hinter dem Knebel protestierte. *Allerdings wurden die meisten von ihnen von uns schon ausgerottet. In abgelegenen Gebieten gibt es vermutlich in einigen Flüssen noch Vodjanois und die eine oder andere Wodjanje.*
Wir?, erkundigte sich Finn irritiert, schluckte die Namen einfach hinunter. Und die flackernden Bilder, die damit verbunden waren. Der Dämonensinn musste nicht antworten, Finn wusste intuitiv, dass er zu einer ganz bestimmten Sorte Mensch gehörte. Das war völlig verrückt, aber Finn wusste ebenso instinktiv, dass der Dämonensinn ein Teil von ihm war, der schon immer da war, bislang nur geschlafen hatte. Der Kampf mit dem Dämon hatte ihn anscheinend endlich geweckt. Woher er kam und warum er da war, dafür hatte Finn bislang noch keine Erklärung. Es schien, als ob der Dämonensinn nach dem langen Schlaf erst einmal langsam erwachen, sich strecken und genüsslich räkeln müsse. Er schien

nicht unbedingt ein Frühaufsteher zu sein. Eher ein Morgenmuffel.

Die Blätter der Bäume über ihm rauschten im leichten Wind, der die schwarzen Äste sanft hin und her bewegte. Die Luft war milde und erfüllt von kleinen Geräuschen, die er erstaunlich deutlich wahrnahm. Besser als sonst? Seine Sinne schienen geschärfter. Vielleicht war es auch nur seine innere Anspannung.
Wind und Nacht sind die dämonischen Elemente, daraus werden sie geboren, mehr oder weniger. Schwärze ist ihr Element und zugleich das, wovor sie sich am meisten fürchten, tauchten weitere Informationen in seinem Geist auf.
Finn kam sich in seinem eigenen Körper fremd vor. Als ob er von einem Alien vereinnahmt worden wäre. Leider steckte er selbst ebenfalls im gleichen Körper und musste verwundert zusehen, was das fremde Wesen mit diesem anstellte, wie er zu einer Art Supermann mit besonderen Fähigkeiten und fremden Erinnerungen mutierte. Kein schönes Gefühl. Befremdlich.
Supermann ist vermutlich etwas sehr weit hergeholt, befand Finns Verstand, der endlich seinen Knebel ausspuckte. *Vielleicht eher ein Spiderman? Der scheint eher zu passen,* schlug die innere Stimme vor. *Passt eher,* befand auch der Verstand. *Der ist auch schüchtern und ein Niemand, den keiner wirklich ernst nimmt. Okay, aber du bist auf jeden Fall größer als der und hast dieses tolle Siegel,* tröstete Finns innere Stimme ihn. *Spiderman ist vermutlich nicht schwul,* warf der Verstand seufzend ein. Finns Dämonensinn hielt sich zurück und der war dankbar dafür. Entschlossen drängte er alle Stimmen zurück und konzentrierte sich auf den Weg.
Bald darauf erreichte Finn Bardowick. Vor ihm tauchte die Silhouette des hell beleuchteten Doms auf. Scheinwerfer warfen ihr grelles Licht auf das imposante Gebäude, schienen das Licht ringsum zu absorbieren und schwarze Löcher zu schaffen. Finn umrundete den Dom, betrachtete fasziniert das Spiel von Licht und Schatten auf den Wänden. Viel mehr war von dem alten Bardowick nicht übrig geblieben, als es bis auf die Grundmauern geschliffen worden war. Dieses imposante Bauwerk wirkte völlig deplatziert in einem Ort, in dem dem Spargel vermutlich mehr Verehrung entgegengebracht wurde, weil er schlichtweg mehr Verdienst versprach.
Versunken in seine ketzerischen, atheistischen Grübeleien, wurde Finn von dem kurzen, heißen Gefühl an seiner Handfläche gänzlich überrascht. Erschrocken ließ er das glühende Siegel fallen. Reflexartig griff er noch nach der ihm entgleitenden Kette, doch da presste sich ihm bereits eine harte Hand auf seinen Mund. Geübte Finger tasteten in seinem Nacken nach einem bestimmten Punkt und drückten zu. Finn wurde augenblicklich schwarz vor Augen und mit einem leisen Seufzen sackte er zu Boden.

Der Wind nahm zu, schwang sich zu einem Sturm auf, der wie der Vorbote düsterer Ereignisse durch die Straßen pfiff, Bäume zittern ließ und die Blätter von den Ästen zerrte. Finns Angreifer betrachtete ihn einen Moment nachdenklich und schob schließlich die Arme unter ihn. Mühelos hob er ihn hoch, warf ihn sich über die Schulter und schritt in die schwarze Dunkelheit davon.

Das flackernde Licht der Domscheinwerfer reflektierte in der kleinen Metallscheibe, die auf dem Boden zurückblieb und leicht vibrierte. Die Schriftzeichen glühten in einem bläulichen Ton, dann verloschen sie.

Ende Band 2

Die Anderen III
Das Siegel des Gaap
erscheint im Januar 2012

Kurzvita der Autorin

Chris P. Rolls studierte Pädagogik in Hamburg, heute arbeitet sie als Reitlehrerin und Pferdetrainerin und betreibt einen Pferdehof. Schon früh dem Schreiben verfallen, gehört ihre besondere Leidenschaft dem Bereich Fantasy und Homoerotik. Ein weiterer homoerotischer Fantasyroman mit dem Thema Pegasus ist in Vorbereitung.

Ihr Autorenblog: chrisrolls.blogspot.com

Aus unserem Sortiment

Chris P. Rolls

Die Anderen I
Das Dämonenmal
Ein Gay Mystic Fantasyroman

Spannend, sexy und voller Überraschungen.
Der Auftakt zu einer Romanserie der besonderen Art.

ISBN: 978-3-942539-06-7

Nachdem der junge Student Finn eines Abends brutal von einem seltsamen Wesen überfallen wird, gerät seine Welt aus den Fugen: gibt es wirklich Dämonen? Und warum wird ausgerechnet er nun von einem verfolgt? Bald schon ist Finn im Zwiespalt - soll er diesen speziellen Dämon nun fürchten oder ganz im Gegenteil ...

Chris P. Rolls

Die Anderen III
Das Siegel des Gaap

Ein Gay Mystic Fantasyroman
Spannend, sexy und voller Überraschungen.
Eine Romanserie der besonderen Art.
ISBN: 978-3-942539-31-9

Dämonen in Lüneburg!
Das Netz um Finn und Dave zieht sich immer stärker zusammen. Nicht nur die Schwarzen Jäger wollen ihrer um jeden Preis habhaft werden. Der alte Dämon Thubal hofft mit Finns Hilfe sowohl seinen alten Kontrahenten Dave zu ködern, als auch, sich Finns einzigartiger Fähigkeiten zu bedienen. Für sein Ziel, die Herrschaft der Dämonen in dieser Welt, ist er bereit alles zu tun. Ist Finn stark genug, seinem Erbe zu entsprechen?

Chris P. Rolls

Bruderschaft der Küste
Ein homoerotischer Roman
2. Auflage

ISBN: 978-3-942539-04-3

Bei dem Überfall der Piraten auf ein Handelsschiff begegnet Simon Lord of Fenderwick, der als Geisel an Bord des Piratenschiffs gefangen gehalten wird, dem Dieb und Halunken Miguel. Von Anfang an übt der Spanier eine merkwürdige Anziehungskraft auf Simon aus, der er sich schon bald nicht mehr entziehen kann. Aber auch der Pirat Jean Baptiste Ledoux hat noch ein anderes Interesse an dem jungen Engländer und so gerät Simon zwischen die zwei Männer, die sich nicht zum ersten Mal um ihre Beute streiten.

Sommerliebe

eine Anthologie aus acht sinnlich-romantischen, humorvollen und erotischen Gay -Love -Storys

ISBN: 978-3-942539-67-8

Nico Morleen: Volltreffer-Liebe auf den ersten Schuss:
Wenn Amor pfuscht, muss man(n) die Sache eben selbst korrigieren und dabei manchmal zu ungewöhnlichen Mitteln greifen ...

C. Flage: La Florences
Fantasie und Wirklichkeit - unter La Florences glühender Tropensonne verschwimmen die Grenzen für jeden, der einen Fuß auf die Insel setzt.

Karo Stein: Klammeräffchen
Daniel will eigentlich nur ein schönes Wochenende mit seinen Freunden verbringen und trifft dort auf Levi, der seinem Namen alle Ehre macht. Daniel kommt einfach nicht mehr von ihm los. Aber will er das überhaupt?

Raik Thorstad: Finito
Eine verregnete Sommernacht in Osnabrück, und Marco muss sich klar werden, was im Leben wichtig ist - oder auch nicht.

Chris P. Rolls: Robertos Angebot
Nach einer wilden Party wacht der 18jährige Roberto mit Kopfschmerzen auf. Ein lautes Stöhnen erweckt seine Neugier. Bei der Suche nach der Ursache trifft er auf Elliot, der gerade intensiv mit sich selbst beschäftigt ist ...

Raik Thorstad: Fahrendes Volk
Die Schwestern Feuer, Nacht und Musik bestimmen das Leben der fröhlichen Ranasci-Zigeuner; nur Bjanar mag sich dem wilden Reigen in der Wagenburg nicht anschließen. Nicht, solange Tandur nicht heimkommt.

Karo Stein: Erdbeerdaiquiri
Als Tom erwacht, befindet er sich in einer äußerst ungewöhnlichen Lage. Doch zum Glück bekommt er Hilfe und am Ende sogar noch ein wenig mehr ...

Isabel Shtar: Elf auf der Couch
Der neuste Patient des Gefängnispsychologen Wilhelm treibt diesen arg an seine Grenzen, behauptet er doch, ein waschechter Elf zu sein.

Melzen P.

Der Schütze und der Parasit

Ein außergewöhnlicher Roman, der seinen Leser in den Bann ziehen wird.
So etwas hat es in dieser Form noch nicht gegeben.

ISBN: 978-3-942539-02-9

In den französischen Wäldern des 14. Jahrhunderts lässt der Vicomte von Saintuolft ein Geschwisterpärchen als Spielgefährten für seinen vereinsamten Sohn zu seinem Anwesen bringen. Das soll den Jungen, einen leidenschaftlichen Bogenschützen, unterhalten und von der Trauer um seine kürzlich verstorbene Mutter ablenken. Doch der Sohn des Adeligen lässt sich etwas zu weit mit einem seiner neuen Gefährten ein und muss bald für das ihm anvertraute Geheimnis der Fremden bluten …

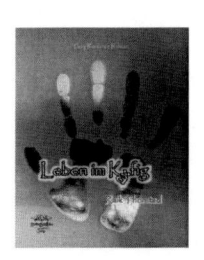

Raik Thorstad

Leben im Käfig
Ein Roman über eine explosive erste Liebe, die von
äußeren Umständen belastet wird, über Zusammengehörigkeit, das Erwachsenwerden und den Kampf gegen eine ernstzunehmende Krankheit.

ISBN: 978-3-942539-78-4

Von seinen neunzehn Lebensjahren hat Andreas von Winterfeld die Hälfte im Haus seiner Eltern verbracht. Die Fesseln, die ihn halten, sind psychischer Natur. Er leidet unter einer schweren Form von Agoraphobie, die in Ermangelung einer Behandlung zunehmend an Tiefe gewinnt. Die lange Isolation und die unglücklichen Familienumstände haben ihn zu einem Aussenseiter gemacht - und zu jemanden, der sich kaum mit Menschen auskennt. Dass er schwul ist, ist fast sein kleinstes Problem, auch wenn er sich seinen von der Arbeit zerfressenen Eltern nicht anvertraut hat. In diese Anti-Idylle aus Privatunterricht, Einsamkeit und Langeweile platzt Sascha, der gerade erst nach Hamburg gezogen ist. Grund dafür sind gewisse Auseinandersetzungen mit seinen Eltern - und die Tatsache, dass er sich mit einem Schulfreund in flagranti auf Papas Couch hat erwischen lassen.
Zwei junge Männer, die das Leben noch nicht recht am Schopf gepackt haben, aber eines mit Sicherheit wissen: Sie sind schwul und sie sind allein - jeder auf seine eigene Weise

Exklusiv beim Fantasy Welt Zone Verlag:

Zeit zum Träumen! Mit ROMANTICA - die neue Novellenreihe von Carol Graysonstarte mit „Seidendrachen" und vierteljährlich wird eine neue Novelle als Print- und E-Book-Version herausbringen. Der Schwerpunkt jedes Kurzromans liegt dabei auf einer spannenden Rahmenhandlung gepaart mit Romantik und Sinnlichkeit, jedoch wird die Handlung im Vordergrund stehen. Es kann sich dabei um Fantasy, Krimi, Historie oder ein anderes Genre handeln. Was als nächstes erscheint, wird immer eine Überraschung für den Leser bleiben. Lasst Euch entführen in eine andere Welt. ROMANTICA - zum Lesen, Entspannen und Sammeln!

Carol Grayson

Seidendrachen

Der Auftakt der Novellenreihe Romantica
Ein mitreisender Roman, der seinen Leser in den Bann ziehen wird.

ISBN: 978-3-942539-09-8

Jarin, unehelicher Sohn eines niederländischen Herzogs, und Akio, ein asiatischer Mischling und freigekaufter Arbeitssklave aus dem fernen China, dienen beide aus unterschiedlichen Gründen als lebendes Pfand in einem einsamen Kloster, bis der König von Frankreich sie beide an seinen Hof beruft. Akio besitzt die Fähigkeit der Seidenmalerei und soll diese ausschließlich für den König einsetzen, um so dem Kloster zu Reichtum zu verhelfen. Der zarte Akio, dessen Kunstfertigkeit so offensichtlich ausgebeutet wird, weckt Jarins Beschützerinstinkt. Die beiden ungleichen jungen Männer verlieben sich ineinander, sehr zum Missfallen des Hauptmannes Nicolas de Vervier, der selbst ein Auge auf Jarin geworfen hat. Eine tragische Romanze beginnt, die vor langer Zeit geschrieben wurde.

Carol Grayson

Im Bann der Lilie

Sinnlicher romantischer Gay Dark Fantasyroman

ISBN: 978-3-942539-07-4

Im Bann der Lilie (Teil 1)
Ein Auftragskiller der ganz besonderen Art sucht Paris im ausgehenden 18. Jahrhundert heim...
Als adeliger und verhasster Bastard geboren, wird der junge Marcel Saint-Jacques nach einem Mordanschlag durch den verführerischen und geheimnisvollen Marquis de Montespan zum Vampir gewandelt.
Die Wirren der französischen Revolution trennen Meister und Schüler; jeder geht seinen eigenen Weg und ist doch auf der Suche nach dem anderen und dem eigenen Schicksal, das gerade für den jungen Marcel eine ganz besondere Berufung bereithält...

Im Bann der Lilie (Teil 2)
Das Schicksal führt Erschaffer und Geschöpf wie Treibholz zu-, aber auch wieder auseinander. Kurz vor der Seeschlacht von Abukir kommt alles anders: der Schiffsjunge Silvio erobert das Herz des Chevaliers Saint-Jacques. Doch der Marquis trachtet dem neuen Freund des Chevaliers nach dem Leben. Der englische Geheimdienst hilft ihm dabei. Werden die beiden jungen Männer rechtzeitig entkommen können?

Im Bann der Lilie (Teil 3)
Chevalier Marcel Saint-Jacques und sein neuer Gefährte Silvio sind auf der Flucht vor dem Marquis Julien de Montespan, der mit Hilfe des englischen Geheimdienstes versucht hatte, Silvio zu ermorden. Marcel machte ihn kurz vor dessen Ableben zum Vampir, und beide Männer kehren zurück nach Frankreich, wo Marcel das Gestüt seines Vaters wieder aufbauen möchte. Doch der Chevalier hat Silvio noch nicht vollständig in einen Redempteur wandeln können und sucht nun nach Juliens letztem Geheimnis - dem Geheimnis der Lilienringe, den alle "Erlöser" tragen. Der Marquis will seinerseits Marcel zurückgewinnen und läßt Silvio in Le Havre auf ein Schiff in die Kolonien entführen. Währenddessen kommt es zwischen Julien und Marcel zu einem sinnlich-gefährlichen Showdown.

Yara Nacht, Michaela Nolan, Roy Francis Ley
Fantastisches ist eine Anthologie von drei homoerotischen Fantasygeschichten.

Es sind die Siegergeschichten des 1. Kurzgeschichtenwettbewerbs des Fantasy Welt Zone-Autoren-Boards

ISBN: 978-3-942539-00-5

Unsterblicher Liebreiz der Nacht In einer eiskalten Winternacht rettet der Schriftsteller Jan Nik einen in einen schwarzen Umhang gehüllten jungen Mann vor dem Gefriertod. Jan ist fasziniert von der Schönheit und der ihm unerklärlichen Anziehungskraft des Fremden, nichts ahnend, wer der schöne Unbekannte in Wahrheit ist ...

Michaela Nolan: Der Bronzeengel Martin, Graf von Avon, verbirgt ein tiefes Geheimnis. So wie der König von England kann auch er es nicht wagen, sein Innerstes, sein wahres Gesicht zu zeigen. Doch überraschend wagt der junge König den ersten Schritt, und so fallen auf einem Kostümball im wahrsten Sinne des Wortes die Masken ...

Roy Francis Ley: Der Wechselbalg - Eine homoerotische Kurzgeschichte
Durch zahlreiche Wirrungen wächst Leandro als jüngster Sohn einer Schmiedfamilie auf, die noch vor seiner Geburt sein Leben einem Dämon versprachen. Verraten, gedemütigt und missverstanden fügt sich der junge Mann und kehrt mit dem Unsterblichen mit in dessen Reich. Doch dort erwartet ihn sein vorherbestimmtes Schicksal. Nicht nur, dass er der Sohn des Lichtalbenkönigs sein soll, nein, auch der Feuerdämon löst in ihm Gefühle aus, die so nicht vorhersehbar waren ...

Roy Francis Ley

Die Legende von Trindad

Ein homoerotischer Fantasyroman

ISBN: 978-3-942539-01-2

„Ein uralter, böser Fluch lastet auf Azral, der ihn seit Tausenden von Jahren an sein Reich bindet. Einzig die wahre Liebe kann ihn erlösen. Doch daran glaubt der Gott nicht. Dennoch führt man ihm immer wieder einen jungen Mann zu, jedoch nicht, um ihn zu erlösen, sondern um ihn zu quälen. Denn rund um ihn bauen andere Götter böse Machenschaften auf, Azral immer wieder in die Knie zwingend. Bis eines Tages León in Trindad auftaucht. Azral ist hin- und hergerissen zwischen der Erkenntnis der Wahrheit und den Gefühlen, die ihm jeden Funken der Realität nehmen, sobald der junge Mann in seiner Nähe ist. Doch León umgeben Geheimnisse. Nicht nur, dass er eine Lichtalbe ist, nein, er verfolgt ganz andere Interessen …"

Weitere Angebote und Informationen finden Sie auf unserer Homepage:
www.fwz-edition.de

Diese Merchandise Produkte sind nur beim FWZ-Verlag erhalten:

Finns Amulett:

Echt Silber, jedes Stück ein handgefertigtes Unikat. Limitierte Auflage, nur bei uns erhältlich!

€ 65,-

Zum „Im Bann der Lilie" haben wir:

Das Parfüm "Im Bann der Lilie" in fester Form, ebenfalls von El Sapone!
Preis 5,50€ zgl.Versand

Eine schwarze Gästeseife in Transparentbox mit einem Schlüssel zum Herzen und dem Liliensiegel. Ebenfalls von El Sapone aus rein natürlichen Zusatzstoffen handgefertigt
Preis 5,00€ zgl.Versand

Bodymelt-Praliné von El Sapone mit Glitzerstaub und einer romantischen Einladung in der Box. Der Duft ist einfach herrlich und für Lords und Ladies geeignet!
Preis 3,50€   2 für 5,00€
zgl.Versand

Weitere Angebote und Informationen finden Sie auf unserer Homepage:
www.fwz-edition.de

Unsere Empfehlungen:

Das Fantasy-Welt-Zone-Autoren-Board
der multikulturelle Autorentreff im Internet
www.fantasy-welt-zone-board.de

MySCOUT.com
die schwul-lesbische Community mit mehr Anspruch
www.myscout.com